**БАНДИТСКИЙ
РОМАН**

ВАДИМ ЦЫГАНОК

ШАКАЛЫ И ВОЛКОДАВ

МОСКВА

ЭКСМО-ПРЕСС

2002

УДК 882
ББК 84(2Рос-Рус)6-4
Ц 94

Серийное оформление
художника *Д. Сазонова*

Серия основана в 1999 году

Цыганок В. А.

Ц 94 Шакалы и волкодав. Гиблые деньги: Повести. — М.:
Изд-во ЭКСМО, 2002. — 416 с. (Серия «Бандитский
роман»).

ISBN 5-04-009579-1

Зовут его Женька Ходарев, кличка — Эксгуматор. Потому что больше,
чем пиво и женщин, любит он в одиночку бродить по лесам, копаться в
земле, разыскивать всевозможные раритеты минувшей войны, тревожить
мертвые кости. Есть у него и старая дедовская карта, с указанием мест
былых сражений. Но это его тайна... и вдруг неизвестные отморозки круто
наезжают на Женьку и требуют именно эту карту! Что за чертовщина?
Откуда такой интерес к захороненному в лесу ржавому железу? Не иначе,
здесь скрывается какая-то тайна! И цена ей — больше, чем жизнь...

УДК 882
ББК 84(2Рос-Рус)6-4

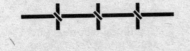

ШАКАЛЫ И ВОЛКОДАВ

ПОВЕСТЬ

ГЛАВА 1

Когда из года в год ходишь по вечерам пропустить кружечку пива в одно и то же заведение, то поневоле в памяти откладываются лица всех людей, более или менее постоянно его посещающих. Начинаешь замечать, что все они, за редким исключением, вписываются в некий определенный тип, с небольшими отклонениями в ту или иную сторону. Посмотришь с утра на себя в зеркало и поймешь, что и ты прекрасно подходишь к этому обществу.

Каждый новый или случайный человек, забредший в пивную, бросается в глаза, как муха, прилипшая к белому свадебному торту. Как злой «гаишник» с полосатой палочкой на краю дороги. Как набухший кровью фингал под твоим глазом, сколько его ни пудри. Как...

В общем я их сразу заметил.

Лица, словно грубо вырубленные из силикатного кирпича. Мощные плечи под спортивными куртками. Эти двое выделялись среди остальных посетителей, как булыжники среди россыпи гальки. Я — парень не самого мелкого сложения, но меньший из них тяжелее меня, по крайней мере, килограммов на тридцать. А пьют, тьфу, — минералку.

Они сидели возле стойки и, тупо уставившись на грудь барменши Светика, выставленную напоказ из широкого выреза платья, курили «Кэмэл». Желтая пачка с верблюдом лежала на стойке рядом, а поверх нее настоящий, не туфтовый, «Zippo». Тут один достал из кармана куртки плоскую бутылку, похоже коньяка, хлебнул из горлышка, запил минералкой, протянул бутылку соседу.

Коньяк, даже самый дешевый, из горлышка, да еще запивать — это слишком. Такой вульгарщины давно не приходилось видеть.

Я подошел к стойке. Машинально отметил, что вырез у Светика сегодня действительно на грани разумного, гораздо больше, чем может позволить себе любая другая девушка сорока с небольшим лет. Удивительно, как ее огромные, словно дыни, перси не выскакивают наружу. Может, кто в пивной и ждал этого сладостного момента, но точно не я. Светик — женщина пылкая, но очень уж привязчивая. Ждет от каждого соития романтического продолжения со свадебным путешествием и, что удивительно, не устала еще разочаровываться.

— Привет, Светик, — здороваюсь я. И предупреждая заранее известный мне вопрос, говорю: — Извини, сегодня не смогу. Очень много дел.

Она обиженно надувает губки-бантики.

Не спрашивая наливает мне сто пятьдесят водки, потом берет две кружки по двести пятьдесят грамм (знает, что я не люблю большой посуды), начинает цедить в них «Старопрамен».

Это чешское пиво я полюбил еще в последние годы советской власти, когда оно было большой редкостью. Я и хожу-то теперь в этот пивбар только из-за того, что здесь его разливают.

— Эксгуматор, поговорить надо, — голос у одного из силикатных парней оказался неожиданно тонкий и гнусавый.

Ага, значит, эти двое по мою душу.

— Оружием не торгую...

Водка холодная и тягучая. Для постоянных клиентов Светик специально держит «Столичную» в морозильнике. В таком состоянии ее даже закусывать не нужно. Течет плавно и мягко, как божья роса.

— Не, ты не понял, что ли? Поговорить нужно, — у второго выговор «гакающий», значит, не местный. В последнее время в городе стало очень много приезжих.

Он положил свою твердую руку мне на запястье:

— Пиво потом попьешь. Понял?

Светик настороженно наблюдает за нами. Подмигиваю ей игриво, чтобы не поднимала шухер раньше времени.

Но сам понимаю, что незнакомцы настроены серьезно. Спрашиваю:

— Меня откуда знаете?

Гакающий ухмыляется:

— Разведка донесла, понял. Иди, без базаров, за столик в углу. Там тебя ждут.

ГЛАВА 2

Третьего я увидел только теперь. Он сидел в одиночестве, хотя за другими столами явно не хватало места. Молодой, красивый, печальный. Костюмчик долларов за пятьсот, не меньше. Вот, значит, чей бежевый «Лексус» стоял за углом. Типичный мажор. Сынуля богатых родителей.

Подхожу, сажусь напротив и молчу. Жду начала разговора. Он явно не привык, чтобы на него вот так молча пялились, и воспринимает это как хамство.

— Будь повежливей, если хочешь уйти отсюда на своих ногах.

Я скромно потупил глаза. Не убудет. Послушаю сначала, что он имеет мне сказать.

— Ты ведь Эксгуматор?

Как нашкодивший школьник, мелко киваю головой:

— Да, так ласково зовет меня мама...

Он оценил шутку и слегка, только уголком рта, улыбается:

— У меня есть к тебе предложение.

Попробую угадать с трех раз: оружие ему не нужно, у него двое силикатных друзей. Ему нужен проводник? Если этот парень и ходит в лес, то только где-нибудь на Канарских островах. Остается третье: он коллекционер. Их сейчас много. Среди них попадаются и очень богатые, готовые выложить за военные раритеты неплохие деньги.

— Мне сейчас нечего вам предложить. Вот в конце лета вернусь, тогда, может быть. Оставьте свой телефон. Вас что интересует? Награды, оружие, амуниция? Советские или германские?

— Заглохни... — он, наверное, очень устал от этой жизни. У него нет сил повысить голос. — Я знаю, что у тебя есть карта... Она мне нужна.

Какое совпадение! Мне — тоже.

Начинаю гадать, откуда к нему могла прийти информация? Мне казалось, что это тайна за семью печатями. Даже близкие ко мне люди, хоть и подозревают о существовании у меня каких-то документов, но я никогда не подтверждал их догадки. А этот мажор откуда выскочил?

— Я что-то вас не понял. Какая карта? Вы не резидент иностранной разведки случайно? Тогда уверяю, что вы ошиблись адресом. Шпион Иванов сидит за соседним столиком...

Он улыбается другим уголком рта.

— Я могу заплатить тебе пять тысяч долларов.

— Это очень хорошие деньги, но...

— Хорошо, пусть будет десять тысяч. Но это

последняя цена. Чтобы заработать столько, тебе из лесу несколько лет не вылезать придется.

Значит, и с коллекционером я промахнулся. О ценах на антиквариат он имеет весьма смутное представление. А уж о том, что большинство поисковиков бродят по лесам вовсе не ради ржавого железа и гнилого тряпья, и не подозревает. Или подозревает?

За пять лет «поиска» я нашел всего один несломанный медальон солдата вермахта, но денег, полученных от немецкого правительства, хватило на покупку нового «жигуленка» да еще осталось на житье-бытье.

— А я, знаете ли, никуда не спешу. И потом, я люблю побродить по лесу.

— В лесу много ям — можно и ноги сломать.

Ну вот. Фаза номер два. Мы перешли к угрозам. Что же ему дались мои ноги? Я не люблю, когда меня просят о том, чего я не могу сделать. Но еще более не люблю, когда на меня давят. Особенно так нагло и неприкрыто.

— Уверяю вас, что вы ошиблись, — я встал из-за стола, предварительно оглянувшись, но силикатные мирно сидели у стойки. — Всего хорошего.

Что-то мне подсказывает — разговор так просто окончиться не может. На душе неспокойно.

ГЛАВА 3

Мажор внешне остался невозмутим. Только едва заметно, слабым жестом руки, дал понять телохранителям, чтобы они оставались на месте.

— Ты подумай. Через пару дней мои люди найдут тебя.

— Не стоит. Говорить нам, собственно, больше не о чем.

— И все же бывают в жизни разные ситуации. Например, ты тяжело заболеешь и не сможешь долгое время зарабатывать на жизнь.

— Хорошо, я подумаю.

Через две недели меня уже не будет в городе. А там посмотрим. И все же, откуда он мог узнать о карте?

Мое пиво так и простояло все это время на стойке. Пить в этот вечер уже не хотелось. Но надо. Мое поспешное бегство могло выглядеть, как проявление слабости.

Я отхлебнул из бокала. Светик поспешно подвинула ко мне блюдечко с солеными сухариками.

— Ну чего они? — кивнула она на двух телохранителей, которые в это время отошли от стойки и подсели к своему хозяину. — Хотят чего?

— Понимаешь, Светик, — с кислой миной начал я, — Нам с тобой придется расстаться. Этот парень очень в тебя влюблен. И его монстры просто разорвут меня на куски, если еще хоть раз увидят меня рядом с тобой. Вот так!

Она, прищурившись, посмотрела на мажора, а потом на меня. Вроде как сравнивала.

— Врешь ведь...

— Вру. Он влюблен в меня и требует, чтобы я перестал встречаться с тобой. Ревнует. Я больше не могу тебя обманывать. Это нечестно. Знай, Светик, — я гей!

— Кто, кто?

— Ну голубой в общем...

Она прыснула, прикрыв рот кулачком с унизанными золотыми перстнями пальцами. Парочка среди них была от меня, остальные подарены ей до нашего знакомства.

— Кобель ты брехучий!

Если бы нас не разделяла стойка, она наверняка бы врезала мне по причинному месту.

Эти все сидели за столиком и не уходили. Ясное дело, что ребята не любители посещать подобные места. Значит, дожидаются меня. Странные люди. Нет бы сказать просто: «Парень, давай выйдем и решим наш вопрос окончательно».

Мне их косые взгляды бьют по нервам. Кажется, пора форсировать события.

— Пока, Светик, — чмокаю ее в нос. — Я у тебя, как только разберусь в своих чувствах. Этот парень мне не очень нравится. Так что у тебя есть шансы.

Иду к выходу мимо столика, за которым сидят мои «друзья».

Двое телохранителей и хозяин тут же отодвигают свои стулья и следуют за мной.

Жду их на улице возле своей машины.

Мажор отходит в сторону и закуривает. А его громилы подваливают ко мне.

— Слышь, ты, это... — говорит один из них. — Пьяный за рулем — преступник.

Возразить на это замечание мне нечем. По большому счету, он прав.

— Ну так ты чего? Будешь ломаться, как дешевый пейджер, или договоримся? Тебе дело предлагают.

— Я же сказал, подумаю. Вроде как пара дней у меня есть?

— А может, прописать ему вспомогательное средство? Для того чтобы лучше думалось, — обращается писклявый к своему напарнику.

Тот пожимает плечами. Жест может одновременно означать и согласие. Скорее всего, так оно и есть.

«Будет драчка», — понял я.

Но тут из бара неожиданно выскочила Светик.

Она, как курица, защищающая своих цыплят, встала между мной и силикатными ребятами и, размахивая руками, заорала на всю вечернюю улицу:

— А ну разойдись! Нечего мне здесь драку устраивать! Я сейчас милицию вызову. У меня приличное заведение, а не притон для всяких пьяниц!

Ее напор произвел впечатление. Хозяин дает сигнал к отступлению. Все трое усаживаются в свою машину. Напоследок, открыв окно, мажор бросает мне:

— Два дня...

Словно кадр из старого фильма-сказки: костлявая рука с длинным кривым ногтем на указательном пальце высовывается из колодца. И жуткий голос вещает: «Должок!» В детстве, после просмотра этого фильма, я очень долго боялся садиться на унитаз.

Светик довольна результатом своей психологической атаки. Не терпящим возражения тоном, словно это я просил ее вмешиваться и теперь обязан спасением, она говорит:

— Я через полчаса закрываюсь. Везешь меня домой.

ГЛАВА 4

Что касается этих карт. Они действительно у меня есть. И никому продавать их я не собираюсь.

Дед мой, Тимофей Евграфович, всю жизнь проработал в нашем областном краеведческом музее. Последние несколько лет, перед пенсией, был его директором. Слыл фанатиком истории родного края. Мечтал, чтобы и сын его, то есть мой отец, и внук, то есть я, последовали его примеру. Но увы...

Даже в годы войны, не попав на фронт из-за перенесенной малярии и оказавшись в оккупации, он продолжал работать в своем музее. И во многом благодаря ему большинство экспонатов осталось в сохранности. А из того, что немцы вывезли, почти все было отыскано и возвращено.

Именно в те годы он и начал вести свои записи, за тридцать лет превратившиеся в фундаментальный труд из нескольких тетрадей, исписанных мелким почерком, десятков карт и схем. Он собирал свидетельства очевидцев по горячим следам, сам исходил пешком тысячи километров по нашей и соседним областям. В те годы, когда все скорее старались забыть о прошедшей войне, он наносил на карты места массовых неофициальных захоронений военнослужащих и гражданских лиц, места боев местного значения, а также сражений, происходивших уже на территории, оккупированной врагом. Целые соединения и армии, пробиваясь из окружения, несли страшные людские потери; прятали в лесах, надеясь вскорости вернуться, штабные документы и архивы. В землю закапывалась техника, оборудование, оружие. Те, кому удалось выйти из окружения, счастливо избежать общения с компетентными органами, пережить войну, предпочитали молчать. Но Тимофей Евграфович находил подход к ним, и тетрадки пополнялись все новыми сведениями и схемами.

В семидесятые годы дед безуспешно обивал пороги партийных и профсоюзных организаций. Потрясал стопкой документов перед носом тогдашнего военкома, но все напрасно. Заниматься старьем-быльем, ворошить прошлое, искать в лесах погибших солдат никто не хотел.

А потом он умер. Тихо и внезапно. В самый разгар затеянной Горбачевым перестройки. Врачи сказали, что у него в мозгу какой-то сосуд лопнул.

Записи перешли по наследству к моему отцу. Будучи чистым технарем, он мало чем интересовался, кроме железок на своем заводе. Еще пацаном я, листая пожелтевшие страницы и рассматривая выполненные вручную карты, мечтал, что отыщу все, что не успел мой дед. Потом учеба в физкультурном техникуме. Служба в армии. Первая чеченская. Самому повоевать пришлось...

Теперь наступило время, когда иные из немецких наград Второй мировой войны стоят дороже советских орденов. Так что эти силикатные мордовороты и их мажор-хозяин ничего не получат.

ГЛАВА 5

Они действительно нашли меня вечером третьего дня. Как и обещали. Обязательные. Слово держат.

Один вошел в подъезд следом за мной, а второй дожидался на лестничной площадке рядом с мусоропроводом. Курил свой «Кэмэл». Карман спортивной куртки оттопыривался от лежавшей в нем бутылки. Наверное, опять коньяк.

— Надумал? — спрашивает он.

Делаю плавный маневр, чтобы оба силикатных оказались у меня перед лицом. За спиной стена. Это все же лучше, чем темная подворотня. Там вообще не знаешь, откуда ждать удара.

— Передайте своему хозяину, что он ошибается...

Их посылали вовсе не за тем, чтобы услышать от меня отказ. Плечи ходуном, челюсти по привычке ищут капу — жуют пустоту. Оба явно бывшие боксеры-тяжеловесы. Хотя вряд ли больше чем

КМэСы. Очень неразворотливые. Силы много, а соображалка работает слабо.

Служба в десантно-штурмовой бригаде окончательно испортила мой стиль, и так не отличавшийся чистотой. Он стал более жестким, внешне неказистым, но эффективным в уличной драке, без судей и зрителей.

Один противник всегда лучше, чем два. Подло и вероломно бью ногой в колено ближнему ко мне силикатному мордовороту. Мгновение спустя понимаю, что этого мало, и окончательно вывожу его из строя ударом в пах. Удивленно вытаращив глаза, он схватился руками за промежность и сполз на пол.

— У-у... — больше у него слов нет.

Такой резвости они от меня явно не ожидали. Размер хоть и имеет значение, но не всегда и не решающее.

Второй, с небольшим запозданием, понял это. Полез в карман.

Пистолет!

Марку устанавливать некогда. Удар в локоть — оружие звякнуло о бетонную плиту лестничной площадки. Удар ногой в грудь. Он отступил на шаг назад, мотая головой, как бык.

— Ну, бычара, получай в лобешник.

Я вложил в прыжок всю свою силу и вес. Бык отлетел к противоположной стене и, оглушенный, упал на колени.

Добиваю его кулаком в челюсть.

Но тут пришел в себя первый. Его живучесть вызывает уважение. Насупив брови, он поднимается на ноги, ворочает головой из стороны в сторону, разминая связки, и, кажется, собирается показать мне настоящий бокс.

Нет, я ошибся.

Он запускает руку в карман и вытаскивает оттуда бутылку. Хочет предложить выпить, что ли?

Снова мимо.

Силикатный, перехватив бутылку за горлышко, бьет ею о стену. Острый запах спиртного заполняет лестничную площадку. И это отнюдь не коньяк. В ноздри мне бьет не клоповник, а аромат настоящего виски. Вот, значит, почему он запивал его водой.

Из раздумий этот парень вывел меня быстрым выпадом. «Розочка» скользнула мне по груди, порезав куртку и слегка оцарапав кожу, но это все, что он успел сделать. Перехватив его руку и сделав захват, локтем правой руки бью силикатного в кирпичное лицо. И еще раз в солнечное сплетение. И еще, памятуя о том, какой он живучий.

Теперь есть время рассмотреть то, чем меня могли продырявить. Поднимаю пистолет. Это действительно редкая штучка. «П-226» швейцарского производства. Мне никогда еще не приходилось видеть его живьем, только фотографии в специальной литературе.

Знатная пушка: девять миллиметров, магазин на пятнадцать патронов, прицельная стрельба на пятьдесят метров. Неплохо бы иметь такой. Но жадность плохой советчик. Неизвестно, что может висеть на таком приметном «стволе». С сожалением отправляю пистолет в мусоропровод.

Хозяин оружия, лежа на грязном полу, видит это, скрипит зубами от злости, но меня это мало волнует.

Теперь посмотрим на то, что когда-то было бутылкой скотча.

О, да это настоящее шотландское солодовое виски «Лефройг»! Бутылка стоит столько, что более непритязательному алкоголику вроде меня хватило бы этих денег на неделю беспробудного полета в нирвану.

— Вам такси вызвать или сами доковыляете?

В ответ тихий незлобный мат. И вправду, чего зря нервы тратить? Здоровья от этого не прибавится.

— И передайте своему хозяину, что он ошибается. У меня ничего нет.

Интересно, они поверили? По выражениям их лиц трудно догадаться.

ГЛАВА 6

Стою на балконе, курю и наблюдаю, как двое силикатных внизу копаются в мусоропроводе, ищут свой пистолет.

— Бог в помощь!

Они не удостаивают меня ответом и сосредоточенно продолжают свое занятие. На асфальт из бака летят пустые коробки, смятая бумага, какое-то тряпье. Видимо, тяжелый пистолет прошел сквозь этот утиль почти на самое дно.

Потом, отыскав свое добро, оба, не оглядываясь, садятся в зеленую «Ниву», один при этом сильно заволакивает ногу, и уезжают.

Никаких истеричных выкриков, никаких угроз вернуться и показать мне кузькину мать. Это настораживает. Всегда спокойнее, когда тебе говорят, что отвернут голову. Знаешь, по крайней мере, чего ждать.

Потом я весь вечер сидел и перечитывал записи деда. Конечно, они могут представлять большой интерес для тех же «черных» следопытов или коллекционеров. Но не настолько, чтобы устраивать такой сыр-бор. Прошло слишком много лет, чтобы надеяться, будто все, что лежит в лесах, давно не

Вадим **Цыганок**

превратилось в груду никому не нужного мусора. Выложить просто так десять тысяч, даже не видев эти карты, мог только сумасшедший.

Сумасшедший или тот, кто знает о записях моего деда больше меня.

И опять же вопрос: откуда этот лощеный хлыщ мог о них узнать? Ясное дело, от третьего лица. Я-то ему точно ничего не говорил. Значит, будем вспоминать, кто еще, кроме меня, знает о картах. Ну родители мои, само собой. Дальше...

Светик? Я был как-то здорово пьян и притащил ее к себе. Дневники деда открыто лежали на столе. Могла ли она придать им какое-то значение? Помню, подошла к столу, взглянула на них равнодушно и стала стягивать с меня штаны. Ее больше интересовало то, что прячется за гульфиком.

И еще: я был пьян. Квасили с поисковиками по поводу завершения сезона. Один крученый парень, зовут, кажется, Герка, спросил: «Эксгуматор, и откуда ты так много знаешь? Не верю я в твое чутье. У тебя, наверное, карты какие-то секретные?» Я тогда загадочно улыбнулся и не стал его переубеждать.

Ну и, конечно, все те, кто знал когда-то моего деда. Он не делал секрета из своей работы. Наоборот, всячески пропагандировал поисковое дело. Но прошло уже столько лет. Вряд ли это грозное эхо оттуда. Уж слишком молод этот новоявленный Аль Капоне.

В общем, так я ничего и не надумал в тот вечер, а достал из морозильника бутылочку «Столичной» и надрался в одиночестве. С недавних пор я стал замечать, что собутыльника мне совсем не требуется. Раньше не мог пить в одиночестве. А теперь запросто. Какая проблема?

Всю следующую неделю я ждал не обещанных мне неприятностей. Но напрасно.

Может, я чего не понимаю? Такое бурное начало и без продолжения?

На всякий случай достал из тайника в гараже «П-38» «вальтер». Его я нашел в прошлом году вместе с прекрасно сохранившимся шлемом немецкого танкиста, к радости одного подвинутого на касках коллекционера.

С тех пор как я занялся поиском, оружие у меня было почти всегда. Разное. Наганы. «ТТ», как грязи. Немецкие пистолеты-пулеметы «ПМ-40» «Эрма». Но мне еще никогда не приходилось ходить по улицам с пистолетом в кармане.

Честно говоря, занятие не из приятных. Тяжесть оружия, ощущаемая всем телом, вызывает чувство обостренной опасности. Поневоле начинаешь смотреть на всех прохожих, как на потенциальных врагов, готовых разрядить в тебя свои «стволы».

Короче, я просто дождаться не мог того дня, как отчалю в лес. Там, по крайней мере, я чувствую себя, как таракан под плинтусом.

Потом вспомнил про Серегу Филатова и решил ему позвонить. Иметь в приятелях мента иногда полезно. Может пригодиться в трудную минуту.

ГЛАВА 7

Филатов сидит на скамейке у подъезда и ждет меня. Он, как всегда, в цивильной одежде. В милицейской форме я его и видел-то всего пару раз.

Приятель мой по школьной скамье работает следователем в убойном отделе и полагает, наверное, что я должен быть горд таким знакомством.

— Давно ждешь? — спросил я его.

— Только что присел.

Ясно. Значит, следил за моими окнами в бинокль, даром что живет в доме напротив. Увидел, что я собираюсь выходить, и бегом наперерез. Любит повыделываться: вот, мол, как я тебя просчитал, ты из дома, а я уже здесь.

Сел на скамейку рядом с ним. Объемистого «Ермака» своего пристроил рядом. Филатов, подходя издалека, похлопал рукой по моему станковому рюкзаку, пощупал притороченный к нему ружейный чехол:

— Значит, снова идешь?

— Значит.

Он отводит взгляд в сторону и как бы между прочим спрашивает:

— А как с моим делом? Ты мне кое-что обещал.

— Пистолет, что ли?

Филатов зыркнул на меня и испуганно оглядывается по сторонам — не услышал ли кто. Но было еще очень рано, семь часов утра. Только толстая тетка в спортивном костюме выгуливала на детской площадке своего бестолкового, как дворняга, добермана.

— Ну что ты так орешь?

Я закуриваю:

— А чего мне бояться. Милиция рядом.

Вывести Фила из себя легко. Я знаю сто и один способ. Вот и сейчас с него слетели видимое спокойствие и уверенность в себе, и Филатов начал нервно подергивать ногой.

— Ладно, хватит выделываться. Я же тебя по-дружески попросил.

— Ну, если по-дружески, то держи.

Я достал из кармана штормовки сверток и отдал его Филатову:

— Как и обещал, «вальтер».

Своих пистолетов на работе ему мало, что ли? Наверное, насмотрелся американских полицейских боевиков. Это у них мода сейчас такая: иметь, помимо табельного, еще и незарегистрированный «ствол».

Приятелю моему очень хотелось тут же разорвать бумагу и осмотреть вожделенный пистолет, но он сдержался. А потом неожиданно, видимо, беря реванш за свою нервную суету, с ехидцей спросил:

— Не боишься, что это подстава?

— Боюсь. Еще как боюсь. С ментами жить, по-ментовски выть.

Достаю из кармана вчетверо свернутый лист бумаги и опять же протягиваю его Филатову:

— Это заявление. Датировано сегодняшним числом. Мол, шел, нашел, сдал. А вообще «вальтер» — это фигня в сравнении с одной швейцарской штучкой, что я на днях видел. Вот это пистолет, им бы милицию вооружать. Таким со ста шагов запросто любого преступника уложить можно. Девять миллиметров и при этом обойма на пятнадцать патронов. Представляешь?

— Где видел-то?

— В кино.

Филатов забрал бумажку себе:

— По скользкой тропинке ходишь, Эксгуматор. Все знают, что ты оружием приторговываешь. Когда-нибудь один из твоих «стволов» стрельнет, и тогда...

Прозвище мое Филатов произнес с особым ударением.

— Не стрельнет. Разве что твой, — отвечаю я.

Чертов Фил, знает же прекрасно, что я просто ненавижу свое прозвище. Его дал мне какой-то газетный писака, как сейчас помню: П. Коротков. Накропал на злобу дня статью о черных следопытах. Кто-то дал ему информацию обо мне. А тот так и написал: «...Ходарев и подобные ему эксгуматоры...» С тех пор прозвище «Эксгуматор» намертво прилипло ко мне. Так стали звать меня и официальные поисковики из общества «Мемориал», и «черная» братва, к которым я, несмотря на утверждения в той статье, не имею никакого отношения.

Я после выхода той газетенки сильно разозлился. Даже телефон редакции выучил наизусть, все собирался позвонить и сказать этому П. Короткову все, что о нем думаю. Потом остыл. Решил, что жирно с него будет. Таким только дай повод, сразу опять что-нибудь накропает.

Оружие из того, что случается находить в лесах, я действительно, бывает, продаю. Что делать? Жизнь нынче такая. Нужно как-то крутиться. Не тащить же все «стволы» в милицию? Там на меня точно, как на дурака, посмотрят. С крупным оружием я стараюсь не вязаться. Если попадается винтовка или автомат — топлю в болотах. Раньше предлагал музею, но там этого добра уже столько, что платить за него никто не хочет.

Пистолеты пристраиваю к достойным хозяевам. Среди них были и директора фирм, и свои братья, вольные поисковики, и даже один художник. А теперь вот еще и милиционер. Пока не ошибался. Ни один из «стволов» не всплыл как орудие преступления.

— Каждая веревочка имеет свой конец, — гнет свое Филатов. — Бросай ты это дело. Мало ли работы для здорового мужика? Сколько ты еще будешь по лесам бродить?

Работы много — это точно. А вот мужиков — еще больше. Я со своим физкультурным техникумом разве что у бандитов спрос найду. И то, как пушечное мясо. Были уже предложения.

— Ты закончил воспитательный момент? — спрашиваю я Фила. — Мне идти пора.

— Ладно, свои мозги я тебе в голову не вложу (вот, слава богу-то!). Ты давно у Витьки был?

Витя Снегин еще один мой одноклассник. С ним мы не только учились, но и вместе в армии служили. Попали в Чечню. В 94-м, во время зачистки одного горного аула, наш взвод напоролся на засаду.

Стрелявший в меня из калаша «чех» был метрах в пятнадцати. Промахнуться сложно. Он и не промахнулся — попал в Витьку, который, повинуясь какому-то известному ему одному порыву, оттолкнул меня в сторону, а сам подставился. Пуля задела ему позвоночник.

Теперь он ездит на каталке. Пьет горькую. И ненавидит меня тихой лютой ненавистью. А я, обязанный ему жизнью, хожу к Витьке, даю денег на похмелье и на прожитье его матери, маленькой сгорбленной женщине, которая брала деньги и говорила тихо: «Спасибо...» Я давал, как откупался. Платил за возможность бродить по лесам и копаться в могилах солдат той войны.

Копаюсь и не испытываю ни малейших моральных колебаний и угрызений совести ни перед тем журналистом, ни перед Филатовым, как представителем власти. Пускай сначала привезут кости всех солдат из Чечни, а потом рассуждают об этичности действий поисковиков, тревожащих кости шестидесятилетней давности.

— К Витьке думал сейчас, перед отъездом, зайти. Со мной не хочешь?

Филатов, как бы сожалея, вздохнул:

— Не могу. Мне уже на работу пора бежать.

Хорошую он себе позицию выбрал. Беспроигрышную. Этакую роль третейского судьи. Сам постановил, что я виновен, сам и следит за тем, чтоб я исправно нес свою ношу. А у Витьки в последний раз был года два назад.

— Ну беги, Пинкертон, к своим душегубам.

ГЛАВА 8

Филатов направился к своей вишневого цвета «девятке», стоявшей на небольшой стоянке, устроенной между двух наших домов. Потом обернулся и на прощание помахал мне свертком с пистолетом, словно это был конверт с поздравительной открыткой.

Я открыл клапан бокового кармана «Ермака», достал из него пакет, обернутый целлофаном. В нем были карты и тетради моего деда. Думал взять их с собой в лес — после отъезда родителей в деревню на все лето оставлять их дома не стоило. Но теперь и насчет этого варианта возникли сомнения. Приключения с двумя силикатными ребятами и их боссом наводили на размышления, что следует поискать для документов более надежное убежище.

К Витьке я, честно говоря, заходить не собирался. Соврал Филу, чтобы отвязался. Но теперь мне показалось, что у Снегина пакет будет в большей безопасности, чем у меня.

Анна Владимировна Снегина мела двор большим расшиперистым голиком. Дворник из нее был никудышный. Проработала всю жизнь библиотекарем и больше привыкла к книжной пыли.

Я ждал минуту-другую, что она обернется, а потом поздоровался в спину:

— Здравствуйте, теть Аня.

Она разогнулась, посмотрела в мою сторону, подслеповато щурясь:

— Женечка, ты? Я гляжу, ты в поход собрался...

Похоже, в этом городе только она одна не знает, чем я занимаюсь и в какие походы хожу.

— Теть Ань, Виктор дома?

— А где ж ему, калеке, еще быть...

— Да я не в том смысле. Он... Того?

— Вот ты о чем. Нет, еще не пьяный. Пенсию свою он уже пропил. Мою еще не получили... Сидит злой как собака на весь свет. Только что не лает, говорить пока не разучился.

Я дал ей сотню и быстро, чтобы не слышать ее слов благодарности, нырнул в подъезд.

Дверь была открыта. В квартире стоял тяжелый запах давно не стиранного белья и носков.

— Мать! — донесся из комнаты Витькин голос. — Мать! Займи денег. Я сдохну, если не выпью. Слышишь? Денег, говорю, займи, сука старая!

Витька сидел в своей коляске возле окна спиной к двери. Вокруг на полу валялись докуренные до гильзы бычки «Беломора». Вдоль стены, как солдаты на параде, пустые бутылки.

— Это я.

Витька крутанулся на коляске. Развернулся ко мне. Глаза злые. Рот перекошен от боли.

— Дай денег на бутылку!

Я достал из рюкзака плоскую, из нержавейки, фляжку со спиртом. Бросил ее Снегину. Тот поймал ее дрожащими руками. Отвинченная крышка, упав, покатилась по полу. Витька жадно хлебнул из фляжки, задохнулся, покраснел от натуги. Потом стер ладонью с лица выступившие из глаз слезы и, уже зная, что пьет спирт, выдохнул шумно и вновь приложился к горлышку.

Лицо его преобразилось. Порозовело. Разгладились глубокие страдальческие морщины. Теперь он снова стал похож на того Витьку, которого я когда-то знал.

Теперь, пока он не напился и не потерял человеческий облик, с ним можно разговаривать.

— Опять в могилах копаться идешь? — ехидничает он.

— Могила — понятие юридическое. А если человека закидали землей в воронке от взрыва снаряда, а после забыли, где это место, то вскрытие таких захоронений не преследуется в уголовном порядке.

— Один хрен, Эксгуматор.

— Кто бы спорил, но не я. Заработать хочешь?

Витька выковыривает непослушными пальцами из помятой пачки последнюю папиросу.

— Пакетики для семян клеить? Да иди ты!

— Ну что ты! У меня есть для тебя ответственнейшее задание. Можно сказать, боевое. Пять сотен, как с куста.

Даю ему прикурить. Он с наслаждением глубоко затягивается. Выпускает дым мне в лицо.

— Чего нужно?

Я достал из рюкзака пакет.

— Подержи у себя до моего возвращения. Неохота по лесу таскать.

— Деньги, что ли? — насторожился Снегин.

— Какое там... — я развернул целлофан и показал Витьке тетради. — Бумага.

— А из-за чего тогда кипеж?

— Есть люди, которым они спокойно спать не дают. Будет надежнее, если они у тебя пока побудут. Ну как?

Снегин снова приложился к фляжке, глянул на меня заметно осоловевшими глазами и кивнул:

— В ящик в тумбочку сунь...

Пора уходить. Пьянея, Витька становится дурным. Начинает ругаться и швырять во всех чем попадется под руку.

— Ну пока, братан.

— Плыви, плыви, говно зеленое...

ГЛАВА 9

Конечно, если быть честным до конца, во многом этот П. Коротков был прав. «Черным» следопытом я себя не считаю, но и в отряде поисковиков числюсь только номинально. С руководством «Мемориала» мы пришли к соглашению: я работаю у них проводником, они не вмешиваются в мои дела. Они гарантированно получали работу на весь сезон, без нудных поисков в лесу. Я сохраняю статус-кво.

До сих пор обе стороны такой расклад устраивал.

В этот раз я решил вести отряд на место гибели колонны бронетехники.

Один из немногих уцелевших свидетелей этой трагедии поведал моему деду о том, как пробивались из окружения остатки механизированной бригады, разгромленной в первые дни боев начавшейся войны. Несколько десятков бронемашин и легких танков, практически без горючего и без единого снаряда, и около батальона солдат лесными дорогами шли к единственно уцелевшему и не захваченному немцами мосту.

Мост хоть был деревянным и старым, но смог бы послужить переправой для техники. Вдруг на самом подходе, среди открытого поля, налетели «Ю-87». «Лапотники» разбомбили мост, уничтожили почти половину машин, погибло много людей.

Убитые были похоронены здесь же, рядом с разрушенным мостом. Уцелевшие танки и броневики решили затопить в реке.

После войны переправу не восстановили. В нескольких километрах прошла новая современная трасса, где и построили железобетонный мост. Обгоревшие остовы танков торчали на том месте лет десять после войны, пока их не вытащили и не отправили на переплавку. А о похороненных возле остатков старого моста людях и технике, затопленной в реке, забыли. Как это часто случалось в те годы, когда, отстраивая новую жизнь, потомки намеренно уничтожали следы прошедшей войны, высаживая на местах боев новые леса, распахивая поля танковых сражений, даже не собрав костей погибших.

В отряд поисковиков входило пятнадцать человек. Каждый год кто-то приходил, кто-то, разочаровавшись в тяжелой работе, не для чистоплюев и слюнтяев, уходил. Но костяк из десятка верных делу бойцов оставался постоянным. В основном это были бывшие военные или ребята, прошедшие школу ДОСААФ. Каждый со своими заскоками и прибабахами. Немного циники, не лишенные корыстных интересов, но в целом порядочные люди.

Себя я к таковым не причисляю. Поэтому и дружбы особой ни с кем из них не вожу.

До места добирались двумя электричками с пересадкой. Потом, растянувшись колонной метров на пятьдесят, шли лесной дорогой.

Я как проводник — впереди. Рядом начальник отряда, майор-«запасник» Кобылин. Большой любитель разведенного спирта и сочинского преферанса.

— А что я Геры в этот раз не вижу? — спрашиваю его я.

— Кого? — переспрашивает он.

— Ну Германа. Был в прошлом году такой молодой, весь на «понтах», все центрового из себя строил.

— А... Лопахин, что ли?

Я тоже вспомнил фамилию и кивнул.

— Отказался в последний момент. Приболел,

говорит. Вообще в этом году едва комплект набрали. Три человека в последний момент задний ход дали. Хорошо, сами ребята пришли, в отряд попросились, а не то караул! На следующий год точно финансирование урезали бы. Ты же задарма работать не хочешь. С нами несколько дней, а платить тебе нужно, будто ты весь сезон в земле копался.

— Осуждаешь?

— Нет. Ситуацию объясняю.

Дальше идем молча. Рюкзаки тяжелые. Дорога колдобистая. Бережем дыхание.

ГЛАВА 10

Мост был деревянным, а «быки» каменными, и остатки их неплохо сохранились. Речка за шестьдесят лет сильно обмелела и, судя по остаткам двух опор, оказавшихся теперь на берегу среди зарослей мелкого орешника, метров на пятнадцать-двадцать изменила русло. Значит, если вырубить кусты и копнуть намытый грунт, то есть реальный шанс отыскать танк или бронемашину. Но это моим поисковикам на закуску, если выберут время для развлечений.

Пока не стемнело, быстренько ставим лагерь. Нашлись умельцы, наловившие бреднем рыбы. Наварили ухи. Отметили начало сезона. Утром как один проснулись с больными головами. Поправили здоровье разведенным спиртом и стали готовиться к работе.

— Ты здесь уже был? — спросил меня Кобылин.

В руках он вертит колоду игральных карт. Ловко это у него получается.

— Нет, — отвечаю я честно.

— А откуда про мост знал?

— Мне за это деньги платят.

— Ясно... Где копать?

— Точно не знаю. Попробуй расставить своих людей цепочкой метров пятнадцать влево и столько же вправо. Пусть роют траншею...

— Ты что, нас трубы привел укладывать?

— Ройте, так скорее место нащупаем.

— А если нет здесь ничего?

Кобылин шумно потягивает носом воздух, словно принюхивается. Я заметил, что он делает так, когда возбужден или нервничает.

— Есть. Я тебя хоть раз подводил?

— Ну должен же когда-то и с тобой случиться прокол.

— Не дождетесь. Если за два дня ничего не найдете, то получишь меня на весь сезон в землекопы.

Сдвинув колоду, Кобылин извлекает из ее середины червового туза.

— Договорились, — он спрятал колоду в карман, потер ладони и взялся за лопату. — А ну, братва, за работу! Похмелье очень хорошо выходит с потом.

Поисковики молча разобрали инструмент и стали размечать участок.

Первая траншея глубиной в полтора метра пролегла дугой в пяти метрах от того места, где, по всей видимости, когда-то был въезд на мост. Переворочав впустую тонны земли, поисковики посматривали на меня раздраженно. Хорошо хоть земля была мягкая. Тонкий в четыре пальца слой почвы, а дальше сплошной песок, в котором изредка попадались большие, с коровью голову, камни.

А я, как последний негодяй, не принимал участия в работах, сидел в это время в тени кустов и расслаблялся, изредка прикладываясь к фляжке.

Погода стояла замечательная, и во мне зрела мысль искупаться в речке.

Кости пошли, как только второй раскоп отодвинули от берега еще на пять метров. Траншея задела край могилы.

— Эксгуматор чертов! — Кобылин воткнул лопату в кучу песка и пошел ко мне. — Есть что-то дьявольское в твоем знании. Какой бы кайф я испытал, если бы мы здесь ничего не нашли, а ты на все лето подружился с шанцевым инструментом.

— Окопов и блиндажей я в Чечне немало накопал, майор. Командиров у меня больше не будет.

— Без командиров человек запросто обойтись может, а вот без настоящих друзей...

— Я сам себе друг, — фляжка опустела почти наполовину, и я засунул ее в рюкзак. — Будет время, вырубите вон те кусты, вдоль береговой линии.

— Зачем?

— Не думаю, что они могли уйти глубоко в песок. Дно здесь не илистое. Там танки должны быть и бронемашины. Много. Может, для музея какого сгодятся или на памятник...

«Ермак», кажется, набит кирпичами. Все-таки я переусердствовал со спиртом. Бреду вдоль берега в сторону шоссе и чувствую спиной сочувственный взгляд Кобылина.

Себя пожалей, майор, а я как-нибудь обойдусь.

ГЛАВА 11

Путь мой лежит к развалинам старого монастыря. Тридцать километров по шоссе. Попутка нашлась сразу. Человек с огромным рюкзаком за спиной мало походит на дорожного грабителя.

Дальше трехчасовой переход по полям, холмам

и перелескам. Мимо нескольких заброшенных и пары едва живых деревень.

Не практический интерес и не надежда найти в тех местах что-либо годное для продажи собирателям старины двигают мной, а скорее авантюризм. Очень уж невероятная история приключилась там во время войны. И раз я оказался неподалеку, то стоило удовлетворить свое любопытство.

Монастырь, построенный еще в середине восемнадцатого века, стоял на отшибе, вдали от больших населенных пунктов и дорог, и поэтому просуществовал до тридцать второго года. Потом его закрыли. Помещения решено было передать леспромхозу, под переработку и хранение древесины.

К тому времени обитателями его оставались лишь несколько немощных старцев. Им разрешили дожить свой век в небольшом деревянном скиту, расположенном в лесу, в полутора километрах от монастыря.

В сорок первом году около роты солдат приняли в его стенах последний бой. Окруженные со всех сторон немцами, они держали оборону несколько дней, пока стены и башни монастыря не превратились в руины. И вот, когда гибель последних защитников цитадели казалась неминуема, среди развалин появился неизвестно откуда седой старец в монашеском одеянии. Измученные, израненные и потерявшие надежду бойцы восприняли его явление как чудо.

И действительно, чудо свершилось. Старец вывел солдат из окружения через старинный подземный ход, соединявший центральный собор монастыря со скитом.

Теперь мне хотелось отыскать этот подземный ход и, если он сохранился, попробовать пройти им.

Найти там что-то ценное я не надеялся, но таинственный туннель, проложенный древними строителями, манил меня, словно магнит...

Куропатка выпорхнула почти из-под ног. Пестренькая курочка скрылась в зарослях орешника. И сразу чуть в стороне еще две упитанных птицы сорвались с гнезд и быстро замельтешили в высокой траве.

Хороший повод остановиться и сделать перекур. Свежая дичь на ужин — что может быть лучше для измученного колбасой и покупными пельменями желудка горожанина? Вот такой я браконьер, лесничего на меня нет.

Спина облегченно разогнулась, избавившись от тяжести «Ермака». Пристроил рюкзак у корневища старой березы. Достал из чехла и собрал ружье.

Пукалка у меня на любителя. Называется «Белка». Вертикалка. Нижний ствол двенадцатого калибра, а верхний «мелкашка-5,6». Настоящие охотники это ружье не очень жаловали. Выпуск его прекратился еще в семидесятых годах. А мне нравится. Я его долго по объявлениям искал. Купил у одного деда, он с ним и вправду на белку да на куницу ходил. Мне в самый раз. По банкам стрелять и воронам.

Зарядил оба ствола. Стараясь не шуметь, пошел в чащу, куда упорхнули куропатки. Метров через пятьдесят вышел на край поляны и чуть не обалдел. Целая стая курочек паслась на старой вырубке. Тут даже слепой не промахнется. Решил не пользоваться дробью. Зубы потом обломаешь. Бил в кучу из мелкашки почти не целясь. Птица — дура. Вспорхнув с места, испуганная выстрелом, она через минуту снова садилась стаей чуть в стороне. С трудом подавил в себе охотничий азарт и ограничился тремя куропатками.

Вадим **Цыганок**

Двое мужиков, что копались в моем рюкзаке, заметили меня первыми, когда я, как дурак, припоминая в голове кулинарные рецепты, вывалился на них:

— Эй! Какого хрена!

Я даже рассмотреть их не успел. Черный зрачок ствола, нацеленный на меня, тотчас заставил, забыв обо всем, прыгнуть в сторону.

ГЛАВА 12

Рой свинцовых пчел пронесся со свистом через то место, где только что стоял я, и измочалил ствол несчастной осины.

«Женя, делай ноги!» — крикнул мне внутренний голос.

Я послал его куда подальше. Подставлять спину под три заряженных картечью ствола — чистое самоубийство. Нашпигуют меня, как глупую куропатку пилюлями. Накормят дурака на всю оставшуюся жизнь, если побегу.

Не останавливаясь, второй прыжок с перекатом через голову. Ружье на вытянутых руках.

Снова выстрел. Дробь ложится кучно, выбивает фонтанчики земли, режет под корень траву. А меня там уже нет.

Второй из нападавших замешкался, второпях он забыл взвести курки. Пока его напарник перезаряжал стволы, я, виляя, как заяц, укрылся за двумя поваленными крест-накрест еловыми стволами, метрах в пятнадцати от стрелявших.

Кто такие? Что надо?

Дрожащими руками заряжаю ружье. Высунул ствол из-за укрытия и не глядя, как в белый свет копеечку, спускаю курок.

Эх ты, белка-стрелка! Надо было нормальное ружье покупать!

— Эй! — окликаю затаившихся бандитов. — Вы чьи будете?

— Папины и мамины! — довольно ржут они.

Достойный ответ. Кажется, я этих сукиных детей в отряде майора Кобылина видел. Из новеньких. Значит, за мной шли. Как же я, такой крутой, волк лесной, слежки за собой не заметил? Расслабился. На бедных птичек охоту устроил и сам дичью оказался.

— А что хотите? Я в рюкзаке сберкнижку не ношу!

— Карту отдай!

— Какую карту? Мира, России или глобус Украины?

— Дурачка из себя не строй. Отдай карту, и мы отвалим. Тебя не тронем!

— Нет у меня ничего! Можете рюкзак проверить.

— Уже.

— Ну так что еще нужно?

— Тебя обыскать!

— Щас, разбежался. Личный досмотр только с санкции прокурора.

Тяну время. Расклад не в мою пользу. Четыре их ствола против моих полутора. Убьют и здесь же в лесу закопают. Надо быть наивным дурачком, чтобы поверить, будто они и правда меня отпустят.

— Тебе скоро не прокурор, а патологоанатом понадобится.

— О, какие мы слова знаем! Что же ты, такой грамотный, разбоем занялся?

— Нужда заставила.

— Голодное детство, деревянные игрушки, да?

Непринужденный наш разговор неожиданно прервался хрустом ветки справа. Реакция у меня неплохая. Краем глаза я увидел мелькнувший в кустах силуэт и, не раздумывая, спустил курок...

Кажется, зацепил ему из мелкашки ногу.

Мать-перемать! Такого мата девственный лес еще не слышал.

Топот ног. Хруст веток. Беспорядочная стрельба. Нападавшие отступили и скрылись в лесу.

Пару минут я еще посидел в своем укрытии, приводя в порядок сумбурные мысли. Потом высунулся наружу, огляделся. Подобрал оброненных в суматохе куропаток и, нервно водя стволом из стороны в сторону, подошел к месту гибели моего рюкзака.

Выпотрошенный безжалостной рукой «Ермак» валялся на траве, раскинув вокруг свои внутренности. На первый взгляд из вещей ничего не украли. Хотя среди них были достаточно ценные. Взять хотя бы цейсовский полевой бинокль. Значит, бандитам действительно нужна была только карта.

Теперь я впервые начал задумываться о том, в какую серьезную историю ввязался, раз меня готовы убить.

Мне бы собрать свои манатки и как можно скорее вернуться в город, но я решаю отложить общение с законом в лице старшего лейтенанта Филатова на более позднее время. А пока все же посетить монастырь и, если удастся, отыскать подземный ход.

ГЛАВА 13

Развалины обители оказались населенными. Еще издалека я почувствовал запах навоза и печного дымка. Неповторимый аромат, сопутствующий всякому человеческому жилью вне города. С большим удовольствием втягиваю воздух ноздрями.

Балдеж!

Некогда мощные пятиметровые стены с угловыми и промежуточными башнями напоминали теперь неровный щербатый строй гнилых зубов во рту старого человека.

Надвратная церковь была разрушена почти полностью. Некие первоначальные очертания сохранил лишь центральный собор, стоящий посреди монастыря на возвышении, да длинное одноэтажное сооружение из темного кирпича, где и были раньше, вероятно, монашеские кельи.

Вся территория монастыря завалена большими глыбами из скрепленного известкой кирпича. Они вросли в землю, в беспорядке громоздятся друг над другом. Ржавого цвета сопки эти обильно поросли бурьяном и корявыми березами. Небольшие деревья нашли приют и на стенах монастыря, и даже на полуобрушенном своде собора.

И все же, несмотря на царящее запустение, в монастыре живут.

Среди развалин в высокой траве бродят белеющие снегом куры и цветастый большой петух. Под сооруженным из жердей навесом — стожок прошлогоднего бурого сена. Откуда-то из глубины монастыря послышалось протяжное мычание коровы.

Среди развалин вдруг возникла черная прямая фигура. Худой старый монах с длинной седой бородой, неслышно ступая, двинулся в мою сторону.

— Здравствуй, святой отец, — я подумал, что такое обращение будет правильным. — Мне бы остановиться где. Отдохнуть. Переночевать.

В глазах монаха настороженность, граничащая с испугом. Оно и понятно. Человек с ружьем нынче не очень в чести. Кипяточку не допросишься.

Демонстративно снимаю свой тяжелый рюкзак и кладу ружье на землю. Показываю аборигену чистые пустые ладони и улыбаюсь что есть сил, до треска за ушами.

— У тебя что, сынок, зубы болят? — голос монаха неожиданно напоминает мне голос старого сказочника с детской старой пластинки: «Здравствуй, дружок. Я расскажу тебе сказку...» — Вещи свои отнеси вон туда...

Он указывает мне на новую срубленную из сосны пристройку к старинным кельям. Теперь я замечаю еще двух монахов. Они моложе своего наставника. Им всего лет по двадцать. От армии, что ли, прячутся в этой глуши?

Никогда не мог понять, что движет человеком, решившим уйти в монастырь? Ну, всякому свое. Кто-то любит ананас, а кто-то свиной хрящик. Моя задача — понравиться хозяевам.

Отвязал от рюкзака притороченные тушки куропаток и, как жест доброй воли, протягиваю их одному молодому монаху. Тот берет их молча и уносит куда-то.

Меня провели в дом. Ружье пришлось оставить снаружи, прислонив к стене.

Внутри дома большая кухня с русской печкой, сложенной, наверное, из кирпича, собранного на развалинах, тонкого и неровного. Во второй комнате, что поменьше, только грубо сколоченный стол, две лавки и деревянные топчаны вдоль стены. В углу небольшой переносной иконостас. Горит лампадка. Молодой монах указал мне на свободный топчан. На нем не было даже набитого соломой матраса. Мне не привыкать ночевать и на голой земле, но я чувствую себя в монашеской келье неуютно. Запах лампадного масла теснит мне дыхание.

Я решаю заночевать в спальном мешке на улице под навесом, где уже лежит ряд ровных поленьев, заготовленных к зиме. Хозяев это устраивает. И слава богу.

А потом про меня словно забыли. Никто не спросил, кто я такой? Откуда и куда иду? Что мне здесь нужно?

Божьи люди, что возьмешь...

Оставив вещи в доме, я выхожу на улицу. Молодые монахи пилят дрова на деревянных козлах. А старый сидит неподалеку и плетет из лозы большую корзину.

Я присел на корточки рядом с ним и стал рассказывать все, что знал о происшедшем в их монастыре во время войны.

А знаю я только то, что написано в тетрадях моего деда. И за которые меня неизвестно почему пытались прикончить. Я рассказываю и про это.

— Мир полон зла... И бороться с ним можно, только сея добро.

Нравоучений мне только и не хватало. Но ничего не поделаешь, слушаю бредни старика, потупив глаза в землю.

— Всяк норовит свое при себе держать. А истинное богатство можно обрести, только делясь и отдавая. Беда твоя в том, что знания свои в тайне держишь и корысть от них имеешь. Всегда найдутся люди, желающие отнять у тебя твое богатство. Нельзя украсть лишь то, что принадлежит всем, как воздух, небо, солнце...

Темнит старик. А мне все ясно. Вернусь, надо будет ячейку в банке снять. Там документы точно в сохранности будут. Никакая тварь до них не доберется. Банки у нас пока, как на Западе, не грабят.

— А про подземный ход, что к скиту вел, вы что-нибудь слышали, батюшка?

Монах отрицательно качает головой. Я чувствую, он что-то скрывает, но ладно — это его личное дело. Главное, чтобы мне не мешал.

— Если я попробую его отыскать, вы не будете возражать?

— Ищи... — монах отставил в сторону свою корзину и посмотрел мне в глаза. — Ищи. Запретить я тебе не могу. Ты сам себе хозяин. А предостерегать тебя, вижу, бессмысленно. Дух мятежный в тебе. Нет ему покоя. Все гонит и гонит тебя куда-то и не дает остановиться и подумать о жизни и о смысле ее. Ищи. Может, и обрящешь.

ГЛАВА 14

Спать монахи ложились рано. Около десяти часов вечера. Но и вставали затемно. На моих часах была только половина пятого, когда меня разбудили и позвали завтракать. Подыматься в такую рань после целого дня пешего пути просто пытка. Спасибо братьям, хоть не заставили молиться вместе с ними и бить поклоны.

Трапеза скудная: кусок самопекного хлеба, помазанного медом, и кружка теплого чаю, забеленного молоком. Но даже эта еда с трудом полезла мне в горло. Вы пробовали когда-нибудь завтракать в пять часов утра?

Потом монахи занялись хозяйством, чтобы быть после свободными для утренней службы, а я отправился обследовать развалины.

Было еще сумрачно. Солнце не выглянуло из-за леса. И под стенами монастыря стелился туман.

У меня хороший шахтерский фонарь с аккумуляторами, он пригодился как нельзя лучше. Подвалы под монастырем были обширными и, в отличие от наземных построек, неплохо сохранились. Местами своды их все же обрушились, видимо, от попаданий снарядов. Я проникаю внутрь через один из таких проломов рядом с развалинами угловой башни.

Подземелья под монастырем представляют собой систему замкнутых переходов и помещений. Самый большой зал с трехметровыми сводчатыми потолками залегает под насыпным холмом, на котором стоит центральный собор. От него лучами во все стороны расходились неширокие, в метр с небольшим шириной и метра два высотой, коридоры. Некоторые вели к башням и заканчивались завалами из битого кирпича и спрессованной, твердой, как камень, земли. Другие приводили в разной величины помещения с такой же высоты потолками. Залы эти, наверное, использовались для хозяйственных нужд, потому как имеют еще и самостоятельные выходы на поверхность. Почти все они, правда, тоже обрушены.

Атмосфера в подземельях была влажной, но не сырой, благодаря неплохо сохранившейся системе вентиляции, устроенной в стенах. То и дело в свет фонаря попадаются черные дыры в стенах. Я подношу к одному из таких отверстий зажженную спичку, и пламя ее затрепетало под напором циркулирующего воздуха. Все-таки строить наши предки умели. Сколько времени прошло, а кладка еще хранит свою прочность.

Мне приходилось сталкиваться с аналогичной кладкой в подвалах городских домов, примерно того же времени постройки. Там раствор высыпался, как песок, и сами кирпичи рассыпались в труху. Загрязненность воздуха в современных городах смертельна для старинной архитектуры. Кислотные пары, как короста, съедают все, даже камень.

Никаких интересных предметов в подземелье

мне не попалось. Такое ощущение, что те, кто покидал стены монастыря последними, вынесли все, что смогли.

Битый кирпич под ногами, осыпающаяся на голову известковая пыль. Полчища худых голодных крыс, смотрящих на меня из всех углов жадными горящими глазами. Они ничего не боятся и ходят за мной следом.

Вот и все итоги первой обзорной экскурсии, которая заняла у меня почти шесть часов.

Когда я поднимаюсь наверх, один из молодых монахов приносит мне печеных куропаток. Все три. Оказалось, что настоящий завтрак я пропустил, а сами монахи довольствовались более скромной пищей. Соблюдают один из своих многочисленных постов.

Я стрескал всю дичь за один присест. Хлеб у монахов был вкусный. А потом мне еще и кислого молока налили. В общем кайф. Я впервые за последние несколько дней забываю о выпивке и заваливаюсь спать совершенно трезвый.

Вернусь домой, надо будет попробовать вставать каждый день в пять часов утра. Может быть, и совсем пить брошу. Чем черт не шутит, когда бог спит?

ГЛАВА 15

Проснулся я, разбуженный мелким назойливым металлическим звоном, и сразу машинально посмотрел на часы. Было почти четыре часа дня.

Старый монах за это время сплел еще одну большую корзину и теперь клепал косу. От этого стука я и проснулся. Его, видать, нисколько не волновало, что он помешал мне спать, наверное, не считал мое демонстративное тунеядство богоугодным делом.

Он посмотрел в мою сторону, ударил еще пару раз молотком, отложил инструмент в сторону, встал с чурбака, на котором сидел, и поманил меня рукой. Потом молча повернулся и пошел куда-то неторопливо.

Мне ничего не оставалось, как подняться с расстеленного спальника и последовать за ним.

— Куда идем, батюшка?

Он так же молча махнул рукой вперед.

Тьфу! Что за манера общаться? Одичали в своей глуши совсем. Разговаривать разучились.

Мы выходим за ворота монастыря и идем вдоль стены в сторону башни, рядом с которой растет большая раскидистая ветла с чернеющим в мощном стволе дуплом.

Прошли мимо нее, и монах свернул в заросли молодого ивняка.

— Здесь, — монах указывает рукой в самую гущу крапивы, высоченной и жирной.

— Что здесь?

Я, кроме крапивы, пока ничего не вижу.

— Там ищи...

Монах разворачивается и, ни слова больше не говоря, уходит. А я остался стоять, как дурак, почесывая в затылке.

Постоял, постоял и полез в крапиву. Тут же обстрекался. Она такая злая, что жалит прямо через одежду. Хотел выскочить обратно, но не успел. Ухнул вниз, как в преисподнюю, даже кукарекнуть напоследок не смог.

Отбил пятки и со всего размаху хлопнулся на задницу, ощутив копчиком всю мягкость битого кирпича.

— Ну монах! Ну божий человек!

С минуту сижу зажмурившись, пока боль становится не такой острой и постепенно отпускает. Потом открываю глаза.

Огляделся. Кругом темнота, только вверху рваное пятно провала, в который я ухнул.

Встаю на ноги, пробую допрыгнуть до края дыры. Дохлый номер. По-моему, в этом случае и Майкл Джордан отдыхал бы. Слишком высоко.

Пошарил вокруг себя в поисках того, что можно использовать как подставку. Ничего, кроме камней и кусков гнилого дерева.

С запозданием сообразил и начал кричать, пытаясь дозваться монаха. Но, видимо, он ушел слишком далеко. Сорвав горло, я снова уселся на землю.

Есть о чем подумать.

У меня нет с собой ни фонаря, ни веревки, никакого инструмента, ни даже фляжки с водой. Стоило только о ней подумать, как начала мучить жажда. Жирные куропатки в моем желудке захотели пить.

Хорошо хоть сигареты и зажигалка с собой. Закурил.

Надеяться на помощь чернецов особо не приходится. Наверное, они только будут рады, если я, вторгшийся в их тихую, размеренную жизнь, исчезну неизвестно куда. Ну может быть, свечку поставят за упокой души раба божьего. Аминь!

Человек я по натуре деятельный. Не в моих правилах долго размышлять и переживать. Нужно что-то предпринимать, если не хочу вот так безвестно сгинуть.

Размышляю я так: если этот участок подземелья имеет отношение к монастырским подвалам, то наверняка он где-то сообщается с ними. Даже если во время первого спуска я не заметил прохода, это не значит, что его не существует. А если это и есть тот самый подземный ход, который я так хотел найти, то в одной или в другой стороне наверняка должен быть выход!

Надеюсь.

Нашел рядом с собой сухую гнилушку. Зажег ее от зажигалки. Осмотрелся.

Я находился в помещении, напоминавшем зарытую в землю башню метров пяти в диаметре. В стены ее зачем-то были вмурованы кованые крюки. Открытие интересное, но совершенно бесполезное в моей ситуации. А вот то, что из барабана в две стороны расходились узкие тоннели, построенные в форме трапеции с малым основанием внизу, подтверждает предположение о подземном ходе.

Решаю для начала пойти в направлении монастыря, в надежде поскорее выбраться на поверхность, а затем, уже экипированным, вернуться и обследовать обнаруженный тоннель как следует.

Подобрал еще несколько сухих гнилушек и отправился в путь. Едва не цепляя головой дубовые балки потолочных распорок, местами неплохо сохранившиеся, но в основном едва дышащие на ладан, продираясь сквозь густые сети паутины, я пробираюсь вперед.

В подземелье сухо. Пламя быстро пожирает гнилушки, но недостатка в материале для факелов нет. От деревянных распорок легко отделяются большие куски. Тоннель не обрушился только благодаря специальной кладке стен, расширяющейся кверху, и еще из-за того, что почти на всем протяжении потолок его состоит из единого массива известняка, в котором он прорублен.

Пол идет с заметным уклоном вниз. И метров через сто, когда уже по всем расчетам ход должен был приближаться к центру монастыря, я вышел в большие подвалы. Удивительно, как я раньше его не обнаружил? Наверное, просто пропустил в темноте.

Но через некоторое время я начинаю понимать, что это вовсе не те подвалы, в которых я был раньше. Они и размерами заметно меньше, и воздух в них не такой свежий, а спертый и затхлый. Вентиляция или отсутствует, или разрушилась. Пламя факела совсем не колышется.

Значит, это нижние подземелья, расположенные под теми подвалами, которые я обследовал раньше. А вход в них был завален.

Скоро я нашел остатки крутой каменной лестницы, ведущей наверх. Груда обломков, возвышающаяся над ней до самого потолка, не вдохновляла. Разобрать такой завал в одиночку — дело малоперспективное, затянется надолго, до полного моего превращения в сухой обглоданный крысами скелет.

ГЛАВА 16

Приходится возвращаться обратно в подземную башню.

Настроение у меня уже не такое боевое. Пятьдесят процентов шансов выбраться наружу было использовано — и безрезультатно. Но остается еще путь в другую сторону. Если и там облом, то ничего другого, как только вернуться к пролому и терпеливо дожидаться, пока обитатели монастыря соизволят озаботиться моим исчезновением, я придумать не мог. Разве что, покинув бренное тело и превратившись в привидение, навсегда поселиться в древних развалинах, пугая своим явлением забредших сюда путников.

Подземный ход в другой стороне сохранился гораздо хуже. Известняковая плита кончилась. Пол и потолок были земляными. Распорки почти все обрушились. Тоннель местами был засыпан почти наполовину. Мне приходится пробираться на четвереньках, то проползая под рухнувшими балками, то перелезая через них. Я перепачкался весь, как черт. Порвал одежду. Вдобавок сверху начало капать, а под ногами появилась слякоть. Где-то рядом залегают грунтовые воды. Факел несколько раз потух совсем, и я начинаю опасаться, что могу и вовсе остаться без света. В моей отчаянной ситуации это практически равнозначно гибели.

Клаустрофобии я не подвержен, но мне начинают чудиться голоса. Сказывается напряжение последних часов. Останавливаюсь на минуту. Закрываю глаза и замираю. Прислушиваюсь к себе. Как можно тверже говорю себе, что со мною все в порядке. Больше ничего не слышу, кроме собственного учащенного дыхания. Не хватает кислорода, а это уже хуже.

Иду дальше.

Наконец я добираюсь до места, где тоннель обрушился настолько, что пробираться дальше можно только ползком. Я потрогал рукой набухший сыростью потолок, грозящий похоронить меня заживо, и решил было повернуть от греха подальше назад, но из узкой щели вдруг повеяло свежим воздухом. Не веря своему носу, я сунул туда еле горящую гнилушку. Пламя заволновалось и вспыхнуло ярче от притока кислорода.

Мысленно призвав на помощь всех святых, ужом протискиваюсь в узкий лаз. Факел при этом приходится оставить, и я оказываюсь в полной темноте. Становится еще страшнее.

Представил толщу земли над собой и понял,

случись что, никто и никогда меня уже не откопает, даже через тысячу лет.

Шарю руками перед собой. Разгребаю землю. Медленно продвигаюсь вперед. Надежда только одна — что впереди есть выход. Ползти назад, в случае необходимости вернуться, просто невозможно.

Голова все время упирается в потолок, как вдруг я ощущаю свободное пространство над собой. Еще пара метров, и я могу уже сесть на корточки. Нахожу на своей одежде еще сухие клочки ткани, тщательно вытираю руки перед тем, как достать зажигалку и чиркнуть кремнем.

За день я хлебнул столько переживаний, что пугаться у меня просто не осталось сил.

Пламя зажигалки бьется и трепещет. Обжигает руки. В его неверном свете на меня пустыми глазницами пялится скелет. Он лежит на боку, вытянув одну костлявую руку в мою сторону. Остатки одежды клоками висят на ребрах. От сапог остались одни подметки, голенища съели крысы. Не сразу замечаю, что вторая рука сжимает ржавый, спекшийся в почти бесформенный комок наган. Значит, наш. Красноармеец.

— Извини, приятель, мне сейчас не до сантиментов. Самому бы выбраться отсюда живым. Подвинься...

Пытаюсь пробраться мимо покойника. Задеваю его. Скелет тотчас рассыпается на отдельные кости.

— Еще раз извини...

Дышать легко. Откуда-то идет волна свежего прохладного воздуха, но выхода пока не видно.

Зажигалка начинает плавиться в ладони, пришлось ее погасить.

Снова вокруг непроглядная темнота, но она уже не так страшна. Я начинаю верить, что спасение близко, стоит только протянуть руку.

Вот оно! Впереди мельтешат светлячки. Значит, поверхность рядом. Еще один рывок, и я выползаю наружу.

И вовсе это не светлячки. За них я принял звезды на черном небе, мерцающие в исходящих из подземного хода испарениях.

На дворе уже ночь. Сколько же времени я провел под землей? Судя по часам, теперь почти полночь.

Вокруг сосновый бор. Стою по пояс в папоротнике. Снимаю с себя штормовку, все равно она в дерьмо превратилась, и обвязываю ее вокруг ствола ближайшей сосны.

Стресс вызвал страшное чувство голода. Но еще больше я хочу сейчас добраться до своей фляжки с разведенным спиртом. Утренние мысли о том, что стоило бы завязать с алкоголем, кажутся теперь смешными и неактуальными.

А вообще — жить хорошо!

ГЛАВА 17

Удивительно, но в монастыре, несмотря на поздний час, царит оживление. Меня, оказывается, ищут.

Рядом с домом в железной бочке горит яркий огонь. Искры, увлекаемые жаром, столбом уходят в небо.

Молодой монах, подбрасывавший дрова в бочку, увидав меня, бежит навстречу и что-то невразумительно мычит. Жестикулирует и крутит у меня перед лицом пальцами. Хочет что-то объяснить.

Немой он, оказывается.

С трудом, но начинаю вникать, что старый монах со вторым послушником взяли лестницу и ушли к провалу, в который я упал. Хотят меня достать.

— Давно?

Уже часа три, а может, и все четыре.

Значит, те голоса, что мне чудились, могли быть на самом деле.

Что теперь делать? Снова лезть в подземелье и искать монахов? Попил, едрена мать, водочки!

В рюкзаке у меня есть смена чистой сухой одежды, но переодеваться нет смысла. Беру только шахтерский фонарь, саперную лопатку, веревку и ружье.

Тут же, не сходя с места, делаю выстрел в воздух, затем иду к провалу. На выходе из ворот еще раз палю из двенадцатого калибра.

На полпути встречаю старого монаха. Он идет с допотопной керосиновой лампой. Как и я, перепачкан землей, известкой и обвешан паутиной.

Монах страшно возбужден. Хватает меня за рукав. Трясет своими немощными кулачками у меня перед лицом. Не спрашивая ничего, я сразу понимаю — случилась беда.

— Там... — старец тычет пальцем в темноту. — Его завалило... Помоги ему!

Он поворачивается, идет обратно к провалу со всей скоростью, на которую способны его старые мощи. Освещает дорогу керосиновым фонарем.

Плетусь за ним следом. Только теперь чувствую, как я устал. Еле ноги волочу.

Из дыры в земле торчит конец длинной, сколоченной из жердей лестницы. Крапива вокруг вытоптана, и теперь я могу подойти к провалу, не опасаясь упасть в него.

Лезть снова под землю очень не хочется, но надо. Закрепляю аккумуляторы на поясе, фонарь на специальном обруче на голове. Спускаюсь по лестнице вниз.

— Эй, ответь! — кричу я в тоннель. — Ты жив там?

— Он не может говорить, — слышу голос старца сверху. — Он немой.

Ясно. А я думал, что у них обет молчания.

Делать нечего. Перекидываю бухту веревки через плечо. Саперная лопатка в руках. Снова иду в подземный ход.

Завал возник в том месте, где я раньше проходил свободно. Рухнула она из подпорок. Бревном монаху придавило ноги. Часть обрушившейся кладки погребла его по пояс. Выбраться сам он никогда не смог бы.

— Живой? — я посветил фонарем ему в лицо.

— М-м...

— Значит, живой.

Начинаю осторожно разгребать завал. Нужно спешить. Перекрытие над головой потрескивает и может обрушиться в любой момент. Отбрасываю назад кирпичи и землю. Освобождаю ему, насколько возможно, ноги.

Прощупываю колени и голени. Переломов вроде нет. Но из-за сильного сдавливания могло произойти нарушение кровообращения.

— Давай, браток, я сейчас приподниму подпорку, а ты выползай потихоньку. Понял?

— М-м...

— Вот и хорошо. Раз-два, взяли...

Подсовываю под бревно черенок лопатки и упираюсь изо всех сил. Она сходит с места. Сверху начинают сыпаться земля и мелкие камешки.

— Шевелись, браток...

Упираясь локтями, монах отползает назад. Я бросаю подпорку, хватаю его под мышки и поспешно волоку подальше от завала. И как раз вовремя.

С шумом и грохотом рушится целый участок подземного хода, где недавно мы находились. Треск ломающихся перекрытий. Туча пыли заволакивает весь тоннель.

Кашляя и отплевываясь, кое-как добираемся до подземной башни. Теперь остаются совсем мелочи: взвалить этого малого на плечи и по шаткой лестнице подняться наверх.

— Может быть, ты сам сможешь?

— М-м!

— Ясно... Ну и тяжел же ты, прямо, как мой рюкзак.

ГЛАВА 18

На следующий день я засобирался домой. Решил, что начало сезона не сулит ничего хорошего и в дальнейшем.

Те архаровцы, которые пытались подстрелить меня в лесу, могли до сих пор бродить где-нибудь поблизости и ждать удобного случая поквитаться.

Филатов, наверное, будет рад случаю покуражиться, но встретиться с ним необходимо, иначе дело может зайти слишком далеко.

Я прощался с монахами, когда старый принес литровую банку меда, обернутую куском белой бумаги.

— Это с нашей пасеки. В этом году меда совсем мало. Кто-то летось ульи разорил. Только три семьи осталось. Зато мед чистый, без сахару.

Мед. Мне? За какие такие подвиги?

— Здесь на бумаге адрес записан. Передай моему брату. Он дьякон в кладбищенской церкви. Скажи от Михаила.

Это была не просьба даже. Так не просят. Монах почему-то был уверен, что я не откажу или не сожру мед сам. Банку я взял, а о том, чтобы присвоить ее, у меня даже мысли не мелькнуло. Все-таки я Эксгуматор, а не какой-нибудь сладкоежка Винни Пух.

До станции, а потом и до города я добрался без приключений. После бурных событий последнего времени это показалось мне даже странным.

Но происшедшее вскоре с лихвой компенсировало спокойную дорогу.

Войдя в подъезд своего дома, я невольно с опаской покосился на темное пространство под лестницей на первом этаже. Поднялся на свой третий этаж. Хотел вставить ключ в замочную скважину, но дверь от легкого нажатия приоткрылась сама.

Вначале это не очень насторожило меня. Мог из деревни вернуться отец, а он часто оставляет дверь открытой, находясь дома. Мама безуспешно борется с этой его деревенской привычкой уже три десятка лет.

Но в прихожей сразу стало ясно, что родители здесь ни при чем.

Квартиру шмонали безжалостно и методично. Не боялись, что хозяева могут внезапно вернуться и застать незваных гостей на месте преступления. Будто знали, что никого не будет дома в ближайшие дни.

Вещи, выброшенные из шкафов, стола, комода, в беспорядке валялись на полу. Обшивка на мягкой мебели была вспорота. Книги отца, которые он собирал много лет, оказались в столь жалком состоянии, что первая мысль, посетившая меня, была о том, что нужно немедленно навести порядок, а то бате «кондратий» хватит.

Стоп!

Суетиться сейчас нельзя. Нужно пока оставить все так, как есть. Те, кто побывал у меня дома, могли оставить следы и отпечатки пальцев.

Беру телефон и, сидя на табуретке посреди развала, звоню Филатову на работу. Описываю в красках картинку, которую наблюдаю вокруг себя.

Выслушав меня, Фил коротко говорит:

— Жди. Я сейчас приеду.

И кладет трубку.

Приехал он действительно быстро и не один. Целая группа. Эксперт с чемоданчиком, который тотчас принялся посыпать все своим порошком и шуршать кисточкой. Фотограф. И еще один, тоже в штатском. Он ходил всюду. Заглядывал где только можно и, как мне показалось, проводил повторный обыск. Хотя что можно было найти после посетивших меня грабителей, неизвестно.

Филатов поднимает с пола перевернутый стул и садится рядом со мной.

— Я же говорил, что твои игры рано или поздно окончатся нехорошо.

— Тебе бы в гадалки пойти. Много денег зарабатывал бы.

Он морщит нос и изо всех сил строит из себя сурового представителя закона.

— Что они могли искать? Оружие?

— Да что я, больной? Будь у меня оружие, сразу бы в милицию отнес!

Теперь он точно начинает сердиться:

— Слушай, Ходарев, ты вообще знаешь, чем я занимаюсь в своем отделе?

— Ну убийствами занимаешься.

— Точно. В Диснейленде другой телефон. И стал бы я к тебе с бригадой приезжать по поводу простой квартирной кражи? Подумай башкой, а не задницей! — Филатов выразительно постучал пальцем по лбу. — На, смотри!

Он расстегивает застежку-молнию на своей папочке и протягивает мне стопку фотографий.

На первой из них был Витька Снегин. Он, как обычно, сидел в своей коляске на фоне окна, но что-то в этом было не так.

Я и не сразу сообразил, что руки его прикручены скотчем к подлокотникам инвалидного кресла, тело вытянуто в струнку, рот перекошен, а широко раскрытые глаза — остекленели.

Витька был мертв!

ГЛАВА 19

— Не было у меня оружия! — твержу я упрямо. И это не ложь. — Не было!

— Значит, ты его держал у Витьки! — настаивает Филатов. — Его квартиру тоже перевернули вверх дном. А самого его пытали, прежде чем удушить!

Я рассматриваю фотографии. На одной Снегина сфотографировали до того, как с головы сняли целлофановый пакет. Вот крупным планом его рука: скрюченные пальцы, посиневшие ногти. А на другой фотографии хорошо видны глаза, полные муки.

— Я сразу понял, что это связано с твоими делами, — продолжает давить на меня Фил. — Кому мешал калека и пьяница? У него и дома-то ничего не было. Пропил давно все. Красть нечего. Это из-за тебя убили Витьку! Кстати, второй раз. И в этот раз уже до конца.

А вот это удар ниже пояса. Меня аж согнуло пополам. Филатов понял это по-своему:

— Что? Желудком слаб на фотки смотреть? — он забирает их у меня и прячет в свою папку. — А я это чуть ли не каждый день в натуре вижу. И поверь, жалости у меня к тебе нет. Что ты отнес к Снегину в тот день, как уходил в лес? Ты ведь к нему собирался зайти, сам говорил об этом. Деньги? Наркотики? Во что ты его впутал?

Интересно, о чем думал Витька в ту секунду, что оставалась до выстрела «чеха» тогда в Чечне? Совершал ли он подвиг, или это случилось просто случайно? Неловко повернулся. Толкнул меня. Не успел увернуться сам.

Как хочется убедить себя в этом.

— Что молчишь, Женя? Отвечай лучше здесь и мне, — Филатов закуривает и, кажется, успокаивается. — Расскажи все, как есть, по-хорошему прошу.

— А то что?

— Придется поговорить в другом месте и по-другому.

Эх, Фил, как у тебя все просто. Раз-два — с плеч голова. Справедливость одна на всех. И другой не бывает.

— Иди ты к черту, Фил! — на меня накатывает волна злости. — Ничего я Витьке не отдавал. И почему его убили, не знаю. Я звонил тебе, потому что у меня вскрыли квартиру. Не можешь заниматься этим делом, я сейчас позвоню ноль-два, пусть пришлют настоящих милиционеров.

Он смерил меня презрительным взглядом:

— Ну, ну... Дурак ты, Ходарев.

Может, ты и прав, Фил. Может, и дурак. Пьяный Витька тоже часто говорил: «Дурак я, дурак... Зачем под пулю полез? Может быть, он в тебя и не попал бы?»

Человек, делавший у меня обыск, подходит к Филатову:

— Ничего. Если что и было, то уже уплыло.

— Рюкзак его осмотри, — командует Филатов. — Что он там из лесу принес? Вернулся слишком быстро. Наверное, нашел что-то серьезное.

Моего «Ермака» снова начинают потрошить. Вещи кучей вываливают на пол. Все прощупывают.

— Разрешение на оружие есть? — имеется в виду моя «Белка».

Предъявляю охотничий билет.

Оперативника заинтересовала банка, завернутая в бумагу.

— Что в ней? — спрашивает Филатов.

— Мед.

Фил вскрывает ее, недоверчиво нюхает содержимое, хотя аромат сразу вырывается наружу. Потом замечает адрес, написанный на бумаге.

— Это что?

— Адрес.

— Я спрашиваю, чей?

— Человека.

По-моему, Фил примерился запустить банку мне в голову.

— Что за человек?

— Откуда мне знать. Меня просили передать — и все.

— В лесу, что ли, просили?

— Будешь смеяться, но да.

Фил еще раз нюхает мед. Протягивает банку своему товарищу:

— Отдай на экспертизу. И человека этого проверь. Кто такой? — потом снова обращается ко мне: — Так чего ты из лесу рано вернулся?

Я пожимаю плечами:

— Комары...

Фил встает со стула:

— Ну все. Поехали. Собирайся.

— Куда это еще? У тебя есть ордер на мое задержание?

— Дурак. Съездим сначала к тебе в гараж, а там, если ничего не будет, то к нам. Снимем с тебя показания. Напишешь заявление об ограблении. Кстати, ты проверил, что у тебя пропало?

— Ничего я писать не буду. Считайте, что это я сам разбомбил свою квартиру.

— А мне зачем тогда звонил?

— Тебе я звонил, как частному лицу. Можно сказать, знакомому. Милицию я не вызывал. Поэтому заявления от меня не дождетесь.

— Ну, ну, — он хлопает меня по плечу. — Это в твоем репертуаре...

ГЛАВА 20

Оперативник потрогал массивный замок на гаражных воротах со скрытой внутри корпуса стальной шпилькой. Оценил его надежность. Такой не собьешь и не спилишь без «болгарки» или автогена.

— Гражданин Ходарев, что вы храните в гараже? — задает он стандартный вопрос.

— А что я там должен, по-вашему, хранить?

— Открывайте.

— Без понятых? Не буду.

Филатов не выдержал и сказал:

— Ладно, Женька, не лезь в бочку. Тебя же просят открыть. Если ты ставишь вопрос принципиально, то будут тебе и постановление прокурора, и понятые. Поедем к нам, но только в наручниках, и там все будет. Но тогда просить никто не станет. Тебе есть что скрывать?

— Ну, если ты так просишь...

Я открыл ворота.

Посредине лобового стекла моей новенькой «девятки» зияла большая дыра. Трещины от нее расходятся во все стороны густой сеткой, как паутина, свитая гигантским пауком.

Ругаться, психовать, возмущаться у меня уже не осталось сил. Я, как столб, застыл на пороге гаража.

Сыскари с нескрываемым интересом стали осматривать увечья, нанесенные моей машине. А посмотреть было на что. Неизвестные вандалы постарались от души.

В крыше, дверях, на капоте было несколько больших отверстий. Кто-то железным ломом насквозь пробил кузов. Сиденья в машине были безжалостно вспороты, и набивка кучей валялась в салоне.

За этим жутким для меня зрелищем я не очень-то обратил внимание на то, что и все в гараже было перевернуто вверх ногами.

Дрожащими руками я достал сигарету и закурил. Эта машина и тридцати тысяч километров не прошла, а ее уже можно отправлять на свалку.

Филатов указал на дыру в крыше гаражного бокса. Злоумышленники проникли внутрь, сняв кусок шифера и проломав деревянный потолок.

— Тебе все еще нечего сказать?

Я открыл рот, но понял, что не владею голосом. Поэтому просто помотал головой.

Те, кто изуродовал мою машину, бесились от того, что не смогли проникнуть в подвал. На люке, сделанном из толстой стальной плиты и отъезжающем в сторону на шарнирах, остались следы от удара ломом. Но вскрыть секретный замок они не смогли.

— Да, — покачал головой один из сыскарей. — Здесь без специалиста по сейфам не обойтись.

Я попросил его отойти в сторону. Нагнулся к люку, запустил руку в отдушину, нащупал защелку. Тяжелая плита почти бесшумно откатилась в сторону на подшипниках.

— Сам делал? — спросил Фил.

— Нет. Есть один умелец. Если нужно, могу дать адресок. Берет недорого.

Я включил в подвале свет.

— Ищите...

Мой безразличный вид красноречиво говорил о том, что они все равно ничего не найдут.

Филатов заглянул вниз, но спускаться не стал. Он толкнул ногой плиту, и она встала на место. С негромким щелчком сработал замок.

— Ладно... Поехали.

ГЛАВА 21

Вечером, когда я приводил в порядок квартиру, собирая и расставляя по своим местам вещи, то все думал: что такого могло быть в тетрадях деда, из-за чего так лютуют неизвестные мне бандиты. Тут в дверь кто-то позвонил.

Гостей я не ждал.

Взял ружье, зарядил оба ствола и взвел курки. Подошел к входной двери и встал за косяком.

— Кто там?!

— Свои! — неестественно радостно сообщил знакомый голос. — Открывай, не бойся.

Я открыл дверь. На пороге стоял Фил. Он покосился на ружье в моих руках и спросил:

— Гостей принимаешь?

— Гостей?

Он ухмыльнулся и извлек из-за пазухи бутылку водки.

— Проходи...

Я взял у него бутылку, отнес на кухню и сунул в морозильник, вместо нее достал свою, давно там лежащую, успевшую дойти до кондиции и загустеть.

Не чокаясь, мы помянули Витьку.

Закурили и несколько минут молчали, а потом Фил вдруг сказал:

— Я знаю, что ты задумал.

— Неужели?

— Витька спас тебе жизнь. Ты ему обязан. Но сам ты ничего не сможешь сделать. Каждый должен заниматься своим делом. Пойми это.

— Проницательный ты наш...

— А ты думал? Работа такая. Ну мне как другу ты можешь сказать, что происходит?

— Как другу?

Филатов поскреб пальцами кадык. И выдохнул, словно собирался засосать стакан спирта:

— Как другу.

— Сейчас не могу. Поверь, как другу. Я и сам до конца все не понимаю.

— Ну, ну. Смотри, когда поймешь — поздно будет.

— Обещаю, что самое главное ты не пропустишь. Индийское кино любишь?

Фил не понял и тупо уставился на меня:

— При чем здесь кино?

— У них в финале всегда все хорошо. Плохие парни плачут, а хорошие веселятся.

Мы выпили еще по одной, но на этот раз за здравие. Мое и его.

— Что было в лесу? — интересуется Фил. — Почему так рано вернулся? Наверняка что-то случилось.

— Мелочи. Меня пытались убить.

— Кто?

— Кони в пальто... Да не бычься ты, ей-богу. Не знаю я, кто это был. Не знаю. Паспорта они мне не предъявляли. Сказали только, что мамины и папины они.

— Темнила!

— Как хочешь. Верь или не верь, но больше я тебе все равно не скажу. Потому как сказать нечего.

Филатов разлил остатки водки по стаканам:

— За упокой пили, за здоровье тоже, давай теперь за удачу в нашем безнадежном деле. Надеюсь, что ты останешься живым и мы еще сможем вот так посидеть. И еще совет. Если у тебя самого рыльце в пуху, то постарайся найти себе хорошего адвоката. Дело это мы все равно раскрутим, даже без твоей помощи. Может, не так скоро, но раскрутим.

— Надеюсь.

Мы выпили. Предлагаю:

— Может, второй голову отвинтим?

— Нет. Хватит.

Филатов встает и собирается уходить, но что-то остановило его. Он задумался на минуту, а потом спрашивает:

— У тебя действительно нет оружия?

— Нет. Кроме этой пукалки, — я кивнул на прислоненную к стене белку. — Свой «вальтер» я тебе отдал.

— А оно тебе нужно?

— Не помешало бы. Предчувствия подсказывают, что мочкануть меня могут запросто.

Вздохнув, Фил достает из внутреннего кармана пистолет. Тот самый «П-38». Посмотрел в потолок, словно искал там ответ на вопрос, правильно ли он делает, и положил «вальтер» на стол.

— Возвращаю. Но учти, только на время.

— Вот спасибо! Ты хоть и мент, но окончательно человеческий облик не потерял.

— И еще. Я его отстрелял, — предупреждает Фил, — гильза и метки на пуле у него очень характерные. Много индивидуальных особенностей. Так что пушка эта с почерком. Если что — не отвертишься. Учти.

— Зарублю на носу.

ГЛАВА 22

Утром, прежде чем отправиться в РОСТО, бывший ДОСААФ, я пересилил себя и решил-таки заглянуть к Витьке, вернее, к его матери.

Анна Владимировна мела тротуары на своем участке. За эти дни она, казалось, сгорбилась еще больше.

— Здравствуйте, — здороваюсь я.

Она вздрогнула. Оборачивается. Лицо ее, распухшее от слез, печальнее лика Богоматери с рублевской иконы.

— А Витеньку моего...

— Я знаю, Анна Владимировна. Можно я к вам зайду? Я Виктору оставлял кое-что перед отъездом. Если возможно, хотел бы забрать.

— Да, да... — она протягивает мне дрожащей рукой ключи от квартиры. — Кому он, калека, помешал? Изверги. Я на дачу в тот день с утра уехала. Грядки нужно было прополоть. А Витенька дома был. Настроение у него такое хорошее было и трезвый совсем. Я приехала. А он...

Снегина зарыдала, утираясь грязным носовым платком.

Повернуться к ней спиной мне стоило изрядного усилия, но я это сделал. Прошел во двор дома, вошел в подъезд и, открыв ключом замок, попал в квартиру, где жил, теперь уже покойный, Витька Снегин.

Надо сказать, что после его смерти в квартире

стало гораздо чище, исчез запах заживо разлагающегося человека. А также острое чувство стыда и обязанности по гроб жизни. Нет Витьки, и будто не было того рокового случая.

Что заставляет меня делать то, что я собираюсь сделать? Долг? Вряд ли. Кому-то будет смешно, но это называется совестью.

Инвалидная коляска сиротливо стоит в углу комнаты. Бутылок и окурков на полу уже нет. На столе в черной рамке портрет Витьки. На этой фотографии он запечатлен в форме десантника. Голубой берет лихо сбит на затылок. Полна грудь значков. Это мы с ним ходили фотографироваться незадолго до отправки в Чечню. Комплект значков этих был один на весь взвод, их передавали друг другу специально для таких вот фотопортретов для родни и любимых девушек.

На всякий случай я подошел к столу, заглянул в ящик, куда сунул перед отъездом тетради и карты деда. Там их, конечно, нет. Можно было даже и не надеяться.

В прихожей хлопнула дверь. Пришла Анна Владимировна, но не одна. С ней была молодая женщина лет тридцати-тридцати трех. Красивая, но с печатью страдания на лице. В этом они чем-то были похожи с Анной Владимировной. Я таких при случайной встрече стараюсь обходить стороной. Боюсь заразиться вирусом неудачи.

— Вот, покупательница на коляску, — объясняет Снегина, — Витеньке она теперь все равно не нужна. А у нее ребеночек с больными ногами. Тоже ведь горе какое. Продам — будет Витеньке хоть немного денег на памятник.

Я понимающе кивнул, мол, все ясно. Достал из

кармана деньги, заранее отложенные именно для этого, и протянул их Анне Владимировне:

— Здесь должно хватить...

И прочь отсюда, побыстрее. Слушать ее нет никаких моральных сил.

ГЛАВА 23

Потом я зашел в магазин, купил пару роликов широкого скотча и несколько метров пленки для парников. Запасное лобовое стекло у меня было. Стояло в подвале. Купил по случаю по дешевке у забредших в гаражный кооператив наркоманов.

Открывая ворота гаража, я уже представлял зрелище, которое увижу, но все равно повторно испытал шок. Выкурив пару сигарет, кое-как пришел в себя и принялся за дело.

Для начала попробовал завести двигатель. Он после нескольких попыток исправно заурчал. Уже легче. Значит, мотор не поврежден.

Затем заклеил липкой лентой дыры на кузове и скрепил ею же треснувший пластик внутри кабины. Запихнул набивку обратно внутрь вспоротых сидений и, обернув их полиэтиленовой пленкой, обмотал поверх скотчем.

Дольше всего я провозился с лобовым стеклом. Порезался пару раз, пока выдирал осколки старого.

Потом выгнал машину из гаража и отошел в сторону полюбоваться на свою работу.

Выглядело все грубо и страшно, но, по крайней мере, теперь можно было ездить. Тут как раз, будто специально для испытания, пошел дождик. Вода в салон не текла. И то ладно.

Первый же гаишник тормознул меня и спросил:

— Братан, по тебе что, из крупнокалиберного пулемета стреляли?

— Система залпового огня «Град». Слышал о такой? Я что-нибудь нарушил?

Он покачал головой:

— Выброси ты ее на фиг! На таком страшилище ездить нельзя. Народ на дороге шарахаться будет. Аварийная обстановка, сам понимаешь.

Я сунул ему стольничек.

Он махнул жезлом:

— Езжай.

И я поехал в штаб поисковиков, располагавшийся в РОСТО.

Мне нужен был бухгалтер. И я его нашел. Вернее, ее. Галя была девица не промах. Кусачая на язык. Но мы с ней ладили. Видимо, сказывалась общность характеров. Гады не жалят друг друга. Яда жалко.

Увидев меня, входящего в кабинет, она несколько удивилась:

— Эксгуматор, ексель-моксель, а ты откуда взялся?

— Из лесу, вестимо.

— Если ты насчет денег, то ведомости я даже еще и не составляла. Других дел полно. Зайди в конце лета, когда весь отряд вернется.

Все девушки любят духи. Это номер беспроигрышный. Флакончик французского парфюма делает Галину более покладистой.

— Ладно, — она тут же изящным мазком наносит духи на запястья и за мочки ушей. — Зайди на следующей неделе. Ради тебя постараюсь.

— Галюсик, — мой взгляд полон томления и страсти. Это я умею. — Не надо денег. Они портят людей. Покажи мне лучше личные дела и учетные карточки тех, кто работает в отряде в этом сезоне.

Она удивленно взглянула на меня.

— А точнее, новеньких, что пошли в первый раз. — Я вижу, что она хочет что-то сказать. Упреждаю ненужные вопросы: — И лучше ничего не спрашивай. Ладушки? Я тебе потом сам все расскажу, по секрету разумеется.

— Тебе и вправду очень нужно?

— Во! — провожу ладонью по горлу и строю страшную рожу. — До зарезу! С меня секс по полной программе.

— Да иди ты... — она смеется.

Галя лезет в шкаф, стоящий прямо за ее столом, достает с верхней полки коробку, сбитую из крашеной фанеры, и ставит ее передо мной.

— Здесь все. Вот в этой ячейке те, кто пошел в первый раз. А здесь... В общем сам смотри.

Перебираю учетные карточки.

— Здесь тринадцать человек, а всего было шестнадцать вместе со мной! Где остальные?

Галя задумывается на секунду, а потом всплескивает руками:

— Да! Двое же прямо в последний день пришли. Ну вместо тех, кто отказался. Я их оформить не успела. Так на бумажке данные записала. Потом хотела карточки заполнить. Хорошо, что ты напомнил, — она открыла свой стол, покопалась в ящиках. Озабоченно огляделась по сторонам: — А где же бумажка? Я же ее сверху клала...

— Ладно, потом найдешь. Ты ведь суточные выдавала? Так? Значит, они у тебя в ведомости должны быть, — ненавязчиво подсказал я ей другой путь.

Галя безнадежно махнула рукой:

— В этот раз перечисление задержали. Деньги для поисковиков с автошколы перекинули. Дали под расписку целой суммой Кобылину, как начальнику отряда. А он уж сам распределял среди своих. Договорились, что потом, когда зарплату получать станут, все распишутся и за суточные.

Облом...

— Ну хоть координаты этого, как его там, Герки Лопахина, у тебя есть?

— Ты что, слепой? Картотека перед тобой.

Снова углубляюсь в изучение личных дел поисковиков. Вот он, родимый: «Гера, Гера, где ты был?»

Вот это для начала и узнаем.

ГЛАВА 24

Он выходит на крытую эстакаду. Осматривается по сторонам.

— Ну, кто меня здесь искал?

Герка здоровый малый. Производит впечатление несокрушимого качка. Он работает грузчиком на оптовой базе. Вот и сейчас я вызвал его с погрузки. На его комбинезоне следы то ли муки, то ли сахарной пыли.

Наконец он замечает меня:

— Эксгуматор, ты? Что за дела?

Герка удивлен. И я изумляю его еще больше — ударом ноги в грудь. Он пятится назад, натыкается на ящик, падает на спину, растерянно хлопает глазами и испуганно закрывается руками:

— Ты что? Ошалел! Чего дерешься?!

Я склоняюсь над ним и замахиваюсь рукой.

Герка ойкает и зажмуривается. Больше я его не бью. Он и так расскажет все, что знает.

Пара наводящих вопросов. Судя по его реакции, ничего ценного он мне не сообщит, но все же стоит его выслушать. Из мелких крупиц информации можно составить мозаику всей картины.

— Да ничего я не знаю про твои дела, — Лопахин сидит на деревянном поддоне и хлюпает носом. — Что ты налетел, как бандит? И сразу в морду, будто по-человечески нельзя поговорить.

— Я тебя еще раз спрашиваю, почему ты в «поиск» не пошел?

— Чего, чего? Не захотел и не пошел...

— Нет, ты до последнего момента тянул, а потом взял и отказался. Кобылину срочно замену пришлось искать. Так в чем дело?

— Да на работе не отпустили! — Герка горячился, и сразу было видно, что врет. — Я отпуск за свой счет все время брал. А тут бригадир говорит...

Я его перебиваю:

— Давно у зубного врача был?

Он импульсивно дотрагивается ладонью до своей челюсти:

— Ну хорошо, хорошо! Они пришли ко мне и попросили не ходить в этом сезоне в лес. Все!

— Прямо так и попросили?

— Дали мне двести баксов и сказали, что в противном случае, то есть если я все-таки пойду, оторвут мне яйца, сварят их вкрутую и запихнут мне в глотку.

— И ты испугался?

— Нет! Я обрадовался, черт побери!

С Геркой все ясно. Я уже встречал таких ребят — крепких и сильных снаружи и гнилых изнутри. Ткни пальцем — сразу дырка, а через нее дерьмо течет. Самое страшное, когда такой молодец прикрывает тебе спину. Витька Снегин был не из таких.

Но дальше все темно. Я так ничего толком и не узнал. Бандитов этих Герка ни до того, ни после не видел. По имени они не представлялись. А по описанию никак не походят на моих силикатных друзей.

Попробуем зайти с другой стороны. Нормальные герои всегда идут в обход. Стоит поискать телохранителей мажора, который хотел купить у меня карту. Личности приметные.

Как-то же они нашли меня в пивном баре? Ждали меня там, будто знали, что я обязательно появлюсь.

Светик просто обязана хоть что-то о них знать. Наверняка разговаривала с ними, пока не приперся я.

Еду в пивбар. Сегодня как раз ее смена.

ГЛАВА 25

— Женечка! — кажется, Светик неподдельно рада моему досрочному возвращению. — Ты же сказал, что до конца лета тебя не будет?

— Приехал проверить пояс девственности. У меня пропали ключи. Есть подозрения, что их кто-то стибрил.

Многозначительный взгляд.

Светик просто обожает красное кружевное белье и сходит с ума от жесткого, без всяких прелюдий и долгих обхаживаний секса. Чем экстремальней, тем лучше. Однажды это произошло у нас в подворотне проходного двора. Она до сих пор вспоминает этот случай и мечтательно закатывает глазки.

В принципе, овладеть ею мог каждый желающий, нужно было только знать простой секрет. Но кто посмеет запросто подойти к женщине и шепнуть ей на ухо какую-нибудь гадость. Вроде того: «Эй ты, мерзкая сука! Я сейчас трахну тебя прилюдно, так что в горле зачешется».

Я посмел.

Клиентов в столь ранний час мало, почти нет. Она зовет из подсобки посудомойку, молоденькую страшненькую дурочку. Та всегда рада подменить барменшу в нужный час, к большому огорчению завсегдатаев заведения. Большинство из них только и ходит в этот кабак в надежде рано или поздно залезть Светику в вырез платья и обжать ее мощные груди.

Она ведет меня в кладовку, заставленную ящиками с бутылками, и предоставляет мне возможность зайти к ней «с другой стороны».

— Ты скучал по мне, милый?

— Несомненно.

Ящики гремят. Бутылки в них звенят. В общем, процесс пошел.

Возбуждаясь от первого прикосновения, Светик теряет над собой контроль и начинает грязно ругаться. Кто-то, наверное, от этого тащится. Но я лично не очень. «Еханый перец» — самое нежное прозвище, которое я заслужил от Светика в этот раз.

Потом, когда все закончилось, она вдруг устыдилась своего легкомысленного поведения. Краснеет, словно маков цвет, отводит в сторону глаза, достает пудру и начинает штукатуриться.

— Пока меня не было, кто-нибудь мной интересовался? — спрашиваю я, пытаясь отыскать на полу оторвавшуюся от брюк пуговицу.

— Не-а... — Светик красит губы.

— А эти больше не появлялись?

— Какие «эти»?

— Ну, помнишь, приходили тут трое? Один такой — «мажор». А двое с ним — недоделанные. Огромные, как быки. И тупые, как валенки.

Их Светик помнила:

— А, козлы. Я таких знаю. Импотенты. Им бутылка член заменяет.

— Они тебя про меня расспрашивали?

— Ну было что-то. Мол, Эксгуматор часто приходит? А когда будет? Тут как раз ты пришел. Я им тебя показала. А что, не надо было?

Светик виновато смотрит на меня.

— Нет, ничего. Это мои старые знакомые. Значит, ты их раньше не видела?

— Да нет. Такие морды разве забудешь? Приперлись со своей выпивкой внаглую. Взяли только воду. Виски офигенно дорогой пили. В нашей забегаловке такого дринька не было и никогда не будет.

Ай да Светик. Молодец. Я-то про «Лефройг» и забыл вовсе. Немногие в нашем городе могут позволить себе такое виски.

— Ты у нас спец, подскажи, где можно купить такой в нашем городе?

Она задумывается на секунду. Потом называет мне пяток шикарных магазинов, где есть приличный выбор импортного спиртного. Я в них никогда не был. Не то чтобы не по карману, просто ненавижу это жлобство. Проще надо быть, товарищи.

Никто никогда не убедит меня, что кусок хорошего мяса — это хуже, чем колбаса, что в пять раз дороже, где от этого мяса остались лишь воспоминания. То же мнение у меня в отношении спиртного.

— Ах, Женька, как я хочу виски... — мечтательно тянет Светик.

Решила, наверное, что я хочу раскошелиться на ирландский самогон. Не знаю, какие контакты сработали в ее голове, но она вдруг предлагает:

— Жень, а Жень? Тебе не надоело жить с родаками? Давай перебирайся ко мне, — она томно виснет у меня на шее. — Ты у мен как у Христа за пазухой будешь.

Я гляжу в глубокую ложбинку, пролегающую между ее грудей, и понимаю, что там найдет свой конец всякий мужик, рискнувший на сожительство со Светиком.

Вздыхаю печально и, потупив глаза, неожиданно для себя выдаю:

— Поздно, Светик. Я теперь женатый человек. Женился я. Кто же знал, что ты вот так предложишь...

— Когда же это? — губы ее начинают дрожать.

— Вчера только...

Она тупо смотрит на меня. Потом буквально звереет:

— Так что же ты, х... моржовый, ко мне приперся?!

— Прощальная гастроль. Гуд бай, май лав, гуд бай!

Из подсобки до черного выхода нужно было преодолеть узкий коридорчик метров в десять.

Пустые бутылки со свистом летят над моей головой, разбиваются, ударяясь о стены, и осыпают меня градом осколков. Но все же я исхитряюсь и ухожу, невредимым.

ГЛАВА 26

Еще одна бутылка разлетелась, ударившись о крышу моей многострадальной машины, когда я выруливал с заднего двора пивбара. Напоследок. Наверное, осталась хорошая вмятина. Но это уже не могло меня огорчить. Раздражало отсутствие пуговицы на штанах.

Виски продавалось во многих дорогих магазинах, но нужного мне сорта не было нигде. Мое расследование, так и не начавшись толком, зашло в тупик.

Теряя надежду, я захожу в еще один магазинчик, торговавший элитными спиртными напитками, сигарами и трубочными табаками. Я так сосредоточенно изучал витрины, что привлек внимание менеджера торгового зала. Он подходит ко мне и спрашивает:

— Выбираете подарок?

Достаточно проницательно, чувствуется опыт. Спроси он меня: что вы хотите? Я бы ответил: «Что бы ты убрался подальше!» А так грубить вроде нет повода.

— Да. Мой приятель предпочитает виски сорта «Лефройг». У вас нет такого случайно? Нигде не могу его найти. Наверное, это очень редкий сорт?

В его взгляде появилось уважение.

— Это не редкий, а очень дорогой сорт, и к нам его практически не возят. Но могу вам предложить «Джимми Уоккер». Недорогое, но очень неплохое виски...

Он начал мне подробно объяснять, что смесь солодового и простого пшеничного виски в определенной пропорции дает изысканный аромат и тонкий вкус. И что многие предпочитают именно такой.

Я терпеливо прослушал целую лекцию о технологии изготовления этого божественного напитка, а потом поинтересовался:

— А где все же можно купить «Лефройг»?

Менеджер очень разочарован, хоть и старается не подавать виду, и я вознаградил его старания, купив четырехгранную бутылку «Джимми» всего за двадцать долларов. В ответ он одаривает меня ценной информацией:

— Единственное место в городе, где есть нужное вам виски, — это казино «Тебриз». Его там в ресторане подают тем, кто много проиграл. Залить, так сказать, душевные раны. Но вряд ли вам удастся его купить...

Недорогое, но очень хорошее, блин! Я бросил купленную бутылку на заднее сиденье машины. Двенадцать поллитровых бутылок «Столичной» — за триста миллилитров похожей цветом на мочу бурды. Мне это виски в горло не полезет. Все равно, что жрать, не запивая, бумажные купюры.

Еду к казино «Тебриз».

Когда-то заводской ДК. Теперь ночной клуб, казино, ресторан. Очаг новорусской культуры.

Здание серое и неказистое. Застройки крупноблочных семидесятых. Огромные окна на весь фасад в железных сварных рамах. Мозаичное панно на тему: «Рабочие и инженерные кадры завода участвуют в народной самодеятельности».

Новые хозяева облепили здание рекламными щитами. Водрузили на крыше громадные светящиеся буквы. Выглядело это аляповато и безвкусно. Но в конце концов, казино не музей. Сюда не смотреть приходят, а пощекотать нервы, пытаясь соблазнить ветреную девушку фортуну. Большинство видело ее только издалека. Некоторым удалось подержать за ручку. И лишь редкие счастливцы смогли по-свойски хлопнуть ее по заднице, не получив в ответ тяжелую оплеуху.

Казино открывалось в пять часов вечера. Я подъехал к нему почти в шесть. На площадке уже стояло несколько машин тех, кто приехал в этот вечер расслабиться в «Тебриз». Среди них были и новенькие иномарки, и мустанги попроще, вроде наших «Жигулей» последних моделей.

Но одна машина бросилась мне в глаза сразу — светло-бежевый «Лексус». А вот рядышком и зеленая «Нива». На ней кирпичемордые приезжали ко мне домой.

Казалось бы, как все просто. Нужно было сразу начинать свой поиск с машин. Ну хорошо, зеленых «нив» в городе полным-полно. Но вот «Лексус» — машина приметная.

«Хорошая мысля приходит опосля». Как бы там ни было, до финишной прямой я добрался в первый же день игры в Шерлока Холмса. Не по кратчайшей прямой, конечно, но и не дальней, объездной дорогой.

Остались мелочи. Сообщить Филатову нужную информацию, а там пусть он включает весь свой репрессивный ресурс. Врубает синие мигалки — и в атаку!

ГЛАВА 27

Стоп! Но самого главного я так и не узнал.

Что такого ценного было в тетрадях моего деда, ради чего можно было пойти на убийство?

«Черный следопыт» боролся во мне с законопослушным гражданином. Я лишился того, что принадлежало мне по праву наследства, но мог хотя бы получить моральную компенсацию, проникнув в недоступную пока мне тайну.

Любопытство берет верх над разумом.

Припарковав свой боевой автомобиль во дворе дома через дорогу, я пошел к казино.

Стоянка была охраняемой. Парень в камуфляже пасся на виду. Я неспешно подхожу к нему, непринужденно завожу разговор:

— Классное точило, — киваю на «Лексус». — Сотни две под капотом, не меньше.

Охранник глянул мельком на ключи с брелоком сигнализации в моих руках и принял мой интерес за простое любопытство водилы. Он кивает согласно, мол, твоя правда, приятель.

— Чей такой красавец? Крутой, наверное, какой-то ездит? Простому человеку такую машину никогда не иметь.

— Это точно, — соглашается охранник и не без гордости сообщает: — Хозяина машина.

— Хозяина чего? — честно говоря, я не сразу понял.

— Как чего? «Тебриза».

Переварить информацию я не успел. На крыльце казино неожиданно появился один из тех силикатных парней, которые пытались расколоть меня в подъезде. В этот раз на нем темный костюм-тройка, что придает ему некоторую респектабельность. Повернись он ко мне спиной, может быть, я его и не узнал бы.

Но лицо! Кирпич и во фраке останется кирпичом.

Он направляется к стоянке, и мне приходится спешно ретироваться. Уже с другой стороны проезжей части я наблюдаю, как силикатный подходит к своей зеленой «Ниве» и садится в нее.

Дав ему отъехать метров на сто, я выруливаю на дорогу и пристраиваюсь следом.

События становятся все интереснее и интереснее. И при этом совершенно непонятными. Зачем столь богатый человек пошел на убийство? Не сам, конечно. Но его люди вряд ли могли действовать без его ведома.

Предложил бы в конце концов побольше чем десять тысяч. Скажем, хотя бы тысяч двадцать пять. И я согласился бы отдать ему документы. Все дело лишь в цене. Неужели жадность настолько затмила ему мозги, что он замарался кровью, поставив под сомнение всю свою дальнейшую благополучную жизнь?

Какая бы ни была у нас милиция, глупая, коррумпированная, нерасторопная, но рано или поздно сыскари до него докопаются. Это ясно.

И потом: как убили Витьку Снегина? Скотч на руках. Пакет на голову. Все это прекрасно вяжется с какими-нибудь бесбашенными бандюганами, но не с хозяином самого большого в городе ночного клуба.

А эти, силикатные? Скорее похожи на сотрудников охраны или не очень удачливых работников сыскного агентства. Стояла бы перед ними задача достать документы любой ценой, что мешало им тогда, достав пистолет из мусоропровода, вернуться и повторить попытку? Да ничего!

Они же поступили, как футбольный центрфорвард в дворовой команде. Не получилось с ходу забить банку, он будет бегать по краю поля, беречь силы и ждать, пока ему снова дадут удачный пас.

После их визита я почти неделю жил спокойно. Но стоило мне уйти в лес, отдав документы Витьке, как его тут же убили. Почему меня не тронули, пока тетрадки у меня оставались?

Машину мою изуродовали.

Как дети малые. Не получилось подвал вскрыть, так они на чем попало отыгрались.

Сплошные нескладушки.

Задумавшись, я его едва не проморгал.

Зеленая «Нива» свернула на боковую улицу, а затем во дворы. Я заметался между домами и увидел его машину, когда в ней уже никого не было. Силикатный куда-то растворился.

Черт!

Выскочив из машины, я подбежал к подъезду, в

который, как мне казалось, вошел силикатный. Взялся за дверную ручку...

Ствол пистолета тотчас упирается мне в затылок.

Не нужно даже оборачиваться, чтобы понять — это «П-226» швейцарского производства. Девять миллиметров. Пятнадцать зарядов. Прицельная стрельба на пятьдесят метров. Все-таки зря я тогда побоялся и не завел себе такой.

ГЛАВА 28

Он сделал элементарную ошибку. Каждый школьник, насмотревшийся по видео боевиков, знает, чем рискует тот, кто приставляет пистолет к затылку противника, держа локоть слишком низко.

Прием этот в ДШБ мы отрабатывали до автоматизма. Командир нашего взвода, прапорщик Аникин, был просто помешан на литературе о спецоперациях и фильмах с Чаком Норисом. Спасибо тебе, дорогой Аника-воин.

Когда пистолет оказался в моих руках, силикатный, надо отдать ему должное, не сменжевал, а попытался выбить его у меня контрприемом.

Мимо!

Попробуй еще раз.

И еще раз мимо.

— Стоп! Который сейчас час? — отскочив на безопасное расстояние, спрашиваю я.

— Чего? — с юмором у него туго, но то, что я не собираюсь убивать его с ходу, он понял. — Ты чего мелешь?

— Давай не будем привлекать внимание народа своими танцами. Поговорим спокойно, не обостряя ситуацию.

Мое предложение начинает его интересовать.

— Пистолет отдай.

— Потом. Ладно?

— Не врешь?

— Ну хочешь, я его для твоего спокойствия пока в мусоропровод брошу? Будет время — достанешь.

— Ты че?!

Видимо, вспомнил, как копался в помойке.

— Шутка! — для пущей убедительности я взвожу курок. — Давай наверх! Виски меня своим угостишь.

По выражению его лица вижу, что моя идея ему не нравится. Но извини — парадом командую я.

Держусь на некоторой дистанции. Очень не хочется угодить лицом под его здоровенный кулак. Он пытается открыть дверной замок своим ключом, но ничего не выходит. Кто-то заперся изнутри на предохранитель.

Силикатный начинает нервничать еще больше. Через минуту я наконец понял, в чем дело.

За дверью послышались шаги, а потом до боли знакомый тонкий голос спросил:

— Это ты, дорогой?

На пороге стоял второй громила. Губки накрашены. Глазки подведены. Розовый халатик с рюшечками. У Светика есть такой же, только с перламутровыми пуговицами.

Ну друзья-товарищи!

Я ожидал чего угодно, но только не этого. Бонни и Клайд, тудыть твою в качель...

— Гостей принимаете? — голос мой весел и бодр. — Посидим, поговорим, между нами — девочками!

Крашеный пытается что-то сказать, но, глядя на пистолет в моей руке, только рот беззвучно разевает, как рыба, выброшенная на песок.

— У вас тушь потекла.

Он купился!

Я толкаю в спину героя-любовника, и мы вваливаемся в уютное семейное гнездышко. Все прибрано, ухожено. Цветы в вазочках на вязанных крючком салфетках. Пахнет дорогим дезодорантом. На стенах фотографии в рамочках. Просто идиллия. Жаль нарушать, но придется.

Может, я и ошибаюсь, но убийцы, по-моему, так не живут. Психологи утверждают, что жестокие люди по своей природе очень сентиментальны. Но нигде я не встречал упоминания, что они еще должны иметь нетрадиционную половую ориентацию.

ГЛАВА 29

— Продолжим разговор.

Наливаю себе в широкий стакан. Наконец мне удается попробовать этот чертов «Лефройг».

Виски как виски. Вкус, правда, резковат, дымом пахнет и очень специфичен. Не пойму, почему некоторые так от него тащатся? По мне — чистая, как слеза, водка лучше.

— Значит, приятеля моего убили не вы?

Они энергично крутят головой. Того и гляди шеи от плеч отвалятся.

— И машину мою изуродовали не вы?

Снова вертят башками. Если бы их черепушки были заполнены сушеным горохом, то треск стоял бы на всю Ивановскую.

— А кто?

Теперь оба синхронно пожимают плечами.

— Так. А может быть, хозяин ваш мне об этом расскажет? Сейчас вы меня отвезете к нему, и устроим, так сказать, очную ставку. Или лучше сразу в «ментовку»?

Они переглядываются.

— Ты не понимаешь, — обретает наконец голос силикатный мальчик. — Хозяин здесь вовсе ни при чем. С нами в тот раз вовсе не он был.

— А кто?

— Так, игрок один. Он у нас проигрался здорово. Штук пятнадцать, не меньше. Мы в тот вечер в зале работали. Охраняли. Он расстроился очень. Чуть не плакал. Хозяин велел его отвезти домой на своей машине. Ну чтобы неприятностей не было. Вдруг он надумает повеситься у нас в уборной? Расхлебывайся потом.

— А потом он сам нас нашел, — включился в разговор силикатный-девочка. — Это уже недели три или четыре назад. Предложил заработать пятьсот долларов. Всего нужно было в назначенное время отвезти его в кабак, там отыскать тебя и проследить, чтобы ты вел себя прилично. А потом забрать у тебя кое-что, что принадлежало Эдику.

— Кому?

— Ну, Эдику, так игрока этого зовут.

— А что забрать, он сказал?

— Нет. Вроде бумаги какие-то. А что в них, мы не знаем и знать не желаем.

— Дальше что?

— Что, что... За пятьсот баксов подставлять свою голову — дураков нет! Он же не предупредил, что ты каратист. В общем, мы его послали куда подальше.

— Ну и?

— Все. Больше мы его не видели. В казино он не показывается. Говорят, что играет сейчас у кого-то на квартире.

— А фамилия у Эдика есть?

— Есть, наверное. Но все его по прозвищу знали. Его Денди кличут. Ну за то, что он всегда одет дорого. Манеры у него аристократические.

Чешу затылок стволом пистолета. Думаю, что на моем месте сейчас спросил бы Филатов. И в голову, как назло, ничего не приходит. Следователь из меня еще тот.

Ах да! Голова я садовая!

— Вы куда Эдика того отвозили? Где он живет?

— Он у гостиницы просил его высадить, — отвечает силикатный мальчик. — Наверное, там и обитает.

— У какой гостиницы?

— «Центральной»...

— Он говорил, как его найти, если встретиться будет нужно?

— Нет, сказал, что сам нас разыщет. После того как мы с тобой состыкнулись, ну тогда... — он запнулся. Видимо, вспомнил удар между ног. — Эдик пришел к нам в казино. Спросил, что ты надумал. Мы ему сказали, что ты просил ему передать, мол, ничего у тебя нет и он ошибается. Эдик психовать начал. Говорил, что надо было тебе навешать как следует. И мы его послали подальше. Он же не предупредил, что ты так крут. Дерешься, прямо как Брюс Ли...

Грубая неприкрытая лесть. Но приятно.

— Что ты будешь теперь делать? — осторожно поинтересовался силикатный-девочка.

— В каком смысле?

Вопрос ребром. Я пока и сам не знаю, что делать дальше.

— Ты нас того? Не убьешь?

— Была охота мараться.

Интересно, как устроен этот пистолет внутри? Обойма летит в одну сторону. Затвор в другую.

Вадим **Цыганок**

Пружину я засунул в горлышко бутылки с «Лефройгом».

— Будете правильно себя вести, никто вас не тронет, — на всякий случай я демонстрирую им свой «вальтер», торчащий за поясом под курткой. — Но если вы вздумали меня дурить, приду снова и устрою групповой кровавый секс.

Сама оскорбленная невинность встала передо мной. В тот день, когда они пытались меня вздуть, я что-то не заметил человеколюбия в их глазах. Значит, сильных боимся, а слабых обижаем. Верно, так все теперь живут.

— Совет вам да любовь, сладкая парочка.

ГЛАВА 30

В этом мире нет места справедливости!

Никогда не подозревал, что я умею так ругаться. Конечно, я не пуританин и люблю иной раз ввернуть крепкое словцо, но сейчас перешел все допустимые пределы.

Прохожие испуганно оглядываются в мою сторону и спешат подальше от распоясавшегося хулигана.

Пока я вел беседы с гомиками, у моей машины свинтили колесо. Хорошо, что хоть болты бросили тут же.

Полчаса провозился, ставя и накачивая запаску. Заодно переложил «вальтер» в тайник, устроенный в машине. Близость оружия очень располагает к его использованию.

Уже стемнело, когда я подъехал к гостинице «Центральная». Гостиница как гостиница. Не хуже и не лучше других в городе. Полным-полно типовых дерьмовеньких номеров, десяток апартаментов, тянущих звезды на три. Два первых этажа заняты магазинами, парикмахерской и офисами разных фирм. В холле игровые автоматы. Обменный пункт валюты. Ресторан дорогой и невкусный. Те, кто живет в номерах подолгу, предпочитают ужинать в кафе напротив.

У автоматов пасутся несколько «хачиков». Пытаются обдурить тайваньскую электронику. Оживленно переговариваются на своем языке, жестикулируют. «Однорукие бандиты» упорно не желают раскошеливаться. Рядом с закрытым уже обменником топчется перекупщик валюты. В общем все спокойно.

Перестроившись на ходу, я подхожу к дремлющему в окошке администратору и весь на понтах, пальцы веером, спрашиваю:

— Алле, гараж?

Челюсти жуют отсутствующую во рту жвачку. Ключики от машины на пальце: дзиньк, дзиньк... Глазки навыкат. Выражение лица самое тупое, на которое я только способен.

Администратор принимает меня за... Ну, в общем, за того, кого я из себя строил.

— Тетка, мне Эдик нужен. Короче, в каком номере он кости кинул?

Она пытается что-то возразить, но я давлю:

— А ты в писульках своих посмотри, глаза не обломаешь. Ты шустри давай. Короче, мне некогда.

Кажется, я попал в точку. Она поняла, о ком я спрашиваю. Клиент-то приметный. Недаром кличут Денди.

— В семьсот двадцать втором сейчас никого нет.

— А где он, в натуре?

— Откуда мне знать? — лепечет насмерть перепуганная администраторша.

— От верблюда, мамаша. Что за дела? Ты здесь для чего поставлена?

Бедная женщина окончательно подавлена моим хамством. И докладывает мне, словно следователю на допросе:

— Он каждый день приходит под утро. До двенадцати часов отсыпается. Потом заказывает обед в номер. И часов в семь вечера опять уходит. Если хотите его застать, то приходите завтра днем.

— Сенкью, мамаша. Ты не говори ему, что я его спрашивал. Пусть другану сюрприз будет.

Ну что же: завтра, так завтра. Честно говоря, я сегодня уже порядочно устал и на общение с Денди сил у меня не осталось. Никуда он не денется за ночь.

В машине у меня лежала бутылка «Джонни Уокера». Раз уж я купил это барахло за такие бестолковые деньги, то стоило поскорее ее прикончить, чтобы бутылка глаза не мозолила и не напоминала о моей дурости.

Все-таки менеджер, что впихнул мне ее, — психолог.

А я лопух.

ГЛАВА 31

Фил был дома. И уже слегка пьян.

— Алаверды, — я продемонстрировал ему бутылку виски. — А где твои?

Филатов раздраженно махнул рукой:

— А...

Объяснений не требовалось. Снова поругался с женой, и та, забрав ребенка, в очередной раз убежала к маме. Глядеть без слез невозможно на его счастливую семейную жизнь. Если я когда и женюсь, то только на слепо-глухо-немой капитанше дальнего плавания.

— Богатым, что ли, стал? — Фил с интересом рассматривает этикетку на бутылке. — Чтоб я сдох, но что-то ты в лесу нашел, раз позволяешь себе такие безумные траты. Водка уже не лезет?

— Не накликай беду. Скажи лучше, как продвигается следствие?

— Твоими молитвами, сукин сын! На мне четыре дела висит, а ты строишь препятствия следствию. Еще пара дней, и я возьмусь за тебя по-настоящему. Жди вызова на допрос. Появились у меня к тебе кое-какие вопросы.

— Так чего тянуть? Давай.

Филатов достал пару хрустальных бокалов. Плеснул в них виски.

— Извини, льда нет, — он попробовал напиток и выразительно промычал: — Губа у тебя не дура.

— Барахло. Это тебе на халяву в кайф. А по мне — нет большего дерьма. Может, у тебя водка осталась? Меняю свою долю не глядя.

Фил понял, что все виски может достаться ему, и быстренько принес из кухни полбутылки водки «Столичная».

— То, что надо.

— Вопрос первый: что было сначала? Обыск твоей квартиры или убийство Снегина? Уточняю: они искали что-то у тебя, не нашли и отправились к Витьке. Или наоборот: убили Снегина, ничего у него не нашли и отправились к тебе.

— Думаю, сперва у меня были.

— Значит, за тобой вели наблюдение и видели, как ты перед отъездом заходил к Витьке.

Я согласно кивнул головой.

— Тем самым ты подтверждаешь, что его убийство связано с какими-то вашими общими делами.

— Ничего я не подтверждаю. Просто не опровергаю твои выводы. А это, согласись, разные вещи. Давай второй вопрос.

Фил прополоскал горло виски, громко сглотнул и зажмурил глаза от удовольствия. Потом еще раз посмотрел на этикетку:

— Сколько стоит? Сотни полторы, наверное?

— Это уже второй вопрос?

— Нет. Просто интересно: сколько денег могут пропить некоторые люди?

— Двадцать баксов.

Фил с еще большим уважением смотрит на бутылку:

— Неслабо... Кстати, я сегодня беседовал с твоей подружкой.

— Ну и что Светик?

— Сказала, что ты порядочная сволочь. От нее я узнал, что ты женился. Поздравляю, — я пожал его протянутую руку. — И еще, что ты ищешь троих людей, которые сами искали тебя незадолго до твоего похода в лес. Кто они?

Я почесал в затылке, обдумывая, как бы ответить на этот вопрос, чтобы не дать повода Филу вцепиться в меня мертвой хваткой. Но в этот момент зазвонил телефон.

— Жена, наверное, — сказал Филатов. — Мириться будет. Але..?

То, что он услышал в трубке, сразу изменило его настроение. Фил стал серьезен. И даже немного протрезвел:

— Да. Хорошо. Я сейчас приеду. Пусть без меня ничего не трогают.

Он положил трубку и замер, глядя в одну точку. О чем-то сосредоточенно думал.

— Что там у тебя? — спрашиваю я.

— Так. По работе.

Фил стал быстро собираться, словно забыв о моем присутствии. Потом, видимо, вспомнил:

— Слушай, я тут вчера немного погорячился...

О чем это он?

— В общем ты верни мне обратно пистолет. От греха подальше.

Ах, вот в чем дело!

— Что с возу упало, то пропало.

— По-хорошему прошу.

— Заяви на меня в милицию. Ты, кстати, спешил куда-то.

Фил зыркнул на меня недобро. Побежал на кухню. Принес банку с медом, завернутую в бумагу.

— Вот, держи. Отдай этому своему человеку, — он постучал пальцем по адресу на оберточной бумаге. — Раз просили передать, то отнеси. А то сожрешь сам, знаю я тебя.

— Что, эксперты ничего, кроме меда, не обнаружили?

— Не обнаружили, но дела это не меняет. Ты поспеши. Потому что, может быть, уже завтра тебе все-таки придется ответить на многие мои вопросы и не в такой дружеской обстановке. Да, и не выезжай никуда из города. Подписка о невыезде тебе обеспечена. Думаю, прокурор, выслушав мои доводы, санкционирует.

— Что ты так засуетился? Что произошло? Что это за звонок?

— Ничего особенного. Просто новое убийство...

ГЛАВА 32

Неладное я почувствовал сразу.

Легкое шебуршание в кустах. Неподвижные тени на стенах в общем мелькании. Ветерок-то поднялся не на шутку. Наверное, к дождю.

Банку с медом я поставил на землю под дерево. Надеюсь, никто не сопрет, пока я буду немного занят.

Двое выходят наперерез, не пуская меня в подъезд. Еще один зашел сзади. Видать, наслышаны о том, что я люблю мусоропроводы. Решили разобраться на свежем воздухе.

— Привет, Эксгуматор.

— Здорово, коли не шутите...

Кажется, их всего трое. Больше я никого не вижу.

— Шутки кончились. Разговор теперь будет серьезный.

— А вы чьи хлопцы?

Слышу в ответ знакомое:

— Папины и мамины.

— Стоп! Да я тебя уже, кажется, видел. Ты в лесу был? Как, у товарища ножка зажила?

— Кончай треп, — грубо обрывает меня он. — Пошли без шума за угол. Там машина стоит. Сядем в нее. Поедем куда надо. И там все, что нужно, узнаешь. Обстоятельства немного изменились. Мы хотим решить дело по-хорошему. Долю тебе предлагаем.

Долю в чем?

А Витьке Снегину вы, суки, тоже долю предлагали? Пакет на голову — вот и вся доля...

Каждому — свое!

Для начала я как следует лягнул того, что был сзади. Не люблю, когда в спину дышат перегаром дешевого портвейна в смеси с пивом. Адский коктейль!

Бил не видя, наугад. Но, кажется, попал удачно, крепко, между ног. Он крякнул, словно его переехало тяжелым грузовиком, и отвалился в сторону переживать боль утраты.

— Ой, блин, мои яйца!.. Падла...

Но на этом удача от меня отвернулась.

В конце концов, не может же везти всегда? По натуре я фаталист и разумом понимаю, что рано или поздно, если долго-долго бегать по стройке, то кирпич на голову все же упадет.

Двое оставшихся, не медля ни секунды, выхватили из-под курток длинные куски свинцового кабеля и — мне пришлось худо. Только в кино герой, встречая головой лом, в следующем кадре уже завязывает эту железяку узлом на шее преступника.

От первого удара я кое-как увернулся. Второй вскользь пришелся по левой руке, аккурат по локтю. Рука сразу повисла плетью. Боли я пока не чувствовал, но сразу понял: дела плохи. К утру локоть распухнет до размера баскетбольного мяча. Хотя до утра еще дожить нужно. А это в сложившейся ситуации становится проблематичным.

Противники решили не останавливаться на достигнутом. Сразу чувствуется: передовики-ударники преступного производства. Обладатели всех возможных в этом деле грамот и дипломов.

Кое-как уворачиваясь от наседавших бандюков, я стал медленно отступать к своей машине.

Граждане прохожие, дорогие вы мои, хоть бы кто крик поднял или милицию вызвал! Нет, родимые мои, спешите вы смыться, покинуть место преступления стороной, стыдливо пряча лица в воротники. Ну и правильно. Кругом темно уже, один фонарь на весь квартал. Околоточного не дозовешься. Сунешься в заваруху, и сам по тыкве схлопочешь. Я, наверное, тоже бы предоставил такому парню, как я, самому решать свои проблемы. Что поделать, не герой я.

Не герой! Герои долго не живут в нашем сумасшедшем и сумбурном мире. Не в самом лучшем из существующих. А я хочу жить вечно и умереть молодым, в окружении кучи внебрачных детей и собственного гарема.

Боль в разбитом локте навалилась горячей волной. Одурманила. Затуманила мозги. Двигаться я стал медленнее. И результат налицо. Вернее, на голове.

Кабель нашел меня. Или я его. Разница невелика. Небо расцветилось праздничным салютом.

«День Победы, что ли? — подумал я. — Этот День Победы порохом пропах...»

Потом я падал, падал, падал...

Успел вспомнить свое детство. Мысленно попросил прощения у Витьки Снегина. Пожалел своих родителей. Они приедут из деревни, а я уже того, в лучшем из миров, а им еще мучиться. Пообещал Светику жениться, если выживу. И рассказать все, как на духу, Филу.

В общем много всякой ерунды было.

Наконец я достиг земли. Еще раз треснулся об нее башкой. И надо сказать, от этого в мозгах просветлело. Клин клином вышибают. Оказывается — это не только про водку.

До машины оставалось каких-то пять метров. И я пополз.

Помните кино, «Последний дюйм» называется? «Какое мне дело до всех до вас, а вам до меня...»

А эти двое шли рядом со мной по сторонам, смеялись и пинали ногами.

— Что, Эксгуматор, против лома нет приема?

— Ползи, гад!

— Похоже, тебе самому скоро эксгуматор понадобится!

Спасибо, хоть своими дубинками больше не били. Наверное, не было задачи прикончить меня. Я зачем-то был им нужен.

А может, просто покуражиться хотят. Это у них неплохо получается.

ГЛАВА 33

Вот наконец и моя многострадальная машина. Кажется, я ползу к ней целую вечность. Словно к далекому источнику воды через пустыню. Гоби и Хинган.

Рука разрывается от боли. Кровь из раны на лбу заливает глаза. Но я, собрав силы, рывком переворачиваюсь на спину и, юля ужом, лезу под машину.

Это зрелище снова вызывает у них смех.

— Ты куда? Совсем от страха ополоумел!

— Не уйдешь!

Один схватил меня за ногу и стал тянуть обратно. Я лягнул его другой ногой. Он вроде упал. Послышался добротный русский мат.

Теперь они вдвоем стали тащить меня из-под машины. Но я уже добрался до своего «вальтера», спрятанного за глушителем.

Раз, два, дружно! Дедка за репку...

Они вытянули меня и замерли в оцепенении, глядя на черный зрачок пистолета в моей руке.

— Ноги-то отпустите!

Сев на землю, я прислонился спиной к машине. Оружие вернуло мне силы. Говорят, для некоторых мужчин оружие — это продолжение их пениса. Символ мужской силы.

Для меня сейчас — это просто продолжение руки. Опасное. Стреляющее. Убивающее насмерть.

— А ну, козлы, живо ложитесь мордой вниз!

Они медлят. Наверное, думают и прикидывают шансы против меня, вооруженного.

— Или я кажусь вам недостаточно опасным?

Я навел ствол пистолета на яйца сначала одному, а потом другому.

— Знаете, чем русский бильярд отличается от

американского? Размером лузы, а по шарам бьют одинаково.

Они подчинились и легли на землю.

— Руки на затылок.

Встаю, поскрипывая и подойдя к ним, задумываюсь: кого из них взять с собой для допроса с пристрастием? Хорошо бы двоих, но в таком состоянии я с ними обоими не управлюсь.

Тот, что моложе, кажется мне более хлипким. Я поднял с земли кусок свинцового кабеля, которым меня только что били, и с превеликим удовольствием врезал ненужному мне экземпляру по заднице. От этого не умирают, но сидеть нормально он долго не сможет.

С воем и всхлипами бедолага отползает в сторону. Сейчас он сосредоточен на своей боли и мне больше не опасен.

— Не бей меня, не бей! — скулит второй.

Желание у меня было, но я не успел.

Я совсем забыл о третьем бандите. А он за это время очухался. Яйца у него, наверно, из нержавейки. И не будь дурак, не стал вмешиваться в драку, а сбегал к машине, которая ждала их за углом, и вернулся с обрезом дробовика.

Огненная молния прочертила темноту.

Мое счастье, что нервы у стрелка сдали и он не подошел ближе. Весь заряд дроби угодил в мою «девятку». Задняя дверь превратилась в дуршлаг. Мелочи — ей не привыкать. Одной дыркой больше, одной меньше. Счет перевалил за сотню.

Воспользовавшись моментом, лежавший на земле передо мной бандит попытался вскочить на ноги, но крайне неудачно для него. Он угодил под второй выстрел, прикрыв своим телом меня. Вскрикнул, как недорезанный, рухнул спиной на капот моей машины и забился в предсмертной агонии, дергая конечностями, как паук-косиножка.

Я вскинул пистолет и выстрелил в ответ.

Попал?

Едва ли.

Петляя зайцем, бандит скрылся в темноте. Наверное, скоро вернется, как только перезарядит свой обрез.

Ждать и догонять — последнее дело.

Слава богу, машина завелась без проблем, а рычаг переключения скоростей под правой рукой. Даю задний ход. Мертвец с капота мешком скатывается на землю. Объезжаю его и выруливаю на тротуар.

Ах, черт!

Жму по тормозам.

Выскакиваю на улицу и бегу к дереву, под которым оставил банку с медом. Желающих рисковать головой ради сладкого в этот вечер не нашлось. Посылка была на месте.

Лишь теперь обращаю внимание, что окна в окружающих меня домах темные, чернее ночи. И это несмотря на то, что сейчас по телику должен идти отборочный матч чемпионата мира по футболу!

Наблюдавших происшествие были сотни. Вряд ли они из своих окон рассмотрели детально мою внешность, но машину запомнят наверняка. Филатов просто зароется в свидетельских показаниях.

ГЛАВА 34

Старое городское кладбище. Темное и мрачное. Даже в солнечный день густые кроны вековых дубов и могучих тополей хранят за его оградой сумерки.

А мне оно нравится. Напоминает чем-то старый умирающий лес. Такой же красивый и печальный.

97

Ограда, сложенная из красного кирпича и увенчанная ржавыми пиками, во многих местах обветшала, стала обрушиваться. Церковь и часовня были построены в начале восемнадцатого века. Тогда же и открылось кладбище. А народ все мрет и мрет, без выходных и перерывов.

Для захоронений оно закрыто уже лет тридцать. Только немногие счастливчики, имеющие здесь родственников, ухитряются навечно поселиться почти в центре города. Для остальных это так же сложно, как путем обмена без доплаты получить квартиру в престижном районе.

Дозахоронения в старые могилы производить разрешается. И не беда, что гроб из-за узости проходов приходится передавать к могиле по цепочке, из рук в руки. Новые-то кладбища далеко. Нужно ехать за город на автобусе. Добраться — целая проблема.

Это единственное кладбище в нашем городе, куда ходить интересно. Тут много памятников. Не какие-нибудь банальные глыбы из мрамора и гранита. Многие действительно представляют собой культурную ценность. Есть даже склепы, принадлежавшие польским дворянским семействам. Теперь они все заброшены и часто служат прибежищем для наркоманов и бомжей.

Машина моя стала настолько приметной, что от нее пришлось избавиться. Бросил во дворах в трех кварталах от кладбища.

Напряжение немного спало, и снова все тело начало болеть. Теперь я почувствовал и те места, в которые меня пинали ногами. Мне бы отлежаться хотя бы пару дней. В таком состоянии я не боец.

Несмотря на поздний час, в небольшой деревянной пристройке к церкви горел свет. Окошко было плотно задернуто занавеской, и, кто находился внутри, подсмотреть я не смог.

Осторожно постучал в дверь. Долго было тихо. Потом кто-то зашебуршал по ту сторону.

— Кто там? — поинтересовался настороженный голос.

Я его понимаю. Нормальные люди в такое время по кладбищу не бродят.

— Я от брата вашего, Михаила. У вас есть брат в монастыре?

— Да. А вам какое дело?

— Он просил вам передать кое-что.

Дверь со скрипом открывается. На пороге стоит человек лет сорока пяти-пятидесяти, одетый в коричневый пиджак поверх серой затертой рясы. У него рябое, изъеденное оспинами лицо и жидкая бороденка клинышком. Из-под короткой рясы видны стоптанные кроссовки, обутые на босу ногу.

Он испуганно смотрит на меня. На окровавленное лицо, измятую грязную одежду. Потом на банку в моих руках. Узнает на бумаге каракули брата.

— Спасибо, — он берет мед. — Что с вами?

— Я попал в аварию. Разбил машину.

— Вам нужен врач...

— Нет. Ничего страшного: пара ссадин. Но мне нужно умыться и почистить одежду.

Человек в рясе посторонился, освобождая дверной проем.

— Проходите.

Добрый самаритянин. Неужели поверил в мою байку про аварию?

— Спасибо, батюшка.

— Я дьякон, — объясняет он. — Батюшка живет в городе. А я уж здесь, при церкви. Заодно и кладбище сторожу. Меня Георгием Семеновичем зовут.

— Экс... — едва не представился я по прозвищу. — Евгений. Я случайно в лесу набрел на монастырь и пробыл там два дня. Вот ваш брат и решил воспользоваться оказией.

Георгий Семенович достает из шкафчика пузырек с перекисью водорода и вату.

— Снимите рубашку и садитесь, я посмотрю ваши раны.

Он обтирает засохшую кровь с моего лица. Дотрагивается до рубца на границе роста волос. Я невольно морщусь.

— Ничего страшного. Только кожа рассечена, кость, кажется, не повреждена. Я сейчас зашью...

Это испугало меня больше, чем те трое бандюков, вместе взятые.

Дьякон тихо смеется:

— Не бойтесь. Я по образованию фельдшер.

Он достает бутылку, судя по аптечной этикетке, со спиртом, отливает немного в чашку и кладет туда иголку с заправленной в нее шелковой ниткой.

— Пусть полежит несколько минут. А пока займемся вашей рукой.

Сам бог послал меня к нему.

Георгий Семенович быстро ощупал распухший локоть, заставил меня несколько раз согнуть и разогнуть руку. Констатировал:

— Перелома нет. Просто сильный ушиб.

Он тут же замешивает на меду, что я принес, какую-то мазь, накладывает ее на ушиб и туго бинтует. Может, это самовнушение, но я чувствую значительное облегчение.

Теперь он протирает спиртом руки и берет иголку.

— Георгий Семенович, — шепчу я осипшим от страха голосом. — Можно мне глоток? Для анестезии.

Он понял, что речь о спирте, и укоризненно

смотрит на меня. Но вид мой жалок и несчастен. И он смилостивился.

Я торопливо хлебнул из бутылки, запил огненную воду обыкновенной и выдохнул:

— Шейте...

ГЛАВА 35

У дьякона оказался и телефон. Вернее, трубка от радиотелефона. Сам аппарат находился в церкви, в комнате батюшки, но это уже не имело принципиального значения.

Я объяснил Георгию Семеновичу, что мне необходимо позвонить по поводу разбитой машины, а также сообщить родным, что со мной все в порядке. Он разрешил воспользоваться трубкой.

Взяв ее, я вышел на улицу.

Было почти утро. Четыре часа. Еще темно, хоть глаз выколи, но рассвет недалеко.

Я нашел удобную могильную плиту. Присел. Неподалеку торчит старый склеп с железными, красными от ржавчины воротами. В кронах деревьев копошатся сонные вороны.

Закурил и набрал домашний номер Филатова. Никто не отвечал. Тогда рискнул звякнуть ему на сотовый. После нескольких длинных гудков Фил отвечает.

— Да, — голос крайне раздраженный.

— Это я.

— Очень приятно, — судя по интонации, это вряд ли правда. — Ты где сейчас? Только не говори, что у себя.

Милый вопрос. Если он знает, что меня нет дома, значит, дела мои совсем плохи.

— Скажем так, на том свете.

— Все шутишь?

— Уже не так весело, как раньше.

— Это точно. Знаешь, что я сейчас перед собой вижу?

— Ну?

— Два трупа. Профессия: охранники в казино «Тебриз». Хобби — гомосексуализм. У одного пакет целлофановый на голове, а второй застрелен из очень интересного оружия, девятимиллиметровый пятнадцатизарядник, скорее всего, швейцарского производства. И еще превеликое множество всяких забавных и странных совпадений и деталей. В общем быстренько приходи в управление, дождись меня, и я тебе все расскажу.

— Рассказывай сейчас. В гости к вам я пока не собираюсь. Предпочитаю держаться подальше от вашей конторы.

— А зря, — слышно, как Фил прикрывает трубку рукой и что-то кому-то говорит. Слов не разобрать. Потом снова мне: — До сих пор тебя можно было обвинить только в сокрытии улик и противодействии следствию. Но теперь ты влип по полной программе. Явка с повинной — это все, что я могу предложить тебе по бывшей дружбе.

— Что у вас есть на меня?

— Интересно?

— Ты говори, я все взвешу.

— Ладно. Вешай. На пистолете две группы отпечатков. Одни из них совпадают с пальчиками на третьем стакане. Жертвы пили незадолго до кончины. И знаешь что? Виски. Называется, как его... Ле... Ла...

— «Лефройг».

— А ты откуда знаешь?

— Так, догадался. Я теперь специалист по виски.

— Вот, вот. У меня возникла идея сравнить эти

отпечатки с теми, что ты оставил на бутылке, которую мне принес. Как тебе такая перспектива?

Я едва сдерживаю стон, рвущийся из меня. Я даже чек в этом сраном магазине не взял. Хватаюсь за соломинку, словно тонущий:

— Думаешь, я такой кретин, чтобы брать бутылку спиртного с места преступления?

— Я не могу отвергать любое предположение, не проверив все до конца.

Вот так.

* * *

— Шеф, он идет по коридору.
— Кто идет?
— Штирлиц!
— По какому коридору?!
— По нашему!

Мюллер смотрит Штирлицу прямо в глаза, нервно подергивая глазом:

— Пальчики! Пальчики! На чемодане русской пианистки! Где, блин, твою мать, шведские лезвия?

* * *

В общем примерно так.

Остается надеяться, что менеджер, всучивший мне бутылку, запомнил меня. Хотя, какая разница. Отпечатки-то на пистолете мои...

И «П-226» этот я сам ему описывал. Кто меня за язык тянул?

ГЛАВА 36

— Фил, — в голосе моем мольба. — Фил, я не убивал их. Клянусь! Зачем мне это?

— Отпечатки, — упрямо твердит Филатов.

— Ну, держал я этот чертов пистолет в руках.

Держал! Пришлось позаимствовать на время. Иначе бы меня из него продырявили. И у них я был. Но я не стрелял из этого швейцарца! Когда я уходил, голубки были живее всех живых! Зачем мне это?

— Не знаю. Может быть, ты отомстил за Витьку Снегина? — предположил Фил.

— Да эти двое вообще оказались ни при чем! Они так, эпизодом проскочили. Не понимаю, кому нужно было убивать этих несчастных гомиков. Слава богу, что ты хоть смерть Витьки на меня не вешаешь...

— Я теперь ни в чем не уверен.

— По крайней мере, пятнадцать человек могут подтвердить, что в это время я был в лесу с группой поисковиков.

— Именно поэтому я все еще с тобой разговариваю. Так все-таки: что ты оставил Снегину, уходя в лес?

Терять мне точно было нечего. Игра пошла настолько серьезная, что все секреты, распирающие меня изнутри, вот-вот разорвут меня на куски. Фиг потом соберешь.

— Карты я ему оставил. Кто-то на меня наехал, хотел сначала купить, а потом отобрать силой.

— Все-таки карты были?

— Да. Их мне мой дед оставил. Ты же знаешь, он всю жизнь поисковой работой занимался, даже тогда, когда это никому не нужно было. Он составил много карт, сопровождая их записями.

— А что в них такого, если за них людей, как мух навозных, бьют?

— Фил, поверь мне, я сам не знаю... Не знаю! Черт побери! Не знаю...

— Все, Ходарев! Приходи к нам. Если ты не виноват — разберемся. А иначе мы тебя с твоего «того света» сами скоро достанем!

Жму кнопку отбоя. В трубке гудки.

Спасибо тебе, Фил. Конечно, ты не дурак. Ты все сопоставил и вычислил, где я могу, с большой долей уверенности, находиться. Знаешь, что я должен был передать посылку служителю кладбищенской церкви. Машину мою разнесчастную тоже могли обнаружить. Кстати, не так далеко от кладбища. Я со своим дурацким юмором сам подсказал тебе путь.

А потом еще так долго трепался по телефону, что установить его номер для милиции не составляло труда.

Зачем он предупредил меня?

Верит, что я скорее выйду на убийцу Снегина один, чем громоздкий милицейский аппарат в полном составе? Боится, что при мне пистолетик, который он сам в приступе благородства и дал, и я потяну его следом за собой?

Потом, когда все закончится, спрошу его. А пока нужно делать ноги.

Не поздно ли?

С моего места видно, как у кладбищенских ворот тормозит «омонобус», и из него, как горох, посыпались крепкие ребята с тупорылыми спецназовскими «калашами». Несколько человек сразу ломанулись к домику Григория Семеновича (эту добрую ночь дьякон запомнит надолго), а остальные стали разворачиваться цепью.

Аккуратно кладу на плиту трубку телефона и, пробираясь узкими проходами между оград и могил, бегом углубляюсь в кладбищенские дебри.

Была сначала паникерская мысль: забиться в какой-нибудь склеп и попробовать там отсидеться.

— Чик-чик, чур я в домике...

Но логика подсказала, что именно старинные усыпальницы будут осматриваться в первую очередь.

Не стал я и выбираться на центральную, более-менее широкую аллею, по которой можно быстро добраться до противоположного конца кладбища, где был второй выход.

— Там наверняка и ждет тебя засада.

Сам с собой начал разговаривать. Нехорошие симптомы.

Дорывая вконец одежду об ограды и колючие кусты, я держу путь в дальний глухой конец погоста, где ограда его выходит на частный городской сектор. Мне казалось, что среди путаницы маленьких улиц и переулков легче будет затеряться.

Забыв о больной руке, я пытаюсь с ходу перескочить ограду, но беспомощно повис, вцепившись в острые пики, идущие поверх каменного забора. Повисел немного и свалился обратно. Эта неудача меня и спасает.

Когда я более осмысленно повторяю попытку, подставив для опоры обломок деревянного креста, и выглядываю наружу, то первое, что вижу, — это желтая милицейская машина, стоящая в десятке метров от того места, где я штурмовал ограду. Луч мощного фонарика мелькнул совсем рядом со мной. И мне пришлось нырнуть обратно, как в воду, даже не успев толком набрать свежего воздуха.

Наверняка они станут стрелять без предупреждения.

— Эксгуматор, ты для них теперь особо опасный преступник.

Обложили...

ГЛАВА 37

Осторожно пробираясь вдоль ограды, я еще дважды повторил попытку вырваться за периметр. Везде ждут милиционеры и омоновцы.

Мне приходится возвращаться в глубь кладбища. Площадь его слишком велика, а рельеф сложен. Здесь я по крайней мере до рассвета могу маневрировать, и отыскать меня будет непросто. Но времени мне осталось не больше часа.

Они приближаются редкой цепью. Фонари их мелькают среди надгробий, деревьев и кустов. Прочесать кладбище у них явно нет нужного количества людей.

Я залег у подножия памятника, изображавшего плакальщицу, слился с постаментом и затаил дыхание. Двое милиционеров прошли совсем рядом. Я слышал их негромкий разговор.

— Без собак мы здесь никого не найдем, — сказал один. — Будем бродить из конца в конец, а ему достаточно менять место лежки.

— Будут собаки. Обещали через полчаса подвезти.

— А если его здесь нет вовсе? Он мог успеть уйти до того, как поставили оцепление.

— Ну и слава богу. Меньше всего мне хочется схлопотать пулю на кладбище. Есть места и более интересные. Ты давай смотри по сторонам лучше.

Собаки. Это очень плохо.

Четвероногих друзей человека я не люблю с детства. Они это, наверно, чувствовали и отвечали взаимностью. Неприязнь эта особенно усилилась после того, как меня укусила какая-то дворовая сявка, и сорок уколов в живот не показались мне фунтом изюма. Вряд ли новая встреча добавит мне и собакам добрых чувств друг к другу.

«Видимо, придется сдаваться...»

Но сначала нужно избавиться от отягчающих обстоятельств. Оружие в моих руках наверняка не вызовет симпатии у омоновцев. К тому же «вальтер» этот я успел подарить Филатову и обещал вернуть.

Вот этот склеп будет как раз. Спрячу там пистолет, а потом поползу капитулировать. Где мой белый флаг?

Склеп какой-то странный. Выстроен из белого силикатного кирпича. На уровне человеческого роста узкие зарешеченные оконца. Железная дверь, несмотря на массивность, легко открылась. Даже петли не скрипнули, будто их кто недавно смазал.

Руки наткнулись на толстые трубы, покрытые каплями конденсата. Какая-то запорная арматура. Под ногами сухо хрустнуло что-то. Огонек зажигалки осветил валявшиеся на бетонном полу одноразовые шприцы, пустые упаковки из-под димедрола, папиросные гильзы.

Наркоманы устроили себе приют в построенном на кладбище канализационном коллекторе. В воздухе еще чувствовался совсем свежий запах кумара. На небольшой железной полочке стоит спиртовка, на которой они готовили себе ширялово. Она была еще теплая. Это тоже указывало, что обитатели притона были здесь еще совсем недавно. Не больше чем минут пятнадцать-двадцать назад. И смылись только при приближении милицейской облавы.

Куда делись? По воздуху, что ли, улетели?

Чем наркоман похож на пингвина? И тот и другой летают только во сне.

Под ногами люк. Пробую его открыть. Чугунная крышка со скрежетом сдвигается в сторону.

Из-под земли пахнуло дерьмецом. Где-то далеко внизу шумит вода. Куда может вести этот тоннель? Куда угодно, лишь бы подальше отсюда! Спелеологом я уже был, теперь придется осваивать профессию диггера. После монастырского подземного хода мне канализационные колодцы просто тьфу!

Быстро выглядываю наружу. Преследователи

приближаются с двух сторон, охватывая тот угол кладбища, в котором я сейчас нахожусь.

Приближается и рассвет. Небо, видное местами в разрывах крон деревьев, заметно посерело. Времени на раздумья совсем не осталось.

Спиртовка наркомановская — в карман. Фонаря у меня нет. А без света под землей пропадешь. Лучше сразу ментам отдаться.

Прежде чем сунуться в люк, я нащупал первую скобу лестницы, ведущей вниз. Раскорячившись в колодце, одной здоровой рукой ставлю тяжелую крышку на место и оказываюсь в полной темноте.

ГЛАВА 38

Далеко внизу шумит вода. Запах очень неприятный, но пока терпимый. В общественном туалете воняет даже покруче.

Левой рукой держаться за скобы я не могу. Не позволяет боль в локте. Приходится постоянно упираться спиной в противоположную стенку колодца, чтобы перехватить здоровой рукой перекладины лестницы.

По ощущениям я нахожусь уже на глубине метров десяти. Неожиданно ноги не находят опоры. Скобы кончились.

Что творится внизу — не видно. Далеко ли до дна, непонятно. Огонек зажигалки не может рассеять мрака.

Остается надеяться, что те, кто прошел здесь до меня, не сломали ноги. Висну на скобе, держась здоровой рукой. Досчитав до трех и припомнив первые слова молитвы, с которой мама в первый раз провожала меня в леса, разжимаю пальцы.

Падаю с грохотом на железную площадку. На-

стил под моей задницей сварен из толстой арматуры. Расстояние между прутьями такое, что легко
проходит ладонь. Хорошо, что спиртовка в моем
кармане не разбилась. Не хватало мне только осколков стекла в ляжке.

Зажигаю наркомановскую спиртовку. Синий огонек едва освещает пространство, но можно рассмотреть, что я нахожусь в чреве большого бетон-
ного куба. Площадка, на которую я приземлился,
находится в центре его, покоясь на сваях. В четыре
стороны от нее отходят огороженные перилами
мостки. Они ведут к большого диаметра трубам, из
которых вниз стекают мутные сточные воды.

А внизу что-то вроде отстойника, из которого
нечистоты уже бурным потоком извергаются в гро-
мадный бетонный желоб и убегают вновь под землю.

Лоб мой покрылся холодной испариной. Сва-
лись я с площадки и упади вниз, меня бы в одно
мгновение засосало в водоворот и утянуло в кол-
лектор.

Куда идти?

Одна из труб кажется мне более привлекатель-
ной, вернее, менее отвратительной. И струя, выте-
кающая из нее, пожиже и не такая вонючая. Скорее всего — это стоки какого-нибудь предприятия.
Но рядом с другой веткой канализации, на стене
куба, мелом намалеван жирный крест.

Направляюсь туда.

С мостка осторожно перебираюсь на край трубы. Нижняя часть ее, по которой текут нечистоты,
очень скользкая, обросшая толстым слоем какой-
то подземной флоры. Идти по ней против течения,
не рискуя скатиться обратно, практически невозможно. Поэтому приходится гасить спиртовку, снова
прятать ее в карман и, раскорячившись звездой,

упираясь руками и ногами в стенки трубы, медленно пробираться вперед.

Диаметр трубы немногим больше метра. Я быстро устаю от согнутого положения. Чтобы расправить плечи и шею, приходится садиться поперек трубы, упираясь в ее стенки, прямо в ручей нечистот.

Вонища ужасная, но недостатка кислорода пока не испытываю. Главное, чтобы здесь не было примеси ядовитых газов. Передохнув, ползу дальше.

Неожиданно труба кончается, и я вываливаюсь из нее. С головой окунаюсь в вонючую жижу. Едва не нахлебался дерьма, но не утонул. Ноги упираются в твердое, покрытое толстым слоем ила и осадков дно. Встаю во весь рост. Поток сточных вод доходит мне до пояса. Течение небольшое. Можно идти.

Через несколько шагов руки упираются в каменный бордюр, ограничивающий и направляющий подземную реку. Выбираюсь на берег, узкую полоску суши. Дальше идет вертикальная стена, постепенно переходящая в свод. По стене проложены толстые жгуты кабелей и проводов.

Хорошо, что зажигалка моя имеет плотно закрывающийся колпачок. Колесо и кремень не отсырели. Фитиль спиртовки быстро обсох в пламени, и я снова обрел, хоть и неяркий, источник освещения. Без него мне бы пришлось совсем плохо. Спирта в стеклянной посудине осталось немного. Нужно спешить.

Теперь видно, что я нахожусь в большом широком тоннеле, облицованном кирпичом.

Скорее всего, это та самая несчастная речка Лужа, протекавшая когда-то по городу, а позже превращенная в канализационный сток. Если идти против течения, то рано или поздно можно выйти к тому месту в овраге на окраине города, где Лужа уходит в подземный тоннель и чистые воды ее, постепенно принимая многочисленные стоки-притоки, превращаются в вонючую канализацию.

«Тротуарчик», на котором я стою, ширину имеет сантиметров шестьдесят. Но зато идти по нему я могу во весь рост, не опасаясь разбить окончательно свою раненую голову. Даже если закончится горючее в спиртовке и я лишусь света, то, держась за стену, можно вполне продолжать движение, пока не доберусь до выхода.

Начерченная мелом на стене стрелка подтверждает верность избранного мною направления. И я двинулся в путь.

ГЛАВА 39

По дороге мне еще несколько раз попадались знаки, оставленные обитателями городской канализации. До сих пор я следовал им и успешно продвигался вперед. Но вот я замечаю отметку, указывающую, что нужно свернуть с центральной магистрали в одно из боковых ответвлений.

Мне очень не хочется снова лезть в узкую трубу, и я решаю дойти до того места, где Лужа выходит на поверхность.

Еще через пятьсот метров, когда речка сделала очередной поворот, я увидел впереди светлое пятно. Там был конец тоннеля.

Я прибавляю ходу и скоро упираюсь в толстую решетку, перегораживающую выход. Видимо, чтобы кто попало не лазил в подземные коммуникации, соответствующие службы установили ее. Железные двухдюймовые прутья надежно укреплены в залитых бетоном шурфах.

Не утешая себя особыми надеждами, я пробую решетку на прочность. С таким же успехом можно попытаться допрыгнуть до неба.

Приходится возвращаться назад.

Отыскав меловую стрелку, я, согнувшись, снова полез в трубу. Хорошо, она была сухая. Путь, проложенный наркоманами, вел в канализационный колодец, и люк его был открыт. Наконец-то я вижу дневной свет.

Я поднимаюсь наверх по лестнице и осторожно высовываю голову наружу.

Колодец находился посреди большого ангара. Стены сложены из панелей вокруг стального каркаса. Кругом фундаменты с остатками крепежа оборудования. Кучи покореженного железа. Несколько облупившихся контейнеров. Вверху под крышей ажурные железные фермы. Посредине, в бетонном полу, проложен рельсовый путь, который упирается в огромные ворота в торце ангара. Они закрыты. Похоже, это какой-то заброшенный цех или склад.

Свет льется из больших окон, расположенных по периметру, высоко над землей. Он приглушен желтоватыми мутными стеклами, но все равно слишком резок для моих привыкших к темноте глаз. На минуту я почти беспомощен.

Сзади послышался шорох. Но ни обернуться, ни снова нырнуть в колодец я не успеваю. Кто-то грубо схватил меня за волосы и приставил к горлу лезвие опасной бритвы.

— Попался, ментяра!

От усилий, прилагаемых к моей прическе, шов на лбу у меня, кажется, разошелся, и теплая струйка крови потекла через левый глаз и щеку на подбородок.

— Я не мент... — шепчу я, чувствуя острый металл в районе кадыка. — Осторожнее, пожалуйста, с моим горлом, оно очень нежное.

Перед моим лицом появились стоптанные кроссовки. От них сильно разит дерьмом. Их хозяин присел на корточки и заглянул мне в лицо.

— Точно не мент, — судя по голосу, это девушка, о чем трудно догадаться по внешности типа «унисекс». — Ты кто будешь, пипл? Чего молчишь, спикер сломался?

— Я человек, — уклончиво отвечаю я. Наркоманы мне нравятся ничуть не больше, чем омоновцы. — Просто человек... Гомо сапиенс — обыкновенный.

Хозяин бритвы отпустил мои волосы и убрал лезвие.

— Человек — это звучит гордо! Приколись, чуваки, — это человек. Мы тут все тоже люди.

Из своих укрытий выползли еще несколько наркоманов, в основном совсем подростки. Грязные, осунувшиеся. Глаза лихорадочно блестят. Видать, не успели принять дозу, милицейская облава спугнула.

Я вылез из люка. Хотел закурить, но мои сигареты в кармане превратились в жидкую коричневую кашу. Кто-то протянул мне папиросу.

— Косяк?

— «План» — чистейшей воды.

— Нет, спасибо. А водки у вас нет? Только не предлагайте «колеса», у меня от них отрыжка.

— Ты чего здесь делаешь, пипл? — спрашивает главарь. — Это наша территория. И метро наше, — он кивает на люк, из которого я вылез. — За проезд платить нужно, пипл.

— Нет у меня ничего. В бегах я.

— Так это, значит, из-за тебя такой шухер поднялся? Фараоны съезд передовиков на кладбище устроили.

— Точно.

— А мы думали, что нашу хазу запалил кто-то. Сорвались. А что ты за птица? «Важняк» какой-нибудь?

— Серийный убийца, — с упоением вру я. Наркота стала меня доставать. Нужно от них избавляться. — Пятнадцать человек на моем счету. А одного не добил. Вот он меня и сдал.

— А убивал кого?

Я достаю пистолет и направляю ствол «вальтера» прямо в нос тому, что меня чуть не побрил:

— Наркоманов!

В один миг я остаюсь один. Торчки прыснули во все стороны, только пятки засверкали.

— Эй, подождите! Я же еще не показал, как я их убиваю. Это же так интересно! Какие вы нелюбознательные.

Все-таки в слове заложена великая сила. Я не Цицерон, конечно, но результат налицо.

ГЛАВА 40

Промзона, в которой я оказался, располагается между двух городских массивов, неподалеку от железнодорожной товарной станции. Бомжи давно уже облюбовали этот район.

Я выглядел среди них своим и не бросался в глаза. Три дня не бритый. Волосы грязны и всклокочены. Морда битая. Одежда рваная и воняет так, будто я, страдая недержанием, не мылся целую вечность.

Весь день провожу, отсыпаясь в канаве под железнодорожной насыпью, а с темнотой подаюсь в город.

Окна знакомого дома светятся, значит, нужная мне особа уже на месте. Я поднимаюсь на пятый этаж и, прежде чем позвонить в дверь, проверяю чердачный ход. Он открыт. В случае чего можно уйти по крыше и выскочить на улицу через другой подъезд.

Жму кнопку звонка.

Она никогда не смотрит в глазок. Когда-нибудь ей это выйдет боком.

— Привет, Светик!

Она всплеснула руками испуганно и хотела захлопнуть дверь, но я успеваю подставить ногу.

— Светик, это я.

— Свинья! — она прижала руку к своей мощной груди. — У меня от страха чуть селезенка не лопнула. Ты чего приперся? Жена, что ли, выгнала?

— Каюсь. Я пал так низко, что если мне не дадут помыться, то дойду до крайности. Впрочем, можешь сдать меня милиции, я на тебя не обижусь. Я виноват, и нет мне прощенья...

Некоторых женщин можно обманывать до бесконечности. И Светик одна из таких.

Теплая ванна, стакан холодной водки. На свете решительно есть счастье. Перманентно, но есть. И хорошо, что его немного. Много — тоже плохо.

Когда счастья хоть завались — перестаешь его замечать. Оно становится обыденным. А любая мелкая неприятность кажется трагедией всей жизни.

Большой жесткой мочалкой Светик трет мне спину. Руки у нее сильные, но нежные. Не один мужик погиб в таких кошачьих лапках. Коготки спрятаны до поры до времени, но могут выскочить наружу в любой момент.

— Филатов мне рассказал, что ты наврал про женитьбу, — она смотрит на мой разбитый локоть, осторожно дотрагивается до него и вздыхает. — Зачем ты обманывал?

— От ревности, — ляпнул я первое, что пришло в голову.

Она недоумевает, и мне приходится выкручиваться, придумывая разумное разъяснение. Ничего не лезет в голову, и я несу полнейшую чушь:

— Ну я думал, что те двое к тебе ходили.

— Какие двое?

— Ну помнишь, здоровые такие. Виски пили.

— Ах, ты все про этих! — Светик смеется. — Дурачок! Я тебя, сладенького, ни на кого не променяю.

Она неожиданно сбрасывает с себя халатик и, оставшись в одном пеньюаре, забирается ко мне в ванну. Вода льется через край.

Тонкое белье мгновенно промокает, прилегает к телу и становится прозрачным, будто его и нет вовсе. Ее рыжие соски, большие, как две младенческие «пустышки», оказываются прямо перед моим лицом. Руки Светика без промедления шарят у меня между ног, пытаясь отыскать притаившийся, как партизан, пенис.

Честно говоря, жизнь так затрахала меня, что не до секса. Предпочел бы сейчас просто прижаться к мягкому теплому телу, устроить себе уютный окоп между ее грудей и тихо, мирно там уснуть. Забыться хоть на несколько часов.

Но не тут-то было.

Вставай в поход — труба зовет!

Огромным усилием воли я заставил своего лысого парня встать и идти работать.

— О-о! — говорю я и делаю вид, что не в силах больше терпеть. — Иди ко мне...

Дно ванны скользкое, как канализационные трубы, по которым я еще недавно ползал. Трахаться стоя очень неудобно.

Мне. Но не ей. Она оттягивается по полной программе и ловит кайф. А я, даже когда почувствовал ее губы и язык на яйцах, думаю о том, что буду делать завтра.

Не могу кончить уже почти час. Наверное, я умру от истощения.

— Ты такой сильный, мать-перемать! Ты такой нежный, трах-перетрах!

Как она ругается! Сапожники отдыхают. Любой другой на моем месте давно бы истек спермой. Но сегодня мне не помогает даже это.

— А... У меня уже третий оргазм, — она тараторит без умолку, словно футбольный комментатор. — Вот, опять снова. Ты сегодня неподражаем!

Туда-сюда, вперед-назад. О черт, какая боль! Он сломался пополам?

Нет, это я так кончил.

ГЛАВА 41

Еще один стакан водки и жаренная в духовке курица с картофелем частично возвращают мне силы.

Я лежу в чистой постели и курю, стряхивая пепел на пол. Светик сидит у меня в ногах и массирует мне ступни. Я знаю, она считает это лучшим способом подвигнуть мужчину на новый сексуальный подвиг.

По телевизору бубнит кабельный канал. Местная телекомпания в перерывах между американскими боевиками показывает криминальные новости.

Вижу крупным планом мою машину.

Хватаю пульт и делаю звук погромче.

Педерастический голос вещает:

— ...патрульно-постовой службой был обнаружен автомобиль «Жигули 2109» белого цвета. Государственный номер... Его владелец Ходарев Евгений Вячеславович...

— Да это же про тебя! — Светик замирает, уставившись в экран, как кролик на удава.

— Кровь, обнаруженная на капоте машины, по всем анализам совпадает с кровью человека, найденного во дворе дома по улице...

Теперь они показывают мою фотографию крупным планом. Я узнаю ее. Эта фотка из личного архива Фила. Я изображен на ней точно так же, как и Витька, в форме десантника. Сам дарил ее Филатову, когда вернулся из армии. Сколько лет прошло — гляди-ка, сохранил.

— ...погибшего в результате перестрелки. Всех что-либо знающих о местонахождении гражданина Ходарева, подозреваемого в совершении ряда тяжких преступлений, просим позвонить по телефонам...

Светик невольно бросает взгляд на телефон.

— Как хочешь, — говорю ей я. — Все равно у меня сейчас нет ни сил, ни желания бежать.

— Ты и вправду сделал все это?

— Если да, то что?

Глаза ее алчно и похотливо горят.

— Я еще никогда не трахалась с преступником. Вот почему ты сегодня такой, — она начинает стягивать с меня простыню. — Тебя, может быть, скоро посадят. И тогда ты не увидишь женщин много-много лет...

Добрая. Умеет найти подход.

Рывком я натягиваю простыню обратно на себя:

— Нет уж, лучше убей меня...

Зловеще ухмыляясь, она встает с кровати и подходит к тумбочке, на которой стоит телефон. Берет трубку и вставляет палец в диск.

Конечно же, она не верит в то, что я убийца. Иначе бы не вела себя так опрометчиво.

Со звериным рыком я вскакиваю с кровати, настигаю ее, валю на пол.

Жесткое порно по видаку — просто детские мультики в сравнении с тем, что в этот вечер вытворяю я. Под конец в ход пошла даже та самая телефонная трубка.

А она ничего. Все ругается и, кажется, очень довольна. Прорва ненасытная. Стерва кабачная. Теперь понятно, почему ее бывший муж откинул копыта так рано. Она просто упахала его.

Если до этого момента у меня и оставались какие-то добрые чувства к Светику, то теперь я ее просто возненавидел. Только нынешнее мое положение не давало мне собрать свои манатки и покинуть ее квартиру, с тем чтобы больше никогда не возвращаться.

Будь бы у меня силы доползти до прихожей, где я в полке с обувью спрятал пистолет... Прощайся, Светик, со своей распутной жизнью.

Но силы были у нее. Она дотащила меня до кровати. Заботливо прикрыла простыней и ласково спросила:

— Хочешь, я тебе кофе сварю?

— Дай водки... — шепчу я, уставившись невидящим взглядом в потолок.

Только эта живительная влага может вернуть меня теперь к жизни.

ГЛАВА 42

От неумеренных занятий сексом и от водки к утру лицо мое так распухло, что, посмотревшись в зеркало, я сам узнал себя с большим трудом. Отросшая густая щетина завершала грим. Ни дать, ни взять — чурка с колхозного рынка.

— Ай, киш-миш, покушай, красавица. Пальчики оближешь!

— Ты чего? — спрашивает Светик.

— Так, тренируюсь...

По моей просьбе Светик сбегала в ближайший секонд-хенд и прикупила одежды. Разноцветный спортивный костюм и кепку, чтобы прикрыть рубец на лбу. Слава богу, мы не в Москве и кавказский вариант вполне сойдет.

Сначала на троллейбусе, а потом пешком, смело вышагивая мимо попадавшихся мне на пути милиционеров, я добрался до гостиницы «Центральная».

У игровых автоматов, как обычно, пасутся кавказцы. Похоже, они живут возле них. «Ары» обращают внимание на меня. Что-то лепечут на своем языке. Радостно улыбаясь, машу им ручкой и вскакиваю в подоспевший лифт.

Поднимаюсь на седьмой этаж. Подхожу к двадцать второму номеру. Прикладываю ухо к двери. Прислушиваюсь.

В комнате громко работает телевизор. Кто-то переключается с канала на канал. Хозяин дома.

Вежливо стучу в дверь.

— Кто там?

Голос знакомый. Удивлю я тебя сейчас, приятель.

— Это дежурный.

Шаги. Он открывает дверь.

— Что надо?

— Шоколада! — от души бью его кулаком в лоб. — Здравствуйте, я ваша тетя!

Он сидит на ковре, в байковом халате, дурацкая сеточка для укладки волос на голове и растерянно смотрит на меня, хлопая глазами. Куда весь лоск девался?

Припоминаю, какой надменный в своем дорогом костюмчике он был в кабаке, когда наехал на меня. Посмотрим, чего он стоит без охраны.

— Какая тетя? Какой шоколад?

Эдик пытается встать на ноги.

— С орешками!

Бью я его в полсилы. Боюсь убить до того, как он все расскажет. Он скулит, как собачонка, и ползает на коленях по полу. Но меня, кажется, не узнает.

— Не бейте! — он забился в угол возле стола и прикрылся руками. — Я верну все деньги! У меня сейчас нет, но я все обязательно верну!

Я хватаю его за грудки, поднимаю на ноги и толкаю на диван. Он тут же поджал голые ноги и стал похож на нашкодившего подростка. Мне становится просто смешно.

— Дерьмо! Размазня. Где же твоя крутизна? Чего ты сам стоишь без телохранителей? Не узнаешь меня? Это же я — Эксгуматор.

— Эк-эк... — от удивления он даже начинает заикаться. — Что вам нужно?

— Это ты мне объяснишь, что тебе было от меня нужно! За что положили уже нескольких человек. Что такого было в моих картах?

— Я не знаю! Меня попросили, и я...

— Знаешь, сука! — достаю пистолет и приставляю к его голове. — Говори, или я тебя пристрелю. Терять мне уже нечего. И так обвиняют по всем статьям.

— Я не могу. Они меня убьют!

— Они убьют тебя потом, а я сейчас! Давай, пой! Откуда ты узнал про мои карты?

— Это долгая история.

— Я не спешу, но терпение мое не безгранично. Советую пошустрей шевелить языком.

Слежу за его взглядом. Он смотрит на открытый бар. На зеркальной полке в ряд стоят несколько бутылок, полные и начатые.

— Можно, я налью себе выпить?

Это он кстати спросил. У меня тоже порядком пересохло в горле. Сказывается выпитое накануне.

— Валяй. Нацеди и мне стаканчик.

Под прицелом моего пистолета он осторожно подходит к бару и достает бутылку джина.

Почему они все пьют такую дрянь? Западло, что ли, водки купить?

Когда пьешь с человеком, пусть даже и врагом, невольно настраиваешься на его волну и лучше начинаешь понимать того, кто сидит напротив тебя. Я глотнул обжигающего, пахнущего хвоей джина и уже более миролюбиво говорю:

— Давай колись. Не томи душу.

ГЛАВА 43

Он смотрит на «вальтер» в моей руке, вздыхает тоскливо и начинает рассказывать:

— В общем, я тут кучу денег задолжал. Мне долго везло. Несколько лет жил в Москве, в «Славянской». Играл. Фартило. А потом, как отрезало. Все спустил. Пытался удачу вернуть, но... Занял денег у бандитов и опять спустил. Знаешь, с утра клянусь себе: «Это в последний раз». А вечером словно затмение на мозги находит и ноги сами в казино идут. Очнешься утром, и жить не хочется. Как наркоман на игле.

Я не перебиваю его, хоть пока совершенно не понимаю, о чем он ведет речь. Пусть говорит. Перебьешь сейчас, он замкнется, и тогда расшевелить его будет сложно. Опять придется бить, а мне это уже порядком надоело.

— У меня в вашем городе дед живет. Сам я из Питера. Родители там. А у деда квартирка была приличная. Он уже старый совсем. Маразматик. Ну я оформил опекунство. Деда — в дурдом. Квартиру продал. Думал с этих денег подняться.

Эдик безнадежно махнул рукой и потянулся к бутылке с джином. Я подставляю и свой стакан.

— А тут мне из клиники звонят. Говорят, дед меня видеть хочет. У него моменты просветления наступают. Тогда он как нормальный здоровый человек рассуждает, говорит. В общем, прихожу я к нему. Он уже ходить сам не может, на каталке передвигается. Просит отвезти его в садик. Есть там такой небольшой при больнице. Отвез я его, а он огляделся по сторонам и говорит: «Ну что, Эдик, совсем дела твои хреновы? Я помру скоро. Хочу рассказать тебе тайну, которую хранил всю жизнь».

Мне тайны его мадридского двора на фиг не нужны, но слушаю. Все-таки я его квартиру профукал.

Начал дед с того, что он вовсе не тот, за кого себя всю жизнь выдавал. И фамилия у него другая, и имя, и вообще все не то. Ну, думаю, опять крыша едет. Хотел санитаров позвать, а он схватил меня за руку и шепчет. И голос такой зловещий, что поневоле слушать будешь.

Рассказывает, что в начале войны он был майором НКВД. Со своей группой выполнял спецзадание. Эвакуировал ценный груз. Несколько опломбированных ящиков, как ему сказали, особо секретных документов. Сначала ехали они в составе поезда в литерном вагоне. А потом, когда перегон впереди разбомбили, было решено перевезти груз автотранспортом на другую узловую станцию, откуда еще можно было следовать на Москву.

В это время местный комбинат как раз самое ценное оборудование демонтировал, и на машинах все это добро должны были на станцию для погрузки перевозить. Майор принял решение для безопасности следовать в составе этой колонны.

Где-то в пути навстречу им попадаются остатки воинского подразделения. Командир сообщает, что узловая станция уже занята прорвавшими оборону немцами, что немецкие танки идут по шоссе и не более чем через час будут уже здесь.

Началась паника. Сопровождавшие оборудование рабочие комбината хотели все побросать и начали разбегаться. Тогда майор решил принять командование на себя. Пристрелил для острастки пару человек. Приказал своим солдатам окружить колонну и никого не выпускать.

Старшим в колонне был главный инженер комбината. Он сумел организовать своих людей. Грузовики свернули с шоссе на проселок. Недалеко в лесу была одна из старых разработок торфа. Глубокие квадратные ямы, заполненные болотной водой. Там и решено было утопить оборудование, чтобы оно не досталось наступающим немцам.

Ящики и контейнеры со станками пошли на дно. Машины сожгли.

Рабочие вернулись назад вместе с попавшими в окружение войсковыми частями, отступавшими к городу.

Майор приказал большинству своих солдат под

командованием старшины самостоятельно искать выход к основным силам обороняющейся армии. А сам, оставшись с шестью бойцами, стал прятать ценный груз.

Перетаскивая тяжелые ящики, солдаты уронили один. Он разбился, и из него выпали несколько упакованных в пергаментную бумагу стопок золотых монет еще царской чеканки. В остальных ящиках тоже было золото в слитках и монетах. Секретный груз оказался просто бесценным.

Майор приказал утопить ящики в торфяных ямах, рассудив, что с золотом ничего не случится. Но секрет уже перестал быть секретом. Выполняя инструкцию НКВД на такой случай, майор из автомата расстрелял всех своих людей. Сам переоделся в форму рядового, а трупы также утопил в болоте. Теперь о местонахождении груза и о том, что было в ящиках на самом деле, знал он один.

ГЛАВА 44

Я слушаю и что-то не очень верю в эти сказки. Слишком все невероятно. Высказываю свои сомнения:

— Ну и что? С чего ты решил, что золото до сих пор там? Раз дед твой жив остался, значит, и груз позже был найден. Неужели спецслужбы просто так бросили свое добро?

— В том-то и дело, — продолжает рассказ Эдик. — Дед мой, пытаясь перейти линию фронта, попал в плен. Он был в форме рядового, и немцы отправили его в концентрационный лагерь, где-то на территории Польши. Пленные работали на каменоломне. И там ему так досталось по голове куском известняка, что он попал в лазарет.

Немцы в первые месяцы войны, пока дела у них складывались удачно, особо не зверствовали в лагерях. Майор выжил, но потерял память. Забыл обо всем, что было до того момента. Ему сказали, каким именем он себя называл, и все, что было о нем известно. Но это была легенда, выдуманная им самим. Он выдавал себя за одного из убитых им солдат. И стал совершенно другим человеком.

После войны, когда пленные вернулись домой, органы проверяли его, как и всех. Но родственники того человека, чье имя он теперь носил, все погибли на оккупированной территории. Так он начал жить чужой жизнью. Женился, завел детей.

— А потом, как вдруг все вспомнил? Снова по башке, что ли, получил?

Эдик с тяжелым вздохом подошел к столу и достал из ящика большой почтовый конверт. В нем оказалась пожелтевшая от старости газета. Протянул ее мне.

«Знамя». Орган областного комитета КПСС. Передовица про ударную уборку урожая.

— Не там смотри. На последней странице.

Ах, вот оно что...

Статья, посвященная юбилею районного промкомбината. Очередная некруглая дата. И подпись: Т.Е. Ходарев, директор областного краеведческого музея.

Тимофей Евграфович поведал широким массам о том, что после войны промкомбинат был оснащен новым оборудованием, привезенным из побежденной Германии. Но живы еще свидетели, которые помнят, как старые станки были спрятаны от фашистов в лесу. И далее история, только что поведанная мне Эдиком, но с другой стороны. В заключение мой дед предлагает создать на комбинате музей, где экспонатами могли послужить станки еще дореволюционного производства. Их всего лишь необходимо для этого достать из болота. Место ему известно. Нанесено на карту, составленную им со слов очевидца событий.

— В общем, когда он прочитал эту статейку в газете, то память к нему и вернулась. — Эдик был совсем пьян, но снова потянулся к бутылке.

Я перехватил его руку:

— А почему он никому не сообщил?

— Тут перестройка как раз началась. Кругом разоблачения. Сталин. Берия. НКВД. Он боялся, что его привлекут к ответственности за тех убитых им солдат. А потом он так привык к своей новой жизни, что про старое и вспоминать не хотел.

— И на фига тебе нужна была карта, если дед твой сам все вспомнил?

— Так он же сбрендил! Тут помнит, а тут ничего не помнит. Дорога туда почти пятьдесят километров. Где искать? Я рванул на комбинат, да опоздал. Новые хозяева весь архив на макулатуру отправили. В живых из тех, кто тогда оборудование топил, никого не осталось.

— А на меня как вышел?

— Да просто. Дело нехитрое. Ты же известная личность. Эксгуматор. Самый удачливый поисковик. Только и разговоров в ваших кругах, что у тебя наверняка карта какая-то секретная есть. Я сразу понял.

ГЛАВА 45

Беру со стола телефон и под хмурым взглядом Эдика набираю рабочий номер Филатова. Мне отвечают. Прошу его пригласить.

Голос у Фила злой и усталый, намаялся за последние два дня.

— Филатов слушает...

— Привет, это я.

Долгая пауза, затем возмущенный возглас:

— Ну ты и наглец! Думаешь, неуловимый такой? Слушай, Ходарев, кончай бегать, по-хорошему говорю. У постовых приказ стрелять на поражение!

— Ты бы против меня еще десант с бронетехникой сбросил. Я, как увидел толпу головорезов в камуфляже, так у меня сразу сработал инстинкт самосохранения. Предлагаю встретиться в более мирной обстановке.

— От меня в твоей судьбе уже мало что зависит. Ты теперь в конфликте с законом, а значит, с самим государством.

— Ладно, Фил, кончай волну гнать. Приезжай со своей шайкой. У меня для тебя сюрприз есть. Нашел я его.

— Кого?

— Ну того, который все дело заварил. Забирайте его, ну и меня заодно. А там разберемся.

— Где ты?

Эдик делает попытку встать со своего дивана, но я пресекаю его шевеления движением ствола пистолета.

— Брось, вы уже наверняка меня засекли.

— Для сверки.

— Гостиница «Центральная». Номер семьсот двадцать два. Найдешь? Или мне белый флаг в окно выбросить?

— Смотри, Ходарев, если это твои очередные штучки, — тон у Фила несколько смягчается. — Минут через десять мы у тебя будем. Жди и никуда не выходи. Понял?

— Да понял я...

Довольный собой, я кладу трубку.

— Вот так-то, Эдик! Гони мои карты, пока «менты» не приехали. Единственное, что могу тебе обещать, — не скажу, что меня в лесу убить пытались. Где они у тебя?

Эдик рассеянно хлопает ресницами:

— А их у меня нет.

— Вот, е-мое! А куда ты их дел?

— Их у меня и не было! Когда мне не удалось их у тебя забрать, ни купить, ни отобрать, то...

Я со злости залепил ему звучную оплеуху. Такую, что даже сеточка его дурацкая на пол слетела.

— Твои люди друга моего убили! Двух педиков из казино! Своего из дробовика положили! Машину мою новую в дерьмо превратили, а ты мне говоришь, что карты у тебя нет! Я из тебя сейчас все дерьмо вытрясу, уборщица потом неделю разгребать будет!

До него не сразу доходит смысл моих слов, а потом он начинает психовать:

— Никого я не убивал! Нет у меня никаких людей. Я в вашем городе почти никого не знаю!

— Будет врать-то. Менты из тебя все равно всю душу вытрясут. У них запоешь. Посадят в одну камеру с настоящими уголовниками, тогда узнаешь.

— Ни при чем я здесь!

— Кто же тогда, по-твоему, меня убить хочет?

Эдик, набычившись, молчит. Но по глазам его вижу, он знает, о ком идет речь.

— Кому ты еще сказал про карту? — осеняет меня догадка. — Говори, или я, ей-богу, тебя по стенке размажу!

Он еще колеблется, и приходится предъявить

ему последний аргумент — пистолет. Сую ствол в самые его ноздри:

— Понюхай, как смерть твоя пахнет!

Эдик отстраняется, трет ладонью испачканный пороховым нагаром со ствола кончик носа.

— Я на квартиру одну хожу. Там по ночам в преферанс играют. Ставки не очень большие. Тысячи по две-три рублей за пулю расписывают. Мне сейчас в самый раз...

— Да не тяни ты!

— В общем там я с ним и познакомился. Да и ты его знать должен. Он тебя хорошо знает. Как услышал от меня про карту, так сразу сказал: «Точно, блин, карта у него должна быть!» Мы с ним про долю договаривались. Но, кажется, он меня кинул... Сволочь!

Я трясу его за плечи:

— Кто он? Как фамилия?

— Ой, не помню точно. Кажется, Ме... Мер...

Договорить Эдик не успел. В дверь требовательно постучали.

— Кто там? — спрашиваю я.

— Откройте, милиция!

Сунув «вальтер» подальше от греха в карман штанов, я подошел к двери:

— Наконец-то, а то заждались.

ГЛАВА 46

— Дождались!

С запоздалой реакцией я сунулся в карман за пистолетом. На пороге номера стояли те самые ребята, что волтузили меня позапрошлой ночью. Вернее, двое из них, так как третий стоять теперь может, только лежа в гробу.

Кусок кабеля в свинцовой оплетке со свистом рассек воздух и остановил свое движение у меня на лбу.

Небо в алмазах — какое блеклое сравнение.

Сознания на этот раз я не терял и на полу оказался очень быстро. Мозги продолжают прекрасно соображать, и я понимаю, как лажанулся. А вот руки и ноги не действуют, будто их и нет.

Какая-то тварь тонкой струйкой льет мне на голову кипяток. Брызги летят на лицо и шею.

Перекройте кран!

Черт, это моя собственная кровь.

Руки наконец обрели чувствительность и сами собой поползли к голове. Я прижал ладони к разбитому, липкому от крови лбу, принял внутриутробную позу и замер.

Эдик, сперва застывший посреди комнаты, рванулся навстречу вошедшим:

— Господи! Хорошо, что вы пришли! Эта тварь хотела сдать меня милиции.

Тварь — это я. Ну хорошо же, Эдик. Эти слова тебе припомнятся. Дай только срок. Оклемаюсь и с превеликим удовольствием пересчитаю тебе все зубы.

Узнаешь — тварь я дрожащая или имею право.

— Зачем он пришел? — спрашивает тот, что ударил меня. Он поигрывает своей дубинкой. — Что ты ему рассказал? Небось, все выложил? Двинул он тебе пару раз, а ты наложил в штаны и пошел языком чесать.

— Ничего... Совершенно ничего, — жалко лепечет Эдик. — Но что мне делать? Сейчас сюда приедет милиция! А он валяется тут... Как я объясню?

Второй бандит достает из кармана тонкие кожаные перчатки. Натягивает их. Вытаскивает у меня из кармана пистолет. Это ему я врезал той ночью по заднице, но, кажется, мало.

— Я же говорил тебе, что «вальтер», — бросил он товарищу. — А ты не верил. Думал, что «марголин». С тебя бутылка пива — проспорил.

Он подходит к окну, смотрит вниз:

— Менты подъехали на «уазике». Трое. Поднимаются на крыльцо...

Говоря это, он снимает пистолет с предохранителя.

— Надо уходить, — торопит его товарищ.

— Погоди, нужно сделать одно дело.

Кажется, отомстить Эдику за «тварь» я уже не смогу по причине безвременной кончины. Страха почему-то нет. Сил сопротивляться тоже.

Вот Фил удивится, увидав меня. Только что звонил по телефону и, на тебе, валяется мертвый с разбитой холодной головой, дыркой в горячем сердце и чистыми, вымытыми руками.

— Я ухожу с вами, — Эдик суматошно носится по номеру и собирает в охапку вещи.

— Ты останешься здесь, — говорит ему тот, что держит мой пистолет.

Выстрел.

Пистолет падает на пол рядом с агонизирующим Эдиком. Лежа на полу, я хорошо вижу его глаза. Широко раскрытые. Удивленные. Почти мертвые.

Ой, чего-то я не понимаю... Туго соображать стал. Наверное, это последствия частых ударов по голове.

Меня волокут по черной лестнице к грузовому лифту. Пятки стучат по ступенькам.

На голову они намотали мне полотенце. Думал, пожалели, что кровью могу истечь. Потом понял —

чтобы не оставалось следов. По кровяной дорожке можно сразу понять, куда ушел «убийца».

Значит, теперь я еще убил и Эдика. Фил свой пистолет узнает сразу. Не потребуется даже сверять стреляные гильзы. Наверняка подумает, что я окончательно сошел с ума. Совершил убийство, предварительно позвонив в милицию. Все признаки маниакального синдрома налицо.

Интересно, мое дело войдет в милицейские учебники?

За этими веселыми мыслями я не заметил, как меня притащили на нулевой, служебный этаж гостиницы. Здесь меня связали куском проволоки, а рот заткнули грязной тряпкой и сверху залепили скотчем.

Потом через ворота в подвал въехал «Москвич»-каблучок. Меня кидают в кузов, а сверху заваливают мешками с грязным постельным бельем. Крайне неприятный запах — это мои последние впечатления.

Я улетаю, но скоро вернусь...

ГЛАВА 47

Вонь невыносимая. Пахнет хуже, чем в канализации. Неужели я все еще под нестираным бельем?

Открываю глаза.

Темнота полнейшая. Голова и пятки упираются в стенки короткого гроба. Наверное, я все-таки умер. А вонь, потому что я разлагаюсь. В глазницах моего черепа копошатся черви, поэтому ничего и не вижу.

Где-то наверху играет музыка. Еще одни похороны.

Привет, сосед!

К черту шутки. Тест на здравый рассудок. Кто я — помню. Где я — вопрос.

Шаг за шагом восстанавливаю события, предшествовавшие моему пробуждению..

Голову давит. Болит, но не сильно. Кто-то наложил тугую повязку. Санитары хреновы.

Наверное, они мне впороли что-то. Ощущение какое-то странное. Легкость в теле необычайная, несмотря на то что я, по идее, должен просто подыхать от ломоты и пролежней.

Вот оно в чем дело. Я связан в положении оловянного солдатика. Спеленат, как ребенок. Тело затекло во время долгого лежания без сознания, и я просто его не чувствую.

Запах все-таки жутко знакомый. Припоминаю, что точно так же воняло у меня в подвале, когда протухла прошлогодняя квашеная капуста.

Значит, я нахожусь в чьем-то подвале или погребе, а может, подполе, что в конечном счете один черт.

Сколько времени я здесь валяюсь?

Прислушиваюсь к своему желудку. Жрать хочется, как из пушки. Значит, с тех пор, как я похарчевался у Светика, прошло не менее двенадцати часов. В лесу я привык питаться дважды в сутки, распорядок этот перенес и на повседневную жизнь, все остальные положенные человеку приемы пищи заменив водкой.

Да, выпить бы сейчас неплохо. Со стаканом холодной водки и помирать не так страшно.

Только, думаю, не за этим меня сюда притащили. Кончить и на месте можно было.

Зачем я им? Карта у них?

Разобраться в ней не могут? Нужен проводник?

Столько вопросов и ни одного ответа.

Покойный Эдик почти назвал имя того, кто устроил мне этот рождественский праздник. Больше того, он сказал, что я его знаю. Хотя не аксиома. Он знает меня, но совсем необязательно наоборот. Личность я в некоторых кругах одиозная, почти легендарная. Эксгуматор! Юных следопытов мною пугают, как букой.

Как он сказал? Мер... Меркулов? Мерцидон-Али-Капудаки? Среди моих знакомых точно нет людей с фамилией на Мер...

Что я еще знаю об этом человеке? То, что он карточный игрок. Немного. Но и не мало. Для того же Филатова это дало бы обильную пищу для размышлений. Уж он-то наверняка что-нибудь бы накопал на этого пресловутого Мер...

Бедняга Фил. Как я тебя подставил.

Опрометчиво с моей стороны было браться за самостоятельное расследование. То, что произошло, в конечном счете закономерная расплата за самонадеянность. Помочь Витьке Снегину я все равно уже ничем не мог. Все свои поступки я оправдывал тем, что обязан ради его памяти найти убийц. И только теперь понимаю — тешил собственное эго. Пытался доказать себе и окружающим, что могу не только по лесу бегать.

А убили-то его из-за меня!

Ей-богу, для меня это ошеломляющее открытие. Фил мне об этом с самого начала твердил, но я, баран упертый, никак в толк не мог взять, чего он ко мне привязался?

В потолке открылись люки.

Люк был всего один. Но свет из него такой резкий, что я зажмурился невольно, а потом решил прикинуться, что все еще в бессознательном состоянии.

Номер не прошел. Голова, что появилась сверху, сразу раскусила мои дурки.

— Очухался!

Сначала в подвал спускается один, затем другой. Меня берут, словно бревно, и тащат наверх.

Большая комната. Сразу понятно, что частный дом. Окна, потолки нестандартные.

Играет музыка. На тумбочке стоит большой проигрыватель виниловых дисков. Песни старые. Такие были в моде лет десять назад. Вкусики хозяев мне понятны, а вот сами они загадка.

ГЛАВА 48

Двое уже знакомы. Один из них бил меня по голове в гостинице, другого я тоже помню, встречались, а вот третьего идентифицирую по хромоте. Это его я, кажется, подранил в лесу. Он ходит кругами по комнате, приволакивая ногу, и довольно потирает руки.

Меня сажают на стул.

Гестапо, ни дать ни взять. Яркий свет лампы в глаза. Где орудия пытки?

— Ну вот мы и встретились, — говорит один. Банально, но вернее некуда. — Поговорим?

Хочу ответить ему нецензурно, но не могу. Рот залеплен пластырем.

Хромоногий срывает нашлепку. Больно же, черт возьми!

— Не нравится?

Странный вопрос.

— Будет еще хуже, если решишь финтить. Ты нас, блин, утомил. Для всех будет лучше, если ты сразу ответишь на все наши вопросы. Понял, блин?

«Сам ты блин», — хочется сказать мне, но

решаю придержать грубости. Пока не бьют, и то ладно.

— Что вам нужно? — язык с трудом слушается меня.

— Где карта? — спрашивающий берет со стола уже знакомую мне дубинку. — Где карта, сукин кот!

Вот так номер. Я-то был уверен, что записи моего деда у них! Если не у них, то где?

— Куда ты дел карту?

Мое молчание они, видимо, принимают за нежелание отвечать. А я сам не знаю, что им сказать.

— Знаешь, нам порядком надоело за тобой гоняться, — свинцовый кабель описывает круги перед моим лицом. — Лучше расскажи нам все как есть, и расстанемся по-хорошему.

— А по-хорошему — это как?

— Получишь свою долю, — он отвечает не задумываясь, будто готовил это предложение заранее.

— Сколько?

— Ну, учитывая твою центральную роль, — половину.

Ага. Так я вам и поверил. Ну десять процентов, ну пятнадцать. Еще может быть. Но половина?

Доля, что вы мне приготовили — два метра в глубину. Это вернее будет. В это я поверю и без уговоров.

Они поняли, что я им не верю.

— Смерть ведь тоже бывает разная. Пуля в затылок — это одно, — он смакует каждое слово. — А ведь можно кусочек за кусочком отрезать. Медленно так, со вкусом... Накормить бы тебя шашлыком из собственного мясца.

Эти могут. Пакет на голову для них — детские шалости.

Подобьем баланс.

Витька Снегин — мертв. Силикатные ребята — списаны в утиль. Эдик — пал смертью храбрых.

Где карта?

Черт ее знает!

— Ты будешь говорить? — снова вопрос ко мне.

— Воздержусь, — отвечаю я.

— Было предложено...

Владелец свинцовой дубинки закатал мне рукав на разбитой руке, с удовлетворением посмотрел на сине-зеленый локоть. Радостно заявил:

— Это я его так достал!

Для начала он просто нажал мне на локоть. Особой боли я не почувствовал. Мазь, которой пользовал меня дьякон, оказала просто чудесное действие. Но заорал я от души.

Пусть думают, что я...

Сука! Ему мало изображенных мною страданий. Размахнувшись, он бьет по больной руке куском кабеля.

Еще раз!

Втроем они смотрят за моей реакцией. Им нравится. А мне не очень. Вернее, совсем не нравится. К своему великому стыду, чувствую, как содержимое моего мочевого пузыря вырывается наружу и по ногам стекает на пол.

Один из моих экзекуторов смотрит на лужу вокруг стула и цедит сквозь зубы:

— Обоссался, падла...

— Пусть теперь сам вытирает.

Хромой с видимым удовольствием бьет мне в лицо. Вместе со стулом я падаю на пол прямо в лужу собственной мочи.

Дальше меня всем коллективом пинают ногами. Тут они просчитались. Тело, занемевшее от пут, слабо реагирует на удары. Но я как могу демонстрирую невероятные страдания. Вою от души.

А вдруг кто да услышит? Может, милицию вызовут. Кажется, это производит на них впечатление.

Меня поднимают с пола и снова усаживают на стул.

— Где карта?

— Не знаю, — честно отвечаю я.

Во рту солоно. Челюсть ломит, как от ледяной воды. Кажется, они мне пару зубов выбили. Не кажется, а точно. Выплевываю на пол осколки передних клыков.

— Хорошо, — говорит тот, что с дубинкой. — Подумай до завтра. Отдохни. А завтра утром продолжим. Мы из тебя всю душу вытрясем. Мерин нам разрешил.

ГЛАВА 49

Снова лежу в полной темноте на дощатой полке. Пока не закрыли люк, я успел рассмотреть подвал.

Бетонная яма. Три на два метра. У дальней стены перегородка высотой в полметра. Туда, наверное, засыпают картошку. Меня сунули на одну из полок стеллажа для хранения домашних заготовок и всякого барахла. На полу подо мной еще стоят банки с прошлогодними огурцами и помидорами.

Как они сказали? «Мерин разрешил».

Значит, вот кто такой этот таинственный Мер... Только походит больше на кличку, чем на имя. Может быть, Меринов? Не знаю я никакого Меринова.

Но это вопрос второй. А вот центральный, так сказать, повестки дня. У кого мои карты? Если не у них, то, значит, существует еще и третья группа лиц, которая, скорее всего, и завладела ими. Значит, вовсе не эта банда головорезов побывала дома у Витьки Снегина и убила его. Одного из силикатных ребят убили точно так же, как и Витьку. Если это дело рук не банды Мерина. Тогда кого?

Что-то я совсем запутался. Нужно было не строить «себя из меня», а сразу выложить Филу все, что знаю. Ох, и крепка же Россия задним умом!

Музыка наверху становится громче. Хозяева вовсе не собираются ко сну. Вот стали доноситься громкие несвязные голоса. Значит, пьют.

Мне бы тоже хоть глоток водки.

Будет тебе водка. Хоть залейся! Только бы выбраться отсюда. А выбираться нужно. Иначе — жизнь твоя копейка неденоминированная.

Попинали меня ногами изрядно. Больно, но есть в этом и польза. Размяли. Я хоть руки и ноги стал чувствовать. Кровь прилила к пальцам. Руки горят.

Насколько возможно, ощупываю пальцами веревки, опутывающие меня. Они капроновые — не порвешь. Узлы на запястьях скользкие.

Напрягаюсь изо всех сил. Веревка впивается в тело. Терплю, сколько могу. Расслабился. Капроновый шнур немного растянулся. Теперь я могу елозить, подогнуть ноги. И то — хлеб.

Извиваясь змеей, скатываюсь с полки. Брякаюсь всем телом на твердый ледяной пол. Ничего. Одним синяком меньше, одним больше. Разница невелика.

Поворачиваюсь к полке. Ноги упираются в стеклянные банки. Нажимаю тихонько. Они глухо звякают друг о друга. Полные.

Была не была. Отвожу ноги и бью по банкам сильнее. Звона больше. Результата ноль.

Гулянка наверху идет полным ходом. Судя по топоту, начались пляски. Кажется, я слышу женский смех. Ребята оттягиваются по полной программе. Им сейчас не до меня.

От третьего удара одна из банок разбилась. По подвалу распространился запах кислого огуречного рассола. Рот наполняется слюной. Я такой голодный, что сожрал бы и сырую картошку.

Теперь заползаю спиной под полку, прямо в рассольную лужу. Нащупываю осколок стекла побольше. Перехватываю его пальцами так, чтобы можно было двигать им по веревке.

Медленно, но верно пилю свои путы. Запястья жжет от попавшей на них соли. Кажется, я порезался, но времени, чтобы обращать внимание на подобные мелочи, нет.

Веревка ослабевает, а потом и вовсе падает с запястий. Я почти свободен! Дальше проще. Скоро я срезал все свои путы и смог подняться на ноги. Но простоял недолго. Тело, словно в пляске святого Витта, выписывает кренделя независимо от моего желания.

Опустился на пол. Так лучше.

Постепенно прихожу в себя и начинаю ощущать ноги.

Нащупал в луже рассола большой мятый огурец и съел его в одну секунду. Что-то меня на солененькое потянуло. Неплохо бы и пресненького чего найти. Обыскал все полки, но нашел только кусок старого сала и пакет с сухим горохом.

Эх, была бы водка — сапожные подметки показались бы антрекотом! Но на безрыбье и сам раком станешь. Погрыз сала с огурцами. Горох пришлось бросить, зубы только мне покрошил.

Потом отыскал в подвале коробку с инструментами. Там был увесистый газовый ключ. Обернул его тряпкой. Примерился, стукнув несколько раз по ладони.

Подходит.

Собрал и спрятал в дальний угол все осколки стекла. Вооружившись газовым ключом, лезу на свою полку. Время позднее. Пора спать. Завтра у меня будет трудный день.

ГЛАВА 50

Я уже успел и выспаться, и даже соскучиться в ожидании нового свидания. Время, наверное, близилось к обеду, а про меня будто забыли. Может, так гульнули вчера, что нет сил продолжить разговор. Распустил Мерин свою братву. Распустил...

Ну вот, кажется, и они. Наверху слышен какой-то невнятный разговор, шарканье ног. Чей-то протяжный тяжелый стон.

Люк отошел в сторону. Помятая физиономия с растрепанной копной волос заглядывает в подвал. Трет ладонью распухший от пьянки нос и подслеповато щурит глаза, пытаясь рассмотреть темное нутро каменного мешка.

— Не вижу ни хрена! Жлоб ты, Жора, давно бы свет в подвал провел.

Лежу на своей полке, прикинувшись ветошью, даже не дышу. Газовый ключ под рукой.

— А оно надо? — слышится голос из комнаты. — Спичкой посвети. Они там, под полкой должны стоять. Пряного посола, как из бочки. Теща делала. Ой, мля, да не томи. Полезай быстрее! А то я сейчас без рассола кончусь.

Рассольчика, значит, захотелось. Головка, наверное, бо-бо. Ну что же, полезай ко мне, я тебя угощу.

Лохматая голова чиркает спичками, долго не

может их зажечь. Руки трясутся. Потом спускается по лестнице в подвал. Подходит ко мне.

— Эй, ты жив?

— Развяжите, суки, — сдавленно хриплю я. — Сил больше нет терпеть...

— Ничего, полежи еще немного. Вот поправим здоровье и тобой займемся, — обещает он.

Наклоняется, заглядывает под полку, где стоят банки с огурцами.

С превеликим удовольствием бью его по затылку ключом. Несильно, чтобы, не дай бог, не убить. Пригодится еще для дачи показаний. Мне теперь свидетели ой как нужны!

Бандит тихо, без стона, ложится на пол.

Качественно!

Сползаю со своей полки, крадусь к люку. Чуть слышно поднимаюсь по лестнице.

— Ну нашел?

В квадрате люка внезапно появляется рожа хозяина дома. Секунду мы, застыв, смотрим друг на друга. Я опомнился первым. Схватил его за шиворот и увлек вниз.

С воплем бандит падает вниз. Хватается за меня. Я, не удержавшись на лестнице, тоже кубарем качусь следом. Падаю сверху на него.

Куча мала. Где руки? Где ноги? Травмы предыдущих дней дают о себе знать, и я все никак не могу с ним справиться. Он орет во все горло, царапается и кусается, словно баба под насильником.

Только я нащупал на полу свой газовый ключ и хотел припечатать от души, но тут сверху кто-то, как в припадке истерики, начинает вопить:

— Замочу! Сука! Убью, падла!

Оглянувшись, я увидел, что третий бандит, хромой, стоит над люком с обрезом охотничьего ружья в руках. К самому краю подойти он, видимо, боится. Достать до него при всем желании я не могу.

— Я стреляю! Стреляю! — продолжает разоряться хромой и с хрустом взводит курки.

— Сашка! — кричит ему тот, с которым я дрался. — Не надо! Я картечью зарядил. Ты нас с Хырей положишь! Прошу, кореш, не стреляй!

— Ой, я за себя не отвечаю! Всех замочу!

Хромой, матерясь, бьет ногой по крышке люка. Она с грохотом падает. Снова темнота. Слышно, как гремит железная задвижка.

ГЛАВА 51

— Ты жить хочешь? — спрашиваю я бандита в наступившей темноте.

Жора молчит. Наверное, еще не знает ответа на этот вопрос. А для меня он сейчас самый главный. Мне никак нельзя помирать, не реабилитировавшись перед Филом.

Я легонько ткнул Жору в живот газовым ключом.

— Хочешь?

— Ну хочу... — наконец цедит он, словно делает мне одолжение. — А что?

— Я тоже. И над этой проблемой нам теперь придется думать вместе. Улавливаешь?

Бандит ворчит что-то нечленораздельное. Он растерян. Создавшаяся ситуация его явно не вдохновляет. Наверху приятель-психопат с дробовиком, внизу готовый на все субъект с газовым ключом.

— Ничего у тебя не получится, — говорит он. — Только сунься, Сашка из тебя решето сделает.

— Может быть. Но ты сдохнешь первым, — я крепко прижимаю его за шею. Не даю повернуться ко мне лицом и ударить. — Кто такой Мерин?

Жора пыхтит, пытается ускользнуть от меня в темноте. Приходится врезать ему как следует. Он со стоном валится на пол. Я сажусь на него сверху. Пол холодный — боюсь простудиться.

Хыри, второго бандита, что оказался со мной в подвале, пока не слышно. Если очухается, то нескоро. Разводной ключ не пуховое перышко, и сотрясение мозгов ему наверняка обеспечено. Похмелье — вещь страшная, особенно сдобренная крепким ударом по голове.

— Жорка, ну, что вы там? — подает голос сверху Сашка. — Разобрались уже с ним?

— Да иди ты... — отвечает бандит.

— Эй, хромой, — говорю я. — Может, договоримся? У меня двое твоих корешей. Предлагаю поменять на одного меня. По-моему это справедливо. Дайте мне уйти. Обещаю, что не стану натравливать на вас ментов, если вы от меня отстанете. Как тебе такое предложение?

— Чтоб ты сдох!

Засранец. Желаю тебе того же.

— Я живучий. Еды у меня теперь навалом. Буду пить кровушку потихоньку. Долго продержусь.

— Посмотрим.

Судя по интонации голоса, хромой что-то задумал. Это мне не нравится.

— Вздумаешь стрелять, я твоими дружками прикроюсь! — предупреждаю я его.

Тот не отвечает. Слышно, как он бегает по комнате. На пол летят какие-то тяжелые предметы. Потом его радостный крик:

— Ага! Нашел. Сейчас я тебя!

Следом за этим люк снова приоткрывается, и я вижу ствол пистолета. Прикрываюсь, как и обещал, Жорой. Тот трепыхается, пытаясь вырваться.

— Эй, козел, своих постреляешь!

Мои увещевания не подействовали.

— Получи, сволочь! — голос у хромого радостный, будто он только сейчас узнал, что выиграл миллион в лотерею. — Будешь знать у меня, падла!

Гремит выстрел.

Газовое облако мгновенно заполняет тесное пространство подвала.

Еще выстрел.

Газ нервно-паралитический.

Чего-чего, а химической атаки я не ожидал. Легкие рвутся на куски. В ушах колокольный звон. Оттолкнув Жору в сторону, пытаюсь из последних сил добраться до люка. Меня хватает только на то, чтобы преодолеть лестницу наполовину. Потом отключаюсь. Последними остатками сознания фиксирую, как качусь вниз. Словно сквозь туман слышу сдавленный хрип Жоры:

— Отравил, сука...

ГЛАВА 52

В детстве мне часто снился сон: за мной гонится кто-то страшный, а я бежать не могу, ноги вязнут. Чудовище настигает меня, накрывает собой, душит. В страхе, тяжело дыша, я просыпался и потом долго не мог успокоиться.

Пробуждение после отравления нервно-паралитическим газом было подобно кошмару. Так плохо я не чувствовал себя даже тогда, когда пропьянствовал беспробудно целую неделю после выхода приказа о демобилизации.

Я сидел на стуле, примотанный скотчем. Содержимое моего желудка, выбрасываемое жестокими спазмами, извергалось на грудь и колени. Веки распухли, и глаза еле открывались, но я видел, что в комнате не одному мне так плохо.

Жора сидел на полу, рядом со мной. Его тоже крутило безбожно. Но он хотя бы мог подползти к люку подвала и блевал прямо туда.

Хыря пластом лежал на диване с мокрым полотенцем на голове и курил сигарету. Видимо, будучи без сознания, он подвергся влиянию газа в меньшей степени. Он сочувственно посматривал на Жору и с ненавистью на меня. Докурив, щелчком выстрелил окурком в мою голову. Попал и удовлетворенно заулыбался.

Только Сашка ходит по комнате гоголем. Еще бы. Он был героем дня.

— Съезди за водкой, — выдавил из себя Жора. — Что ты, блин, сияешь, как самовар? Не видишь, людям хреново.

Хромой поворчал недовольно, но собрался, взял деньги, сумку и ушел.

Жора поднимается на ноги, оторвавшись от своего люка, пошатываясь, подходит ко мне и заглядывает в лицо. Я чувствую его вонючее дыхание.

— Крутой, да? Чуть не уделал нас, да? — он сворачивает из пальцев кукиш и сует мне под нос. — Вот тебе! Будь моя воля, я тебя как кутенка в ведре бы утопил. Да жаль, не могу. Мерин не разрешил. Ты мне скажешь, где карта, или я наплюю на его запреты и собственноручно подвешу тебя на дереве за яйца.

— Жора, что ты его яйцами пугаешь, — Хыря отбросил в сторону полотенце и с видимым усилием поднялся с дивана. — Наденем ему пакет на голову — все расскажет. Самое действенное средство. Лучше всякого детектора лжи.

Пакет? Вот он, значит, садист, который убил Витьку Снегина. Эх, Хыря, мало я тебя приложил.

Надо было так ударить, чтобы черепушка твоя по швам треснула.

— Ну как? — Жора кладет руку мне на плечо. — Будем по-хорошему разговаривать?

— Уйди. От тебя воняет...

— Шутник, — зловеще смеется Хыря. — Сам по уши в дерьме, а все туда же, хамить.

Он уходит на кухню и скоро возвращается в комнату с черным пакетом для сбора мусора.

— Негигиенично, зато дешево и практично.

Все, что я могу сделать, — это ругаться и плеваться. Мешок надевают мне на голову. Хыря, сволочь, затягивает его на шее. Полиэтилен сразу прилипает к лицу. Я еще могу сделать неглубокий вдох, держу воздух в легких, сколько могу, и тут же получаю удар в живот.

Второй вдох наполовину меньше первого. Начинаю задыхаться. Теряю в панике над собой контроль. Мотаю головой, как покусанная мухами лошадь. Пальцы рук до хруста впиваются в сиденье стула. Боль в легких нарастает. Я и не думал, что это так мучительно.

Хыря срывает пакет с моей головы.

Со свистом и бульканьем воздух врывается в мое горло. Густой и горячий, как расплавленный свинец. Сделать первый вдох еще мучительнее, чем не дышать.

Жора, видимо, не очень одобряет изуверские методы Хыри, с заметным сочувствием он смотрит на меня, но не вмешивается в ход экзекуции.

Хыря доволен произведенным эффектом.

— Ну, как ощущения? Те, кто пробовал, говорят, что просто непередаваемо.

— А ты себе пакет на голову напяль, узнаешь...

— В первый раз ты продержался почти полторы минуты. Неплохой результат. Во второй раз попробуем две минуты. Если останешься жив, то в третий раз я примотаю пакет вокруг твоего горла скотчем. Будем еще?

— Когда-нибудь я заклею тебе скотчем жопу, чтобы ты лопнул от переполняющего тебя дерьма.

Пакет снова на моей голове. Я попытался прокусить его зубами — дохлый номер. Губы скользят по полиэтилену. Пакет изнутри сразу покрывается конденсатом, и сквозь него становится ничего не видать.

— Засекаю время! — послышался голос Хыри.

Жулик. Он украл у меня секунд десять жизни.

ГЛАВА 53

— Вроде жив... — доносится откуда-то издалека голос.

А я не очень в этом уверен.

— Точно жив...

— Смотри, а то Мерин нам крышу снесет, если он сдохнет.

— Ничего, этот гад живучий. Знаешь, какая у меня шишка на затылке? С кулак. Тебе бы так по башке врезать, посмотрел бы я, как бы ты его жалел.

Я уже видел архангела с трубой, но вот, черт побери, пришлось возвращаться обратно к своим мучителям. Апостол Петр с лицом старшего оперуполномоченного Филатова сказал, что мои дела на земле еще не окончены. Что с меня еще нужно снять показания. Сперва я возражал, но в конце концов пришлось согласиться.

Я открываю глаза. Осматриваюсь. Хыря и Жора стоят, склонившись надо мной. Я вместе со стулом, к которому привязан, лежу на полу.

— Сделай мне искусственное дыхание изо рта в рот, вонючка, и я расскажу тебе все, что захочешь...

— Слушай, — говорит Жора, — мы не фашисты какие, но если понадобится, то и ногти повыдергиваем! Не доводи до греха. Их у меня и так столько, что уже не замолить.

— Развяжите меня и водки дайте...

Бандюки даже растерялись сперва, услышав мою просьбу.

— Чего-чего? — переспросил Хыря.

— И закурить.

— Говорить, что ли, надумал? — догадывается он. — Кажется, мой метод сработал!

Я кивнул головой.

Бандиты подняли стул вместе со мной. Жора сунул мне в зубы сигарету. Поднес горящую спичку.

— Вы меня убьете?

Вопрос этот сейчас не очень меня волнует. Но мне нужно, чтобы они поверили в мое искреннее желание рассказать о карте из-за желания спасти свою жизнь.

Жора искренне пожимает плечами:

— Вообще, братан, это не совсем от нас зависит. Я бы тебя за милую душу пришил. Мучить не стал. Мужик ты боевой и заслуживаешь того, чтобы тебя по-человечески убили и похоронили. Можно сказать, ты мне даже нравишься. Но Мерин настаивает, чтобы сохранить твою поганую жизнь. По-моему, он и долю собирается тебе расписать. Охренеть!

Очень рад. Ты мне, Жорик, тоже так нравишься, что я просто кипятком писаю. Сука!

В это время возвращается Сашка, позвякивая посудой в сумке.

— А мы уже обо всем договорились! — Хыря радостно сообщает ему последнюю новость.

Милый малый. Просто душка. Оторвать бы «грабли» по самые корешки, засунуть в задницу дружку Жорику, и тогда лучше его никого не будет.

Мне освобождают руки, но в целом я остаюсь примотанным к стулу.

Щелк! На запястьях китайские наручники. Дерьмо полнейшее. Разорвать их можно, упершись в какой-нибудь крепкий крюк. Фил как-то показывал мне такой номер. Доказывал, что наши браслеты, несмотря на неказистый вид, гораздо лучше.

Невольно осматриваюсь по сторонам. Подходящего крюка нет. Да и был бы, что из того? Вместе со стулом далеко я не упрыгаю. Меня сто раз успеют изрешетить из дробовика, прежде чем я сумею освободить руки, а потом отвязать себя целиком. Хозяева уже имели возможность оценить мою прыть, и теперь они настороже.

Вдвоем Хыря и Жора пододвигают мой стул к столу. На нем еще остатки вчерашней гулянки. Обветренная колбаса, холодная вареная картошка, большая миска с холодцом, наполовину полная. Сашка вскрывает еще пару банок рыбных консервов, нарезает крупными ломтями черный хлеб. После перекисших огурцов с прогорклым салом трапеза просто царская.

Мне наливают полный стакан водки. Взяв его двумя руками, по-другому никак, подношу ко рту. По запаху чувствую — «паленка».

— Эх, господа бандиты, золото ищите, а пьете такую дрянь. За дешевкой гоняетесь.

Хыря хмыкает и дает косяка на Сашку.

— А чо? — говорит тот. — Что в палатке было, то и купил.

— Знаю я твою палатку. Опять к армянам ходил? Сдачу давай.

Сашка нехотя возвращает заныканные деньги.

Я наваливаюсь на еду. Есть в наручниках неудобно, но такие мелочи меня сейчас не смущают. Я набиваю желудок, может быть, последний раз в жизни.

Все трое, выпив водки, молча смотрят на меня. Ждут.

А я никуда не спешу. Мои часы ведут обратный отсчет, и торопить их бег у меня нет желания.

— Дайте еще сигарету, — прошу я.

Жора достает из кармана пачку, но Хыря останавливает его руку. Первым терпение кончилось у него.

— Покуришь по дороге. Где карта?

— Спешишь?

Я киваю на сигареты и жду, пока Жора, отстранив Хырю, не сунет мне в губы одну из них. Затянулся. Выпустил дым в потолок.

— В гараже...

— Я же говорил, что в гараже! — радостно хлопнул в ладоши Хыря. — Точно в гараже! Под той чертовой заслонкой? Говорил я, что шашкой тротиловой надо было ее сковырнуть.

— Ага, — говорит Жора. — И полквартала в округе снести. Менты мигом бы антитеррористическую операцию организовали.

Я согласно качаю головой.

— Без меня вам ее не открыть. Тридцатимиллиметровая стальная плита в железобетонном массиве. Разве что действительно тротилом...

Жора решительно встает из-за стола.

— Поехали!

— Я еще не поел, — протягиваю свой стакан. — Налейте водки.

Хочу запомнить ее вкус. Ни в раю, ни в аду водки наверняка нет.

— Какая гадость!

Раньше я думал, что хуже, чем белорусская, водки не существует. Оказывается, ошибался. Армяне превзошли братьев славян по части «палева».

ГЛАВА 54

Хыря все время держит меня под прицелом. Этот урод не забывает, как я его припечатал, и вплотную не подходит.

Машина, грязно-серого цвета «Москвич»-«каблучок», стоит перед покосившимся заборчиком из штакетника.

Все это время мы были на даче. Теперь я вижу ее снаружи. Рубленый дом на каменном фундаменте с крытой шифером крышей находится на большом участке, обсаженном кустами и плодовыми деревьями. Вокруг и через дорогу напротив дачки поменьше. Многие в запущенном состоянии. Людей никого нет — середина рабочей недели. В таком месте меня могли держать до скончания веков, и никто ничего не заподозрил бы.

Жора садится за руль. Сашка, Хыря с обрезом и я в кузов.

— Если что, — говорит Жора через окошко, связывающее кабину с фургоном, — мочи его без жалости. Теперь мы знаем, где искать. Нужно будет, без него обойдемся. Автогеном взрежем и все достанем.

— У меня там заминировано, — вру я в ответ. — Сунетесь без меня — взлетите на хрен.

— Да ладно, — не верит Хыря. — Откуда у тебя мина?

— Из лесу вестимо, — убедительно говорю я. — Там такого добра навалом. Весь этот чертов город разнести можно и еще останется...

После этого никто больше не грозит пристрелить меня. И то ладно.

Едем долго. Дачный поселок далеко от города.

От скуки бандиты начинают мечтать. Обсуждают, что каждый сделает со своей долей, когда они найдут и откопают это чертово золото.

— Я со своей бабой первым делом закачусь на юг. В Крым, — говорит Жора. — А еще лучше куплю домик. Я в последний раз там десять лет назад был. Еще до отсидки. Буду жить как человек. Виноградник заведу. Вино свое делать стану.

— А я жениться не собираюсь, — глаза у Хыри становятся масляными. — Пока тысячу девок не перетрахаю — не успокоюсь. Я себе зарок дал.

— Ну и сдохнешь от СПИДа или еще какой заразы, — вставляет Сашка. — Деньги все на памятник пойдут. Десятиметровый бронзовый член посреди кладбища. Представляете себе картинку? Все вдовы в очередь к твоему памятнику стоять будут.

Компания веселится так, будто золото у них уже в кармане.

Я остужаю их пыл:

— Попробуйте еще свои деньги найти.

— А чего тут? Была бы карта!

— Дураки, шестьдесят лет прошло. Все давно поменялось. Леса новые выросли. Болота пересохли. Торфяные выработки те давно затянулись, и следа от них не осталось. А если почвы там рыхлые, то тяжелые ящики на несколько метров вглубь ушли. И представь, сколько хохоту будет, если Эдичкин сбрендивший дед всю эту историю выдумал?

Несколько минут висит тишина. Только мотор урчит. Бандиты обдумывают мои слова. Потом Жора, видимо, подбадривая самого себя, говорит:

— Нет, ты не прав. Мерин сказал, что, если

надо, лес выкорчует и экскаватором все перекопает. Металлоискателем ту кучу железа отыскать можно, а золотишко рядом должно быть. Если эти чертовы станки есть, то и все остальное правда.

Хыря поддакивает ему. Но чувствуется, что боевой дух я подорвал им изрядно. От осознания этого настроение у меня несколько поднимается.

Сашка пытается еще пару раз завести разговор о том, как будут использованы деньги, но его больше никто не поддерживает. Наконец, когда он в третий раз поднял ту же тему, Хыря оборвал его:

— Заткнулся бы ты уже! Эксгуматор прав, золото еще отыскать нужно. А то будем париться на параше ни за что ни про что.

Вот так номер! Четыре трупа и я, пятый кандидат в покойники, — это, по их мнению, ни за что ни про что. Гвозди бы делать из этих людей — не было б в мире дерьмовей гвоздей!

ГЛАВА 55

Я надеялся, что в гаражном кооперативе будут люди. Когда не надо, там всегда пасутся водилы-бездельники. Пьют дешевый портвейн. Учат друг друга жизни и кичатся собственной крутизной, словно они не простые любители, а, как минимум, участники международных ралли.

Но никого не было. Словно все алкоголики в этот день сговорились и разом вшили антабус. Разворота на сто восемьдесят градусов не произошло. А мне хотя бы еще один день — набраться сил и зализать раны. Но не судьба.

Гараж мой в самом дальнем тупике.

Бандиты, не таясь, подъехали к нему. Меня вывели из машины. Хыря кивнул стволом обреза:

— Стань к стене и не рыпайся. Чтобы без фокусов. Понял?

Жора отыскал на отобранной у меня связке ключи, подходящие к замкам. Открыл ворота. Оглядел внимательно гараж изнутри. Собрал все инструменты, включая лом, которые можно было использовать в качестве оружия.

— Давай открывай свой бункер.

Я поднял скованные наручниками руки:

— Браслеты снимите.

— Обойдешься.

Делать нечего. Подхожу к заслонке. Встаю на колени и с трудом просовываю обе руки в узкое вентиляционное отверстие. Нащупываю защелку. Нажимаю на нее. Поднимаюсь и ногой легко откатываю плиту в сторону. Она уходит в паз и с негромким стуком замирает.

— Системочка, — Хыря оценил надежность тайника. — Давай лезь в подвал и доставай карту.

— Не могу.

— Это еще почему?

— Во-первых, руки у меня скованы. Во-вторых, там плиту с пола поднимать нужно, а вы мне локоть разбили. Я еле рукой шевелю.

Троица, посовещавшись, приняла мои доводы, и Жора сам решает спуститься в подвал. Но вдруг вспоминает мои слова про мины:

— Не полезу. У него там заминировано.

— Это была шутка.

Он берет стоящую в углу запаску и, осторожно подойдя к люку, бросает ее вниз. Быстро отскакивает в сторону. Снизу доносится грохот. Наверное, рухнула одна из полок. Только после этого Жора рискует сам спуститься в подвал.

— Уютненько у тебя здесь. К войне готовился, что ли? — доносится снизу его голос.

— Свет справа вверху. Рубильник.

— Есть!

— На полу третья от дальнего края плита. Под ней.

Жора пыхтит с минуту, потом просит:

— Ломик или монтировку подайте!

Хыря, не отводя от меня стволов обреза, кивает Сашке:

— Подай ему.

Сашка передает Жоре лом. Тот гремит им, матерится, а затем высовывается наружу:

— Не могу я ее поднять. Тяжелая. Как ты с ней один справился?

— Я не один был. Сосед по гаражу помогал. Но он не знал, что я прячу. Думал, что просто пол в подвале ремонтировал.

— Ясно, — Жора чешет затылок. — Ну-ка, Сашка, давай ко мне. А ты, Хыря, гляди, глаз с него не спускай.

Сашка вслед за Жорой спускается в подвал. Слышно, как они, матерясь, пытаются сдвинуть плиту с места.

Бог в помощь. Я эти плиты на цемент укладывал. Хрен отдерешь.

Не обращая внимания на ружье в руках Хыри, подхожу к краю люка и, склонившись над ним, даю «умные» советы:

— Вы ее в раскачку, в раскачку...

— Да не идет!

— Должна. Это у вас руки не из того места растут.

Наконец и Хыря не выдерживает:

— Да что они там возятся!

Потеряв бдительность, он почти вплотную подходит ко мне.

Удар ногой с разворотом. Со скованными руками трудно было рассчитать все верно. Но я попал. Обрез вылетает из рук Хыри. Падает в угол гаража.

От удара срабатывает курок. Грохот выстрела. Дробь веером бьет в стену. С полок разлетаются пустые пластмассовые канистры из-под масла и жестяные банки.

Второй удар пришелся Хыре между ног.

Времени оценить результат моих действий нет. Бросаюсь к люку. И вовремя. Из него уже высовывается испуганная физиономия Жоры.

Челюсть у него крепкая. Во всяком случае, хруста от удара носком ботинка я не слышал. Охнув, Жора обрушивается вниз на стоящего под ним Сашку.

Плита-заслонка на смазанных подшипниках выкатывается из паза. Одного толчка ногой достаточно, чтобы она встала на место. Щелкнул, сработав, замок.

Амба. Без консервного ножа им не выбраться.

ГЛАВА 56

Хыря со страдальческой физиономией, держась одной рукой за промежность, ползет к обрезу.

Мстительность не чужда мне. Молча наблюдаю за ним, под аккомпанемент криков и стуков внизу. Даю подобраться к дробовику почти вплотную. Потом, оседлав бандита сверху, накидываю ему на шею, как петлю, руки, скованные наручниками. Начинаю сдавливать.

— Я тебя, сволочь, без всякого пакета удушу. Сам почувствуешь, каково это.

Хыря с перепугу, вместо того чтобы попытаться ударить меня и скинуть с себя, начинает освобождать от захвата шею. Но запястья мои соединены браслетами. Нет нужды даже напрягаться, чтобы удерживать их сцепленными. Все усилия Хыри приводят к тому, что он начинает хрипеть, судорожно дергаться, а потом, вытянувшись на полу в струнку, затихает.

Я склоняюсь к его груди. Прислушиваюсь. Сердце едва слышно, но бьется.

Запертые в подвале продолжают буйствовать. Начали бить в заслонку ломом. Поступок отчаянный. Они уже пытались один раз таким же способом проникнуть внутрь. Должны скоро понять, что дело это безнадежное. Бандиты, будто услышав мои мысли, затихли на несколько секунд, а затем принялись материться в отдушину.

Чем мне только не грозили, что только не обещали сделать со мной, когда выберутся, но я не удостоил их ответом.

Обыскиваю Хырю. Обшарил все карманы. Ключа от наручников у него нет. Наверное, он у Жоры. Что же, придется опробовать способ, о котором мне рассказал Фил.

Край железных ворот гаража как раз для этого подходит. Перекидываю звено, соединяющее браслеты, через ворота и висну всем весом. Железо впивается в запястье. Сдирает кожу до крови. Жилы вот-вот лопнут.

Результата никакого.

Или Филатов был не прав, или насчет наручников я ошибся, и они не китайские. Хотя, готов поклясться, клеймо на них гласило: «Мейд ин Чайна».

Снимаю себя с ворот. Осматриваю покалеченные руки. Стираю пот со лба. Перекуриваю забранными у Хыри сигаретами и повторяю попытку.

На этот раз, стиснув зубы, не просто висну на

наручниках, а еще и делаю рывок, резко поджав ноги.

Что оторвалось, я не понял. То ли руки, то ли наручники. Лежа на спине, смотрю на ворота. Конечностей моих там не наблюдается.

Вот они, родимые, болтаются на плечах на двух ниточках.

— Ничего, до свадьбы заживут, — испуганно оглядываюсь, не слышит ли этих слов Светик.

Слава богу, кроме бандитов, в гараже никого нет.

Ну и что мне теперь с ними делать?

Для начала небольшой допрос.

Слоняюсь над отдушиной:

— Жора! Жора, ты меня слышишь?

— Пошел ты на...!

— Жора, не хами, а то отрублю вам свет. Будете в темноте сидеть.

— Да пошел ты на...!

— Жора, может, ты мне все-таки скажешь по дружбе, кто такой Мерин?

— Иди ты на...!

— У тебя что, заело? Смени пластинку. Пойми, финита ля комедия. Вы с Сашкой отсюда только под конвоем выйдете. А Мерин вас кинул. Нет у меня карты. Он сам ее забрал, вам лапши навешал. Пока вы со мной валандались, он, небось, уже в лесу роется.

— А с Хырей что? — после недолгих раздумий спрашивает Жора.

Я склонился над лежащим бандитом. Сердце его негромко билось. Веки слегка подергивались. Дыхание неглубокое. Скорее всего, жить будет.

— Извини, Жора, но Хыря завещал свою долю мне. Мое терпение тоже не безгранично. Пришлось его кокнуть. Жалко парня, ему бы еще жить и жить... Да и ты, Жора, еще не старый. Кто такой Мерин?

Жора помолчал с минуту, обдумывая сказанное мной, а потом ответил стандартно:

— Пошел ты на...!

— Ладно, Жора, я хотел по-хорошему.

Нашел на полках кусок провода в изоляции. Подтащил Хырю к железному стояку, подпиравшему антресоль, и крепко примотал бандита. Похлопал его по щекам. Хыря очнулся, ошалело огляделся, хотел что-то сказать, но не успел. Я заткнул ему рот промасленной тряпкой.

— Смотри и думай, — говорю ему я. — Понял?

Тот кивает головой.

Умеет ли этот индивид думать? То, что я собирался сделать, должно было прибавить ему сговорчивости.

ГЛАВА 57

Аптечка в машине старая и давно распотрошенная. Но пузырек с йодом и клок ваты в ней нашелся. А мне сейчас другого и не надо. Обильно смазываю на руках ссадины, оставленные браслетами наручников.

Побегал, шипя и ойкая, вокруг «каблучка».

С детства ненавижу йод. Новые страдания прибавили мне решимости, и я взялся за дело.

Ключи болтаются в замке зажигания. Машина, покряхтев немного раздолбанным стартером, завелась. Я загоняю ее в гараж, резко затормозив прямо пред носом едва не обделавшегося от страха Хыри. Не обращая внимания на его глухое мычание, отыскиваю в гараже кусок резинового шланга. Один конец его вставляю в выхлопную трубу автомобиля, уплотнив тряпками, а другой засовываю в отдушину подвала.

— Ты что там делаешь? — почувствовав неладное, подал голос Жора.

— Небольшую газовую камеру. Помнишь, ты говорил, что не нацист, но ногти мне повыдергиваешь? Я тоже не фашист какой-нибудь. Хотя в Америке убийц до сих пор газом травят.

— Ты это серьезно? — забеспокоился Жора. — Если ты из-за того, что Сашка тебя из револьвера газового траванул, так и я тоже пострадал. Будь человеком!

Человеком при всех своих недостатках я себя считаю. Но отказать себе в удовольствии припугнуть бандитов как следует не могу.

Завожу двигатель. Выхлопные газы хлынули через вентиляционное отверстие в подвал. Жора и Сашка заорали дико и так ломятся в заслонку, что я всерьез начал сомневаться в ее прочности.

С минуту слушаю, как пленники беснуются внизу, и глушу машину. Я вытащил тряпку изо рта у Хыри.

— Видал? Минут десять-пятнадцать, и твоих дружков даже реанимация не откачает. Угарный газ намертво соединяется с кровью. А потом, когда они сдохнут, я скину туда же тебя. Закрою гараж, забуду про твое существование, и ты останешься с двумя трупаками. Скоро они начнут разлагаться, и ты пожалеешь, что не сдох вместе с ними. Как тебе такая перспектива?

Хыря только и смог в ужасе прошептать:

— Не надо...

— Не надо? — злорадствую я. — Тогда, друг мой Хыря, говори: кто такой Мерин?

— Я не знаю его лично. С ним Жора встречался.

Они в карты вместе играют. У него фамилия лошадиная такая. Поэтому Мерином и прозвали...

Лошадиная фамилия?

— Овсов, что ли?

— Да нет... Другая.

И тут меня как током пронзило. Карты в руках. Преферанс! Лошадиная фамилия...

— Кобылин?

— Да, да... — Хыря радостно закивал головой. — Кобылин. Я слышал, как Жора его по телефону так называл. Он в ДОСААФе бывшем работает. Поисковиками, ну теми, которые, как ты, в лесу всякое ищут, командует. Через него Сашку и еще Мамона, того, что из обреза застрелили, к ним пристроили, чтобы они за тобой в лесу ходили.

— Весело...

Ах, Кобылин, Кобылин. Майор ты мой драгоценный. Кто бы мог подумать... Жизни меня учил. Правильный такой. А сам Мерином оказался.

Что же ты так? Золотая лихорадка обуяла? Только теперь тебе придется ответить за все: и за Снегина, и за дурачка Эдика, доверившегося тебе, и вообще...

Я уже перешел ту грань, когда легко присваивают себе право вершить правосудие.

ГЛАВА 58

В бардачке машины нашлось еще пару патронов к обрезу. В гараже у меня была канистра с бензином.

Старая промасленная роба висит в гараже на гвозде. Одежка, как нельзя лучше подходящая для похода в лес, к тому же ее длинные широкие рукава хорошо скроют браслеты на моих запястьях.

Тонкая шерстяная шапочка, натянутая на голову, прикрывает бинты и делает меня окончательно похожим на слесаря из жэка.

Уже выехав из города, благополучно миновав все милицейские посты, я останавливаюсь у маленькой контейнерной заправки. Рядом есть придорожное кафе и телефон-автомат.

Вспоминая телефон редакции городской газеты, где работал сукин сын П. Коротков, пришлось напрячь все мозговые извилины. Раньше я никогда не жаловался на хорошую память. Никогда не имел записной книжки для адресов и телефонов. Но удары по голове не прошли бесследно. Где-то клинит и даже немного искрит.

Со второго раза я попал туда, куда хотел.

На том конце трубку взяла молодая девчушка, судя по голосу, не более двадцати лет. Наверное, секретарша.

— Редакция газеты «Городской вестник»! — сколько оптимизма и уверенности в будущем звучит в ее голосе. — Вас слушают!

— Здравствуйте. Будьте добры, пригласите к телефону Короткова Петра.

— Может быть, Павла?

— Точно! Короткова Павла.

— А кто его спрашивает?

Конь в пальто! Какая, на хрен, разница!

— Это из Российского представительства информационного агентства «Еврофакс». Я по поводу сотрудничества. Нашему руководству очень нравятся статьи вашего журналиста. Корпункту в Швейцарии...

Дальше врать не пришлось. Из трубки донесся радостный крик:

— Паша! Паша! Скорее к телефону! Тебя за границу хотят послать!

Голос Короткова, когда он взял трубку, от возбуждения дрожал:

— Я слушаю!

— Внимательно?

— Очень!

— Тогда не перебивай меня и запоминай все хорошенько.

— Кто это? — Коротков уже понял, что звонят далеко не из Швейцарии, и голос его стал настороженным. — Кто у аппарата?

— Эксгуматор.

— ...

— Да, ты прав. Ищут пожарные, ищет милиция... Но я никого не убивал.

— Но...

— Поверь, Павел, я никого не убивал. Если хочешь первым иметь мой рассказ о том, что произошло на самом деле после того, как все закончится, то сделай, о чем я попрошу.

Коротков мнется. В трубке было слышно, как он возбужденно дышит. Что-то даже скрипит, похоже, это его мозги от напряжения.

Продолжаю увещевания:

— Даже если меня посадят, то прежде чем рассказать правду адвокатам, я все поведаю тебе. Обещаю. Ты ведь журналист. Твое дело нести людям правду, или я ошибаюсь?

— Хорошо, что вы хотите?

— Не надо звонить в милицию сейчас же. Сделай это завтра с утреца. Вот тебе номер, — диктую ему рабочий телефон Фила. — Записал? Спросишь старшего оперуполномоченного по особо важным делам Филатова. Запомнил?

— Да... Что дальше?

— Передашь ему, что Ходарев нашел того, кто заварил всю кашу. Пусть они едут ко мне в гараж.

Ключи лежат под кирпичом, возле водостока. Там у меня заперты трое исполнителей. Это они убили всех, включая эпизод в гостинице. Двое сидят в подвале, но Филатов уже видел, как я его открывал. Коротков, я тебя очень прошу, сделай все так, как я прошу.

— Хорошо...

— Ну вот и ладушки. А на Эксгуматора я больше не обижаюсь. Заслужил.

ГЛАВА 59

Машина застряла на лесной дороге где-то на полпути до места работы поисковиков. Попытался ее толкать, подкладывать под колеса хворост, но все без толку. Пришлось последние километры идти пешком вдоль реки.

Зарядив оба ствола, я прячу обрез дробовика под длинную куртку робы. Оставшийся последний патрон сунул в нагрудный карман.

Погода портится. Было все солнце да солнце. А тут, будто специально, наползла какая-то серая хмарь. И дождь мелкий «то потухнет, то погаснет». Прямо под стать настроению. Иду по берегу реки, обрез под полой. Как кулак, собравшийся порешить председателя колхоза.

Пока ехал, мне все казалось просто.

Ну приду. Дам Кобылину пару раз по морде и еще один раз, может быть, по яйцам. Отведу душу. Потом построю поисковую братию и объявлю: майор ваш вовсе не майор, а главарь преступной банды по кличке Мерин. И поведу его под ружьем, вот так по бережку.

Ясно представляю себе сюжет драмы.

День веду, два. Силы теряю. А Мерин через

плечо посматривает на меня хищно. Ждет, пока я, обессиленный, упаду, чтобы добить. И тут, как всегда в последний момент, из лесу цепью выходят военные с автоматами, милиция, а впереди всех бравый молодец Филатов на мотоцикле с коляской. Подходит ко мне, обнимает. Смахивает со щеки скупую мужскую слезу и цепляет мне на грудь вот такую медаль!

Пальцам горячо и мокро. Пролетающая ворона-снайпер нагадила мне прямо на плечо.

— Хорошо, что коровы не летают.

На деле все не так просто.

Это я многое теперь знаю и понимаю. Например, как исчезли документы из РОСТОвской бухгалтерии на липовых поисковиков. Для Кобылина несложно было вытащить бумажку со сведениями из бухгалтерского стола. Он и принес их в последний момент, чтобы в ведомость внести не успели. Удайся ему эта затея, все было бы шито-крыто. Никто на него и подумать бы не посмел.

А для ребят из отряда Кобылин — командир. Суровый и справедливый. Надежный товарищ, ни разу никого не сдавший и не бросивший в трудную минуту.

Было ведь дело, когда я, подвернув ногу в лесу, упал в волчью яму.

Пошел на разведку. Сказал, что вернусь через два дня. На третий Кобылин сам пошел на мои поиски. Отыскал. Вытащил из западни.

Спрашиваю его: «Ты чего в лес за мной поперся?»

Говорит, что он человек военный и привык к порядку. Сказано два дня, значит, два.

Говорю на это: «Дурак ты, Кобылин, а если бы я просто решил куда подальше пойти? Ну и долго бы ты по лесу рыскал?»

Пожимает плечами.

Вот и попробуй после такого прийти и сказать человеку, что он подлец и негодяй. А надо.

— Эксгуматор, ты подлец и негодяй!

Это что за явление?

Стоят напротив двое с охотничьими ружьями и целятся в меня. А я, увлеченный своими мыслями, не заметил, как вышел на них. Присматриваюсь: точно, оба из поискового отряда. Молодые ребята. Наверное, даже в армии еще не служили.

— Пацаны, вы чего, ошалели?

Делаю шаг в их сторону.

— А ну стой! — тот, что немного постарше, вскидывает ружье к плечу. — Стой, говорю, а то как шарахну по ногам, коленки в другую сторону выгнутся!

— Что происходит, пацаны? Я же свой!

— Волк тамбовский тебе теперь свой. К нам из города человек из милиции приезжал, рассказал про твои похождения. Предупреждал, что ты объявиться можешь. Майор приказал дозор выставить. Вот мы тебя и дождались. Гляди не рыпайся, а то я из тебя дуршлаг сделаю. Ну-ка, руки подними!

Выбор невелик, но он есть.

Ребята зелены и горячи. Можно попытаться уйти, рискуя убить или поранить кого-нибудь из них. И это меня совсем не устраивает.

Поднимаю руки, отдавая себя тем самым во власть Мерина, который пока прочно удерживает власть в отряде.

— Обыщи его! — командует старший своему напарнику.

Второй пацан решительно подходит ко мне спереди, встав на линию огня. Наклоняется, начав обыск с ног. Ружье свое при этом кладет на землю, рядом со мной. Стоит только руку протянуть.

Дети! Будь я действительно тем, за кого они меня принимают, лежать бы им в ряд, глядя широко раскрытыми мертвыми глазами в небо.

ГЛАВА 60

Обыскивающий меня малый наконец находит обрез, заткнутый за пояс. Радостно демонстрирует его товарищу, повернувшись ко мне спиной:

— Во, какая «лупара»!

— Свяжи ему руки, — говорит старший.

— Чем? — пацан рассеянно осматривается по сторонам.

— Сними ремень с ружья, — подсказываю ему я. Хочется поскорей закончить с этим.

Он так и делает. Браслеты на моих ободранных запястьях приводят его в замешательство. Он боится сделать мне больно, узлы вяжет не в натяг, и его путы, при желании, я могу сбросить.

— Ну что, «тимуровцы», пошли, — я первый иду в сторону лагеря.

Они плетутся следом. Слышно, как они о чемто возбужденно шушукаются за моей спиной. Наверное — это первое в их жизни подобное приключение, и они очень довольны собой.

Стоянка поисковиков сильно преобразилась с тех пор, как я видел ее в последний раз. Палатки обкопаны и обложены дерном. На бугре торчит шест с водруженным на него вымпелом поискового объединения «Мемориал». Посреди лагеря построен навес, под которым устроена общая столовая. Трава вокруг вытоптана так, словно здесь пронеслось стадо бизонов.

Раскоп за полторы недели превратился в небольшой карьер. На краю его, укрытые широкими лентами полиэтилена, сложены останки тех, кого вынули из братской могилы.

Кустарник на берегу, в том месте, где я указывал, вырублен. Там тоже пробовали копать. И кажется, уже кое-что нашли. На это указывают установленные вешки с привязанными к ним белыми тряпками.

Поисковики молча окружают нас. Настроение у них такое, что меня вполне могут и побить.

Появляется майор Кобылин:

— Все! Разошлись! — кричит он громогласно. — Нечего цирк устраивать. Видите, дождь усиливается. Надо на ночь раскоп прикрыть, а то завтра по колено в грязи работать будем. Давайте! Давайте...

Смотрит на меня и на моих конвоиров:

— А вас что, не касается? Идите работайте! — а потом уже мне: — Идем...

Он ведет меня в свою палатку. Два бойца, взявшие меня в плен, пытаются идти следом, но майор, сорвавшись, кричит на них:

— Идите работать! Без вас управлюсь, герои сопливые!

— Но мы...

— Что мы? В войну играть понравилось? Все, засады-погони кончились. Занимайтесь своим делом!

Палатка у Кобылина просторная, с прихожей. В ней можно стоять во весь рост. У дальней стены устроен спальник. Посредине стоят раскладной столик и пара брезентовых стульев. Под потолком висит керосиновая лампа. Прямо к боковой стене палатки приколота большая карта района, с отметками.

— У тебя тут прямо штаб полководца, — я без приглашения сажусь на один из стульев.

Вадим **Цыганок**

Кобылин лезет в рюкзак и достает фляжку с разведенным спиртом:

— Будешь?

Я показываю ему связанные руки:

— Развяжи, если не боишься.

Он ухмыляется и разматывает ремень. Видит мои израненные запястья и невольно морщится.

— Ничего, от этого не умирают, — говорю я.

Не чокаясь и без тоста, мы с ним пьем спирт.

— И что ты теперь думаешь делать? — спрашивает он.

Опять у него в руках возникает колода карт. Он ее машинально перебирает. Наверное, для него они вроде четок, для успокоения нервов. Опять из колоды выпадает туз, на этот раз пиковый.

— Я?! — он поразил меня в самую душу. — Это ты, блин, что теперь делать станешь?

Он пожимает плечами:

— Ничего. Завтра сам отвезу тебя в город. Сдам милиции. Или у тебя есть другие предложения?

— Я с тебя хренею, майор! Это я тебя в милицию сдам. И думаю, не позднее чем завтра она сама сюда заявится по твою душу. Все уже выяснилось! Карта твоя бита!

Он тупо, совершенно непонимающе смотрит на меня:

— Какая карта? Что выяснилось?

— То, что это твои люди убили Витьку Снегина, двоих охранников из казино, а теперь еще и Эдика, который про золото тебе рассказал! Я их взял. Сдал «ментам». У меня друг «опер». Филатов их быстренько расколет. Так что это тебе, Мерин, надо думать, что делать дальше.

Минуту он смотрит на меня изучающим взглядом, а потом начинает дико хохотать.

Тоже смотрю на него. Невольно и меня начинает пробивать нервный смешок. Чтобы успокоиться, я еще хлебнул спирта прямо из горлышка.

ГЛАВА 61

Я заканчиваю излагать свою версию происшествия, когда на улице стало практически темно, а фляжка со спиртом опустела на две трети. В палатке так накурено, что, не будь она прибита колышками к земле, наверное, улетела бы в небо, подобно воздушному шару братьев Монгольфьер.

Майор слушает меня и больше не смеется.

— Ты с этим, Снегиным, в Чечне служил? — спрашивает он.

— Ага. Он мне жизнь спас, а сам инвалидом стал.

— Жалко парня... — Кобылин поболтал фляжкой у уха. Послушал, как булькают жалкие остатки ее содержимого. — Все. Остатки на утро. В общем, так, объясняю: фамилия этого Мерина на самом деле — Копылин. Он тоже играть на эту квартиру ходит. Любитель преферанса. Он бывший военный. Капитан, кажется. Служил в кавалерийском полку. Ветеринаром был. Отсюда и кличка — Мерин. Нас с ним все время путают. Ну, знаешь, люди играть собираются, обстановка нервозная, все-таки деньги на кону, особенно вникать, кто есть кто, — ни времени, ни желания нет.

— Кавалерист, говоришь?

— Точно. Я до этого и не знал, что у нас еще кавалерия есть. Думал, времена Буденного давно прошли...

— А Эдик?

— Такой весь из себя? На обнищавшего аристократа похож. Высокомерный очень, но только с теми, кого за лохов считает. А так — слизняк.

— Точно. Будто портрет нарисовал.

— И он там пасётся. Пасся, вернее. Недавно появился. Говорят, крупно проигрался в казино, вот и перебивался по мелочовке. Играл он неплохо, но слишком доверялся случаю. Настоящий преферанс — это в первую очередь трезвый расчёт. И Жора там был. Они в последнее время все шушукались о чём-то. Странная дружба. Жора — уголовник. Недавно из тюрьмы вышел. Эдик этот да кавалерист Копылин. Остальных я не видел. Наверное, это компания Жоры. Тоже, небось, уголовники.

— Несомненно. А те двое, что за мной в лес пошли?

— Новенькие из отряда? Я их сам выгнал. Они сразу после твоего ухода нажрались и драку устроили. Даже из ружья стреляли. Слава богу, не поранили никого. Вероятно, они это специально устроили, как я теперь понимаю.

Наконец-то всё более-менее встало на свои места. Недаром я сердцем был уверен, что Кобылин просто не может быть причастен к этому поганому делу.

— Значит, карта у тебя всё-таки была? — спрашивает майор. — Я-то думал, что всё это байки. Что ты сам про себя слухи распускаешь. Цену себе набиваешь. Просто тебе везёт очень. В поисковом деле, как и в игре в карты, удача не последний фактор.

— Была да сплыла!

— Где ж она теперь?

— Наверное, у Мерина этого.

— Нет, что-то здесь не так. События не стыкуются.

— Это как?

Кобылин придвигается ко мне и начинает загибать пальцы:

— А вот так, слушай сюда. Сначала щупали тебя. Так?

— Ну...

— Гну. Потом ты идешь в лес. И в это время вскрывают твою квартиру. А потом убивают приятеля твоего, как его, Снегина. Так? А скорее всего, наоборот.

— Почему?

— По кочану. Если нашли Снегина, значит, за тобой следили. И предположили, что после того, как на тебя напали, оставить карту дома ты побоишься. Ищут карту у твоего приятеля. Видимо, не находят и тогда его убивают. Потом вскрывают твой гараж и в последнюю очередь квартиру. Если карта у них, то зачем еще нападать на тебя в лесу? Вывод?

— Ну, ну? — хотя я и сам уже все понял.

— Ты оставил карту у Снегина. Так?

— Так.

— Тогда к чему все последующие действия бандитов?

Пожимаю плечами.

— Мне кажется, что ты чего-то недоговариваешь. Я понимаю твое стремление во что бы то ни стало сохранить эти документы у себя. Но поверь мне, Женя, сейчас не тот момент, чтобы думать только о своем шкурном интересе.

— Да нет их у меня! Нет!

Кобылин укоризненно смотрит на меня. Наверное, не верит. Ладно, это его личное дело. Завтра Фил достанет из моего гаража святую троицу. Возьмет этого Мерина — Копылина. И все станет на свои места.

А сейчас пора спать. Утро вечера мудренее.

ГЛАВА 62

И утро пришло. Мудреное — дальше некуда.

Я проснулся незадолго до рассвета. Вижу, что Кобылин стоит посреди палатки, одетый в штормовку, и собирается выйти наружу.

Пьяный угар у меня еще не прошел. Я машинально спрашиваю, особо не придавая значения вопросу:

— Ты куда это?

Он оборачивается и говорит:

— Спи. Рано еще. Я пойду караул проверю.

Я поворачиваюсь на другой бок и снова проваливаюсь в сон. Но почти тотчас меня словно током ударило. Я подскакиваю, словно угорелый, и осматриваюсь.

Карты на стене палатки нет. Я точно помню: с вечера она там висела, вся в пометках, с проложенными маршрутами.

Стал проверять, что еще исчезло. Не было ни рюкзака, ни ружья майора Кобылина. Наверное, он собрался и вынес свои вещи из палатки еще ночью.

— Удрал, сукин сын!

Обвел меня, как щенка вислоухого. А я тоже хорош — развесил уши.

И как он это ловко придумал про схожие фамилии. Бровью не повел на мои обвинения. А выдал историю про мнимого, несуществующего Копылина. Честно сказать, я с готовностью принял версию случившегося в его изложении. Очень уж мне не хотелось думать, что командир поисковиков, майор Кобылин, и есть тот самый Мерин.

Идиот. Я сам его спугнул. Кто меня за язык тянул? Рассказал все. Дождался бы спокойно, пока Фил со своей командой прибудет. Нет. Надо было высказать все в глаза. Теперь бегай по лесу и ищи Кобылина.

Тот старый волк. В лесу чувствует себя как дома. Ружье у него есть. Деньги, наверное, всего отряда прихватил. У поисковиков принято хранить средства в общей кассе. Устроит себе логово. Будет изредка выползать, покупать в сельмагах соль да спички. До зимы продержится. К тому времени шухер поутихнет. Милиция устанет его искать. Кордоны на дорогах снимут. Нельзя же вечно из-за одного человека проверять все машины? Рванет в дальние края, и ищи ветра в поле.

Будем искать? Не набегался еще?

Быстро одеваюсь. Выскакиваю из палатки. Оглядываюсь по сторонам. Туман.

На краю лагеря горит затухающий костер. Рядом, завернувшись в плащ-палатку, дремлет часовой в обнимку с двустволкой.

Было начало шестого и почти светло.

— Сторож хренов...

Я прошел мимо спящего караульного. Тот даже не шелохнулся.

На высокую траву выпала роса, и хорошо видно, где совсем недавно прошел Кобылин.

Следы вели с полкилометра вдоль реки. Пересекли неширокий пойменный луг. Дальше был узкий смешанный перелесок. Я почти бегом выскочил с обратной стороны его. Заметался по краю поля, ища следы. Отыскал замятую тимофеевку. Высокие ее метелки полегли в направлении темнеющего края большого леса.

Без высоких сапог в лесу плохо. Особенно после дождя и рано поутру, как сейчас. Я промок почти по пояс. И только теперь соображаю, что в горячке не прихватил из палатки даже спичек.

Возвращаться поздно. Во-первых, Кобылин уйдет

так далеко, что след его не обнаружишь. А потом поисковики в лагере уже наверняка проснулись. Вряд ли удастся им объяснить что к чему. Вот догоню Кобылина — у него все есть: и огонек, и пожрать небось с собой прихватил, и выпить. Главное, чтобы он меня не усек первым и не измочалил из своего дробовика. А то буду похож на свою горемычную машину. Такой же новенький и такой же дырявый.

Как она теперь там, бедолага? Свезли «менты», наверное, на штрафную стоянку. Проще теперь купить какую-нибудь подержанную колымагу, чем восстанавливать мою.

За этими веселыми мыслями я успевал все же посматривать по сторонам.

Быстро иду вперед. Выбираю самые буераки, наиболее сложнопроходимые места, куда нормальный человек, грибник или охотник, без особой нужды не полезет. И скоро мои старания вознаграждаются.

На мху, среди кустиков брусничника, замечаю какое-то светлое пятнышко. Окурок. Поднимаю его. Свеженький, разве что не теплый. Не ржавый. Пахнет хорошо.

— Прокалываешься, Мерин. Хоть ты и майор, а в разведку бы я с тобой не пошел. Мусор за собой разбрасываешь.

Эх, закурить бы...

Опускаюсь на колени и, как милицейская собака, ищу следы.

Вот мох сорван.

Белеющий слом на ветке волчьей ягоды.

А это вообще чудненько: чуть не вляпался в дерьмо, прикрытое сверху куском смятой газеты.

— Желудок у тебя, майор, не железный. Наверное, от страха началась медвежья болезнь.

ГЛАВА 63

Примерно еще через час безостановочной ходьбы я наконец его увидел, вернее, услышал.

Он цепляет своим тяжелым рюкзаком за низкие отмершие ветки сосен и производит шум, подобно пробирающемуся через заросли лосю. Видно, решил про себя, что ушел уже далеко и опасаться ему некого.

Я осторожно подбираюсь к нему метров на двадцать. На таком расстоянии изредка мог видеть его, когда лес становился не слишком густым. Напасть на него сейчас же я не решаюсь. Наверняка ружье его заряжено и он готов им воспользоваться.

Проще дождаться, пока он решит устроить привал. Разомлеет у огня. Может быть, задремлет, все-таки он не спал всю ночь.

Но нет. Прет и прет. Отмахал уже километров пятнадцать. Ну и я с ним.

Выходим к широкой просеке. Линии электропередачи, под которые она была когда-то проложена, давно пришли в негодность и заброшены. Деревянные столбы, похожие на виселицы, почти все подгнили, завалились или стоят, скособочившись, как инвалиды. Путанка из спиралей ржавых проводов свисает с них. Вырубка, давно не чищенная, одичала, заросла молодыми деревцами и кустарником.

На железобетонном столбике на краю просеки сохранилась железная табличка с выбитой маркировкой. Пытаюсь вспомнить карту района. Прихожу к выводу, что, если не менять направления движения, то скоро мы упремся в край болота, идущего полосой от двухсот метров до полутора километров шириной в сторону старого русла реки. «Старуха», как кличут его местные жители. Место дикое и посещаемое в основном только охотниками в сезон утиной охоты. Нагулявшая жир птица перед отлетом в дальние края сбивается в огромные стаи. «Старуха» для них просто рай. Много воды, много пищи.

Сам я там ни разу не бывал. Все как-то не доводилось. Хотя, по сведениям моего деда, где-то в этих болотах лежит транспортный самолет, летевший с грузом к партизанам, но сбитый немецкими зенитчиками.

Теперь Кобылин идет туда же. И явно не только потому, что в болотах его сложнее будет отыскать.

В таких местах те, кто постоянно ходит на охоту, обычно ставят заимку. Домик общего пользования. Строят всем гуртом. Несут через лес на себе кто и что может для его обустройства. Рулон рубероида на крышу или стекло в окна. Оставляют там посуду. Запас непортящихся продуктов. В общем маленький такой лесной коммунизм.

Возьмем мы Кобылина с собой в коммунизм?

— Ни за что...

З-з-бынь! Бабах!

Табличка с маркировкой слетает со столбика, описывает дугу и с шорохом скрывается в кустах.

А я, блин, стою, как белая береза, посреди просеки.

— Засветился...

Кобылин — классный стрелок. Я сам не раз видел, как он сшибает фарфоровые чашечки изоляторов со столбов. Ловко это у него получалось. Только брызги в разные стороны. Не мог он промахнуться с такого расстояния.

— Эй, Эксгуматор! — кричит он с другой стороны просеки. — Чего за мной поперся? Проваливай на хрен!

— А ты чего побежал? Боишься чего? — спрашиваю я.

— Я теперь уже ничего не боюсь! Поздно бояться... Уходи! Не заставляй меня в тебя стрелять.

— Не могу. Мне тогда перед собой стыдно будет. А тебе, майор?

— Иди к черту! Не тебе меня судить.

Врешь, первым судить тебя буду именно я. Это потом уже суд решит, что тебе положено по закону. А я — по совести.

— А кому?

— Не хочешь по-хорошему уходить? Ну тогда я тебе помогу. Получи!

Он вскидывает ружье. У него пятизарядка.

Песок у меня под ногами брызжет во все стороны. Вой свинца и грохот выстрелов. Под таким обстрелом в последний раз я был в Чечне. Но здесь-то вроде вокруг своя земля.

Кто здесь герой?

Только после вас!

Гарун бежал быстрее лани... А я быстрее этого малахольного Гаруна.

ГЛАВА 64

Кобылин бросил большую часть своих вещей, облегчив рюкзак. Взял только самое нужное ему. Сложил все оставленное в неглубокую ямку и закидал сверху сучьями.

Моими трофеями стали шерстяной бушлат, общевойсковой комплект химзащиты (жаль, размерчик мал) и целая куча всякой мухобели, просто необходимой, когда стоишь лагерем, но очень обременительной в бегах. Чего, например, стоил примус с запасной жестяной полулитровой канисторочкой, наполненной керосином, пластмассовая коробка с набором универсального инструмента и складная удочка — все вместе весило килограммов пять, не меньше.

— Уходим в отрыв... Ну-ну.

Куда собирался идти Кобылин, я уже примерно понял. С большой долей вероятности, он стремился к охотничьей заимке.

Может, вернуться от греха подальше, дождаться подкрепления из города, и пусть милиция сама подставляет свои задницы под свинцовый дождь? А?

Ну нет. Столько пережить, а почет и слава Филу?

«Он был прав, даже когда был не прав», — напишут в моей эпитафии. И будут правы.

Кобылин обидел меня лично, и я не успокоюсь, пока он лично не попросит у меня прощения, живой или мертвый. Это уж как придется.

У него дробовик с подствольным магазином. У меня решимость победить. Изначально условия не очень равные.

И тут вспоминаю про единственный патрон, оставшийся у меня после обыска. Обрез пионеры забрали, а по карманам пошарить не догадались.

Начинает работать инженерная мысль. Слава богу, американских боевиков я насмотрелся в свое время досыта. Там герои всегда, оставшись один на один против батальона противника, начинают сами городить себе оружие массового поражения. Даже порох ухитряются самостоятельно изготовить.

У меня перед ними явное преимущество. Есть один настоящий патрон от охотничьего ружья шестнадцатого калибра. Латунная капсульная часть, гильза из жаропрочного пластика. Заряжен крупной дробью.

Кобылин снабдил меня инструментами и кое-какими расходными материалами. Для начала отпиливаю от удочки, плотно зажатой в специальный держатель, нижнюю часть ручки, изготовленной из алюминия. Патрон идеально подходит к ней по калибру. Трубка тонкостенная, едва ли выдержит больше одного выстрела, а мне второго и не нужно.

Теперь надо бы изготовить ложе для моего шпалера. Из режущих инструментов у меня только стамеска на короткой ручке. Ею и обхожусь. Выломал сук потолще. Продолбил в нем канавку, чтобы гильза имела жесткий упор. Примотал трубку к ложу, истратив для этого почти весь ролик изоленты из коробки с инструментом.

Пушка получилась что надо. Осталось придумать спусковой механизм. Те, кто делал в детстве «поджиги» и самострелы, поймут, что особой проблемы с этим нет. Пропилил основание патрона до порохового заряда... Но на этом дело и заглохло. Спичек-то у меня по-прежнему не было, а Кобылин не догадался их оставить.

Делать нечего. Заклеиваю остатками изоленты дырку. Складываю в штаны от «ОЗКа» кое-что из того, что бросил Кобылин. Надеваю бушлат на себя. Стамеска — за пояс.

«Сами мы не местные...» Из грибников. Заблудились слегка.

ГЛАВА 65

Комары совсем обнаглели. Вьются над местом моей лежки стаей, словно стервятники над падалью. Демаскируют напрочь.

Место я выбрал не очень удачное. Из-за коряги, под которой я прячусь, хорошо просматриваются противоположный берег болота, поросший высокой осокой и осинами островок метрах в пятидесяти, и охотничий домик на далеко выступающем мыске. Но из почвы подо мной выступает слякоть. Лежать в сырости неприятно.

Сменить место наблюдения среди белого дня я не рискую. У Кобылина, если он в домике, наверняка есть бинокль. Один раз я уже облажался и засветился. Теперь он будет вдвойне осторожен. Если он засечет меня снова, то сорвется с места. А пока я буду перебираться через болото, не зная хоженой тропы, Кобылин уйдет далеко.

Лежу, кормлю комаров и терплю.

А что, если я ошибся? И Мерин вовсе не здесь?

Надо было не тянуть и ночью попробовать перебраться на островок. Оттуда я бы смог рассмотреть, что творится в домике. Но, честно говоря, побоялся. Болота пугают меня даже днем. Ряска, жидкая грязь, никогда не знаешь, что будет под ногой при следующем шаге. Брр... Думаю — это нормально не любить болота.

Влево и вправо от меня топь тянется на необозримое пространство, скрываясь среди еловых лесов. Местами болота достигают ширины полутора-двух километров. На них много островов. То тут, то там из воды торчат, словно обелиски, черные, мертвые стволы деревьев. Все это напоминает мне кладбище.

Но вот вижу на той стороне какое-то движение. Из-за охотничьего домика выходит человек с ружьем на плече. Против солнца я не могу разглядеть его как следует и поэтому не совсем уверен, что это Кобылин.

Человек скрывается в зарослях берегового тростника. А потом оттуда появляется небольшая лодка-плоскодонка. Такая маленькая, что сперва мне показалось, будто человек сидит верхом на бревне.

Работая коротким веслом, гребец, огибая участки, поросшие ряской, и лавируя между мертвых стволов и коряг, скоро поравнялся с островком, напротив которого прятался я. Теперь ясно вижу — это Кобылин.

Куда это он намылился? Впрочем, какая разница. Рюкзака с ним нету — значит, вернется.

Обогнув островок с моей стороны, Кобылин направляет лодчонку в чистую протоку и быстро скрывается за поросшим лесом полуостровом в сотне метров по левую руку от меня. Я выжидаю еще несколько минут, чтобы он уплыл подальше, а потом выползаю из своей засады и начинаю искать тропу.

Выломал длинный прочный шест. Штаны «ОЗКа», используемые как вещмешок, перекинул через плечо. И, мысленно перекрестившись, вступаю в воду.

Сначала мелко, чуть выше колена. Дно под ногами пружинит, но держит. Потом я раза три окунаюсь по грудь. В середине протоки неожиданно ноги теряют опору. Испугавшись, я роняю шест, бросаюсь рывком вперед, проплываю несколько метров и с облегчением снова нащупываю дно.

Участок до острова, собственно, не был болотом в полном смысле этого слова. Скорее, походил на русло лесной реки с коричневой торфяной водой, вплотную примыкавшее к болоту. Водораздел проходит как раз по линии, на которой находился остров. Дальше идет настоящая топь. По ней охотниками проложена гать.

На клочке суши в десять метров длиной и около пяти шириной, каким оказывается островок, места живого нет. Кругом валяются стреляные гильзы, а земля сплошь усеяна свинцовой дробью. Здесь же я подбираю новый, один из многочисленных оставленных охотниками шестов. Слеги частоколом торчат у самого берега, рядом с началом гати — шаткого притопленного настила из жердей и связок гнилого тростника.

Чтобы идти здесь, нужна особая сноровка. Держать равновесие можно, только упираясь шестом в предательски топкое дно. Оно почти мгновенно обхватывает конец слеги. Физически чувствуется, как жидкая грязь, залегающая пластом под тонким слоем воды, словно живое существо, стремится проглотить все, что попадает в ее объятья.

Лоб покрывается холодной испариной, когда я представляю, что будет с тем, кто, не удержавшись на гати, свалится в трясину. О том, что это могу быть я, даже думать не хочется.

ГЛАВА 66

Непонятно, собирается ли Кобылин надолго оставаться в охотничьем домике или решил сделать на заимке только короткую остановку, чтобы, осмотревшись, решить, куда бежать дальше.

Рюкзак его, облегченный в лесу наполовину, стоит у стены даже нераскрытый. Ночь Кобылин провел на голых досках топчана, не воспользовавшись спальником, который у него был. Печку-буржуйку он топил. Она была еще теплой. А сверху на ней стоит жестяная кружка с недопитым чаем.

Я осматриваю охотничий домик изнутри.

На низкой потолочной балке стоят стеклянные трехлитровые банки с крупами и солью. Там же, в железной коробке из-под чая, я нахожу спички.

Довожу до ума свою базуку. Теперь остается только провести теркой по спичечным головкам, примотанным к запалу, и...

Если ствол разорвет, то и мне мало не покажется.

Не успеваю допить оставленный Кобылиным чай, как вижу в окно, что он возвращается. Лодочка его из-за острова показалась.

Наблюдаю, как он загоняет плоскодонку в прибрежный камыш. Идет к домику.

Я не придумал ничего лучшего, как выйти ему навстречу и наставить на него свой самодельный шпалер. Кобылин будто не удивлен вовсе. Только растерян немного:

— Я знал, что ты меня все равно найдешь...

— Предчувствия тебя не обманули.

Кобылин, несмотря на все мои ожидания, даже не пытается сорвать ружье со своего плеча.

— Что это у тебя? — он кивает на подобие оружия в моих руках.

— Стингер собственного изготовления. Хочешь увидеть его в действии?

— Дай мне уйти, — просит он. Голос надтреснутый. Глаза печальные. — Мне сейчас нужно побыть одному. Я виноват и сам себя накажу. Пожалуйста, дай мне уйти.

— Долго думал?

— Всю ночь. Поверь, Ходарев, я не хотел, чтобы так все случилось. Наваждение какое-то. Как узнал про это золото, словно подменил меня кто. Никогда, поверишь, за собой такого не знал. Будто бес в меня вселился. Только о нем, проклятом, все мысли.

Верно говорят: «У каждого своя цена». Оказалась она и у майора Кобылина.

Как-то на берегу реки какие-то сволочи убили двух отдыхающих. Парня и девчонку. Ее перед этим изнасиловали. Мы тогда стояли лагерем километрах в двух. Милиция и к нам заходила. Так вот по подозрению арестовали жителя ближайшей деревни. Уголовника-рецидивиста, убийцу. Его слова я помню хорошо. Он совершенно серьезно говорил о том, что не мог убить просто так, значит, он к этому делу не причастен. Вот если бы за деньги, тысяч за пятьдесят. Тогда другое дело. А с этих бедолаг что было взять? Студенты.

Значит, есть она, цена человеческой жизни. В данном случае всего лишь золотой мираж.

— Теперь у тебя будет много времени, чтобы про все думать. И о Витьке Снегине, и о других тоже. Как ты мог, майор?

— Ну кто же знал, что Жора такая сволочь! — голос Кобылина срывается. — Я не хотел, чтобы они кого-нибудь убивали!

— Связался с уголовниками и надеялся, что не испачкаешься в дерьмо?! Нет, майор, так не бывает. Карты мои у тебя?

— Нет их.

— Где же они?

— Я не знаю. Может, оно и лучше, что пропали эти чертовы карты?

— Может... Брось ружье!

Кобылин послушно кладет свой дробовик на землю. Потом смотрит на меня так печально и говорит:

— Мне нельзя в тюрьму. Я лучше в лесу повешусь. Не веришь, можешь сам меня пристрелить здесь. Но с тобой я не пойду.

— Еще как пойдешь!

— Нет, — он поворачивается ко мне спиной и идет к гати, — нет...

— Стой, я выстрелю!

Кобылин обреченно машет рукой и входит в болото. Идет по тропе, не прихватив с собой даже шест. Гать ходит под ним ходуном. Он едва удерживает равновесие.

— Стой, дурак! Утонешь!

Он меня не слушает.

— Ну и черт с тобой!

Прощай, майор. Не такого конца ты достоин.

— Салют тебе...

Отвожу руку с самострелом в сторону, зажмуриваюсь и чиркаю по серным головкам коробком. Спички шипят. Кажется, моя базука не сработала.

ГЛАВА 67

И вдруг как бабахнет!

Ствол разворачивает выстрелом почти до самого основания. Слава богу, рука остается целой. Хотя пальцы гудят от легкой контузии.

— В детстве у меня гораздо лучше получалось.

Порыв ветра развеивает дым.

Кобылина на гати нет. Он барахтается в трясине. Сам ли упал или от испуга, услышав выстрел, думать некогда. Хватаю шест подлиннее и иду к нему.

Подбираюсь ближе. Он уже погрузился по грудь. Маслянисто поблескивающая грязь медленно, но верно засасывает его.

Кобылин не кричит. Не просит о помощи.

Увидел меня.

— Уходи!

Я ложусь поперек гати. Протягиваю ему конец шеста.

— Держись.

После недолгих раздумий он все же протягивает руки, хватается за шест. Пытаюсь подтянуть его к себе. Это намного сложнее, чем мне казалось. В положении лежа я не могу приложить достаточно усилий, чтобы освободить Кобылина из трясины. Он увяз почти по подбородок. Болотная жижа цепко держит его.

— Жить хочется, майор?

Он намертво вцепился в шест. Барахтается. Безнадега в глазах сменилась диким страхом.

— А еще вешаться собрался...

Вытащить его я не могу.

Делать нечего. Поднимаюсь во весь рост и, упираясь, тяну шест на себя. Мне удалось подтащить его поближе к гати. Уже и плечи показались. Перехватываю слегу...

Она перепачкана грязью. Скользкая. Ладони мои срываются. Я теряю равновесие и падаю спиной в болото по другую сторону гати.

Жижа хлынула в нос. Отплевываясь, я выныриваю. Рывком хочу выбраться обратно на настил и не могу. Увяз выше пояса и ухожу все глубже.

— Попал!

Теперь и меня охватывает паника.

Кобылин с другой стороны перекидывает шест. Теперь мы с ним как на детских качелях. Висим каждый на своем конце и вроде пока не тонем. Зависим друг от друга. Ну и дела.

— Как ты там? — спрашивает он меня.

— Прекрасно!

— Извини, что так вышло.

— Ага. Выберемся, обязательно набью тебе морду.

— А карта действительно не у тебя?

— Вот, блин, кто о чем, а вшивый о бане! Нет ее у меня. Пропала!

Он с той стороны что-то нечленораздельно булькает.

— Ты что, утоп там?

— Нет еще...

— Слушай, Кобылин, а что же ты, когда узнал про золото, мне ничего не сказал? Вместе бы мы как-нибудь разобрались.

— Я думал сперва. А потом решил, что ты пошлешь меня на фиг и сам займешься поиском. Ты ведь

190

ни с кем не хотел быть ближе, чем просто «привет-пока». Говорил, что сам себе «пиздатый» друг?

— Ну говорил.

— Вот!

— Дали ему год...

— Годом я теперь вряд ли обойдусь.

— Да, впаяют тебе теперь — мама, не горюй! И я первый скажу, что правильно!

— Ты выберись отсюда сперва.

— Попробую...

Не делая резких движений, равномерно прикла-дывая усилия, начинаю подтягиваться по шесту. Через некоторое время мои старания приносят ре-зультат. Я еще не увяз так сильно, как Кобылин, и скоро, перепачканный с ног до головы тиной и бурой грязью, выбираюсь на гать.

— Не дергайся, — говорю я майору. — Не делай резких движений, сейчас я и тебя вытащу.

— Поздно...

ГЛАВА 68

— Ничего не поздно, — возражаю я, — ты давай цепляйся. Крепче держись!

— Все. Вон архангелы летят...

Теперь и я услышал. К воплям лягушек приме-шался чужеродный звук. Словно стрекот охрипше-го кузнечика.

Оборачиваюсь. Низко над лесом летит желтый милицейский вертолет с двойным стабилизатором.

— Не заметили.

— Нет. Разворачиваются.

Сделав крутой вираж, вертолет движется над бо-лотом в нашу сторону. Зависает прямо над охотни-чьим домиком, и голос, усиленный мегафоном, ве-щает из него:

Вадим **Цыганок**

— Эй, на болоте! Сдавайтесь! Сопротивление бесполезно! Положите оружие на землю и поднимите руки!

С юмором ребята. Будто не видят, что мы здесь не сопротивляемся, а тонем. Если в этом вертолете находится Филатов, он, наверное, сейчас со смеху покатывается.

— Давай держись!

Я поворачиваюсь к Кобылину и вижу, что он, вместо того чтобы держаться за шест, наоборот, оттолкнулся от него и почти полностью погрузился в трясину. На поверхности только лицо.

— Ты что! Стой! Не смей уходить. Ты должен рассказать им правду!

— Я не пойду в тюрьму, — хрипит Кобылин. — Лучше так...

— Меня считают убийцей! Ты не смеешь уходить!

— В моем рюкзаке... Сверху... Я сегодня ночью написал...

Это последние слова Кобылина. Вода заливает ему лицо. Он конвульсивно пытается еще вдохнуть воздух. Захлебывается и погружается в трясину окончательно. На поверхности лопаются пузыри, и тина обволакивает то место, где только что утонул человек.

Я стою на гати и потрясенно смотрю на затихающую рябь на воде.

— Какого черта, майор?

Будто он теперь может ответить.

Из вертолета тем временем выпрыгивают люди с автоматами. Всего их пятеро. Фил среди них. Он кричит мне:

— Ходарев, выходи сам! Иначе мы просто пристрелим тебя, и дело с концом. Ты уже всех достал выше крыши.

Выползаю из болота. Меня тут же сбивают с ног. Тыкают мордой в землю. Обыскивают.

— Ты кого там притопил? — спрашивает Фил.

— Главного свидетеля. И не топил я его, а наоборот. Спасти пытался. Чуть самого не засосало, на хрен.

— Спасал, значит?

— Угу.

— А парня, которого застрелили в гостинице «Центральной», тоже спасал?

— Вроде того.

Милиционеры обследуют берег. Находят остатки моей базуки.

— Чья?

— Моя.

— А это? — в руках у Фила пятизарядка Кобылина.

— Его, — киваю в сторону болота.

— По-моему, достать его — дохлый номер, — один из людей Филатова попробовал пройти по гати. Потыкал шестом в трясину. — Водолазам здесь делать нечего. Не земснаряд же сюда переть?

— А если баграми или кошкой попробовать?

— Вряд ли... Даже если и зацепим его, то не вытащим. Порвем на куски. Трясина...

Меня снова сковывают наручниками. Посадили на землю возле вертолетного шасси. Фил посмотрел на остатки китайских браслетов. Усмехается:

— Эти не порвешь. Наши. Отечественные, — и тихо добавил: — Если скажешь, сукин кот, что «вальтер» тот у меня был, погибнешь при попытке к бегству. Понял?

— Не гонишись. Свою телегу я сам тащить буду.

— Я-то хорош. Только спьяну можно было такое сделать. Расчувствовался. Школьную дружбу вспомнил...

— Будет плакаться. Скажи мне лучше: вы начали здесь нас искать после того, как у меня в гараже побывали?

— Было дело. Я думал сперва полоумный какой-то звонит. Толком ничего объяснить не может. Талдычит про то, что Эксгуматор велел передать...

Я перебиваю Фила:

— Жора со своей бандой что-то сказали?

— Ничего, что может помочь тебе. Говорят, это ты напал на них, избил, отобрал машину и под угрозой оружия запер в гараже. Пока они у меня по разделу «пострадавшие» проходят.

— Ну, а что они уголовники все, в тюрьме сидели, ты установил?

— Установил. Только это не повод нападать на людей и отбирать у них машину.

— А сюда чего тогда прилетел? Вещий сон?

— Поисковики тревогу подняли. Обнаружили утром, что вы с Кобылиным исчезли. Добрались до ближайшего райотдела. От них уже нам позвонили. Мы подняли вертолет. Несколько часов кружили. Тонну горючки сожгли — весь лимит на ближайшие пару месяцев.

Из охотничьего домика выносят рюкзак Кобылина. И бросают его в кабину вертолета. Туда же запихивают и меня.

Взвыли турбины. Ротор быстро набрал обороты, и машина оторвалась от земли. Бросаю последний взгляд на то место, где ушел на дно майор Кобылин.

Как он там сказал напоследок?

— Филатов! — кричу во всю глотку, перекрывая шум двигателей. — Там в рюкзаке сверху!

— Что?

— Не знаю. Кобылин сказал, что написал что-то.

Филатов нехотя открывает рюкзак. Достает из него свернутый вчетверо лист бумаги. Читает.

— Что это?

— Чистосердечное признание. Если экспертиза покажет, что это почерк Кобылина, то, возможно, тогда я начну тебе верить.

— А сейчас не веришь?

— Веришь не веришь... Мы что, с тобой в детские игры играем? Казаки-разбойники?

— Слишком много трупов для детских игр.

— Вот, вот. Итак, начнем сначала: из-за чего все завертелось?

ГЛАВА 69

Следствие длилось почти три месяца.

В середине сентября меня до суда выпустили из КПЗ под подписку о невыезде.

Возле ворот тюрьмы меня ждал Фил. Он посигналил, и я подсаживаюсь к нему в машину.

— Привет, подследственный.

— Привет, «мент».

— Как казенные харчи?

— Сносно... Я неприхотлив в еде.

— Счастливец. А я люблю хорошенько набить желудок. Тебя домой?

Я задумываюсь на секунду:

— Нет, давай сперва к Анне Владимировне.

Он удивленно смотрит на меня:

— Думаешь, она будет рада тебя видеть? Впрочем, твое дело.

Мы едем по улицам города.

Листва на деревьях заметно пожелтела. Осень. Больше всего мне нравится быть в лесу именно в это время года. Лето закончилось, но от удаляющейся его спины еще веет теплом. Уйти бы сейчас на пару недель. Поставить палатку на пригорке среди соснового бора...

Фил словно мысли мои читает:

— Ты сейчас не дергайся. Веди себя тише воды ниже травы. Прокурор собрался просить для тебя пару лет условно. Не огорчай дядю плохим поведением.

— А у тебя что, дядя прокурор?

— Ходарев, не строй из себя идиота. Ты понял, о чем я говорю.

— Понял, понял...

Едем некоторое время молча, но вижу, что его все время подмывает что-то спросить.

— Чего ты там жмешься?

— Слушай, Женька, не для следствия, а мне лично скажи: ты действительно не знаешь, где карта?

— Скорее всего, она на дне болота, вместе с Кобылиным. У него, видать, в голове так помутилось — сам не гам и другим не дам. Что, и у тебя золотая лихорадка?

— Да у нас весь отдел этим кладом бредит. Некоторые на полном серьезе собираются увольняться и идти в леса. Копать землю. Если там хоть половина того, о чем говорил дед Эдика... Это же сумасшедшие деньги!

— Не забывай, что они принадлежат государству. Большее, на что можно рассчитывать, — это двадцать процентов.

— Все равно до фига!

— Ну и что бы ты с такой суммой делал?

— Закатился бы первым делом на Канары... Чтобы память на всю жизнь! А если серьезно, то частное агентство открыл бы. Мне моя профессия нравится, только под начальством ходить не люблю. Я думаю, дело бы пошло. Частный сыск — занятие прибыльное...

— Ну да. Следить за неверными женами и непослушными детьми.

— Все лучше, чем кости по лесам ворошить!

— Лучше кости ворошить, чем говно лопатой разгребать!

— Ладно. Давай не будем. А договориться так можно. Я тебя все-таки об одном попрошу, по старой дружбе. Если вдруг, ну бывает так, карты эти отыщутся и тебе люди понадобятся, ты обо мне вспомни. Ладно?

— А что ты можешь?

— Могу копать...

— А еще?

— Могу не копать!

— Хорошо, Пинкертон, заметано.

ГЛАВА 70

Дверь в квартире Анны Владимировны открывает какой-то незнакомый мне мужичок. Невысокого роста, лысоватый. Он в тренировочных штанах с отвисшими коленками и майке. Словом, одет как дома.

— Тебе чего? — культура из лысого так и прет.

Из-за его спины показывается Анна Владимировна. Я ее сперва и не узнаю. Прическа на голове, белая блузка с кружавчиками. Даже морщины на лице разгладились.

— Проходи, Женечка.

— Я вот, как только вышел, сразу к вам. Думал, может, помочь чем нужно? У меня денег немного осталось...

Она рассеянно улыбается. Толкает в спину мужичка, и тот, догадавшись, скрывается в комнате.

— Женечка, я думаю, если бы Витенька знал, он был бы не против. Сергей Иванович сантехником в нашем жэке работает. Мужчина положительный, непьющий.

Глаза на мокром месте. Она достает платочек и вытирает со щеки слезу.

То, что положительный, видно сразу. В прихожей поклеены новые обои. В квартире еще не выветрился запах свежей краски. Хозяин.

Хорошо, что хоть у нее теперь все в порядке. И чего она передо мной оправдывается? Это я у нее должен прощение за сына вымаливать.

— Теть Ань, скажите мне, коляску вы ведь продали?

— Да... При тебе женщина приходила. У нее тоже горе. Сын, ребенок еще совсем, а ноги не ходят. Я ей по-божески уступила.

— А как вы ее нашли?

— Это она меня. По объявлению.

— Значит, где она живет, не знаете?

Кажется, я опять попал пальцем в небо.

— Почему же, знаю. Я ей помогла до самого дома коляску докатить. Мне все равно одной не сиделось. Квартиру не знаю, а вот дом и улицу помню...

Хотел сразу пойти по указанному адресу, но решил сперва домой заглянуть. И родители извелись в тоске по сыну-зэку, и мне надо бы привести себя в порядок. А потом я подсознательно оттягивал развязку. Вдруг моя догадка неверна? Что тогда?

Дома побрился, помылся. Сели за стол. Выпили с отцом по маленькой за возвращение.

— Как же ты теперь жить дальше будешь? — горестно вздыхает мама.

— Это в каком смысле?

— Жениться бы тебе надо. Остепенился бы. Устроился, как все нормальные люди, на работу.

Я тут же вспоминаю Светика. Нашу с ней последнюю ночь. У меня схватило живот, и в голове

стало жарко. Этот гиперсексуальный монстр навсегда отбил у меня желание связать свою жизнь с
кем-нибудь из сестер Евиных.

ГЛАВА 71

Расспрашивать всезнающих бабок о том, где
живет женщина с сыном-инвалидом, не пришлось.

Мальчик лет одиннадцати сидит в инвалидной
коляске на лоджии первого этажа и что-то рисует в
альбоме.

— Привет, художник.

Он не смутился. Взглянул на меня серьезно и
ответил:

— Здравствуйте.

— Что рисуем?

— Корабль.

— Ну-ка покажи.

Рисунок действительно хорош: старинный парусник под пиратским флагом рассекает волну.
Всегда завидовал тем, кто умеет рисовать.

— Неплохо! Я так ни за что не сумею. Мама
дома?

— Нет еще. На работе.

— А ты что, так целый день и сидишь здесь?

Он пожал плечами:

— Я уже привык. Раньше скучно было, конечно,
но сейчас ничего. У меня приемник есть.

— А что ты еще любишь делать, кроме рисова-
ния?

— На велосипеде кататься.

— Как это?

— Ну я же не всегда ходить не мог. Это меня два
года назад машина сбила. Вот ноги теперь и не работают. Плохо, что ко мне в гости никто не ходит.
Пацанам неинтересно со мной.

— А хочешь, я к тебе в гости приду?

Он подозрительно смотрит на меня:

— Мама не разрешает мне никого в дом пускать, когда ее нет.

— А я позже приду. Когда мама дома будет. Договорились? — я протянул ему руку.

— Договорились.

— Евгений, — представляюсь я.

— А откуда вы знаете, как меня зовут?

— Да нет, это меня Евгением зовут. Тебя, значит, тоже? Ладно, тезка, жди, я обязательно приду.

Потом я побежал в «Детский мир». Успел перед самым закрытием. Купил большую коробку со сборной моделью парусника. На обратном пути набрал всяких фруктов и сладостей.

Казалось, так будет правильно. Приду. Облагодетельствую. Вежливо попрошу разрешения поискать то, что принадлежит мне. Найду не найду. И поплыву дальше, как тот парусник, гонимый ветром и течениями.

— Здравствуйте... — все приготовленные слова застревают у меня в глотке. — Я...

Там, в доме у Снегиных, когда я увидел ее в первый раз... Наверное, я тогда просто и не смотрел на нее. А может, и смотрел, но не с той стороны. Да и обстоятельства не располагали.

Замученная, упаханная, с дешевой косметикой на лице и в китайской одежде с барахолки, тем не менее она светится каким-то внутренним светом, словно мадонна на иконе. Впрочем, говорят, что влюбленные склонны преувеличивать и идеализировать. А то, что я влюбился, сомнений нет. В эту минуту я был готов даже простить Светику ее издевательства надо мной.

Выручает меня тезка. Он выруливает из комнаты на коляске и радостно кричит:

— Мама, это ко мне! Мой друг.

Она посмотрела на коробки и пакеты в моих руках, усмехается устало и говорит:

— Ну проходи, друг. Как тебя звать, мальчик?

— Так же, как и меня, — не дал мне и слова произнести тезка, — Женькой.

ГЛАВА 72

Мы сидим с Лерой на кухне и пьем чай с принесенным мною тортом.

Ее сын, распаковав коробку с парусником, начал тут же его клеить и, кажется, уже забыл о моем существовании. Из комнаты доносится его голос. Он что-то мурлыкает себе под нос.

— Водитель был пьян, — рассказывает Лера. — Его посадили. На три года. А нам с сыном мучиться теперь всю жизнь.

— Ничего сделать нельзя?

— В принципе, можно. Но вся проблема, как всегда, в деньгах. Такие операции делают только в Германии. Я вообще нормально зарабатываю. Работаю в частной фирме. Но суммы этой мне не собрать и за сто лет, даже если бы мы питались святым духом.

— А муж что же?

— После этого несчастного случая все прахом пошло. Женькин отец ушел от нас год назад. Сказал, что больше не может на это смотреть. Он всегда смотрел только на себя и на дно бутылки. Ну и черт с ним... Все мужики пьяницы.

— Я не пью, — честно соврал я, — совершенно.

— Давно ли?

Я понимаю, что ложь моя выползла наружу. От меня самым безобразным образом пахнет водкой.

— С завтрашнего дня. Абсолютно.

— К чему такие жертвы?

— Ты мне нравишься, — сознаюсь я. — И если твой сын не будет возражать, то я не прочь еще раз прийти в гости.

Она воспринимает мои слова как-то странно. Резко отодвигает от себя чашку. Губы сжимаются в тонкую полоску и белеют. Похоже, не я первый набиваюсь к ней в гости.

— Не подумай, что я какой-то там...

— Уже подумала.

Потом она встает из-за стола и становится спиной к окну, так, что я толком не могу видеть ее лицо.

— Приличия соблюдены. Ты пришел с подарками. Я напоила тебя чаем и выслушала все бредни. Теперь говори, зачем приперся? Только не надо сказок про любовь с первого взгляда и что тебе понравился мой сын-калека. Кто тебе сказал, что я зарабатываю на жизнь проституцией? А, ясно. Ты увидел меня возле вокзала и решил наведаться. Только я дома не работаю. Если приперло, то плати вперед и вези к себе домой или в гостиницу.

Меня словно душем холодным искупали. Вот, значит, какова ее работа в коммерческой фирме. Неужели я так похож на клиента? Хотя ныне всяких придурков полно.

— Дело вот в чем: если я не ошибаюсь, у тебя находится кое-что, принадлежащее мне. И я хотел бы получить это обратно.

— Что за чушь ты несешь?

— Успокойся. Ты купила коляску для сына у матери моего приятеля. Его уже нет. Он умер. Я оставлял ему на сохранение кое-какие документы...

— Ах, вот ты о чем.

Она, не дослушав меня до конца, уходит в комнату. Возвращается быстро и выкладывает на стол передо мной тетради Тимофея Евграфовича.

Я перелистываю их, мельком просматриваю вклеенные карты. Кажется, все на месте.

— Они в подушке сиденья были. Я решила набивку поменять. Очень уж она жесткая. «Молнию» сзади расстегнула, там между двумя слоями поролона тетрадки эти лежат.

Так и есть.

Я сам видел раз, как Витька деньги от матери в сидуне прятал. Покатит на своей каталке вроде как прогуляться, Анна Владимировна всего его обыщет, а он возвращается, пьяный в дупель. Вот и бандиты к инвалидной коляске его скотчем примотали, все перерыли, а под задницу ему заглянуть не догадались.

Пытали Витьку. Хыря его своим пакетом душил. А он молчал, как Мальчиш-Кибальчиш на допросе. Умереть предпочел, но ничего не сказал. Зачем? Мне он присяги не давал. Что ему стоило отдать эти бумажки?

Помру когда, на том свете встретимся, в первую очередь об этом спрошу.

— Я прочитала там на обложке фамилию. Ходырев. И штамп стоит краеведческого музея. Я туда отнести хотела. Да вот все никак собраться не могла.

— Это деда моего. Он директором музея был.

— А что в них?

Я поманил ее пальцем к себе. Огляделся по сторонам и шепотом сообщил:

— Золото и бриллианты!

Зрачки глаз ее испуганно расширяются, потом, махнув рукой, она смеется:

— А, Семен Семеныч... Ты вообще извини. Я тебя за шизанутого приняла сперва. Знаешь, есть такие. Проститутку снимают, а обставляют это, будто спектакль. Ухаживания там, цветы. Я таких ненавижу просто. Непонятно, что у них на уме. То ли детские комплексы наружу прут, то ли маньяк-убийца.

— Я тоже шизанутый. Немного, но есть. И кстати, только сегодня вышел из тюрьмы.

Она опять не верит:

— У каждого свои недостатки!

ГЛАВА 73

Лес не предаст. И не обманет, как неверный друг. Только человек, не знающий и не понимающий леса, может его бояться.

Сейчас мне даже смешно вспоминать, как я первый раз вышел на поиск.

Путался, сбивался с направления. Даже компас не мог помочь мне преодолеть расстояние по кратчайшей прямой. Шорохи и непонятные звуки пугали. А ночью? В темноте все кошки серы, а деревья, словно близнецы, похожи друг на друга. Прошел десять метров, и кажется, нет уже никакой возможности вернуться обратно к палатке.

Теперь я без леса жизни не мыслю. В городе мне дышать трудно и тесно.

Покружить мне приходится, прежде чем я наконец отыскиваю свою метку: куртку, повязанную вокруг ствола сосны. Она порядком выцвела под дождями, к ней прилипли всякие травинки, листочки, шелуха от сосновой коры. Словно лес стремился растворить в себе чужеродное тело.

Вход в подземный ход присыпан опавшей листвой. Я осторожно сгребаю ее в сторону. Освобождаю и расширяю проход с помощью саперной лопатки.

Скелет погибшего бойца терпеливо дожидается меня на том же месте. Ничего не изменилось с тех пор, как я был здесь в последний раз.

— Извини, что так долго. Дела были...

Я собираю останки в большой полиэтиленовый пакет, какими обычно пользуются поисковики. Заворачиваю все в плащ-палатку и прикрепляю сверток сверху рюкзака.

— Тяжел ты, друг «Ермак», — неужели старость подкрадывается? Или я действительно ослаб на казенных харчах. — Будешь так давить на спину, подыщу что-нибудь поменьше.

Жизнь в монастыре протекала все так же тихо и размеренно, как и до первого моего появления, внесшего в нее некоторое разнообразие.

Пахнет дымком, коровьим навозом и самопечным хлебом.

Старец Михаил сидит на своем бревнышке, словно и не уходил никуда. Только теперь он не клепал косу. Сезон прошел. Монах подшивает валенки для всей братии. Зима не за горами.

Он увидал меня. С заметным трудом встает и делает шаг навстречу.

— Мир тебе, человек ищущий.

— Здравствуй, отец Михаил.

— Нашел?

Я снимаю рюкзак. Разворачиваю плащ-палатку. Монах увидел кости. Перекрестился:

— Упокой господи душу раба твоего... Откуда убиенный?

— С войны. Наш боец. Красноармеец. Похоронить бы по-человечески.

Михаил подзывает жестом стоявших поодаль братьев. Те берут полотнище за углы и уносят останки в развалины надвратной церкви, подлатанной и приспособленной под часовню.

— Гроб у меня есть. Себе делал. Да ему нужнее будет. А ты могилу выкопай, вон там, у угловой башни. Там погост был когда-то. Думал, что я первым холмиком на новом кладбище стану...

Солдата похоронили утром.

Когда я снова собирался в дорогу, Михаил спросил меня:

— Куда ты дальше?

— Искать.

Мне очень нужно отыскать это золото. Первый взнос за операцию для Женьки я уже внес, но больше денег у меня нет. Фил продал свою машину, чтобы я взял его в долю. Я — ненужный мне более гараж. Но все равно это мизер в сравнении с тем, сколько еще требуется.

Пока не выпал снег, нужно сделать разведку. Место на карте указано очень приблизительно, и нам предстоит перепахать почти пятьдесят гектаров леса.

Можно искать до конца жизни. Но Фил готов к этому.

А мне деваться некуда.

Неожиданно зазвонил телефон в моем нагрудном кармане. Я купил этот мобильник перед выходом в лес. Номер знал пока только Филатов. Но в трубке я услышал голос П. Короткова:

— Ходарев, я с трудом разузнал твой номер.

— Ну и?

— Мы же договаривались! А ты куда-то исчез.

— Мог бы прийти в суд на слушание дела и там бы все узнал.

— Но ты обещал.

— Больше ничего добавить не могу.

— Ну, Эксгуматор, ну, сволочь! Я о тебе такое напишу!

— Да иди ты на...

Отец Михаил с укоризной глядит на меня, и я, спохватившись, поправляюсь:

— Ступай себе с богом!

ГИБЛЫЕ ДЕНЬГИ

ПОВЕСТЬ

ГЛАВА 1

В зимнее время самое теплое место в «зоне» — котельная и пристроенная к ней вплотную прачечная. Система отопления старая, трубы изношенные, прогнившие, давно не ремонтированные, и температура в бараках выше десяти-двенадцати градусов не поднимается.

А на улице вообще стужа лютая. Благо хоть не крайний север, а всего лишь средняя полоса.

Зима в этом году выдалась холодная и снежная. Каждый день заключенные по распоряжению администрации чистили территорию лагеря. Вот и сейчас все лопатами и скребками отрабатывали свою пайку, сгребая снег в кучи, возвышающиеся на территории лагеря, как угольные отработки возле шахт.

Но все это совершенно не касалось лагерного пахана, вора в законе Пальченко. Лагерный распорядок с его общими работами для него не существовал.

Со своими приближенными: записной «шестеркой» Геной Забугой, по кличке Удав, и еще одним вором из авторитетных Колтуновым — он сидел в самом дальнем теплом углу прачечной, на тюках с нестираным бельем, и играл в карты. Хоть белье и попахивало дерьмецом, но здесь было тепло.

— Черви козыри у нас, буби были в прошлый раз, — Колтунов, сдававший карты, незаметно передернул, подсунув туза под низ колоды.

Удав, просекший этот маневр, перехватил его руку:

— Опять мухлюешь, Колтун.

— Чисто из соображений практику не потерять, — сказал Колтунов, ничуть не оправдываясь за свой поступок. — Игра-то пустяшная.

На кон шли сигареты и играли не всерьез.

— Мало тебе, — проворчал Пальченко.

Он имел в виду разукрашенную множеством мелких шрамов физиономию Колтунова. Так его отметили еще в молодости, когда тот, попав в первый раз в следственный изолятор, прокололся на карточном мухляже. Старые воры порезали ему все щеки бритвой. Да еще и учили: мол, не за то, что передергивает, а за то, что попался.

Колтунов пересдал, снова схитрил, но на этот раз все сошло.

— Нет бубей, ху...м бей! — он радостно выложил три карты одной масти. — Бура.

Сгреб сигареты с кона и радостно потер ладони:

— Шлем-блем, окошки бьем, дальше идем.

— Задолбал ты уже своими присказками, — Удав нехотя вскрыл новую пачку сигарет и достался.

— Присказка да прибаутка — в игре попутка.

Колтунов снова начал раздавать карты.

— Блин, с тобой играть — мимо очка срать!

— Ну вы, поэты, — Пальченко смешал карты. — Завязывай, гости идут.

Из-за большого водонагревательного бака показались двое заключенных. Они неспешно направлялись к Пальченко и его компании.

Эти двое появились в зоне только несколько дней назад и сразу поставили себя так, будто главнее их никого нет. Срок у них был небольшой, всего полтора года. Через пару месяцев должны были откинуться. В том, что их перевели из другой «зоны», Пальченко сразу усек странность.

Лагерный «телеграф» почти сразу донес, что это «курьеры» — воры с небольшими сроками, кочующие из зоны в зону, передавая информацию или выполняя специальные поручения воровского схода.

Один, парень лет тридцати пяти, крепкого телосложения, видно, старший в паре, вразвалочку подошел к игравшим ворам и процедил сквозь зубы:

— Палец, Капельмейстер кланяться велел.

Глава воровского синдиката по пустякам людей присылать не станет.

— Чем ответишь? — спросил Пальченко.

Тот протянул правую ладонь и показал наколотый знак на безымянном пальце.

— Ходок, значит. О чем речь?

— Сход постановил тебя от «общака» отстранить. Капельмейстер велел тебе передать кассира. Мне скажешь, где его искать.

— Что за фуфло?

— Братве не нравится, как ты общими деньгами распоряжаешься. Есть молодые, которые в финансах лучше разбираются. А ты дело развалил. Позволил «беспредельщикам» взять контроль над общим бизнесом. Воры недовольны. Считают, что лучше тебе самому от дела отойти.

— Говорят, что кур доят. — Пальченко едва заметно стрельнул глазом на Удава. Тот встал и как бы отошел в сторону, а на самом деле внимательно наблюдал за гостями. — А за базары отвечать надо. При мне касса почти в два раза выросла! А с «палевом» меня подставили. Не удивлюсь, если те же, кто вас послал.

— Наше дело маленькое, — равнодушно сказал посланник. — Нам сказали, мы передали. Еще воры поручили перстень у тебя забрать.

Пальченко покраснел от ярости, а потом ударил ребром ладони поперек согнутой руки:

Вадим **Цыганок**

— А вот вам! Сначала позволили ментам меня на нары посадить. Адвокатишка-урод, будто специально старался. Теперь авторитета хотите лишить? Уроды. Достаньте меня отсюда, а потом поговорим. Я в законе и права свои знаю! Свои не помогут, я к бандюкам обращусь.

Курьеры переглянулись.

— Это еще не все. — Парень набычился и как-то весь напрягся, словно пружина, готовая развернуться.

— Раскладывай дальше.

Вместо ответа второй посланник, ростом пониже, но такой же крепыш, выдернул руку из кармана и направил на Пальченко туго свернутую во много слоев трубку из бумаги.

Удав среагировал мгновенно. Бросился на самострел. Успел перехватить руку, сбил с ног стрелявшего, и, когда раздался негромкий хлопок, малокалиберная пуля ушла в сторону, не задев Пальченко, но едва не попав в Колтунова. Застряла где-то в глубине тюков с тряпьем.

Колтунов глянул между расставленных ног на дыру в тюке, на котором сидел. И судорожно сглотнул. Придись выстрел на ладонь в сторону, и он мог бы остаться без яиц.

Второй убийца выхватил заточку и с криком навалился на Пальченко. Они покатились по полу, пиная друг друга.

— Суки! — рычал в бешенстве Палец. — Твари ментовские! Я вам покажу...

Колтунов, замешкавшийся в первую минуту, вскочил, схватил палку, оструганную наподобие весла, которой перемешивали белье в чане. Примерившись, он врезал убийце, который уже оседлал Пальченко и норовил воткнуть в него заточку, по шее, в самое основание черепа. Тот крякнул утробно и отвалился в сторону, закатив глаза. Заточка выпала у него из руки.

Пальченко вскочил, подобрал с пола нож и с остервенением вонзил его в почку второму нападавшему, который почти придушил Забугу. Вырвал лезвие и еще пару раз ткнул в шею.

— Получи, сука! Получи!

Он не мог остановиться, пока посланный к нему убийца не забулькал хлынувшей изо рта кровью и, скорчившись на полу в утробной позе, затих.

— Готов, — Колтунов склонился над тем, которого он ударил мешалкой. — Черепушку проломил.

Забуга ползал на карачках и хрипел, его давил приступ кашля. Отдышавшись, он привалился к тюкам и вытер вспотевший лоб:

— Ну, блин, воще...

Он закатал штанину и посмотрел на глубокую царапину на голени. Плюнул на пальцы и послюнявил кровоточащую рану. Сморщился болезненно.

— Не забуду, — сказал Пальченко Колтунову. — Ты меня спас, в натуре.

— С этими что делать будем? — Колтунов кивнул на трупы. — Найдут, плохо дело будет. Двойное убийство, так и под вышак загреметь можно.

— Надо в котельную их, — сказал Забуга. — Вылетят дымом из трубы, а там ищи-свищи.

Колтунов схватил из тюка тряпье и бросил его на лужу крови, вытекшей из шеи убитого.

Прачечная соединялась с котельной небольшим коридором. Забуга сбегал к истопнику и прикатил тачку для угля.

Они вытерли с пола следы крови, погрузили трупы в тачку и отвезли их к печи.

Истопник, старый зэк, просидевший на зоне почти всю жизнь, увидав покойников, перекрестился.

Вадим **Цыганок**

— Суй их в топку, дед! — приказал Пальченко.

— Да ты что! Двое сразу не влезут. Да и один-то полдня гореть будет, пока зола от него не останется. Котельная старая, колосники совсем изношенные.

Одного покойника прикопали в куче угля.

— Это тебе вместо топлива, — мрачно пошутил Забуга. — Смотри, дед, сболтнешь кому, до собственной смерти не доживешь.

Второй труп положили на доску. Истопник открыл тяжелую чугунную заслонку котла, и покойник отправился в огонь.

Языки пламени сначала будто неохотно облизали человеческую плоть. Потом одежда на трупе вспыхнула, и тело начало корежиться.

— Живой он, что ли, был? — У Колтунова ледяные мурашки поползли по спине. — Смотри, смотри, как он отплясывает. Жуть какая...

— Да не. — Истопник взял железный багор и подгреб жар поближе к кремируемому телу. — Завсегда так. Бывало, покойники в гробу даже садились, когда их в огонь отправляли.

— А ты откуда знаешь? — спросил Забуга. — Приходилось сжигать, что ли?

— Я в крематории одно время работал...

— Смотри, инквизитор, — Пальченко похлопал истопника по плечу. — Чтобы до вечерней проверки и пепла от них не осталось. И язык свой в задницу засунь. Если что, я тебя везде достану. Даже в крематории.

Пальченко показал деду перстень.

— Я — Палец. Понял?

Истопник взял лопату, подбросил угля в топку.

— А чего не понять-то... Ты в законе, а я дерьмо. А дерьму только и надо всего, чтобы его не трогали.

ГЛАВА 2

Зима в этом году просто отвратительная. Затяжная. Уже середина апреля, а весны все не видно.

Днем выглянет в разрывах низких туч солнце. Пригреет, словно дразнясь. Снег подтает. Девочки, соскучившиеся по лету, тут же ножки заголяют. Тонкие колготочки. Сапожки на шпильках по асфальту: тюк, тюк.

А потом снова хмарь. Ветер холодный. Все время снег, иногда с дождем. К вечеру все растает, превратится в грязь. За ночь на деревьях, дорогах и домах нарастает толстая ледяная корка.

И не до красивых ножек Филатову, сейчас и вовсе не до девочек. Жена словно с цепи сорвалась. Опять забрала детей и дала деру к матери.

Денег ей, что ли, мало? Не поймешь этих баб.

Пока был ментом, пилила, что мало приносил домой. Да вечно пропадал на работе без выходных.

Теперь орет: «Чтоб тебя скорее твои дружки бандиты убили! Я тогда хоть спокойно жить стану».

Иван Дугин, здоровый, бритый налысо малый, по прозвищу Дуга, сидит рядом с Филатовым на водительском месте в большом внедорожнике «Паджеро» и беспрестанно крутит настройку приемника.

Кроме Дуги и Фила, в машине находятся еще двое братков: Дима Шмидт, немец, приехавший из Казахстана, среди своих — Мессер, и странного вида маленький уродливый человек. Почти карлик. С необычно короткими ногами и нормальным туловищем и руками. У него пронзительные маленькие глазки. Так и буравят все вокруг, словно шило. Он носит небольшую окладистую бороду и имеет прозвище Черномор.

Черномор в этой компании главный. Он поморщился, слушая хрипы динамиков, извлекаемые стараниями Дуги, и, не выдержав, бросил:

— Дуга, блин, прекрати мучить приемник. Все настройки сбил. Что ты там найти пытаешься?

— Прогноз погоды...

Иван переключает приемник на одну из ФМовских музыкальных станций. Заиграла бойкая попсовая мелодия.

— Да, — согласился Мессер, — почти конец апреля, а погода не в трубу и не в Красную армию.

Машина стоит в темном проулке между домов, откуда хорошо виден ярко освещенный вход в центр досуга под названием «Нептун». Вывеска подмигивает неоновыми лампами.

«Нептун» — одно из заведений в городе, куда не ходят отдохнуть по вечерам простые люди. Все знают — здесь оттягиваются бандиты.

Бильярд, сауна, бассейн с баром, эротический массаж со всеми последствиями. Полный джентльменский набор при отсутствии всякой фантазии. Каждый раз одно и то же.

Черномор посмотрел на флюоресцирующий циферблат своих запредельно дорогих золотых часов. Забычковал сигарету в откидной пепельнице:

— Баста, карапузики! Кончилися танцы. Пора заняться делом. Клиент уже наверняка дозрел.

Он достает из внутреннего кармана пиджака блестящую никелем «беретту». Пистолет, несмотря на внешнюю декоративность, убойный. Проверяет затвор и магазин. Досылает патрон в ствол и ставит оружие на предохранитель.

Черномор не боевик. И даже не простой бригадир. Под его командой несколько боевых ячеек. Но сегодня он со своими лучшими бойцами. Кардинал велел ему лично контролировать операцию.

У Мессера помповый «ремингтон». Он достал

из бардачка горсть патронов, пластмассовых разноцветных гильз, снаряженных крупной картечью, и зарядил дробовик.

Филатов предпочитает автоматический «стечкин». Хорошая мощная машина, и обойма на двадцать патронов. Против обычного восьмизарядного пистолета он явно выигрывает.

— Мессер идет первым, — дает последние указания Черномор. — За ним Фил. Блокирует лестницу на второй этаж. Там везде решетки на окнах. Не выпрыгнут.

Филатов кивает головой:

— Ясно...

— Дуга подчищает на первом этаже. Потом все вместе идем дальше.

Дугин завел двигатель машины. Положил себе на колени короткий тупорылый автомат чеченского производства с глушителем. Поддав газу, он пересекает улицу и на большой скорости подруливает к заднему служебному входу в «Нептун», где уже стоит темно-зеленый «Ландкраузер».

Дуга останавливает машину так, чтобы не дать возможности открыть дверь сидящему в джипе телохранителю, и тут же через открытое окно расстреливает его из автомата. Глушитель работает исправно. Только слышится звон стреляных гильз об асфальт. Проходившие в это время по плохо освещенной улице люди даже не заподозрили, что совсем рядом начались бандитские разборки.

Первым из машины выскакивает Мессер, за ним Фил и Дуга. Ломанулись в дверь.

Мессер ударил прикладом опешившего от неожиданности охранника, сидевшего в кресле при входе и листавшего финский порножурнал. Пистолет его лежал рядом на столике. Затем положил охранника на пол и сковал ему руки браслетами.

— Лежи тихо... Будешь правильно себя вести — останешься жить. Въехал?

В голосе у Мессера совсем не было угрозы, и поверивший ему охранник мелко закивал головой.

Фил, не задерживаясь, бежит к лестнице на второй этаж. Останавливается на площадке между этажами и берет под прицел все видимое ему пространство, готовый в любую секунду открыть огонь.

Пока никого нет.

Дуга тем временем проверяет подсобные помещения. Неожиданно из одной комнаты на него вышел дюжий парень в белых штанах от кимоно и кожаной жилетке на голое тело. Он увидел Дугу, потянулся к пистолету, рукоять которого торчала у него из-за пояса. Успел даже выдернуть его.

Автомат в руках Дуги пару раз клацнул затвором. Выстрелов слышно не было. Парень отлетел в глубь комнаты, сполз по стене, оставив на ней кровавые следы. Еще одним выстрелом Дуга разнес ему голову.

— Опять мусоришь, — недовольно проворчал появившийся за его спиной Черномор. — Не можешь, блин, без спецэффектов. Тебе бы в кино сниматься. Учись у Шмидта. Он без надобности лишний раз на курок не нажмет.

— Да ладно... Ты, Черномор, в натуре, как поп. Тебе бы проповеди читать...

Коротышка зыркнул свирепо на Дугу, и тот испуганно осекся. Черномор может быть безжалостным, когда это нужно, и Дуга об этом знает.

Сверху доносятся веселые голоса и негромкая музыка. Клиентура отдыхает. Сегодня вечером оттягивается Гапон со товарищи.

— Веселится, гад, — мрачно ворчит Дуга, — и не чует, что песец подкрался.

ГЛАВА 3

Что Филатов знает о Дуге?

Немного. Только то, что он сам рассказал ему, подвыпив однажды в ресторане:

— Когда я дембельнулся, долго шлялся без дела. Батя предлагал идти к нему в цех, на завод. Только дураков нет. Руки в масле. Нос в копоти. В кармане вечно пусто. В общем я решил в ментовку податься.

Лучше всего, конечно, в ГАИ. Бабки там стригут немерено. Вон сосед мой — всего старший сержант, а на новенькой «Волге» рассекает. Всегда при башлях.

Но в ГАИ меня не взяли. Место теплое и пробиться сложно. Взяли стажером с испытательным сроком при пункте охраны порядка.

Хрен с ним, думаю. Главное — погоны получить. А там видно будет.

Водила я классный. Любую тачку — как два пальца обоссать. Хочешь легковушку, хочешь грузовик. Даже с прицепом могу. И стреляю неплохо. В армии меня всегда на соревнованиях за роту выставляли.

Стажировался весело.

Начальник мне попался свойский парень. Старлей Митрохин. Да и остальные ребята тоже ничего.

Участок неплохой.

Ларьков коммерческих до фени. Дискотека рядом.

По вечерам у нас была стандартная программа. Сначала пойдем с «ревизией» к коммерсантам. Своих не трогали, а «чурок» по полной раскручивали. Выпить, закусить всегда чего было.

А потом дискотека.

За один вечер недельный план выполняли. Наркота там всегда водилась. Пьяных до хрена и больше. В общем по окончании танцев-жманцев подгоняй машину и грузи клиентов пачками.

Вечерком, как всегда, мы и подкатываем на дискач.

Телок клевых полно.

Я без формы пока ходил, как стажер. Вот Митрохин и пускал меня вперед. Я завязок накидаю. А как только мелочь пузатая кипеж подымет, тут вся остальная команда появляется.

Дубинкой налево. «Черемухой» направо. Мажорам всяким зубы на месте посчитаем, а баб их обкуренных с собой. Привезем в пункт охраны порядка, посадим в «обезьянник».

Сопли, слезы:

«Маме с папой не говорите. В институт не сообщайте».

А из клетки на волю один путь. Через раздвигание ног. Почти никто не ломался. Я за две недели столько девок поимел, сколько за всю предыдущую жизнь у меня не было.

Потом осечка вышла.

Какой-то слишком бойкий танцор попался. И мы его так отделали, что пришлось «Скорую помощь» вызывать. Сопляк этот сынком «шишки» из горуправы оказался. Начались разборки по полной программе.

Митрохину и остальным «строгача» влепили, а меня из стажеров выперли.

В общем обломись бабка, мы на корабле.

Я тогда нажрался до беспамятства и пошел киоск ломанул. Очнулся в родном отделении. У Митрохина.

Он меня в чувство привел и говорит:

«Дело я замажу. С хозяином палатки договорюсь. Но с тобой делать все равно что-то надо. А то ты так быстро небо в клеточку увидишь. Хочешь, в бригаду пристрою?»

«На завод, что ли?» — спрашиваю.

Менты просто со смеху попадали.

«Бригада коммунистического труда. К браткам на службу пойдешь. Понял?»

Чего не понять.

Свел он меня с одним коротконогим типом, по кликухе Черномор. Мне аж смешно стало. Это я потом узнал, что он душегуб еще тот. В общем он меня к делу пристроил.

Сначала «мясом» стал, конечно. Времена тогда «беспредельные» были. Братков чуть ли не каждый день пачками мочили. Но и деньги платили нормальные. Жить можно. Только осторожно.

Тут как раз в городе заварушка крупная началась. Боссы решили воров опускать.

Стрельбы было. Кровищи...

Нашу бригаду ночью на стрелку послали. И воры нас на кладбище прижали. Почти все полегли. Остались только мы с Черномором да немец один, по кличке Мессер.

Лежим за плитами могильными, патроны считаем. У меня последняя обойма в «ТТешке» осталась. У Мессера дробовик с парой зарядов и граната. А Черномор вообще не боец. Куда ему с короткими ногами? Бросить бы его, да нельзя. Он бригадир. Потом свои на куски порежут, если узнают, что начальника сдал. Лучше от воровской пули сдохнуть.

Машина наша за оградой стоит, только попробуй до нее доберись. Шмаляют по нам почем зря. Патронов у них, видимо, до фига и больше.

«Я «лимон» кину, — говорит мне Мессер. — А ты попробуй добраться до автомата».

В нескольких шагах от нас трупак валяется. Из наших кто-то, судя по привязанной к стволу белой

Вадим **Цыганок**

тряпке. А рядом с ним «калаш» со сдвоенным рожком.

Была не была, думаю:

«Давай!»

Мессер дождался, пока козлы эти поближе по-
дойдут, и бросил гранату в самую кучу.

Взрыв. Вопли. Ошметки в разные стороны полетели.

Я бросился к автомату. Успел схватить его. И давай
шмалять куда попало. Все вокруг залегли. А Мессер
тем временем Черномора через ограду перетащил,
и они вдвоем к машине рванули.

Тут, думаю, мне и конец. Уедут, сволочи, а я
пропадай за их светлое будущее.

Но нет. Возвращаются. В машине автоматы, оказывается, были. И давай вдвоем поливать. Меня
прикрывают.

Я до ограды добрался. Тут меня и зацепило в
ногу. Из последних сил перебрался на ту сторону.
Они вдвоем меня дотащили до машины.

В общем уехали.

А потом наша все-таки взяла.

Черномор в гору пошел. Старшим бригадиром
стал. Под его начало сотни полторы братков попало. Ну и нас с Мессером не забыл. При себе оставил.

Урод, а все же с понятиями.

ГЛАВА 4

Война между преступными группировками, гре-
мевшая совсем недавно в городе, закончилась.

В результате Гриша Палец, контролировавший
раньше почти всю торговлю «коксом» и «герычем»,
оказался на «зоне».

Менты, принявшие в этой войне сторону главаря другой преступной группировки, Андрея Владимировича Монастырского, по прозвищу Моня, «постарались» и взяли Пальца с «палевом» в машине. Нескольких граммов героина хватило для того, чтобы возбудить дело и довести его до суда.

Наркотики наверняка подбросили. Дело обычное. Но, оставшись без головы, группировка Пальца быстро начала терпеть поражение.

Гибли самые лучшие и верные боевики. Братва, почуяв, что корабль тонет, словно крысы, занялась собственным спасением и по одиночке полегла почти вся.

В течение месяца каждый день хоронили по два-три человека. На городском кладбище выстроился в ряд целый пантеон из величественных надгробий.

Гапон, правая рука Гриши Пальца, оказавшийся неспособным выправить ситуацию, сдал Моне всю дилерскую сеть, диспетчеров, каналы доставки и оставшихся в живых боевиков. Выторговал себе за это жизнь и контроль над парой продуктовых оптовых баз, приносивших приличную, но смешную в сравнении с «палевом» прибыль.

Все понимали: как только на свободу выйдет Палец, Гапон не жилец. Тот и сам это осознавал прекрасно, потому и торопился жить на всю катушку. Пил, гулял, тратил деньги.

Правда, в последнее время стали поговаривать, что на самом деле Гапон не так прост. И будто он тайком готовит себе плацдарм для броска куда-то в Южную Америку, где собирался спокойно дожить отпущенное ему богом.

Палец был не только удачливым наркодельцом, но и вором в законе, хранителем воровского общака.

А кассира-то Гришиного не нашли.

Как только началась заваруха, он со всеми деньгами дал деру. Лег где-то на дно. То ли по указанию самого Пальца, который подозревал, что все и случилось из-за желания Мони завладеть «общаком», то ли по договоренности с Гапоном.

И деньги нешуточные. Поговаривали, что около пятидесяти миллионов зеленью! С такими бабками можно и припеваючи жить не только в Южной Америке, но и на восточном побережье США.

Монастырский имел теплую беседу с Гапоном на нейтральной территории. Мол, давай по-джентльменски, пополам. И катись ты куда хочешь. Обещал даже личную помощь в получении визы в обход картотеки Интерпола.

Гапон прикидывался веником, строил удивленные глазки: ведать ничего не ведаю.

Кассира знал лично только Палец.

Моня сделал вид, что верит. Гапон прятался пару недель, но на него никто не наезжал. А потом успокоился. Можно сказать, расслабился.

ГЛАВА 5

— Нюх потерял, — Мессер кивнул головой наверх, откуда доносилась музыка. — Всего двух охранников внизу выставил. Этот, в белых штанах, местный. При сауне работает... Вернее, работал.

— Давайте, — приказал Черномор. — Делаем все быстро. Никого не оставляем.

Мессер достал из кармана баллончик, судя по надписи, с нервно-паралитическим газом, но на самом деле с цианидом, брызнул в лицо лежащему на полу охраннику. Тот захрипел, изо рта у него пошла белая пена. Он забился в судорогах и испустил дух в страшных корчах.

— Нормалек, — удовлетворенно заключил Мессер. — Я давно хотел попробовать.

Поднявшись по узкой лестнице на второй этаж, оказались в небольшом холле. С одной стороны вход в спортивный зал, с другой — в сауну и бассейн. В тренажерном зале кто-то гремел железом.

Фил осторожно заглядывает внутрь и видит нескольких качков на тренажерах. Скорее всего, они не при делах и принадлежат к другой тусовке. Оценивает прочность двери. Плотно прикрывает ее и вставляет в ручки ножку железного стула, стоявшего рядом.

— Гуманист, блин... — ворчит Дуга.

Но Черномор согласно кивает. Ребята эти вполне могут оказаться из смежной бригады.

Оружие на изготовку.

— Пошли!

Первым в помещение, где был бассейн, врывается, водя из стороны в сторону стволом автомата, Дуга.

Он громко орет:

— Стоять, падлы! Все лицом к стенке!

Возле бассейна всего трое. Двое боевиков из ближнего окружения Гапона и совершенно голая девица с ними. Еще один бандит вместе с проституткой, делавшей ему массаж, был в самом бассейне — овальной чаше пять на три метра посреди светлого, отделанного мраморной плиткой, зала.

Следом за Дугой влетает Мессер и направляет свой дробовик на компанию.

Фил контролирует выход и прикрывает драгоценную задницу Черномора.

Несколько секунд висит тишина. Слышна только музыка из динамиков магнитофона. Потом одна из девиц попыталась закричать, но рот ей зажал оказавшийся рядом боевик Гапона. Понимает, что, поднимись шум, их тут же, не разбираясь, всех убьют.

Мессер обыскивает висящую на шезлонгах и лежащую на массажных топчанах одежду. Собрал оружие. Четыре пистолета. Один «макар», остальные «ТТешки».

— Еще стволы есть? — спрашивает Мессер. — Сами, братаны, понимаете, не до шуток.

Один из бандитов кивнул на шкафчик для одежды. В нем оказался автомат Калашникова.

— Живо все в воду! — Дуга красноречиво повел стволом автомата.

Бандиты, подпихивая девицу, без промедления поместили свои тела в бассейн.

В зал входит Черномор. Окидывает все хозяйским взглядом. Одобрительно кивнул Мессеру и Дуге. Подошел к пластиковому круглому столу, на котором стояли бутылки с выпивкой и закуски. Налил себе в стакан сухого мартини. Выпил и закусил, отщипнув от грозди виноградинку.

— Где Гапон?

Один из сидевших в бассейне с готовностью показывает на дверь сауны.

— Там...

Но идти за Гапоном не пришлось. Он сам вваливается в зал, раскрасневшийся, распаренный.

Хотел с разгону плюхнуться в бассейн, но замер на полпути, увидев, что его люди кучей сидят в воде. Потом он увидел и Черномора, направившего на него ствол своей «беретты», и лицо его вытягивается в недоумении.

Следом за Гапоном из парилки с визгом и смехом выскочили две грудастые девахи. Они по инерции ткнулись в жирное тело Гапона. Остановились. Огляделись. Но в ситуацию врубились не сразу.

— Ой! — радостно захлопала в ладоши одна. — Какой красавчик! Я его хочу!

Она имела в виду колченогого Черномора.

Мессер и Дуга заулыбались.

Эх, если бы не работа, они бы сами сейчас с удовольствием разделись и покувыркались бы от души с телками. Дуга даже почесал у себя между ног, так его возбудила эта мысль.

— Заткнись, дура! — обрывает проститутку Гапон. И обращается к нежданным гостям: — Черномор, в натуре, что за дела! Мы же с Моней про все договорились. Все, что было можно, я сделал. Ну зачем все это?

Повинуясь знаку Черномора, Мессер подошел к Гапону и двинул его по жирному пузу прикладом ружья. Тот ойкнул тонким голосом и плюхнулся на задницу.

— Зачем так? Я же хотел по-хорошему... — залепетал плаксивым голосом Гапон.

Мессер носком тяжелого ботинка врубил ему по зубам. Гапон подавился собственным криком, вперемешку с осколками зубов и кровью. По подбородку и волосатой его груди потекла красная жижа.

Гапон заваливается набок и хрюкает, как раненый кабан. Он так плачет.

— За фто?.. За фто... — шамкает он разбитым ртом. — Я же фсе отдал...

С застывшим в глазах ужасом девицы наблюдали за этой сценой. Боевики же Гапона угрюмо переглядывались, предчувствуя, что конец близок.

— Подчищаем... — коротко бросает Черномор.

Дуга, подталкивая в спины и похлопывая по голым ягодицам, загнал оставшихся проституток в бассейн к бандитам и девицам. Подошел к его краю, передернул затвор автомата:

— С вами было весело. Но нам пора...

Он давит на курок, пока в обойме не кончаются патроны и автомат не замолкает сам.

Вода в бассейне окрасилась в пурпур, словно туда вылили банку краски. Голые трупы, мужские и женские, плавали вперемешку, как куриные тушки в бульоне.

Дуга подытоживает свою работу:

— Добавить картошки, посолить и поставить на огонь...

ГЛАВА 6

Андрей Владимирович Монастырский, пожилой красивый человек, с седыми, гладко зачесанными назад волосами, правильными чертами лица, сидел в кресле у камина и гладил за ушами большого ротвейлера. Вторая собака лежала перед входной дверью в гостиную. А в темном углу большой комнаты, застыв, словно каменное изваяние, почти незаметно стоял телохранитель.

Когда Монастырский в сопровождении своей дочери приезжал на премьерные спектакли в театр, никто вокруг даже и подумать не мог, что видит главу жестокой преступной группировки, держащей под контролем весь город.

С недавних пор сам губернатор здоровался с ним за руку. Поговаривали, что исход выборов решили грязные бандитские деньги.

В гостиную едва слышно вошел сухощавый серый человек. Он склонился к уху хозяина и доложил:

— Черномор прибыл.

— Привезли?

— Да.

— Я сейчас сам спущусь.

Моня сбросил дорогой, шитый золотом восточный халат и остался в спортивном костюме. В сопровождении телохранителя он спустился на первый этаж своего особняка и через подземный переход прошел в гаражные боксы.

Там горел яркий свет.

В дальнем углу большого ангара стояли два джипа «Шевроле». Один из них бронированный. А посреди бокса, над ямой для ремонта, висело на цепях подъемника окровавленное тело Гапона. Рядом стояли Черномор, Дуга, Мессер и еще один, из бывших ментов, по кличке Фил.

Бандиты расступились, дали подойти хозяину. Моня взял у Дуги длинную резиновую дубинку и концом ее развернул висящего Гапона к себе лицом. Тот с трудом разлепил набухшие кровью веки. Один его глаз вытек, но второй еще видел.

— За что?.. — только и смог прошептать Гапон.

— Будто не знаешь? Все ведь знают, что ты за кордон решил слинять. На какие шиши?

— Врут... Все врут...

Монастырский раскурил тонкую сигару. Выпустил струю дыма в изуродованное лицо Гапона.

— Да. Все врут. И ты тоже. Зачем тебе деньги? Ты ведь уже не жилец. Хочешь умереть тихо и спокойно? Можно вколоть тебе дозу «герыча», и ты отойдешь в мир иной, ловя кайф. А можно и по-другому. Тебя сейчас снимут, подлечат. А когда на тебе все заживет, начнем сначала. Скажи, кто у Пальца был кассиром, и расстанемся по-хорошему. Устрою тебе достойные похороны. Семье дам денег. Ну как?

— Я не знаю, где деньги...

Моня заиграл желваками, вспылил и принялся лупцевать Гапона дубинкой. Тот раскачивался на цепях, как боксерская груша, но не издавал ни звука. Только слышались глухие удары — это дубинка врезалась в плоть.

— Бесполезно, босс, — подал голос Дуга. — Он все равно уже ничего не чувствует. Остался только старый проверенный способ. Паяльник в задницу. Если и тогда ничего не скажет, то действительно ничего не знает.

— Давайте, — согласно кивнул Моня. — Пусть согреется напоследок.

Гапон умер через пятнадцать минут после того, как в анальное отверстие ему вставили жало раскаленного паяльника. Сначала он кричал, разевая беззубый рот, потом начал хрипеть, а под конец только тихо скулил.

Но про деньги он так ничего и не сказал.

Монастырский прошел в свой кабинет, строгую мрачноватую комнату, стены которой были отделаны панелями из красного дерева. Тяжело опустился в кресло.

Серый человек в неброском мятом костюме, вошедший следом за ним, присел на край стула.

— Ну что, мой Кардинал, будем делать? — спросил его Монастырский. — Может, ну их на... эти деньги?

— Если мы перекупим эти акции, тогда можно будет говорить о том, что наша корпорация станет в ряд с крупнейшими бизнес-группами. Это позволит нам выйти на международный уровень. Двадцать пять-тридцать миллионов — деньги, которых нам как раз для этого не хватает.

Монастырский задумался на минуту.

— Что он требует?

— Мы организуем ему побег. Переправляем в Польшу. А он отдает нам часть «общака». Обещает пол-лимона.

— Пятьсот тысяч? Это смешно.

— Это его условия. Но сдавать карты будем мы. Ты ведь понимаешь, что достаточно только притронуться к «общаку», чтобы на сходе воры порешили порезать тебя на куски.

— У меня три сотни бойцов. Пусть попробуют.

— Попробуют, не сомневайся. Против твоих сотен они выставят тысячи. Со всего бывшего Союза съедутся. «Общак» для вора в законе — святое. Тем более, я уверен, Палец знает, что это ты его на зону упрятал, и именно в надежде заполучить эти деньги. Так что живым отпускать его нельзя. Найдем кассира и рубим концы. Убирать придется даже тех из наших людей, кто будет причастен к побегу Пальца.

— А не проще ли разобраться с ним на зоне? И там же его убрать?

Серый кардинал покачал головой:

— Палец — вор в законе. Он в лагере дома.

— В законе! В законе! Козлы они в законе! Ничего, придет время — мы всем этим законникам головы-то поскрутим. Что же он на волю так рвется, если ему тюрьма как дом родной?

— Ясное дело. С тобой поквитаться. Он, как только объявится, вокруг него сразу люди соберутся. Многие из наших бойцов с радостью к нему переметнутся. Палец — это не размазня Гапон. Ему палец в рот не клади.

— Это мы еще посмотрим, кто кому все пальцы-то пообкусывает...

ГЛАВА 7

Для Фила все началось после того, как его выгнали из милиции за действия, несовместимые с работой в органах правопорядка.

До этого они с Ходаревым, бывшим его одноклассником, а теперь «черным поисковиком», всю осень, до самых заморозков утюжили лес в поисках торфяных разработок, где, судя по записям ходаревского деда, было запрятано золото НКВД.

Взятым напрокат у знакомых поисковиков металлоискателем они даже обнаружили огромные залежи железа, являвшиеся, скорее всего, тем самым промкомбинатовским оборудованием, утопленным в болоте вместе с золотом.

Но что дальше?

За шестьдесят лет болота пересохли. Но едва кладоискатели попробовали копать, как на глубине полутора метров пошел плывун. Да такой сильный, что они чудом успели выскочить из ямы, края которой буквально через несколько секунд рухнули.

Ходарев начал строить совершенно фантастические по своей нереальности технические планы. Но стало совершенно ясно, что если золото и есть на самом деле, то деревянные ящики давно истлели и слитки под своей тяжестью могли уйти на такую глубину, где их без экскаватора не извлечь.

Фил, будучи реалистом, сразу заявил, что для начала нужно было проложить в лесу дорогу. А это предприятие под силу лишь солидной компании.

Весной Ходарев снова собирался идти в лес. Но планы Филатова за это время кардинально изменились.

Какая-то сука донесла, что он вовсе не болел всю осень, а занимался кладоискательством, и его с треском выперли из милиции. Попал под очередную компанию по «очищению рядов», проводимую службой собственной безопасности.

Черномора он знал давно. Уже работая на Монастырского и будучи не последним человеком в организации, колченогий урод был ментовским осведомителем. Скорее всего, с ведома самого Кардинала. Потому как сливаемая им информация касалась только конкурирующих преступных группировок. Именно по его наводке и взяли Гришу Пальца.

Фамилия у Черномора была совсем неподходящая для бандита — Синицын.

Теперь Филатов сам пришел к нему. Его офис располагался на третьем этаже большого торгового центра, принадлежавшего Монастырскому. Официально Черномор числился начальником службы безопасности.

В приемной, помимо секретарши, сексапильной грудастой блондинки, сидел еще и бритоголовый крепыш. Его Филатов тоже знал. Это Дугин — водитель Черномора. Сам Синицын своими коротки-ми ножками просто не дотягивался до педалей управления автомобилем.

Секретарша доложила шефу о появлении Фила, и тот вошел в кабинет.

Черномор сидел за столом в высоком кресле. Так он казался вполне нормальным человеком.

— Садись, Сергей Геннадьевич, — он указал Филу на низкое кресло напротив.

Филатов сел, и теперь Черномор смотрел на него сверху вниз.

— Слыхал про твои неприятности. Что, совсем плохо?

— Нормально... — Всем своим обреченным видом Фил показывал, что дела его действительно «швах». — Могло быть хуже.

— А ко мне что привело?

Вадим **Цыганок**

Ждет, наверное, что Филатов на работу проситься станет. Куда ж еще деваться бывшему менту, как не на службу к бандитам?

«Губа треснет, — думает Фил. — Сам предложишь, а я еще поломаюсь».

— Мне нужны деньги. Много денег, — говорит он. Черномор смеется:

— Деньги всем нужны. Свойство у них такое, у денег. Зачем, если не секрет?

— Свое сыскное агентство хочу открыть.

— Дело хорошее. Неверные жены, рогатые мужья... Но ты ведь знаешь, что я взаймы не даю.

— Мне не нужно взаймы. Хочу тебе продать кое-что.

Черномор начинал со спекуляций валютой и золотом, так что Фил пришел по адресу.

Он рассказал ему про золото НКВД. Про то, как Ходареву в наследство досталась от деда карта с указанными на ней захоронениями периода Отечественной войны. Как тот занялся поисковой работой. И в конце концов выяснилось, что вместе с оборудованием районного промкомбината в торфяных болотах утоплено золото, которое не успел эвакуировать НКВД.

— Туфта полная! — Черномор презрительно оттопыривает нижнюю губу.

— Из-за этой, как ты говоришь, туфты кучу людей положили. Судебный процесс недавно был. Там этот Ходарев фигурировал. Он из «черных поисковиков». Кличка у него жутковатая. Эксгуматор. Может, слыхал?

— Краем уха...

«Ой, врешь, — усмехается про себя Фил. — Об этом все газеты трубили. По радио, по телевидению передачи были. Разве что слепо-глухо-немой не в курсе остался».

— Ладно, — говорит Черномор после психологической паузы. — Поиски твоего золотишка мы организуем, и, если правда там его столько, сколько говоришь, ты свою долю без базаров получишь. А пока, если деньги нужны, на меня поработай. Я не обижу.

— Мальчиком? В бригаду? Я опер, причем старший, хоть и бывший.

— Опер-жопер, — ехидно ухмыляется коротышка. — У меня пацаны в месяц получают столько, сколько ты в ментовке за год не получал. Покажи, на что ты способен, а потом строй из себя целку.

— Значит, на что я годен? Хочешь жучка получить? Есть один короед в твоей конторе. Под прикрытием на ментов работает.

Черномор замирает, как змея, готовая к броску.

— Кто?

— Конь в пальто. Один чурка у тебя есть, да и тот сам себе на уме.

— Значит, Батырчик наш — мент? — Черномор нервно закурил, вышел из-за стола и на коротких ножках проковылял к окну. Подымил с минуту в щели жалюзи и повернулся к Филу: — Давно у меня подозрения такие были. Но чем докажешь?

— Это по его наводке партию стволов перехватили. Ты ведь очень хотел получить эти автоматы?

Черномор неожиданно шустро вернулся к своему столу, забрался в кресло и со злостью, будто таракана, раздавил в пепельнице окурок.

— Сука!

Неожиданно на столе зазвонил телефон. Синицын нажал кнопку селектора и сказал секретарше:

— Меня ни для кого нет! На телефоны отвечай сама. Дугина — ко мне.

В кабинет вразвалочку вошел Дуга. Он окинул Фила хмурым, недоверчивым взглядом.

Черномор кивнул ему на шкафчик, в котором был устроен небольшой бар:

— Достань бутылочку. Дело одно обмозговать нужно.

ГЛАВА 8

Это теперь Черномор большой человек. Еще несколько лет назад он был никто. Коротконогое убожество. Выполз наверх в бандитской среде, благодаря природному уму и копившейся в нем годами злости на всех и вся.

Бедный тот психиатр, которому придется выслушать такую исповедь:

— В детстве я просто ненавидел себя за свое уродство.

В школе надо мной издевались. Пацаны не хотели со мной дружить, не говоря уже о девчонках. И все свои силы и нерастраченную энергию я отдавал учебе. Учителя ставили мне пятерки, но никто из них не любил меня. Их смущало и раздражало мое уродство.

А потом, в пятнадцать лет, я вдруг узнал, кто был истинной причиной моего несчастья.

Отец.

Алкоголик и дебошир. Сколько я себя помню, он постоянно напивался и бил мою мать, тихую невзрачную женщину, всю жизнь работавшую нянечкой в детском саду. Как-то моя бабушка, незадолго до своей смерти, рассказала мне, что, когда мама была беременна мной, отец напился в очередной раз и избил ее до полусмерти. Едва не случился выкидыш. Но лучше бы он случился. А так родился я, уродец-карлик.

Узнав об этом, я перенес всю свою ненависть на

отца. Сколько раз, лежа ночью и не имея сил заснуть, я представлял, как расправляюсь с ним. Я резал его на куски. Забивал ему в горло бутылки с водкой. Топил в ванне.

Я так долго лелеял планы мести, что однажды, придя домой и увидев его пьяным на диване, не задумываясь, подошел к нему и вдавил его голову лицом в подушку. Он был так пьян, что не мог даже толком сопротивляться. Подергался немного и затих. А я испытал огромное удовлетворение, а потом некоторое разочарование, что все так быстро закончилось. Если бы можно было, я оживил бы его и убил снова.

Потом, успокоившись, я вызвал «Скорую помощь», сказав по телефону, что моему отцу плохо.

Приехавший врач зафиксировал сильнейшее алкогольное отравление и смерть в результате асфиксии. Констатировал несчастный случай. Милиция даже приезжать не стала.

Мамаша моя очень рада была. Только на пользу ей это не пошло.

Словно сбросив с себя оковы, она выплеснула наружу все, что в ней накопилось за эти годы. Стала водить к нам в дом мужиков. И зашибать не хуже отца-покойника.

Ее ухажеры посмеивались надо мной. Называли ублюдком.

А я терпел и еще лучше учился в школе. Закончил ее с серебряной медалью.

После выпускного вечера в школе, когда все ребята из нашего класса пошли гулять с девчонками, я приковылял на своих обрубках домой. Мать была дома с очередным своим е...рем. Они, пьяные, валялись на кровати. И не проснулись, даже когда я включил свет и со злости саданул ногой в шифоньер.

Терпение мое лопнуло. С этой тварью нужно было кончать. Я пошел на кухню, поставил на самую большую конфорку чайник и зажег газ. Когда вода нагрелась, огонь я потушил, залив конфорку водой. Маленькая квартира быстро наполнилась запахом газа.

Закрыв за собой дверь, я ушел бродить по городу до утра.

Гость моей мамаши остался жив. Его смогли откачать. А она сама угорела насмерть.

Я стал жить один. Поступил вне конкурса в финансово-экономический институт. Там, в принципе, повторилась та же история, что в школе. Но у меня уже появился товарищ.

Толик Кардиналов, несмотря на громкую фамилию, имел вполне заурядную внешность. Небольшого роста, щуплый, с кожей какого-то серо-пепельного оттенка, с бесцветными глазами и волосами. К тому же он был очень застенчив с женским полом. Однокурсники его, как и меня, игнорировали, будто нас и нет вовсе. Это нас и сблизило.

Потом была история, перевернувшая всю мою дальнейшую жизнь.

Не знаю, что взбрело в голову моим сокурсницам, но они решили притащить меня на девичник. Вроде как я не мужчина и лишним там не буду. Повеселиться, наверное, хотели. Что меня толкнуло на это? Но я пошел.

Девчонки выпили вина, разыгрались. Стали говорить всякие пошлости, подначивать меня. Я принял условия игры, понимая, что, может быть, другого случая в жизни у меня не будет. К утру я отымел каждую из них. Мои достоинства, скрытые в штанах, произвели на них большое впечатление.

Кто-то проговорился об этом. И двое ребят из

нашей группы, чьих девчонок я трахнул, избили меня в туалете до полусмерти.

Я поклялся отомстить.

В колхозе, куда посылали осенью студентов, на элеваторе я столкнул их в бункер с зерном. Обоих засосало, и они захлебнулись.

Было разбирательство. Следствие. Но мне снова повезло. Никто не видел, что это сделал я.

Потом несколько лет после института я жил один в родительской квартирке и работал бухгалтером в потребкооперации. Вокруг зарождалась новая жизнь. Открывались фирмы, совместные предприятия. Но лично у меня не было никаких перспектив.

Чтобы хоть как-то гасить душившую меня ненависть, поздними вечерами я ходил охотиться на бомжей. Разводил синильную кислоту в спирте и потчевал ею страждущих.

Так продолжалось до тех пор, пока я снова не повстречал Толика Кардиналова. Совершенно случайно, на улице. Разговорились. У него была своя фирма. Мы посидели с ним в кафе. Выпили немного. Я откровенно позавидовал ему. А он поделился своей проблемой. Его компаньон хотел уйти и вывести из оборота свою долю. Фактически это означало крах всего предприятия.

— Я столько сил положил на эту фирму. А он, сука, только жар загребать умеет! Хоть бы сдох, что ли...

Наверное, это так долго зрело во мне, что, почти не задумываясь, я спросил:

— Сколько ты можешь заплатить за это?

И тут же испытал такое облегчение, словно на исповедь в церковь сходил. Тяжело носить в себе груз желания убивать и никому об этом не говорить.

Кардиналов посмотрел на меня совершенно трезвым взглядом и сказал:

— А ты знаешь, я видел, как ты тех двоих в бункер столкнул. Но милиции ничего не сказал...

ГЛАВА 9

Как и думал Филатов, ликвидировать Батыра Асаева поручили ему.

Проверка и вступительный взнос, так сказать. Убьет мента, обратной дороги к своим ему уже не будет. Весь, с потрохами, Черномору достанется.

К дому, где жил Батыр, два года назад приехавший из Дагестана и сразу внедренный к бандитам, хотя и не сумевший подобраться близко к Моне, они подъехали уже в темноте.

Они — это, разумеется, Фил, Дуга за рулем неприметной серой «девятки» и Шмидт-Мессер на заднем сиденье. Эти двое подручных Черномора должны были проследить, как Фил выполнит порученную работу, а в случае чего и с ним самим разобраться.

Дугин припарковал машину у соседнего подъезда и погасил фары.

— В общем так, — сказал он, — слушай сюда. Подходишь не суетясь, без кипежу. Никаких базаров не заводи. Достаешь пистолет и сразу стреляешь. Пару раз в грудь. Контрольный в лобешник. Понял?

— Понял, понял... Не из детского сада пришел.

— Язык придержи. — Дуга протянул Филу «ТТ» с навинченным глушителем. — Хоть ты Черномору и глянулся, но я все равно начеку. Не люблю я ментов, хоть и бывших. Это то же, что использованный гондон. Скользкий, противный и никому не нужный мусор.

Мессер на заднем сиденье заржал.

— Если что не так, — продолжал инструктаж Дуга, — сам же здесь и останешься. Мессер тебя из дробовика покрошит, мама не горюй. Одни дырочки останутся. Понял?

Филатов не стал залупаться, а просто молча кивнул. Мол, прочувствовал.

— Сними перчатки. Пистолет не бросаешь. Мне обратно принесешь.

Вот тут Филатов возмутился:

— Что за фигня! Я что, самоубийца? Меня менты по этому стволу, как по визитной карточке, отыщут!

— Не мельтеши, — сказал Дуга. — Черномор так велел. Он этот пистолет в банковский сейф положит. Ни одна тварь до него не доберется. Но и ты тоже. Это ему для гарантии, что не сука засланная.

Асаев появился из-под арки примерно через час.

Дуга толкнул Фила под локоть, и тот, выйдя из машины, пошел Асаеву наперерез. За несколько шагов до цели вытащил из-под куртки пистолет и сразу выстрелил Батыру в грудь. Два раза. Тот упал, как подкошенный, подмяв собой жидкие кусты.

Быстрым шагом, стараясь не оглядываться, Фил вернулся назад и сел в машину.

— Поехали скорее!

— Погодь, — сказал Дуга. — Ты, по-моему, два раза стрелял. В голову почему не стал?

— Я все сделал, как надо. У него и так две пули в сердце. Мертвее всех мертвых.

— Иди доделай дело, — настаивал Дуга.

Мессер красноречиво клацнул своим «ремингтоном».

Пришлось Филу снова выбираться из машины, но в это время во двор, ярко светя фарами, вкатилась белая «Волга». Она ехала прямо к тому месту, где лежал Асаев.

Дуга дернул Фила за рукав. Тот снова сел в кабину. Бандит забрал у него оружие, сунул пистолет в полиэтиленовый пакет, и они уехали.

Часа полтора катались по городу. Проверяли, нет ли хвоста. Потом бандиты привезли Фила на квартиру, которую, судя по убогости обстановки, снимали. Дуга указал на стул, стоявший в углу комнаты, и сказал:

— Сядь и замри. Бля буду, в башку ты ему специально не стрелял.

— Ну не смог я. В первый раз человека убиваю.

Дуга вытащил из пистолета обойму, вылущил патроны и пересчитал. Недоверие в нем росло.

— Вернись проверь, — сказал Фил. — Труп он.

— Не умничай.

Дуга с Мессером пили водку, закусывали, а Фил как дурак сидел на стуле в своем углу. Изредка Мессер поглядывал на него и красноречиво кивал на свой дробовик, лежащий рядом. Так продолжалось неопределенно долгое время.

Потом в кармане у Дуги зазвонил сотовый телефон. Он достал его, приложил трубку к уху и что-то молча выслушал. Выпил еще стопку водки, закурил:

— Как там тебя? Фил, что ли? Тут мне сообщили, что в морг судебно-медицинской экспертизы доставили труп мужчины кавказской наружности с двумя дырками в сердце. Ты неплохо стреляешь, мент. Так что давай не стесняйся, садись к нам. Пей. Закусывай.

Филатов подсел к столу. Налил себе полный стакан водки. Выпил. И стал плотно закусывать, утоляя подступивший от волнения голод.

— Поехали расслабимся, — сказал через некоторое время Мессер.

И они всей компанией поехали в гостиницу «Центральная», главное пастбище городских проституток.

В эту ночь Фил изменил жене большее число раз, чем за всю предыдущую жизнь.

Пышнотелая брюнетка, с огромными, с кулак, рыжими сосками на грудях, словно прочитала все его самые потаенные гадкие мысли. Семейный секс, скучный и пресный, померк в глазах бывшего мента навеки. Фил кончал бесчисленное число раз, причем всегда в другую дырку. О существовании некоторых из них он и раньше догадывался, но сумел обнаружить и совершенно новые.

В итоге Фил так затрахался, что, когда шлюха в очередной раз попыталась взять его опавший член губами, он просто съездил ей по роже открытой ладонью.

— Отвянь, сука, за...ала!

Новые его друзья предпочитали групповуху и веселились в соседней комнате того же номера. Оттуда доносились визги, стоны, многозначительные восклицания в духе голландских порнофильмов. Похоже, они были любителями жесткого секса, потому что проститутки, ушедшие от них под утро, имели фингалы и разбитые губы.

До полудня бандиты отсыпались. Потом сели опохмеляться. Выпили за боевое крещение Фила. Дуга чокнулся с ним, но прежде чем выпить, сказал:

— Хоть убей меня, но в голову ты специально стрелять не стал.

— Да ладно тебе, — подмигнул Филу Мессер. — Темно было. Главное, что клиент — труп. А остальное все херня.

ГЛАВА 10

Далее события развивались стремительно.

На следующий день, ближе к вечеру, когда Фил возвращался домой, двое парней, шедших ему навстречу по улице, неожиданно бросились на него с двух сторон. Действия их были так стремительны, что он даже не успел оказать почти никакого сопротивления.

Его повалили на мокрый, раскисший снег лицом вниз. Грубо завернули руки за спину и замкнули на запястьях наручники. Чувствовалось — работают профессионалы.

Филатов, отплевываясь от грязи, спросил:

— Что за хрень? Мужики, вы кто?

Ему ответили спокойно, но с угрозой в голосе:

— Пасть захлопни.

Филатова быстро обыскали. Нашли тупорылый револьвер большого калибра в наплечной кобуре.

— Знатная артиллерия.

По тому, как в открытую, не обращая внимания на людей вокруг, действовали эти двое, Филатов понял, что ребята из милиции.

Вокруг стали собираться любопытные прохожие. Люди обсуждали происходящее:

— Бандита поймали.

— Развелось их. Рожа-то смотри какая. С таким вечером встретишься...

— На месте их расстреливать надо! Как после войны было: поймают бандюка и сразу к стенке!

Один из оперативников достал рацию. Сказал пару слов. Подъехала черная тридцать первая «Волга». Филатова подняли с земли и сунули на заднее сиденье.

Уже в машине, зажатый между двумя крепкими ребятами, он снова поинтересовался:

— В чем дело, пацаны, в конце концов?

Ему коротко ответили:

— В конторе объяснят.

— Но вы имейте в виду, ствол этот я только сегодня нашел. У меня в кармане даже заявление лежит. В милицию собирался его отнести. Но не дошел. Вы сами тут как тут.

У Филатова этот «бульдог» был недавно, и он точно знал, что на стволе ничего нет. Менты могут хоть усраться, отстреливая пистолет и пытаясь притянуть пулю к какому-нибудь делу.

Его привезли в управление и, ничего не объясняя, бросили в КПЗ. В тесной, душной камере, рассчитанной человек на пятнадцать, парилось уже с полсотни разномастных арестантов.

Филатов прошел в дальний угол, шуганул со шконки какого-то затюханного бытовика. Сел. Прислонился к стене и закрыл глаза, обдумывая свое положение.

К нему сразу же подвалили трое. По повадкам блатные, из тех, кто устанавливает в тюрьме свои порядки.

Один грубо спросил:

— Ты кто, фраер?

— Человек... — Филатов расслабленно потянулся. — Просто человек.

— Неправильно ведешь себя, человек. Не прописался, а уже хозяйничаешь, будто у себя дома.

— А вы тут что, вроде паспортного стола?

— Точно!

Филатов встал.

— Ну тогда вот вам мои документы.

Молниеносно, подсечкой, он сбил с ног одного и врезал кулаком между глаз другому.

В драку никто не вмешивался. Вся камера молча наблюдала, как Филатов методично, со знанием дела, избивал блатных. Двое сразу сникли, получив крепких тычков по зубам. Не помог им даже кастет. Фил едва не сломал руку блатарю, снимая с его руки железяку.

Только третий, самый крепкий и шустрый, смог оказать сопротивление, но и тот, получив ногой в живот и еще пару сильных ударов под ребра, отполз в сторону и просипел:

— Извини, братан. Ошиблись...

Всю ночь Фил не спал. Курил оставленные ему сигареты. Ворочался на шконке. Думал, на чем он прокололся? А утром его вызвали на допрос.

В кабинете, помимо следователя, совсем молодого лейтенантика, сидел его бывший начальник, майор Григорьев. Тот хмурым взглядом окинул Филатова.

— Здравствуйте, гражданин майор, — поздоровался с ним Фил.

— Быстро ты научился новым обращениям.

Филатов деланно вздохнул:

— Жизнь заставит, по канату ходить будешь. За что меня взяли?

Григорьев достал протокол задержания. Пробежался по нему глазами:

— Оружие при тебе оказалось.

— Так я объяснил. Сдавать шел.

— Читал я твое заявление. Небось, каждое утро новое пишешь?

— Это ваша контора пишет. А у меня теперь работа все больше физическая.

Майор усмехнулся:

— Не рассмотрел я тебя, Филатов. Не рассмотрел. Тебя не гнать из милиции нужно было, а вовсе не брать на работу. На пушечный выстрел к органам не подпускать. Ничего, чем больше таких, как ты, органы покинет, тем лучше для всех.

— Лирика все это в сослагательном наклонении.

— А вот и физика, — майор переложил бумажки на столе. — Скажи мне, друг любезный, где ты провел ночь с четверга на пятницу? Только не ври, что тихо-мирно спал на собственной кровати. Жена твоя сказала, что ты уже почти неделю дома не показывался.

«Вот в чем дело», — Фил понял, что речь идет об убийстве Асаева.

— Ну и где же я провел ночь с четверга на пятницу?

— Брось финтить! Отвечай на вопрос! — повысил голос Григорьев.

— Кончай на понт брать! — в тон ему так же грубо ответил Филатов.

Того, что Асаев работал под прикрытием, не знал до недавнего времени даже сам Григорьев. Его наверняка поставили в известность только после гибели агента. По идее, Филатов тем более не мог быть в курсе операции, проводимой Территориальным агентством по борьбе с оргпреступностью. Всех доводов против него — что он бывший мент, работающий теперь на бандитов.

И всего-то.

Дело нынче обычное.

— Что вы конкретно мне предъявляете? — в лоб спросил Филатов. — Я что, дорогу в неположенном месте перешел? Ограбил старушку-пенсионерку?

Григорьев подошел к нему. Приблизил лицо, дыша тяжелой смесью запаха крепкого табака и вчерашнего перегара:

— Запомни, Филатов, ты мне лично дорогу перешел. Рано или поздно ты мне попадешься. Бывший мент на зоне — особо ценимый объект. Сам знаешь. Думаю, многие будут рады тебя увидеть там.

— Не учи меня жить. Помоги материально.

Григорьев бросил тощую папку на стол молодому следователю:

— Оформи все, как положено.

И ушел, громко хлопнув дверью.

Вместо майора в кабинет, семеня толстыми ножками, вошел невысокий полноватый человек с почти полным отсутствием волос на голове. Он отдувался тяжело. Его мучила хроническая одышка.

— Ну-тс... — сказал он мягким, обволакивающим голоском. — Уф... Ну и порядочки тут у вас, господа милиционеры. Можно сказать, полное отсутствие правовой базы. И это в заведении, которое, можно сказать, должно стоять на страже законности.

Он расположился на стуле. Достал из кожаного футлярчика очки в тонкой оправе с круглыми стеклами и гибкими дужками. Нацепил их на нос-картошину. Пристально взглянул на следователя, а потом на Фила:

— Ну-тс.. В общем, молодой человек, я ваш адвокат. Сейчас мы уладим небольшие формальности, и вы спокойно пойдете домой. Это я вам говорю. — Хитро прищурившись, он обратился к следователю: — Выкладывайте, что у вас есть, а потом мы вместе посмеемся над этим анекдотом.

Уже на улице, прежде чем сесть в ожидающий его серебристый «Мерседес», адвокат протянул Филу свою визитную карточку:

— Теперь вы мой клиент. Фирма перечислила взнос за то, чтобы я улаживал ваши проблемы. Когда в следующий раз попадете в затруднительное положение, прежде чем открыть рот и сказать что-нибудь, позвоните мне. Это я вам говорю — Юрий Соломонович.

ГЛАВА 11

Ходарев играет свою роль в театре марионеток, не понимая сам, что прыгает на ниточке у невидимого кукловода. Порой Филатову его даже жалко. Столько перенести из-за этого чертового золота! Получить судимость. Снова отыскать карту, доставшуюся в наследство от деда, и вдруг опять всего лишиться.

Какой-то журналист, написавший статью о «черных поисковиках», прилепил ему кличку Эксгуматор. Она присохла к нему намертво. Даже немногочисленные приятели стали звать его именно так, а не иначе. И как это часто бывает, Ходарев отныне всеми поступками старался оправдывать сложившееся о нем мнение.

Золото, покоившееся в лесном болоте, было ему нужно до зарезу. Оно просто не давало ему покоя. Нетрудно представить его разочарование и ярость, когда, отправившись в лес, где еще лежал снег, он натолкнулся в заветном месте на людей, явно занимающихся разметкой участка для изыскательских работ.

Несколько человек с буссолью намечали путь для будущей просеки. Их сопровождали вооруженные охранники. Ходареву не осталось ничего, как убраться подобру-поздорову. Ведь получив хоть и условный, но срок, он не имел права даже на охотничье ружье.

Гадать, чьих это рук дело, долго не пришлось. Он сразу вспомнил слова Фила. Как тот говорил, что без тяжелой техники до золота не добраться. А для начала нужно проложить к болотам дорогу.

Ходарев поджидал Фила возле дома, когда тот вместе с приставленным к нему в напарники Мессером подъехал на своем почти новеньком спортивном «БМВ» с турбонадувом.

Купил по случаю за двенадцать тонн баксов. Черномор авансировал.

«Бригадир» нанял каких-то спецов из военного института, и те, прощупав своими лучами указанный участок леса, обнаружили залежи большого количества золота в том месте, где пытались копать Филатов с Ходаревым.

Ходарев подскакивает к ним и, не обращая внимания на стоящего рядом бандита, хватает Фила за грудки. Валит на капот машины.

— Сукин сын! — Ходарев просто взбешен. — Зачем ты это сделал? Скотина. Ведь я же тебе поверил!

Мессер чешет в затылке, глядя на эту сцену, а потом молча бьет Ходарева по почкам. Тот со стоном отваливается в сторону.

— Это чего, и есть тот самый Эксгуматор? — то ли спрашивает, то ли утверждает Мессер. — Кликуха страшная, а на вид так себе... Мозгляк. Не так страшен черт, как его малютка.

«Я бы на его месте не очень-то заблуждался насчет Ходарева», — думает про себя Фил.

Ну вот, так и есть.

— Сука... — Мессер отползает в сторону, держась руками за промежность.

Краем глаза Фил замечает, как двор почти мгновенно пустеет. Только у соседнего подъезда на лавке остается сидеть одна древняя бабка. То ли у нее зрение плохое, то ли нет сил быстро слинять.

Мессер достает из-под куртки пистолет. У него явное намерение пристрелить Ходарева. Но Фил успевает перехватить его руку.

— Стоять! Не видишь, парень просто не в себе. Очень расстроен и не соображает, что делает.

— Я прибью тебя, скотина! — продолжает разоряться Ходарев, не обращая внимания на оружие в руке Мессера. — Ты же знаешь, эти деньги нужны были Женьке на операцию. Для него каждый день, проведенный в коляске, — это потерянная жизнь.

Филатов достает из кармана туго свернутые в ролик доллары:

— Женька, спустись с небес на землю. Тебе самому все равно никогда не достать это золото. Все твои мечты — блеф! Будь реалистом.

Протягивает деньги Ходареву:

— Возми, здесь пять штук. Через пару недель еще десять смогу дать.

Ходарев берет деньги. Смотрит на них несколько секунд. А потом они летят Филу прямо в лицо. Резинка лопается и доллары осенней листвой падают на землю.

— Засунь их себе в задницу, свои бандитские деньги! Без тебя, козла, обойдусь.

Ходарев разворачивается и уходит.

Мессер сидит на скамейке и, держась за яйца, качается взад-вперед.

— Я бы на твоем месте все же его пристрелил. Чтобы знал в следующий раз, с кем и как разговаривать.

— Вот будешь на моем месте...

— Что ты ему такого сделал?

Фил задумался на минуту:

— А что я сделал? Да, собственно, ничего такого. Всего-навсего лишил мечты стать богатым и счастливым.

ГЛАВА 12

В цыганскую слободу бандиты приехали с утра пораньше, чтобы точно застать Симаченко дома.

Жил цыган в огромном трехэтажном особняке из красного кирпича. Территория вокруг была обнесена высоким железным забором.

Вадим **Цыганок**

Вместе с Филом в машине сидел Мессер. Дуга прикатил на своем «Паджеро». С ним еще трое боевиков с оружием.

— На наркоте домик себе построил, — Мессер кивнул на цыганский особняк.

За забором истошно залаяла собака. Открылась калитка рядом с железными воротами, и на улицу вышел сын хозяина, парень лет шестнадцати.

Миша Симаченко настороженно посмотрел на выходящих из «Паджеро» бандитов.

— Здорово, Миша, — поздоровался с ним Дуга. — Батя дома?

— А что? — осторожно поинтересовался цыганенок. — Зачем он вам?

— Разговор есть. Может, в дом пригласишь?

— Нет никого.

Дуга достал из-под полы свой короткий автомат.

— Ладно, давай по-другому. Ворота открывай. Нечего машинам на улице светиться.

Мессер подозвал одного из братков:

— Смотри за улицей, чтобы из дому никто не выскочил, а то поднимут шухер на всю деревню. Здесь в каждом дворе оружие есть. Сбегутся ромы, без стрельбы не обойдемся.

Хозяин сидел в большой горнице на ковре и завтракал. Он, радостно улыбаясь, встретил ввалившихся к нему в дом бандитов, будто только и ждал их.

— Проходите, гостями будете. Сейчас женщинам скажу, они быстро сообразят что-нибудь...

Дуга жестом остановил поток словоизлияний.

— Некогда. О деле поговорим.

— Какие дела? — искренне удивился цыган. — Мои дела торговые. Сам знаешь.

— Вот-вот. Тебя предупреждали, что если «герыч» мимо нас пустишь, то делам твоим конец?

Симаченко удивленно развел руками:

— Я бизнесмен. Сахаром торгую. Мукой торгую. Зачем обижаешь?

— Тебя обидишь, — Мессер кивнул браткам, и те принялись шерстить дом. — Не похож ты на обиженного. Дом вон какой. И цены на «герыч» в городе опять упали. Наверняка твоих рук дело.

— Все трудом, все трудом... — Цыган поднял унизанные перстнями ладони. — Вот этими руками.

С женской половины, куда сунулись боевики, неожиданно донеслись визг и крики.

— Ай, зачем женщин трогаете? Не по-мужски, — насупился цыган и попытался встать с ковра.

— Сидеть! — рявкнул Дуга и наставил на него свой автомат.

Вдруг громко хлопнул выстрел ружья. А следом пара сухих пистолетных щелчков.

Мессер передернул затвор «ремингтона», но тут появился один из братков:

— Все нормально. Щенок за ружье схватился. Пришлось успокоить.

Со звериным рыком Симаченко бросился на Дугу, но Фил подставил ему ногу, и тот упал на пол. Большой кривой нож выпал у него из руки. Фил поднял его. Это был хороший дорогой клинок на ручке из резной кости.

Дуга принялся с ожесточением пинать ногами упавшего Симаченко.

— Сука! Будешь знать! Падла!

Он успокоился только тогда, когда цыган захрипел, а из горла у него пошла кровь.

— Убью за сына... — просипел он.

— Сам еще попробуй живым остаться.

Бандиты перерыли весь дом, но ничего не нашли. Наркотиков не было.

— Будем смотреть в гараже и сараях, — приказал Дуга.

В одном из больших, крытых железом сараев оказалось большое количество мешков.

— Сахар, — Мессер взял нож и вспорол один из мешков. — В других мука.

— Ну что, цыган, — Дуга склонился над Симаченко, которого притащили его подручные. — Сам покажешь где товар или баб твоих перетрахать? Мои орлы это любят и всегда готовы доставить радость женщинам.

— Нет у меня ничего... Мамой клянусь! Женщин, прошу, не трогайте.

— Маму вспомнил. Да тебя, урода, пальцем на конюшне делали!

— Где искать-то будем? — спросил один из братков у Дуги. — Землю, что ли, мерзлую рыть?

— Погоди! — сказал Фил, видя, что Дуга снова собирается бить Симаченко. — Скажи женщинам, чтобы принесли мне тазик с водой и сито для муки.

— Тесто месить собрался? — Дуга начинал психовать.

— Точно...

Фил вспорол цыганским ножом один из мешков с мукой, насыпал горсть в сито и стал просеивать над тазом. Потом собрал рукой с поверхности воды слипшиеся комки муки.

Ничего.

Взял муки из другого мешка. Та же история.

Наконец, когда Дуга окончательно стал терять терпение, на дне посудины оказался тонкий слой белого порошка.

Филатов подцепил крупицы ногтем. Осторожно попробовал на кончик языка:

— Вот он, героин.

— А ты, блин, сечешь! — Мессер одобрительно похлопал Фила по плечу. — Даром, что мент бывший.

— Нет, значит, ничего? — В голосе Дуги было столько злорадства, что ждать от него ничего хорошего не приходилось. — А ну волоките эту падаль на улицу.

Симаченко бросили на мокрый снег. Дуга взял стоявшую возле стены сарая лопату.

— Клади руки на землю, сука. Покажи перстни. Клади! Не то баб твоих мукой этой до отвала накормим!

Цыган, что-то бормоча на своем языке, вытянул руки, и Дуга с придыхом опустил ему на пальцы лезвие лопаты. Послышался мерзкий хруст. Алая кровь веером брызнула на снег.

— А-а... — из горла Симаченко вырвался протяжный стон.

Он прижал покалеченные руки к груди и скорчился на земле.

Фил был не самый слабонервный в компании, но, честно говоря, от такого зрелища к горлу его подкатил тошнотный ком. В груди похолодело.

— Сволочь ты, Дуга. Убей человека, но зачем так уродовать?

Иван зыркнул на него:

— Что, жалко стало? Зато другим неповадно будет. Пусть знают, с кем имеют дело.

Как ни странно, но Фила вдруг поддержал Мессер:

— Дуга, ты и вправду того... Я от тебя порой просто хренею.

ГЛАВА 13

Филатов не просил, но Мессер сам рассказал свою незамысловатую историю:

— Из Казахстана мы уехали, когда совсем уже было не в мочь. «Чурки» просто задолбали. Никакого житья от них не стало. Дошло до того, что просто внаглую приходили к нам в квартиру и обсуждали, кто здесь будет жить, когда русские уберутся.

Батя мой всю жизнь проработал на горно-обогатительном комбинате. Сам же его и строил в шестидесятые посреди голой степи.

Мама предлагала ему уехать в Германию. Туда уже многие наши сдернули. Но отец уперся. Говорил: «Какие мы немцы, если даже языка не знаем? В Россию поедем».

Так мы с родителями и малолетней сестрой оказались в самом засранном колхозе во всем Нечерноземье с гордым названием «Юбилейный».

Поселили нас и еще несколько семей переселенцев в полуразвалившемся бараке. Первую зиму чуть коньки не отбросили. Вода к утру в умывальнике замерзала. Потолок инеем покрывался.

Плюнул я на это сельское житье-бытье и подался в город.

Помыкался и пристроился грузчиком на рынке.

Чудные дела. Мы от чурбанья этого уехали. Квартиру, добро — все бросили. А азеры и здесь себя как дома чувствуют. На рынке только они. Если какой мужичок из деревни с картошкой приедет, его сразу в оборот берут. По дешевке все скупают. А потом чурки сами втридорога продают.

Но нашлись люди. Стали азеров прижимать.

Появились на рынке крутые ребята. Тех, кто по-хорошему не просекал, силой учили. А менты, будто понимают все, и не вмешиваются.

Когда большая каша на рынке заварилась, я как раз в разделочном цехе туши ворочал. Слышим на улице шум-гам. Мы выбежали, а в торговых рядах такое творится!

Наверное, не меньше полусотни крепких ребят

в кожанках, с дубинками, железными прутами мочат почем зря чурбанов. Ну и вьетнамцам тоже заодно достается.

Крики. Кое-где даже стрельба послышалась. Кавказцы самыми организованными оказались. Заперлись на складах и оборону стали держать. Но потом и их раздолбали.

Тут человек пять то ли чеченцев, то ли дагестанцев прорвались к нам, в разделочный цех. У них пара пистолетов и ножи.

Мясник наш, крепкий мужик, топором замахнулся, и его сразу застрелили. В голову попали. Котелок, как арбуз переспелый, развалился.

Чурки дверь изнутри заперли и орут:

— Мы всех порежем! Вызовите милицию. Пусть они нас отсюда заберут.

Ну во мне кровь и взыграла.

Взял я железный крюк на длинной ручке, которым туши таскают. И ближнего ко мне кавказца на него нанизал. Тот и хрюкнуть не успел. Только глазья свои выпучил и сразу к Аллаху отлетел.

Человека убил, а ничего не почувствовал. Словно курице башку срубил или там кролику шилом в нос.

Я пистолет с пола поднял, а тут ко мне сразу двое бегут с длинными тесаками.

Стрелял я первый раз в жизни. Раньше оружия в руках не держал. Но с перепугу попал. Одному голову вдребезги разнес. Кровищи было больше, чем от свиньи. А другому ногу прострелил. Он заорал что-то на своем языке и уполз за мраморный прилавок.

Наконец и братки в кожанках подоспели. Оставшихся двоих чурок прутьями железными забили.

Потом командир братвы и говорит мне:

— Не любишь черных?

— За что их любить, козлов? — отвечаю.

— А здесь чего делаешь?

— Гружу, таскаю.

— Бросай все на фиг, пошли с нами. Отметим это дело.

Я вроде как замялся:

— У меня денег нет.

Он смеется и сует мне сто долларов.

— Заработал, — говорит. А потом ко всем, кто в цехе работал, обращается: — Эй вы! Слушайте сюда, если кто пацана сдаст, я тому лично яйца отрежу, зажарю и сожрать заставлю. Когда менты приедут, скажете, что чурбаны сами друг друга перебили.

Потом я с ними в кабак поехал. До утра гудели.

Классно, думаю, живут ребята. Машины у всех хорошие. Иномарки, не какие-нибудь задрипанные «Жигули». Деньги есть. Девки самые красивые к ним липнут.

— Зовут тебя как? — спросил меня старший.

— Дима Шмидт.

— Фриц, что ли? Да тебе по крови просто положено чурок всяких мочить! Доктор Геббельс завещал. Классный чувак был. Шмидт... Шмидт, будешь ты у нас Мессером. Самолет такой у немцев был.

— Знаю. Истребитель.

— Точно. И ты у нас истребителем станешь. А меня Перцем зови. Мы с братками под Черномором ходим.

В тире, когда оружие мне подбирали, я кучу пистолетов перепробовал. Все без толку. Мажу. Сплошное молоко. Как я только на рынке попал? Точно со страху. С автоматом еще хуже получилось. Чуть все вокруг не покрошил, братки врассыпную, а в мишень так и не попал. Всю обойму впустую расстрелял.

— Что, блин, с тобой делать? — спрашивает Перец. — Артиллерии, извини, у нас нет.

— А может, ему «лупару» дать? — предложил кто-то. — С ней он точно не промахнется.

— Давай попробуем, — согласился Перец.

Дали мне дробовик помповый, «ремингтон» называется. Классная игрушка.

Я из него как шмальнул! Полмишени на фиг снесло. Вот эта пушка по мне.

Не раз она потом меня выручала.

ГЛАВА 14

Как ни старался Дуга, но информация о том, как Филатов нашел героин, все же дошла до Черномора.

Мессер постарался.

Фил и раньше был на особом положении, вроде при бригаде, но в подчинении лично у Синицына, а тут Черномор приблизил его к себе еще больше. Были у него на Фила какие-то виды. Шмидт не возражал. Фил ему чем-то нравился, а вот Дугин совсем с катушек слетел от зависти.

Как-то вечером он решил устроить разборки прямо в спортивном зале, куда раз в неделю в обязательном порядке ходила вся братва. Черномор лично вел списки и наказывал пропускающих занятия материально.

После «качалки» Дуга не пошел в душ, а вызвал Фила на спаринг.

— Ну что, гондон использованный, давай посмотрим, на что ты способен? Черномор говорит, что у тебя башка хорошо варит, только в нашем деле это не главное. Я покажу, что ты можешь засунуть свою башку в жопу.

Фил молча вышел на ковер и стал натягивать перчатки.

— А без этого дерьма, по-настоящему, слабо? — заводился Дугин.

Фил отбросил жесткие перчатки в сторону и встал в боксерскую стойку.

Дуга отреагировал на это по-своему:

— Ха, боксер гребаный! И это все, чему тебя в ментуре учили?

Дрался он жестко, но без особых затей и изысков. Норовил все ударить по почкам или ногой в колено. Фил держал его на расстоянии. Несколько раз угостил чувствительными прямыми ударами.

Дуга был человеком жестоким, но невыдержанным. Чувствуя, что настоящий бокс вполне конкурирует с его дерьмовой пародией на карате, он, под одобрительные возгласы братвы, собравшейся посмотреть на бой, попытался пойти на сближение, чтобы задавить Фила весом.

И тут Филатов показал, что неплохо владеет еще и боевым самбо.

Растянувшись на ковре, оглушенный неожиданным падением, Дуга долго пыхтел от боли и натуги, пытаясь освободить руку из болевого захвата, а потом, не выдержав, завопил истошным голосом:

— Отпусти! Руку сломаешь! Сука!..

Фил немного ослабил захват:

— Еще раз назовешь меня ментом, гондоном или каким обидным словом, я тебе шею твою бычью сломаю. Понял?

Дуга еще хорохорился:

— Да иди ты на... Гандон!

Пришлось Филу нажать посильнее. В плече у Дуги что-то угрожающе хрустнуло.

— О-о! — заорал он под смех братвы.

— Ты меня понял?

— По-о-онял!

Фил отпустил его. Он отполз в сторону, схватившись здоровой рукой за поврежденное плечо:

— Я еще с тобой посчитаюсь...

— Считать сначала научись. Вечернюю школу закончи. А то скоро твоя голова в заднице окажется...

Через месяц под начало Фила перешла команда, работающая на рынке. Но до сих пор ему еще не приходилось встречаться ни с кем из руководства организации, кроме Черномора, который был всего лишь хоть и старшим, но бригадиром.

А потом совершенно неожиданно Фила пригласили на встречу с каким-то важным человеком.

Сопровождал его сам Черномор.

Стрелка состоялась на загородной даче.

Очень скромный финский домик. Правда, среди пяти гектаров частного леса. Ненавязчивая профессиональная охрана. Большой ухоженный пруд перед домом.

Хозяин дачи тоже выглядел очень скромно. Серый, невзрачный человек средних лет, среднего роста, средней внешности. Никаких понтов и наворотов. Голос негромкий, вкрадчивый. Походка по-кошачьи неслышная. Глаза умные и проницательные.

Филатов сразу понял, что перед ним Кардинал. Правая и левая рука Монастырского. Его мозговой центр.

Под пристальными взглядами охранников они с Черномором прошли в небольшой кабинет.

Современная недорогая мебель. Мощный компьютер на столе. Книги по экономике и праву на полках. Чай с лимоном в граненом стакане с подстаканником.

Этот человек не любит привлекать к себе излишнее внимание. Довольствуется в жизни только самым необходимым. И удовлетворение находит только в одном — во власти.

По большому счету, еще неизвестно, кто настоящий хозяин в организации: Монастырский или его «кардинал».

— Сергей Геннадьевич? — Это скорее не вопрос, а стремление показать, что даже мелочи находятся под его неусыпным контролем.

Фил согласно кивает головой.

— Садитесь...

Филатов и Черномор присаживаются на жесткие, с кожаными сиденьями, стулья.

— Вы ведь работали в милиции?

— Да.

— Почему ушли?

— Так вышло...

Долгий нудный разговор, казалось бы, ни о чем. Кардинал прощупывает Фила, как психолог своего пациента.

Наконец главный вопрос:

— Вы ведь знаете Григория Семеновича Пальченко?

— В свое время он был у меня в разработке. Палец — вор в законе. Можно сказать, я его и посадил.

Кардинал еле заметно усмехается. На самом деле, Палец сел потому, что так захотел он. А этот бывший опер слишком много о себе думает.

— Так вот, — продолжает серый человек, — теперь вам, Сергей Геннадьевич, придется, так сказать, исправлять свою ошибку.

— Он все сделает, как надо, — заверил Черномор.

ГЛАВА 15

Ребров очень старался. В течение нескольких часов он терпеливо, точка за точкой, создавал живописное творение на широкой груди пахана, уголовного авторитета Гриши Пальченко. Воспроизвел один к одному изображение храма Василия Блаженного со старой репродукции из «Огонька».

Пахан стойко переносил боль уколов и жжение туши. Такие большие рисунки накалывались обычно в несколько этапов, за несколько дней. Но Пальченко захотел, чтобы художник сделал всю работу в один раз.

Раньше все наколки в лагере делал клубный художник. Старик-алкаш, в молодости учившийся где-то, а потом проведший всю жизнь в лагерях. У него за пол-литра водки можно было заказать татуировку на любой вкус. Даже такую тонкую работу, как наколка на гениталиях. Еще он умел закатывать золотые шарики под кожу пениса. Зэки с опытом утверждали, что бабы от такого стимулятора просто тащатся. А еще жаждущим особо острых ощущений из головки члена он делал «розочку».

Ребров очень волновался. Рисунок должен был получиться большим, чтобы перекрыть старые корявые наколки. От успеха работы зависело его лагерное будущее. Бегать вечным «шнырем» вовсе не хотелось. А стоило запороть рисунок, и такая перспектива обозначалась очень отчетливо. И наоборот, если Пальченко останется доволен его работой, то и в лагере можно было устроить вполне сносную жизнь.

Собор Василия Блаженного удался на славу. Через несколько дней после того как воспаленная кожа зажила, Пальченко долго стоял в каптерке перед загаженным мухами зеркалом. Сравнивал изображение на своей груди с картинкой в журнале. Придирчиво цеплялся к мелочам.

— Эй, Репин, в натуре, а почему эту загогулину не нарисовал? Лажу гонишь!

— Так это человек на фотографии, — оправдывался Ребров. — Просто качество репродукции плохое, и потому непонятно, что это человек стоит.

— А-а-а... Мне кажется, что маковка, вот та, чуть-чуть кривовата...

Стоявшие позади дружки пахана полезли смотреть, где схалтурил художник.

— Воще не... — Пальченко довольно улыбнулся. — Это у меня титька такая накачанная, бугром. Молодец, Репин, чистая работа. Бля буду, как с картины Шишкина.

— Шишкин лес рисовал, — вставил кто-то осторожно. — У него картина про мишек...

— Это что за сука там такая умная? — пахан оглядел притихших зэков.

Сука заткнулась.

— Санек, — позвал Реброва Пальченко, — что же ты, гад, молчал раньше, что картины рисовать умеешь?

Ребров скромно потупил глаза.

— Эй, волки тряпошные, слушай приказ по лагерю. — Пальченко по-отечески обнял Реброва за плечи: — Если кто художнику западло сделает, я тому аппендицит без наркоза вырежу.

В руке у него блеснула и снова куда-то исчезла острая заточка.

— В клубе будешь работать. Талант беречь нужно!

Ребров не стал спрашивать, как Пальченко собирается это сделать. Уже на следующий день Ребров принимал клубное хозяйство у старого художника. Стыда за то, что лишает пожилого человека теплого места, он не испытывал. Лагерная жизнь научила его глушить в своей душе всякие намеки на нормальные человеческие чувства. Карьера «шныря» его совершенно не прельщала. В общем ситуация ясна: умри ты сегодня, а я завтра.

Художник в клубе — должность очень условная.

Она совмещала в себе и уборщика, содержавшего в порядке небольшой актовый зал, и хозяина скудной библиотечки, и плотника, постоянно латавшего текущую крышу, и киномеханика, и слесаря-водопроводчика, и много еще чего.

Но лучше было выполнять всю эту работу, чем горбатиться на общих или строительных работах.

Ребров писал объявление лагерной администрации, когда в дверь комнатушки, служившей одновременно и мастерской художника, и складом духовых инструментов, кто-то настойчиво забарабанил. Ребров вышел из задумчивого состояния и нехотя открыл замок.

На пороге стоял начальник клуба, лейтенант Голубев.

— Предупреждаю в последний раз, — глухим уставшим голосом произнес Голубев, — двери не запирать. Еще раз нарушишь — попадешь в ШИЗО. Если ты здесь оказался — это еще не значит, что все твои проблемы решены. Снова пойдешь на общие работы. Ты — зэк! Дерьмо! И не забывай, что тебя, подобно грязи из-под ногтей, вычистили из общества и заперли в зоне, как бешеную собаку. Твой дом — тюрьма! Ты меня понял?

— Понял...

— Что ты сказал?

— Понял, гражданин начальник!

— Так-то лучше. Вот список. — Голубев достал из кармана кителя лист бумаги. — Здесь написано, что нужно подновить из наглядной агитации и что еще сделать. Сроку — неделя. Не выполнишь — гляди мне!

— Начальник, ты моего художника не обижай, — неожиданно в комнату вошел Пальченко. — Талант беречь нужно, посмотри, какую он мне церковь нарисовал.

Пальченко распахнул робу. Показал татуировку, сделанную Ребровым.

Голубев с интересом рассмотрел Василия Блаженного. Снова полез в карман. Достал из бумажника фотокарточку, на которой была изображена симпатичная скромного вида девушка. Протянул ее Реброву.

— Нарисовать сможешь? Побольше... — Голубев развел руками, словно показывал размер пойманной им рыбы. — Вот так примерно... Сумеешь?

— Сумеет, сумеет! — подтвердил Пальченко, не дав Реброву открыть рот.

Тот взял фотографию. Девушке на ней было лет девятнадцать. Чистое открытое лицо.

Голубев елейным голосом, будто преобразившись из лагерного начальника во влюбленного пацана, спросил:

— А целиком ее нарисовать сможешь? Ну чтобы полностью вся фигура была.

Ребров кивнул.

— А чтобы она голой была?

— Обнаженной?

Голубев судорожно и громко сглотнул.

— Он на нее дрючить будет! Гы-ы-ы, — заржал, как лошадь, Пальченко.

Голубев покраснел от ярости. Кулаки судорожно сжались. Но ударить вора в законе он не посмел.

В коридоре гулко хлопнула дверь. Послышались чьи-то торопливые шаги.

— А вот и Забуга, — обрадовался Пальченко. — Сейчас, Санек, твое назначение обмоем.

В комнату вошли пахановский «шестерка»-адъютант Гена Забуга и вор Паша Колтунов.

Под телогрейкой у Забуги оказался бумажный пакет. Он выставил на стол две бутылки водки

«Смирнов» и закуску. Кусок копченого мяса, колбасу, белый хлеб, банки с сардинами и венгерскими овощными консервами и даже упаковку немецких плавленых сырков.

У Реброва подвело живот. О существовании этих немудреных продуктов он уже начал забывать.

— Откуда?

Забуга ухмыльнулся:

— Места знать надо... У тебя в шкафчике стаканы стоят, достань-ка.

Ребров посмотрел, где указали. Там действительно стояли стаканы.

Забуга нарезал хлеб и колбасу, вскрыл банки консервов, стал разливать водку:

— Начальнику полную...

Все собрались вокруг стола.

Чокнулись молча. Выпили.

Ребров потянулся за закуской. Лейтенант Голубев только понюхал корочку хлеба. Пальченко и Забуга вовсе не стали заедать.

— Ты, Санек, ни фига жизни не знаешь, — Пальченко достал пачку сигарет «Кэмэл», угостил Голубева. — Жить хорошо можно везде, даже в зоне, правда, начальник?

Голубев закурил и молча кивнул.

— Держись меня, и у тебя все будет в норме. Ты, хоть и художник, но не то, что вшивая интеллигенция. Молодец. Сразу мне глянулся. Вор дружить умеет. Если ты мне угодил, я в долгу не останусь. Давай выпьем!

Выпили по второй.

— Ты давай не тормози, налегай на харчи. На баланде не разжиреешь. Удав, будешь художнику каждый день банку тушенки приносить. Понял?

— А чего не понять-то, сделаем, — кивнул Забуга.

Ребров наворачивал хлеб с колбасой, а сам все

думал: что Пальченко от него нужно? Не просто же так тот проявлял заботу. Никакой выгоды для пахана в дружбе с собой Ребров не видел. Разве что тщеславие. Желание уголовника иметь в своей свите придворного художника.

— Ну что, гражданин лейтенант, выпьем еще? — предложил Колтунов.

— Выпьем, — согласился изрядно захмелевший Голубев. — Только пусть он сначала извинится за мою невесту.

Лейтенант осоловевшим взглядом выжидательно уставился на Пальченко.

— Да брось, начальник... — отмахнулся вор. — Я же пошутил, в натуре.

— Я таких шуток не понимаю! — настаивал осмелевший от ударившего в голову хмеля Голубев. — Ты кто? Зэк! А я начальник. Значит, ты должен извиниться.

— Что ты вообще понимаешь? Сам, как зэк, на зоне вместе с нами чалишься... — Пальченко нахально ухмыльнулся. — А я в законе. Выйду — королем стану. А ты, как есть дерьмо, так дерьмом и останешься. Чем больше звезд на погонах, тем сильнее воняет.

Вспыливший Голубев вскочил из-за стола и дрожащей рукой выдернул из кобуры свой пистолет. Направил «макарова» на Пальченко.

— Извинись, говорю... А то, не вру, пристрелю!

— Ладно-ладно... — Пальченко поднял руки. — Спрячь пукалку, извиняюсь я...

И вдруг пахан резко схватил Голубева за руку, вывернул ее и, повалив лейтенанта на стол, приставил к его горлу заточку.

— Ты бы хоть пистолет с предохранителя снял... Кто на Пальца залупнулся, тому пи...дец.

— Отпусти, сволочь! — завизжал Голубев. — Ты на кого руку поднял?!

— Пахан, не мочи его! — закричал Забуга. — Не надо, под вышак попадем!

Ребров в это время растерянно сидел с куском колбасы в руке, не понимая: как это пьянка в одночасье превратилась в разборки?

Пальченко несколько секунд словно размышлял о чем-то. Заточка нервно подрагивала в его руке, царапая горло Голубеву. Потом отпустил Голубева и отскочил в сторону.

Голубев подхватил пистолет, болтавшийся на ремешке у коленок. Нацепил упавшую на пол фуражку и, прежде чем выбежать из комнаты, прокричал:

— Вы у меня все срок намотаете! Урки лагерные! Сгниете на параше!

— Влипли... — заскулил Забуга. — Сейчас «вохра» примчится. Забьют до смерти...

— Заткнись! — оборвал его Пальченко. — Так нужно. Потом поймете.

— Как же так, — запротестовал Ребров. — Я не шелохнулся даже!

— Тихо... — Пальченко сунул ему в руки свою заточку. — Если жить хочешь, говори, что пьян был и не помнишь, как все получилось. Не то проснешься с перерезанным горлом...

ГЛАВА 16

Филатов подъехал к автовокзалу, опоздав минут на пятнадцать к назначенному времени. С трудом нашел место для парковки. Подняв воротник куртки, чтобы косые струи дождя не били в лицо, прошел через строй настырных лоточников, торговавших всякой мухобелью.

На огороженной площадке под навесом два усатых кавказца жарили над углями шаурму, а рядом в палатке торговали разливным пивом.

Фил прошел за турникет. Купил кружку пива. Подошел к высокому круглому столику, за которым стоял худощавый человек лет тридцати пяти. Перед ним на бумажной тарелке лежали недоеденные куски мяса. Один бокал пива был уже пуст. Второй только начат.

— Опаздываешь, — сказал человек. — У меня до автобуса полчаса.

— Ничего, успеешь...

Фил отхлебнул пива из своей кружки и поморщился. Оно было без всякой меры разбавлено сырой водой.

Он отодвинул от себя бокал. Достал сигареты. Чиркнул колесиком зажигалки. Закурил.

— Рассказывай.

— А чего рассказывать-то? Дело такое, что я головой своей рискую.

Филатов усмехнулся, вынул из кармана газетный сверток и положил его на стол перед собеседником.

— Жизнь вообще очень вредная для здоровья штука. Но есть вещи, скрашивающие серые будни.

— Сколько здесь? — Человек от волнения даже облизнул сохнущие губы.

— Ровно половина. Остальное после. Когда ты сделаешь то, что должен.

Трясущимися руками человек схватил сверток. Надорвал его. Под газетой оказалась пачка долларов толщиной в два пальца.

— Ну да, ты еще пересчитывать здесь будешь! — Фил поморщился. — Спрячь в карман с глаз подальше. А то до дома не доедешь.

Сверток перекочевал к человеку за пазуху:

— Мне они душу греть будут... В общем так. Как и договаривались, Палец кипеж поднял. На начальника клуба напал. Его теперь в городскую тюрьму переводят, в следственный изолятор. До нового суда. Повезу я. С водителем и охранником все обговорено. За такие бабки они согласны.

Филатов бросил свой окурок в бокал с пивом.

— Значит так, — сказал он, — мы перекроем дорогу, будто у нас авария. Дальше разыгрываем все, чтобы обыграть нападение. Мои ребята попинают вас немного. Может, даже придется кого-то слегка ранить, для достоверности.

Последнее очень не понравилось его собеседнику.

— Мы так не договаривались.

— И рыбку съесть и на х..й сесть хочешь? Ты учти одно, менты вас крутить по полной программе будут. И чем меньше на вас живого места останется, тем больше доверия к вашим показаниям. Деньги эти вам поперек горла могут встать. Сдадите нас — вам и в камере ментовской не спрятаться. Если очко играет, то давай деньги обратно, я других желающих заработать найду. По-хорошему, так за эти бабки полтюрьмы купить можно.

— Все, все! — Человек машинально схватился за грудь, где под одеждой были спрятаны деньги. — Сделаем все, как скажешь.

— На автобус не опоздай.

Фил отошел от столика, закурил еще одну сигарету. Направился было к своей машине, но передумал и, обойдя палатку, торгующую пивом, зашел с черного хода. Отвратительный вкус разведенного пива до сих пор держался во рту.

В узком проходе среди ящиков из-под водочной посуды стоял коротко стриженный парень в джинсовой куртке и спортивных штанах с лампасами. Он тискал какую-то грязную малолетку. Задрал ее короткую кожаную юбчонку и, не замечая появившегося за спиной Филатова, лез ей в трусы.

— А ну, брысь, шалава! — Фил звонко хлопнул потаскуху по заднице.

Девчонка ойкнула, вырвалась из рук парня и метнулась на улицу, на ходу одергивая юбку.

— Ты че? — резко обернулся парень.

От него сильно несло перегаром.

— Где хозяин палатки? — спросил Фил.

— Ну, я хозяин. А тебе че?

— Член через плечо!

Фил выплюнул сигарету на грудь парню. Тот отстранился инстинктивно, опустив взгляд вниз, а Филатов прямым сильным ударом в челюсть отправил его в нокдаун.

Парень отлетел на штабель ящиков. Послышался грохот, звон бьющейся посуды.

Из двери палатки на шум выглянула перепуганная продавщица:

— Эй, а чего у вас тут?

— Народный контроль в действии, — Фил пнул ошалело водящего глазами парня ногой. — Иди, милая, занимайся производственным процессом.

Он присел на корточки, похлопал парня ладонью по щекам. Тот пришел в себя:

— Ты че? Ты кто?

Фил спросил:

— Платишь кому?

— Черномору...

— Правильно. Еще раз я приду, и если у тебя будет разбавленное пиво, то Черномор оплатит твои похороны. Въехал?

— Значит, вам платить, и налоговой, и ментам. А себе что? — В голосе парня слышалось искреннее недоумение честного предпринимателя.

— А себе, брат ты мой, доброе имя. И вечную память.

ГЛАВА 17

Дождь.

Проклятый дождь, словно на небе что-то проху-дилось. Идет почти неделю беспрерывно. Утихнет на час-другой. А потом снова зарядит. Нудно и тос-кливо.

Воздух будто пропитан сыростью. Дворники на лобовом стекле едва справляются, сгребая в сторо-ну воду, смешанную с грязью.

Фил бесцельно колесит на машине по городу.

В голове кавардак.

На душе неспокойно.

Еще погода эта... Как нарочно навевает тоску и безнадегу.

После холодной снежной зимы такая бестолко-вая весна. Паводок не сошел еще до конца. Вода местами вплотную подступает к городским окраи-нам, подтапливая частные дома. А теперь вот со-всем заливает все. Точно природа прогневалась и мстит людям за их грехи.

«Кто же мне мои-то отпустит?» — думает Фила-тов, глядя на косые струи дождя.

За окнами машины мелькает городской бор.

Резной теремок. Шашлычная.

Под навесом одиноко тоскует у своего мангала усатый кавказец.

Фил притормаживает. Шашлычник с надеждой посматривает на него. Но Филу не до шашлыков.

Наконец он, обдумав все, решается позвонить Ходареву.

Скорее всего, тот и слушать не станет. Пошлет куда подальше. Но позвонить ему надо.

Губернатор, отрабатывая бандитские деньги, потраченные на его выборы, посодействовал пере-даче Монастырскому участка леса в бессрочную аренду. Официально для заготовки и переработки древесины.

Черномор нанял рабочих, и теперь к месту, где покоится в земле золото НКВД, ведут просеку, чтобы могла пройти тяжелая техника.

Если Эксгуматор туда сунется, то братва порешит его без лишних слов. Закопает там же в землю. И никто не узнает, где могилка его.

А он обязательно сунется. Уж кто-кто, а Фил прекрасно знал настырный характер своего бывшего одноклассника.

Филатов набирает номер его сотового. После нескольких гудков безликий голос оператора сообщает, что абонент отключен за неуплату.

— Зашибись! — Фил бросил телефонную трубку на сиденье. — Просто зашибись...

Придется ехать самому. А личной встречи Филатову хочется меньше всего.

Но делать нечего.

Фил снова вырулил на трассу...

Когда Ходарев сошелся со своей новой женщиной, Филатов думал, что у него просто очередная интрижка, вроде как с барменшей Светланой. Ничего серьезного. Потом он сам познакомился с Лерой.

Сперва она не произвела на него особого впечатления. Да еще ребенок у нее инвалид. Хороший веселый пацан, но не повезло в жизни. Его сбила машина, и теперь он прикован к коляске.

Но у Ходарева все оказалось всерьез. Он стал прилагать все усилия, чтобы собрать деньги и отправить одиннадцатилетнего Женьку на лечение в Германию, где ему могли сделать операцию на позвоночнике.

Теперь Лера была беременна, и они с Ходаревым ждали еще одного ребенка.

Чем-то Филатов ей понравился. Через некоторое время симпатия, к его удивлению, стала взаимной. Было в этой женщине какое-то внутреннее тепло. То, чего не хватало драгоценной женушке Фила.

Нет. Это было не просто сексуальным влечением. Скорее дружеская расположенность. Раньше бы Фил и сам не поверил, что между мужчиной и женщиной может быть просто дружба. Но, оказывается, может.

И теперь он ехал к ним, чтобы попытаться отговорить Ходарева от дальнейших поисков золота. Хотя рисковал при этом угодить под его тяжелый кулак. А драться Ходарев умел. Недаром он служил в десантно-штурмовой бригаде.

Кнопка дверного звонка.

Филу немного не по себе. До недавнего времени они с Ходаревым были приятелями, и выяснять с ним отношения на кулаках не хочется.

Дверь открывает Лера.

Живот ее заметно увеличился за прошедшие три месяца. Старое платье ей явно мало. Удивительно, но она похорошела. Говорят, так бывает, когда должен родиться мальчик.

Лера молча смотрит на Фила. В глазах немой вопрос. Наверняка она в курсе их последних с Ходаревым разногласий.

— Проходи, — наконец говорит она и пропускает Фила в квартиру.

— Ходарев дома?

— Нет. Они с Женькой уехали к моей маме. Она работает в сельском интернате. Мы решили, что пока Женьке лучше пожить у нее. Там и школа есть. А потом, когда маленький подрастет немного, — она нежно гладит ладонью по своему большому животу, — возьмем его обратно. На лечение у нас все равно денег пока нет.

— Я, собственно, по этому поводу...

Он достает из кармана куртки пачку денег.

— Здесь пятнадцать тысяч.

Лера сразу же, не размышляя, отрицательно качает головой:

— Нет, нет! Евгений сказал мне, что ты можешь прийти. Он запретил мне брать от тебя деньги.

Фил все равно кладет доллары на полку в прихожей:

— Уйду, можешь выбросить их в мусор. Поступай как хочешь. Но Ходареву скажи, чтобы в лес не ходил. Я тебя очень прошу. Не пускай его, если не хочешь оставить ребенка без отца. Поняла?

Она поняла. Побледнела, глаза стали холодными и какими-то отстраненными.

Фил выходит из квартиры, и вдруг она спрашивает его напоследок:

— Сергей, это правда, что ты?..

Видимо, она хотела сказать: бандит.

Врать нет смысла:

— Правда.

Неожиданно она крестит Фила скорбным жестом руки:

— Бог тебе судья...

ГЛАВА 18

Пять часов утра.

Пропускная зона строгого режима. Фильтрационный участок.

Слышатся выкрики конвоиров:

— Руки за спину! Лицом к стене!

Наручники на запястья — хрусть!

— Забуга, на выход!

Гремит запор на калитке в железной решетке.

Заключенного через узкий коридор подводят к специальной машине-автозаку. Усаживают в тесное отделение за железной дверью с небольшим зарешеченным окошком. В таких же закутках по соседству уже находятся трое заключенных. В задней части фургона места для двух вооруженных охранников.

Начальник тюремного конвоя передает папку с документами на заключенных старшему прапорщику, который будет руководить перевозкой.

Последний инструктаж:

— В дороге ни в коем случае не останавливаться. По прибытии на место немедленно связаться и доложить. В случае нештатной ситуации сразу включай тревожный сигнал. Среди подопечных есть один важняк. Вор в законе. Так что держи ухо востро.

— Понял.

— Ну давай.

На выезде из зоны днище машины вновь осматривают охранники с зеркалами на длинных палках. Все чисто. Открываются ворота, и «автозак» катит по дороге в направлении шоссе, ведущего в сторону города.

Местность вокруг зоны достаточно густо населенная. Деревни, села, хутора. До трассы километров тридцать.

— Что за погода? — Водитель, сержант-контрактник, включает негромко приемник. Бойкий мотивчик наполняет кабину. — Когда этот дождь закончится?

— Пока не обещают...

Старший прапорщик, сидящий рядом, закуривает. По внутренней связи вызывает охрану в фургоне:

— Как там у вас?

— Все нормально. Заключенные ведут себя спокойно.

Начальник конвоя расслабленно откидывается на сиденье и потягивается. Обычная рутинная работа. Разве что из-за важности одного конвоируемого преступника добавили четвертого охранника да почему-то сменили водителя буквально в последний момент.

Машина едет по дамбе большого искусственного водохранилища. Другой его берег едва просматривается сквозь дождевую завесу.

— Гляди, как вода поднялась, — говорит прапорщик. — Никогда так не было.

Действительно, высокие даже для громадного водоема волны, поднятые непогодой и ветром, плескались буквально в паре метров от дорожного покрытия.

— Вода в речке еще не спала, а тут такой потоп с неба. Ничего удивительного, — водитель внимательно всматривается в дорогу.

Видимость не более полусотни метров.

Несколько минут едут молча. Слышен только шум дождя, барабанящего в кабину, да музыка из динамиков.

— Что там впереди? — неожиданно говорит водитель.

— Где? — старший прапорщик очнулся от дремы и машинально положил руку на автомат.

— На дороге?

— Притормози. Подъезжай потихоньку.

На дороге перед узким мостом через большой полноводный ручей, полностью загораживая проезд по нему, стояла зеленая «Нива». У машины горели аварийные сигналы.

Из «Нивы» выскочил человек и, прикрываясь от дождя накинутой на голову курткой, побежал к тюремному «воронку».

Водитель взял свой автомат, передернул затвор.

— Не нравится мне это...

— Спокойно, — сказал ему прапорщик. — Сейчас узнаю, что у них случилось.

— Нужно передать диспетчеру информацию о незапланированной остановке.

— Да не суетись ты. У людей просто машина заглохла. Поднимешь тревогу, придется возвращаться.

— Ну смотри. Ты начальник, — проворчал водитель, но оружие все же не оставил.

Прапорщик приспустил стекло, и вскочивший на подножку человек сунул голову в кабину:

— Мужики! Выручайте. Дерните меня. Стартер сдох. Не крутит, проклятый.

— Трос есть? — спросил водитель.

— Все есть!

— Цепляй.

Хозяин «Нивы» побежал обратно к своей машине. Но в это время водитель «автозака» заметил в зеркало заднего обзора, как сзади без габаритных огней и света фар тихо подъехала серая неприметная «девятка», почти незаметная за дождевой пеленой. Из нее вышли двое людей.

— Не нравится... — водитель выжал сцепление.

У одного из приближавшихся из-под полы куртки торчал приклад ружья.

— Черт! — водитель рванул рычаг переключения скоростей. — Засада!

Но сдать задним ходом не успел.

Старший прапорщик перехватил его руку, потянувшуюся к кнопке тревожного сигнала, выхватил

откуда-то длинный нож с наборной плексигласо-
вой ручкой, какие обычно делают заключенные, и
со всей силы ударил им водителя в грудь.

С капустным хрустом клинок вошел между ре-
бер по самую рукоять. Водитель только и сумел
гортанно вскрикнуть. Глаза его помутились, изо
рта побежала струйкой кровь. Он упал лицом на
руль. Машина заглохла.

Прапорщик взял микрофон, вызвал по внутренней связи охрану в фургоне:

— Все нормально. Мы на месте...

Из фургона донесся приглушенный толстой
перегородкой выстрел.

— Теперь точно все в порядке.

ГЛАВА 19

— Блин, что за стрельба!

Рука Фила невольно потянулась к пистолету.

Мессер рванул из-под полы свой дробовик, Филатов едва успел остановить его. Немец был так
взвинчен, что, казалось, готов всадить все пять зарядов в кабину «воронка», не разбираясь, что произошло на самом деле.

Фил дал знак рукой Дуге и еще одному братку,
по кличке Телепузик, которые стояли возле «Нивы» на мосту, чтобы они оставались на месте.

Затем Филатов с Мессером зашли с двух сторон,
и Сергей осторожно заглянул в кабину тюремной
машины.

Прапорщик увидел Фила, и рожа его расплы-
лась в странной нервной улыбке:

— Все в порядке...

Он перетаскивал убитого водителя, чтобы самому сесть за руль.

— Это ты называешь: все в порядке? Почему убит водитель? Кто стрелял?

— Нам охранника еще одного навязали, — объяснил начальник конвоя. — И водителя сменили. Все произошло в последний момент. Я даже предупредить не успел. Пришлось мне парня того...

— Твои проблемы, — Дуга, появившийся в другом окне, сплюнул на тело водителя. — Денег за это не получишь.

— Давай быстро за нами! — бросил Филатов начальнику конвоя. — Через три километра будет щит лесничества, свернешь направо.

— Ясно, — ответил прапорщик и завел двигатель.

Фил с Мессером вернулись к своей машине.

Колонна двинулась. Впереди «Нива», оторвавшись метров на сто пятьдесят, следом тюремный фургон. А «девятка» замыкала конвой, отстав ровно настолько, чтобы не потерять «воронок» из виду.

— Пока вроде все нормально, — сказал Мессер.

— Не совсем, — возразил Фил. — Менты, видимо, почувствовали лажу, раз усилили охрану.

— Ничего. Главное — успеть доставить Пальца в город, пока не поднялся шухер и не перекрыли дороги.

«Нива», фургон и «девятка» свернули на грунтовку, засыпанную гравием, ведущую к лесничеству. Отъехали от дороги метров пятьсот и остановились на краю леса.

С другой стороны тянулись залитые водой поля, на которых то тут, то там виднелись островки молодой березово-осиновой поросли.

Прапорщик вылез из кабины и подошел к Филу:

— Хорошо бы рассчитаться до конца.

— Рассчитаемся. Доведи сначала дело до конца.

Прапорщик достал из кармана специальный ключ и пошел открывать дверь фургона. Вставил ключ в скважину, провернул. Простучал условный сигнал. Второй охранник открыл запор изнутри.

Фил заглянул в фургон. Один из сопровождающих лежал на полу лицом вниз. Из-под него растекалась красная маслянистая лужа.

— Открывай, — сказал Дуга.

Второй охранник выпустил из камеры одного из заключенных и снял с него наручники.

Пальченко растер затекшие запястья, выглянул наружу. Шумно вдохнул влажный воздух и подставил лицо под струи дождя. Увидел вооруженных братков. Машины.

— Охренеть! Какой эскорт! Только я без остальных никуда не пойду.

— Договор про тебя одного был, — сказал Мессер.

Палец усмехнулся:

— Ты, шестерка. Мне, вору, указывать будешь? Я сказал все. Если что не нравится, езжайте обратно к Моне, а я здесь останусь, ментов дожидаться.

Пальченко прекрасно понимал, что, окажись он один среди братков, с ним гораздо легче будет управиться.

Филу было о чем задуматься. У него был приказ доставить Пальца одного.

«Ладно, — решил он про себя. — Надо скорее убираться отсюда. А там посмотрим».

Из камер выпустили еще троих заключенных. Двое — типичные уголовники. На таких Фил немало насмотрелся, работая в ментовке. А третий — странная личность в этой компании. Молодой парень с испуганным до смерти лицом.

Рассмотреть его как следует Фил не успел. В это

время в фургоне вдруг замигала тревожная красная лампочка и заработал противный зуммер.

— Что это?! — всполошился Мессер.

Прапорщик, матерясь, подскочил к кабине, рванул ручку на себя, но дверь оказалась запертой изнутри. Подбежал с другой стороны. Тот же результат.

— Сука! Он тревожную сигнализацию включил!

— Кто?

— Водитель!

— Ты же убил его!

— Значит, не добил... — Прапорщик начал стучать в дверь. — Открой, сука!

В ответ изнутри раздался выстрел. Пуля прошила дверь насквозь и угодила прапорщику в плечо.

Тот крутанулся волчком. Упал на колени прямо в лужу, зажав ладонью фонтанирующую кровью рану, и заблажил дурным голосом:

— Ой! О-о... Убил, сука!

Мессер вскинул «ремингтон» и разрядил его в кабину. Брызгами разлетелось стекло.

Он выстрелил еще пару раз и только тогда осмелился, встав на подножку, заглянуть внутрь. Сержант, с торчащей из груди рукояткой ножа, лежал на полу кабины.

Обшивка кабины и сидений была посечена дробью и забрызгана кровью.

— Теперь точно готов.

— Что теперь будет? — второй охранник, склонившись над раненым прапорщиком, был перепуган до смерти. — Сигнал пошел на пульт оператора. Скоро сюда милиция и рота внутренних войск примчатся.

— Что будет, что будет... — проворчал Мессер. — Шашлык из тебя будет.

Он безжалостно разрядил оставшиеся в обойме

патроны. От второго охранника и прапорщика полетели кровавые клочья. Картечь изуродовала их до неузнаваемости. Тела забились в предсмертных судорогах, словно в пляске святого Витта, а потом затихли.

Струи дождя смывали кровь, и вокруг трупов быстро образовались алые лужи.

— Все по машинам! — скомандовал Фил, прервав повисшую тишину.

Все стояли и молча смотрели на покойников. Даже Дуга, видавший виды, обескураженно чесал в затылке.

— Оружие не забудьте забрать. В город нам теперь нельзя. Через посты проскочить уже не успеем.

Палец со своим адъютантом сели в машину к Филу и Мессеру. Двое других — в «Ниву» к Дуге и Телепузику.

Скоро они снова оказались на трассе.

— Начальник, — Палец каким-то внутренним чутьем разгадал в Филе бывшего милиционера, — у тебя есть план?

— Наркотиками не балуемся, — ответил за него Мессер.

— Дурак, я про то, как мы свои задницы спасать будем?

— А-а... — Мессер хохотнул. — Фил у нас голова. Он обязательно что-нибудь придумает.

— А я думал, у бандитов вместо головы жопа, — ехидно вставил пальцевская «шестерка».

— Заткнись, Удав! — оборвал его Палец, видя, что Мессер насупился и потянулся к своему дробовику.

Фил взял микрофон рации:

— Дуга, сворачиваем!

Притормозив на скользкой, раскисшей обочине, он направил машину на лесную дорогу.

Пробуксовывая и подпрыгивая на ухабах, «девятка», с риском застрять в глубоких лужах, медленно, но верно пробиралась по проселку. «Ниве», идущей следом, было попроще, тем более что Дуга классный водила.

Скоро проселок пересек просеку, узкую полосу молодых лесопосадок и вышел на открытое место. Впереди показалась небольшая, дворов в тридцать, деревушка, а на пригорке чуть в стороне большое двухэтажное здание с крытой шифером двускатной крышей.

Но Фил повернул в сторону, не доезжая до деревни. Еще с полкилометра по почти непроходимой дороге, и перед ними открылся хутор, стоящий среди березняка.

Рядом длинный приземистый коровник. Загон для скота, огороженный жердями. Недостроенный сруб дома и сараи.

Фил остановил машину у крыльца и посигналил.

Появился хозяин. Человек лет пятидесяти, в высоких резиновых сапогах и длинном, почти до земли, дождевике. Он махнул рукой, указывая на самый большой сарай. Сквозь шум дождя его голос был едва слышен:

— Туда! Туда...

Он побежал вперед и стал открывать ворота.

Бандиты загнали машины под крышу.

Там уже стоял старенький, сто раз латанный «ГАЗ-53» с выкрашенной желтой краской цистерной. Корявая надпись на ней гласила «Молоко».

— Сергей Геннадьевич, — хозяин хутора-фермы заискивающе семенит к Филу. — А я уже думал, что вы не приедете. Погода-то какая, настоящий потоп.

— Игра состоится при любой погоде. Машина готова?

— Не совсем. Молока не хватает. Придется ждать вечерней дойки.

— Это не есть хорошо, Крохин. Хотя, с другой стороны, может быть, утром спокойней проедем.

Дуга с любопытством осматривает цистерну, разделенную внутри на две части. Под днищем машины устроен люк, через который можно попасть в тайник.

— Ну мент, ну хитрожопый...

Палец отвел Фила в сторону и тихо спросил:

— Не сдаст? — он имел в виду хозяина фермы. — Рожа мне его не нравится.

— Рожи у нас у всех хороши. У него сын сейчас в КПЗ суда дожидается. Получит года два, за хулиганство. Если я звякну куда следует, то он загремит, как минимум, на десятку, а батя его всего имущества лишится. Он с компанией на этой машине ворованное вывозил. Несколько лет с приятелями квартирными кражами занимался. Ферма эта вся на ворованном добре построена.

— Ясно. А ты и вправду ментом был?

— Был.

— А с бандитами теперь чего?

— Воры к себе не позвали. В машине одежда для тебя. Извини, но взяли только один комплект, не знали, что прицеп с собой потащишь.

Пальченко достает пакет со шмотками. Примеряет. Все оказывается слишком маленького размера.

— Дерьмо! — Палец бросает одежду на землю. — Кто это подбирал?

Фил бросил косой взгляд на Мессера.

Тот оправдывается:

— А чего я? Палец! Я и думал, что он маленький, навроде Мальчика-с-пальчика, вот и прозвали так.

ГЛАВА 21

В доме, кроме хозяина с женой, невзрачной худощавой женщиной, был еще их младший сын, парнишка лет пятнадцати.

Фил спрашивает:

— Крохин, еще на ферме есть кто?

— Семья молдаван у меня работает. Они при коровнике живут. И по-русски почти не говорят.

— Скажи жене, чтобы поесть нам приготовила.

Бандиты и воры сразу разделились на две группы и расположились в доме каждый своей компанией. Только Фил с Пальцем, как парламентеры, сидели за столом друг против друга.

Вдруг хозяин, стоявший у окна, всполошился. Своей нервозной реакцией он привлек внимание Мессера. Тот выглянул наружу и бросил тревожный взгляд на Фила:

— Атас. Менты...

Фил подошел к нему и тоже увидел, что к ферме с включенными фарами подъехал желтый, как канарейка, милицейский «уазик».

— Засыпались, сука... — заканючил Колтунов.

— Заткни хлебальник, — резко бросил ему Дуга.

Он побежал в соседнюю комнату, приволок упирающегося хозяйского сына и приставил к его голове ствол своего короткого автомата.

— Башку пацану разнесу, понял?

Фермер побледнел смертельно, затрясся, но сумел взять себя в руки:

— Это участковый наш... Да водитель его. Я выйду? Узнаю, что им нужно.

— Давай, — сказал Палец. — Но гляди...

— Ничего... Я сейчас.

Хозяин накинул на голову дождевик и выскочил из дому. Он побежал к «уазику». Милиционеры, видимо, не хотели выходить из машины на дождь, и ждали, пока хозяин сам к ним подойдет.

Разговаривали они минут пять. Все это время бандиты держали оружие наготове.

— Все, уезжают, — сказал Фил Дуге. — Отпусти пацана, а то он тебе на штаны обмочился.

Дуга купился. Посмотрел испуганно вниз. Все рассмеялись. Обстановка стала не такой накаленной.

Вернулся хозяин.

Фил спросил его:

— Чего приезжали?

— Участковый хутора и деревни объезжает. Предупреждает всех, что на водохранилище аварийный сброс воды был. Чтобы дамбу не размыло. Поля кругом уже залило. Они сюда еле проехали.

— Офигеть, — Мессер чешет в затылке. — Фил, у тебя нет корабля в заначке?

— Про нас говорили что-нибудь? — спрашивает Пальченко.

— Впрямую нет. Спрашивал просто: не заходил ли на хутор кто чужой?

— Ну и?

— Я сказал, что никого не видел. А он говорит, чтобы я, если что, сразу позвонил им.

Филу не очень понятна ситуация. Почему милиция так пассивна, после того как в тюремной машине осталось четыре трупа. Неужели ситуация с наводнением настолько серьезна, что поиски беглых преступников отошли на второй план!?

— Откуда позвонил? У тебя что, телефон есть? — спрашивает он фермера.

— Не... Здесь только один телефон на всю округу. В интернате.

— Что за интернат?

— Да вы видели, наверное, когда ко мне ехали.

Двухэтажный такой. Там детишки больные всякие. Инвалиды. Недоразвитые. Я им продукты вожу и молоко.

— А для нас у тебя молока не найдется? — спросил Забуга.

— И самогонка тоже есть, — с готовностью подтверждает хозяин.

— Самогонки не надо. А вот по молочку я точно соскучился, — усмехнулся Пальченко. — Давай неси.

— И самогонку не забудь! — бросает вдогонку Мессер. — У меня от молока расстройство желудка. С детства привык к кумысу, а коровье не переношу просто.

ГЛАВА 22

Ночью все были разбужены громким мычанием коров. Заходились в стойлах, будто их режут, так что даже в доме было слышно.

Потом в дверь начали громко стучать молдаване, прибежавшие с фермы. В их криках и безумном лопотании только и можно было понять два слова:

— Вода! Много! Вода!

Вслед за хозяином Фил выскочил на крыльцо, поскользнулся и чуть не упал прямо в воду, вплотную подступившую к фундаменту дома.

Крохин посветил вокруг большим аккумуляторным фонарем, увидел, что наводнение залило все вокруг, и воскликнул в испуге:

— Коровы! Они утонут.

Вместе с молдаванами он помчался по колено в воде к коровнику спасать животных, забыв о существовании опасных гостей.

— Что делать будем, начальник? — Пальченко кивнул на прибывающую воду.

Уровень ее увеличивался прямо на глазах. Пока бандиты, сгрудившись, стояли под навесом, она залила уже нижнюю ступеньку лестницы.

— Убираться отсюда нужно! — мрачно проворчал Дуга. — Пока не утопли здесь, как котята.

— Куда? — задался вопросом высунувшийся из двери Удав.

«Действительно, куда?» — подумал Фил.

— Машины придется бросить, — сказал он. — Будем пешком уходить.

«Можно попробовать, конечно, отсидеться на чердаке дома, если вода подымется еще выше», — мелькнула в его голове паникерская мысль.

— А может, пронесет? — с надеждой сказал Мессер. — Если что, на крышу залезем. Не подымется же настолько вода?

Фил поспешил огорчить его:

— Здесь низина. Если дамбу прорвало, то дом весь уйдет под воду. Нужно, пока не поздно, идти в деревню. Там возвышенность. И может, лодки удастся раздобыть.

На том и порешили.

Быстро собрались. Чертыхаясь, где по колено, а где по пояс, пошли в холодной, почти ледяной воде к дороге. Там еще можно было пройти. Вода только подступила к насыпи, но лес вокруг уже полностью был залит.

На их счастье, дождь утих, и на небе появилась луна. В ее мертвенно-бледном свете пейзаж вокруг казался совершенно нереальным.

Фил совсем не узнавал места, которые видел днем. Все настолько переменилось.

Хозяйственный Дуга прихватил с собой с фермы большую пятилитровую бутыль самогона. По очереди из горлышка бандиты пили вонючую об-

Кириллица

жигающую горло жидкость. Это немного согревает и придает силы.

— Знал бы такое дело, я сегодня лучше бы в следственном изоляторе переночевал, — мрачно шутит Палец.

— А я плавать не умею, — признался молчавший до этого странный парень, которого Пальченко прихватил с собой в побег.

Фил так привык к его молчанию, что даже стал забывать о существовании этого, совсем не вписывающегося в компанию, зэка.

— Не дрейфь, Сашок, — успокаивает парня Пальченко. — Прорвемся.

— На хрена мы его вообще с собой потащили? — ворчит Колтунов. — Обуза.

— Не трогай художника. Он среди нас всех, может, и есть единственный человек.

Дуге это не нравится:

— А мы что, по-твоему, головки от снаряда? Не, я, в натуре, не пойму, чем сраный вор лучше меня?

Начинается дискуссия по поводу того, чем вор отличается от бандита-беспредельщика. Упоминаются все интимные части человеческого тела и родители присутствующих.

Фил почувствовал, что спор может закончиться кровавыми разборками, и вмешивается:

— Давайте быстрее. Пока дорогу не залило! — торопит он свою гоп-компанию.

Дальше они передвигаются бегом. Дорога слякотная. Одежда мокрая насквозь. Снова становится холодно, и это обстоятельство не располагает к разговорам.

Последние метров триста дороги перед деревней проходят в низине. Приходится снова лезть в воду. В самом глубоком месте она доходит почти до груди. Оружие бандиты держат над собой на вытянутых руках.

Наконец они выбираются на пригорок, где стоит двухэтажное здание интерната. Первый его этаж построен из белого силикатного кирпича, второй — деревянный.

Дом большой. В плане напоминает букву «н».

Отсюда видно, что почти вся деревня уже затоплена.

Многие дома скрылись в воде по самые окна. Электрического света нет. Видимо, где-то повреждена линия электропередачи. Но на сухих еще местах и даже на железных крышах домов горят костры. Люди суетятся. Спасают свое добро. Слышен визг свиней. Надрывный рев коров.

Только дальний край деревни, который, как и интернат, расположен на пригорке, еще не тронут наводнением.

— Все. Дальше идти нет смысла. Здесь самое высокое место, — решает Фил. — До утра продержимся. Пока вода не спадет, и менты сюда не сунутся. А там что-нибудь придумаем.

В здании интерната тоже царит суета.

Видно, как в темных окнах мелькают отблески света фонарей и зажженных свечей. На высоком каменном крыльце стоит высокая полная женщина и тревожно смотрит на подступающую вплотную воду.

Наконец она замечает приближающихся бандитов. Вид вооруженных людей приводит ее в смущение. Она робко спрашивает:

— Вы из МЧС?

— Точно, тетка, — Дуга грубо хватает ее за руку. — Докладывай обстановку. Сколько вас здесь всего?

— Нет. Вы не спасатели...

— Догадливая. Партизаны мы. С войны тут плутаем.

— Придержи своих псов! — говорит Филу Пальченко. — Ни к чему нам такой шум.

Он подходит к женщине. Отталкивает в сторону Дугу.

— Не беспокойся, любезная. Нам только наводнение переждать. И мы сразу уйдем. Кто ты здесь?

— Заведующая... — Женщина наконец понимает, что перед ней бандиты. — Только детей не трогайте!

— Никого мы не тронем. Это я тебе отвечаю.

— Телефон у вас есть? — спрашивает Фил.

— Да... Только он с вечера не работает. Как участковый уехал, так и отключился сразу.

— А где он сейчас? Участковый?

— Он в район должен был поехать. Помощи просить. Только добрался ли...

— Слушай, Фил, — говорит Мессер. — А может, звякнем Черномору по мобиле? Он нас в это дело втравил. Пусть теперь и вытаскивает.

— А если он у ментов на прослушке? Ты такой вариант не допускаешь? Тогда мы здесь, как в мышеловке, окажемся. Самим нужно выбираться.

В этот момент входная дверь неожиданно открывается и на крыльцо выходит мужчина. В темноте он, видимо, не сразу рассмотрел появившихся людей и неправильно оценивает обстановку.

— Галина Дмитриевна, — обращается он к заведующей. — Что у вас здесь происходит? Что за люди?

Лица его Фил не видит.

Но голос не спутает ни с каким другим.

«Это Ходарев, черт возьми, собственной персоной! — Фил едва сдерживается от возгласа удивле-

Вадим **Цыганок**

ния и досады. — У Эксгуматора просто талант впутываться в разные неприятности».

Мессер делает шаг вперед и хватает Ходарева за воротник куртки:

— Стоять! — он тыкает стволом дробовика Ходареву в живот. — Кажись, я тебя знаю...

ГЛАВА 23

Женька не хотел ехать в деревню, и Ходарев прекрасно его понимал. Он уговаривал пацана как мог:

— Ладно, побудешь у бабушки с полгода. А потом, когда маленький подрастет немного...

— Я все понимаю, — грустно отвечал рассудительный Женька. — У вас теперь будет другой ребенок. Нормальный. Не то что я — калека.

— Глупости говоришь!

— Вовсе не глупости. Я ведь знаю, что у тебя ничего не получилось. — Он имел в виду попытки Ходарева отправить его на лечение в Германию. — Теперь я вам только мешать буду.

Можно было приводить любые доводы. Но, по большому счету, это правда. И Ходарев испытывал чувство вины по отношению к своему маленькому тезке.

Его будущая теща работала поварихой в интернате. У нее был свой не очень большой, но просторный дом-пятистенок. Она всю жизнь провела среди детей, имевших различные физические и умственные отклонения, и забота о внуке-инвалиде не пугала ее. Считала, что для дочки действительно так будет лучше. Именно она и предложила Лере забрать к себе Женьку.

Задерживаться в деревне надолго Ходарев не собирался. Утром второго дня должен был уехать обратно.

Но ночью его растолкала теща:

— Вставай, Евгений. Беда!

— Что случилось?

— Наводнение, кажется. Соседка прибежала. Вода уже к их дому подступила. Говорит, еще вечером участковый приезжал, сказал, что дамбу может размыть. У нас уже было так лет двадцать назад, во время паводка. Тогда нашу хату чуть не унесло!

— И куда мы ночью?

— Бери Женьку, и пойдем в интернат. Там отсидимся. Дом специально на бугре строили, чтобы весной не заливало. У меня там комнатка есть. Я иногда ночевать остаюсь.

В интернате уже никто не спал. Детей одели и собрали всех в небольшом актовом зале.

Телефон не работал. Света не было.

Вода прибывала прямо на глазах и часам к четырем ночи подошла вплотную к зданию интерната. Цоколь здания шел с уклоном, и дальний, нижний угол подвала уже был залит.

— Всякое было, — сказала одна из воспитательниц, — но такого не помню.

Ходарев отнес Женьку в тещину каморку, расположенную в чердачном помещении, посадил на диван:

— Ничего не бойся. Дом высокий. Какая бы вода ни была, до второго этажа точно не дойдет.

Женька храбрился, хотя было видно, что ему не по себе:

— Я и не боюсь.

— Ну и молодец, — сказал Ходарев.

— Жень!

— Что, «Жень»?

— Не оставляй меня здесь. Я лучше на балконе

Вадим **Цыганок**

целый день сидеть буду, чтобы вам не мешать, но только, чтоб с вами. Ладно?

Ходарев отвернулся, не зная, что ответить.

— Давай мы это утром обсудим.

— Хорошо...

Он спустился вниз. Решил выйти на улицу. У двери остановился. На крыльце что-то происходило. Заведующая разговаривала с какими-то людьми. И голоса у них не были дружелюбными.

Ходарев взялся за дверную ручку. Шагнул на крыльцо и лицом к лицу столкнулся с каким-то человеком. Тот схватил его за воротник куртки и с силой вдавил ему в живот ствол помпового ружья.

— Стоять! Кажись, я тебя знаю.

От чужака сильно несло перегаром. Рядом стояли еще несколько вооруженных людей. У некоторых были укороченные автоматы Калашникова. Но они, судя по одежде, не были милиционерами.

— Точно! — вспомнил тот, что держал его. — Это ты, придурок, меня чуть без яиц не оставил?

Теперь и Ходарев узнал Мессера. Потом он заметил и стоявшего с бандитами Филатова.

— Фил!

— Эксгуматор, мать твою! Ты чего здесь?

Вместо ответа Ходарев вывернулся из захвата, перехватил ствол дробовика, направив его в сторону, и коленом, со всей силы, врезал Мессеру между ног.

— Сука!

Мессер согнулся пополам и выронил ружье.

Ходарев толкнул его на надвигающегося Дугу. Оба, потеряв равновесие, упали с крыльца и увлекли за собой стоящих рядом Фила и Пальченко.

Заведующая интернатом испуганно вскрикнула.

Телепузик вскинул автомат, но Удав, опасаясь, что тот может попасть в пахана, ударил его по руке, и очередь ушла вверх, раскрошив навес над крыльцом, крытый шифером.

Ходарев, воспользовавшись замешательством, нырнул обратно в дверь и побежал по темному интернату. Он сам плохо знал расположение коридоров и помещений здания, поэтому наугад свернул в первый попавшийся проход и оказался в тупике.

Послышались голоса и шаги. Его преследовали.

— Где эта сука! — разорялся Мессер. — Второй раз дал мне по яйцам. Не прощу!

Нащупав в темноте какую-то небольшую дверь, Ходарев шагнул в черноту, потерял опору под ногой и с грохотом рухнул вниз, в подвал.

— Он там! — послышался крик.

— Давай фонарь, посвети!

— Ходарев, это я. Фил. Брось дурить. Выходи, и давай поговорим по-нормальному.

— Да куда он денется из подводной лодки!

Приволакивая ушибленную ногу, Ходарев, натыкаясь на стены и низкие перекрытия, пробирался в глубь подвала. Позади мелькнул луч фонаря.

— Вон он!

Грохот дробовика заполнил все вокруг. Дробь с зубовным скрежетом впилась в стену рядом с Ходаревым. Осколки штукатурки отлетели ему в лицо.

— Да не стреляйте вы, черт возьми! — снова послышался голос Фила.

— Эта тварь нас сдаст с потрохами! — орал Дуга. — Он знает Мессера и тебя. Я не успокоюсь, пока не забью этой скотине рот свинцом.

Бандит подтвердил свои слова действием. Автоматная очередь выбила фонтан земли под ногами Ходарева, придав ему прыти.

Часть подвала оказалась уже залита. По колено в воде Ходарев пробрался к дальней стене, где было небольшое застекленное окошко. Локтем выбил стекло. И, рискуя порезаться торчащими из рамы осколками, стал протискиваться наружу. С трудом, но это ему удалось.

Он вывалился на улицу и сразу с головой окунулся в холодную воду.

Встал на ноги. Отплевался. Вода доходила ему почти до пояса. Назад ходу не было. Пришлось продвигаться вперед, и через несколько шагов, потеряв под ногами твердое дно, он поплыл.

Сзади послышались выстрелы. Вода вокруг вспенилась. Его обстреливали из окошка, откуда он только что выбрался.

— Свети туда! Он там, — кричал кто-то. — Я его вижу!

Рядом, разрезав темноту, мелькнул луч фонаря.

Набрав воздух в легкие, Ходарев нырнул и поплыл вперед под водой, пока не начало мутиться в голове. Вынырнул на поверхность. Кажется, его больше не видели. Бандиты палили наугад куда-то в сторону.

Из темноты на него надвинулась большая тень. Это плыл по воде сруб недостроенной бани.

Ходарев подгреб к нему и, подтянувшись на руках, забрался на этот плавающий остров. Только теперь он почувствовал, что едва жив от холода.

ГЛАВА 24

Всего в интернате было человек двенадцать обслуживающего персонала и около пятидесяти детей. Все они были неполноценными. У многих не хватало конечностей. У некоторых — сразу обеих ног или рук.

— Недоделанные все, — поморщился Дуга.

Всех обитателей этой богадельни бандиты собрали вместе в актовом зале, самом большом помещении в интернате.

Филатову пришлось толкнуть речь:

— Вам нечего бояться. Взрослые, успокойте детей и выполняйте все наши указания. Мы хотим скорее убраться отсюда и сделаем это, как только появится возможность.

— Как я понимаю, — сказала заведующая, — все мы теперь заложники. Верно?

— Не совсем. Скорее, мы сами заложники ситуации.

— Фил, — перебил Дуга, — кончай финтить, твои интеллигентские заморочки до хорошего не доведут. Короче! Вякнет кто или рыпаться будет, замочу!

Бандиты расположились в кабинете заведующей, напротив актового зала.

— Что там с этим вашим знакомым? — спросил Пальченко.

— Все нормально, — уверенно сказал Дуга. — Я сам видел, как он под воду ушел. Я дал очередь из автомата. Он и притонул. Больше не всплывал.

— Точно, — подтвердил Удав. — Рыб пошел кормить.

— Какие рыбы? Это вам река, что ли?

— Какая разница, что дерет, что дразнится? — вставил Колтунов. — Все одно — утоп.

«Что-то мне с трудом верится, — Фил сморщился, как от зубной боли. — Они просто не знают Эксгуматора, отсюда и этот дурацкий энтузиазм».

Кстати, откуда он здесь взялся?

Филатов начинает припоминать, что ему говорила Лера. Значит, и Женька должен быть где-то здесь.

«Совсем весело. Судьба-индейка. Играет человеком, а человек играет на трубе».

Среди остальных детей Женьку он не видел. Но вовсе не обязательно видеть, достаточно знать. Женька наверняка где-то в интернате.

— Куда ты, начальник? — спрашивает Пальченко, видя, что Фил собрался выйти из комнаты.

— Пойду посмотрю... Не сидится на месте.

В конце коридора, у лестницы на второй этаж, торчит Мессер. Он бросает на Фила равнодушный взгляд, и тот поднимается наверх.

Здесь спальни детей и учебный класс. Медицинский кабинет. Еще несколько каких-то комнат, видимо, хозяйственного назначения. Филатов заглядывает во все углы, даже под кровати и шкафы. Никого нет.

— Ты чего здесь шаришь? — сзади почти неслышно возникает Пальченко.

— Так. Смотрю.

— Не здесь искать нужно.

— Что искать?

Палец хитро щурится:

— Не что, а кого.

У Фила нехорошее предчувствие:

— Ну и кого?

— Девочку или мальчика. Точно не знаю. Так ведь?

Пальченко доволен произведенным эффектом:

— Нам с тобой, начальник, давно поговорить надо.

— О чем?

— Да про все. Я старый вор и прекрасно знаю, что бывших ментов не бывает. Это ты бандюкам мозги крутить можешь, а меня не проведешь. У тебя свой интерес. Ты за себя играешь. Не поверю, чтобы ты вот так просто Моне меня притащил. И сдал, как барана.

— А про ребенка откуда знаешь?

Пальченко закуривает и держит театральную паузу. Наконец говорит:

— Вычислил. Думаешь, один ты такой умный? Ныряльщика этого ты и стрелок твой, видно, давно знаете. Значит, не местный он. А что тут делает? Видимо, ребенок у него здесь. Я же сразу усек, как ты глазами по детям шарил, словно искал кого-то. Думаю, на чердаке он прячется.

— Вряд ли. У него ноги больные, не ходят.

— А батя у него очень уж шустрый. Так что давай на чердаке посмотрим.

Пальченко первый пошел к чердачной лестнице. Стал подниматься наверх.

С минуту Фил находился в раздумье. Мелькнула шальная мысль — дать Пальцу по башке. Сбросить в воду. А самому, прихватив Женьку, попробовать отсюда выбраться.

«И гори все синим пламенем».

Потом полез следом.

Чердак разделен на две части. Одна, дальняя, как и положено, завалена старым хламом. Балки и стропила обвешаны мохнатыми от пыли нитками паутины.

А прямо при входе на чердак отгорожено еще одно хозяйственное помещение, вроде каптерки. Наверное, здесь живет кто-то из обслуживающего персонала. В комнатушке стоит диван. Платяной шкаф.

— В шкафу погляди, — подсказывает Пальченко.

«Вот, блин, привязался».

Филатов открывает створку.

— Ой...

Женька сидит, поджав под себя непослушные ему ноги, и испуганно смотрит на незнакомцев.

Фил светит фонариком себе на лицо. Мальчишка узнает его и радостно лепечет:

— Дядя Сережа! Это вы? А Женя где?

— Придет скоро, — успокаивает его Филатов. — Ты чего здесь прячешься?

— Так стреляли! Бабушка прибежала, сказала, что бандиты пришли. Меня в шкаф засунула. Говорит, чтобы не вылезал. А вы с милицией?

Фил оборачивается. Пальченко смотрит на него и ждет, что тот скажет.

— Понимаешь, Женька, не совсем. Но тебе ничего не грозит. Я обещаю.

— А, понял. Вы как разведчик. Вроде и с бандитами, а на самом деле против них.

— Точно. Ты посиди здесь пока. Я потом тебе поесть что-нибудь принесу.

Вместе с Пальченко Фил выходит на чердак.

— Пора поговорить, разведчик? — Палец вроде спрашивает, но уклониться от ответа на этот вопрос нет никакой возможности.

Филатов тоже закуривает. Присаживается на загаженную птицами балку.

— Пора.

Несколько минут он излагает ему свою версию событий. Рассказывает, как Моня расправился с Гапоном. Все, что знал о воровском сходе, на котором Пальца решили лишить перстня и контроля над «общаком».

— Если ты попадешь к Моне и он узнает, где скрывается кассир, то ты не жилец. Никто из моих людей не знает, почему тебя нужно было вытащить из зоны. О деньгах знаю только я, но не от Мони и ни от кого из его людей.

— А откуда?

— Это я тебя взял тогда с «палевом» в машине. Я был в маске. Ты меня не мог узнать. Наркотик тебе люди Мони подкинули. Они были в твоей охране.

Палец молча переваривает полученную информацию. Потом как бы сам себя спрашивает:

— И за какой хрен я должен тебе верить?

— Выбор у тебя все равно небольшой. Уйти отсюда мы можем только вдвоем. У меня есть надежная квартира и каналы переброски в Польшу, — продолжает Фил. — Или сдай меня. Дуга с удовольствием пристрелит бывшего мента. А потом притаранит тебя к Моне, где ты с паяльником в жопе, как Гапон, расскажешь все, даже чего не знаешь.

— Зачем ты это делаешь? — спрашивает Пальченко. — Если Моня найдет тебя...

— Разве не понятно?

— Деньги?

Филатов кивает головой:

— Очень много денег. Столько, чтобы я мог убраться подальше из этой гребаной страны.

— А пацан?

— Пока мы здесь, он наша гарантия. Его папаша служил в спецназе, и я не верю, что он мог просто так утонуть. Он обязательно вернется.

ГЛАВА 25

Сруб, на котором висел продрогший до костей Ходарев, прибило течением и ветром к полузатопленному дому посреди деревни.

На крышу из люка, сделанного в кровле, тотчас выскочил, как чертик из табакерки, плюгавенький мужичок в телогрейке и багром стал подталкивать сруб, чтобы он заплыл к нему во двор.

— Хоть какой-то прибыток! — приговаривал он деловито. — И так столько добра пропало .

Потом он заметил Ходарева, вцепившегося мертвой хваткой в свой плот.

— Твой, что ли? — в голосе у мужика было такое разочарование и обида, будто сруб этот, нажитый непосильным трудом, у него уже отняли.

— Нет, не мой.

С трудом шевеля окоченевшими руками и ногами, Ходарев перебирается на крышу.

— У тебя согреться можно? — спрашивает он у хозяина.

Тот, продолжая возиться со срубом, отвечает:

— Полезай в люк. Там у меня печь-буржуйка.

На чердаке затопленного дома, словно в Ноевом ковчеге. От наводнения спасалась не только семья хозяина: женщина средних лет, другая помоложе, видимо, дочка или невестка, и пара детей-подростков, но и вся хозяйская живность — большая свинья-матка с выводком поросят, несколько овец и даже неизвестно как затащенная сюда корова.

Ходарева пустили к печке. Дали ему напиться кипятку. Понемногу он стал согреваться. Вернулся мужик и кинул ему ватник:

— Держи, это тебе за сруб.

Но как только Ходарев пришел в себя, в голове его сразу заворошились тревожные мысли. В интернате бандиты. А там дети и женщины. И самое главное — Женька. Не дай бог, Фил найдет его в каморке на чердаке!

Он огляделся вокруг, ища глазами что-нибудь пригодное в качестве оружия.

Спросил:

— Хозяин, у тебя ружья случайно нет?

Мужик испуганно уставился на него:

— Не-е...

Наконец взгляд зацепился за подходящий предмет. Ходарев подошел к стропилу, в которое был воткнут старый проржавевший серп. Выдернул его.

— Нужен?

Хозяин икнул и замотал головой, как параноик.

— А ты че, паря, грабитель?

Женщины испуганно взвизгнули и прижали к себе детей.

— Нет. Мститель народный. Лодка есть?

— Откуда? Без надобности. У нас летом речку курица вброд переходит.

— А это что там у тебя стоит? — Ходарев увидел в дальнем углу чердака какой-то сбитый из светлых струганых досок короб. — Для чего?

— Так это гроб! Для тещи готовил.

— А теща где теперь?

— Утонула, — мужик богобоязненно перекрестился. — Царствие ей небесное.

— Счастливый...

Ходарев, перешагивая через сгрудившихся овец, пролез к гробу и вытащил его на свободное место. Теща у мужика, судя по домовине, была женщина крупная. Доски были ладно пригнаны друг к другу, и гроб, при желании, вполне мог послужить одноместной лодкой.

— Забираю.

Мужик попытался возражать, но Ходарев пригрозил:

— Гляди, скажу участковому, что ты сруб чужой притырил! Возвращать придется. А ведь жалко?

— Ладно. Бери...

Подобрав обломок доски, который можно было использовать вместо весла, Ходарев спустил гроб на воду и попробовал сесть в него.

Лодка из него получилась неустойчивая и плохо управляемая, но лучшего все равно ничего нет. Хорошо, дождь прекратился, а то в такой посудине можно быстро пойти ко дну.

Лавируя между кронами деревьев и плавающими вокруг заборами, дровами, копенками сена, Ходарев греб в сторону интерната.

Близился рассвет. Небо начало сереть, и нужно было торопиться.

Он подплыл с задней стороны здания, где почти вплотную к стенам подходили заросли густых кустарников. Вылез из своего импровизированного челна. Загнал гроб в кусты, так чтобы его не было видно из окон интерната. И по колено в воде, стараясь не плескать громко, пошел вдоль стены к окнам кухни, светившимся неровным светом керосиновых ламп.

Осторожно заглянул внутрь.

В кухне были две женщины. Теща Ходарева, Татьяна Леонтьевна, работавшая в интернате поварихой, и ее молодая помощница, деревенская девка Аглая.

Они топили большую, покрытую чугунной плитой грубу — печку с маленькой топкой, предназначенной для приготовления еды на плите, с вмурованным в нее водогрейным котлом. Поварихи вдвоем взяли большую кастрюлю, наполненную водой, и поставили ее на огонь.

Ходарев протянул было руку, чтобы осторожно постучать в стекло, но в этот момент в кухню вошел вооруженный автоматом бандит. Он быстро направился к окну, и Ходарев едва успел отпрянуть в сторону.

К окну прильнуло лицо: худощавое, со впалыми щеками и давно не бритым подбородком.

Бандит внимательно вгляделся в темноту, но ничего подозрительного не увидел.

ГЛАВА 26

Забуга по-хозяйски прошелся по кухне. Заглянул во все шкафчики.

В щелях между половицами проступала вода. Доски пружинили под ногами, и при каждом шаге слышалось противное хлюпанье.

Он поковырялся в стоящих на полках банках и пакетах.

— Всякое дерьмо...

Нашел чистое льняное полотенце. Разорвал его вдоль, так что получилась широкая матерчатая полоса. Закатал штанину и перебинтовал начавшую гноиться глубокую царапину на ноге.

Поварихи молча, но с нескрываемой неприязнью посматривали на него и продолжали заниматься своим делом.

— Чего готовим? — поинтересовался Удав и сунул нос в котел с закипающей водой.

— Кашу детям на завтрак варить будем, — ответила старая повариха.

— Кашу? Пищу нашу... А чего посолидней для нашего брата найдется?

— Чего еще?

— Ну, мяса там. Или сала. Колбасы можно, на худой конец, — сказал Удав.

— Это вас в тюрьме, наверное, колбасой кормят, — проворчала старая повариха. — А нашим детям и каши едва хватает. Все такие, как ты, сожрали.

— Не груби, тетка.

— А я чего? Я молчу...

— Ты скворечню не закрываешь, а вот подружка твоя точно молчунья.

Забуга подошел сзади к Аглае и смачно приложил свою ладонь к ее большой круглой заднице.

Девка взбрыкнула. Раскраснелась вся так, что стало видно даже при свете керосинок.

— Ты че? Как кобылка на недоуздке! — Забуга почувствовал, как от прикосновения к женскому телу у него мурашки по коже пошли. — Давай повеселимся, чува. Один раз живем. Может, рассвета видать не суждено.

— А ну, кобель! — вступилась за онемевшую от страха Аглаю Татьяна Леонтьевна. — Отстань от девки, а то...

Забуга растопырил пальцы и угрожающе замахнулся на старую женщину:

— Чего «то»?

Повариха схватила черпак на длинной деревянной ручке и окунула его в котел.

— Будешь приставать, кипятком ошпарю!

— Ладно, ладно!

Удав выставил руки вперед и вроде как отступил.

Повариха отвернулась, а вор тут же бросился к ней. Схватил поперек необъятных размеров груди, еле рук хватило. Затолкал упирающуюся Татьяну Леонтьевну в кладовку и запер дверь на защелку. Та попыталась бить кулаком в дверь изнутри, но Забуга пригрозил ей:

— А ну затихни, коза старая. А то как шмальну из автомата!

И снова к Аглае:

— Давай, цыпа, не ерепенься, — глаза его масляно заблестели. — Я покажу тебе настоящую любовь. У меня почти два года бабы не было. Я как давно заряженная пушка. Того и гляди, ствол разорвет на хрен.

Девка, широко раскрыв от ужаса глаза и прижав

ладони к норовящей выскочить из кофточки груди, отступала к дальней стене.

Забуга снял с плеча автомат и положил его на стул. А сам стал расстегивать штаны.

— Не надо, дяденька... — просила Аглая срывающимся от ужаса голосом.

— Ты ж пойми меня, — уговаривал ее Забуга. — Я же не шпана там какая-нибудь. Я вор. Нам силой баб брать нельзя. Западло. Только по обоюдному согласию. Ты кивни головой или еще как дать знай. Ты же телка знатная. Вон сиськи какие. Потискать и сдохнуть на хрен.

Удав прижал Аглаю, которой некуда было дальше отступать, и повалил ее спиной на разделочный стол. Силой отвел ее руки в сторону и стал расстегивать кофточку.

Приговаривал, облизывая пересохшие губы:

— Ну давай, киска. Давай. Я начну, а ты потом сама захочешь. Еще и добавки просить будешь... Вот увидишь, тебе понравится.

— Мамочка родная... — в ужасе прошептала Аглая и лишилась чувств.

— Ну вот, блин, — голос Удава дрожал от возбуждения. — Не сопротивляешься, значит, согласная.

Он торопливо задрал девке подол и стал стаскивать с нее теплые байковые рейтузы.

— Деревня.

Сжал с силой белые, как молоко, груди.

— Пышечка ты моя!

Но войти в Аглаю Забуга не успел.

Сзади послышался звон битого стекла. Вор испуганно обернулся и увидел в окне какого-то человека.

Ходарева, которого считали утонувшим, он не узнал, но сразу понял, что хорошего ждать от незнакомца не приходится. Бросился к автомату. Запутался в спущенных штанах. Грохнулся на пол.

Снова вскочил. Краем глаза успел заметить, как человек взмахнул рукой, словно бросал камень. В последний момент успел увидеть, как что-то мелькнуло перед лицом.

Резкая, раздирающая боль пронзила череп. Удав хотел закричать, но горло словно перекрыл жесткий, колючий ком. Он руками схватился за торчащую из правого глаза железку. Упал навзничь и умер.

Ходарев нащупал рукой защелку, открыл оконную раму и влез в кухню. Подошел к убитому бандиту. Посмотрел на торчащий в его черепе ржавый серп:

— Заражение крови, наверное... Надо было делать прививки от столбняка.

Взял со стула автомат Калашникова. Передернул затвор и поставил его на предохранитель. Потом открыл дверь кладовки и выпустил тещу.

Та, увидав Ходарева, охнула. Припала к его груди. Увидала мертвого бандита. Сплюнула и перекрестилась. Одернула подол у все еще не пришедшей в себя Аглаи.

— Спортил-таки девку, лиходей.

— Не успел, — успокоил ее Ходарев. — Женька где?

— Я его в шкаф спрятала. А остальных детей убивцы эти в зале ахтовом держат.

— Вы, Татьяна Леонтьевна, не говорите никому, что я здесь. Ладно?

— Ясно. А этот? — она кивнула на труп.

— А мусор я за собой уберу.

Ходарев взял Забугу за ноги и поволок безжизненное тело к окну.

ГЛАВА 27

— Куда, блин, Удав делся? — Колтунов посмотрел на розданные карты, которые бесцельно лежали на столе и ждали хозяина. — Сказал, на минуту, а сам провалился где-то. Обосрался, что ли?

— Он на кухню поперся, чего съестного поискать, — сказал Дуга. — Жрет там, наверное, втихаря.

Колтунов выматерился от души:

— А ну, художник, сходи Удава посмотри!

Ребров молча встал и вышел из комнаты.

— А чего у него кликуха такая? — поинтересовался Дуга.

— Да он и вправду мазила.

— А сел чего?

— Непреднамеренное. Бабу свою защищал и убил кого-то. Он вообще не при делах. Не знаю, чего пахан его с собой потащил. Не блатной даже.

Ребров, тыкаясь в темноте об углы, долго плутал по дому. Наконец отыскал кухню. Две поварихи колдовали над котлом. Засыпали в него крупу.

Молодая, увидав Реброва, охнула испуганно и сжалась вся. Старая загородила ее своим дородным телом и грубо спросила:

— Чего еще?

— Я это... Наш сюда не заходил?

— Был, окаянный. Забрал хлеба и консервы. А потом через окно вылез. Вон стекло разбил. Будто у нас стекла навалом. И так денег нет, а теперь...

Повариха еще долго бубнила вслед Реброву, и он слышал ее голос, пока не повернул за угол.

— Ушел Удав. Взял еду и ушел, — сообщил он, когда вернулся.

— Как ушел? — не понял обалдевший от этого известия Колтунов. — Куда это он ушел?

— Совсем...

— Кинул нас, сука! — Дуга зло сплюнул на пол. — Скатертью дорога! Скорее один сдохнет! Чтоб он утоп!

— Хорошо, если так, — глубокомысленно заметил Телепузик. — А если ментам попадется?

— Вот, блин! — Колтунов собрал со стола карты и швырнул колоду об пол. — Говнюк! Надо пахану сказать. Пусть он с вашим Филом решает, что делать. По мне, так убираться отсюда нужно как можно скорее.

Бандиты зашебуршились.

В этот момент примчался Мессер, стоявший на стреме у входной двери:

— Катер! — сообщил он, жестикулируя руками. — Сюда катер идет. Где Фил?

— Что за шум? — в комнату вошли Пальченко и Филатов.

— Сюда на катере плывет кто-то! — сказал Дуга. — А если менты?

— Тихо все! — Фил поднял руку. — Залечь и вести себя неслышно. Не дай бог, стрельнет кто!

Он пошел в зал, где сидели дети и воспитатели. Подозвал к себе заведующую.

— Сейчас мы выйдем на крыльцо, — он взял ее под локоть, — ведите себя как ни в чем не бывало. Здесь восемь вооруженных людей, и если поднимется стрельба, то за безопасность детей я не отвечаю. Вы меня понимаете?

Женщина кивнула головой.

— Хорошо, я полагаюсь на ваше слово, — она заглянула Филатову в глаза. — Мне почему-то кажется, что вы не такой, как все остальные...

— Не обольщайтесь. Пистолет у меня в кармане, — ответил ей Фил. — А терять нам нечего.

Вдвоем они вышли на крыльцо.

Со стороны леса, освещая перед собой путь прожектором, установленным на носу, шел большой речной катер. Посудина продвигалась медленно, видимо, люди на катере опасались наскочить на топляк, которого вокруг было полно.

Заухала сирена.

Луч яркого света нащупал людей на крыльце. Катер уткнулся носом в мель метрах в десяти от новоявленного берега. Двигатель взревел и заглох.

На борту катера оказалось трое людей в яркооранжевых комбинезонах спасателей. Двое из них взяли большой тюк, завернутый в прорезиненную ткань, спрыгнули в воду и потащили свой груз к берегу.

— Мы из МЧС! — сказал один из них. — Как у вас дела? Все живы?

Заведующая посмотрела на стоящего рядом Филатова и ответила вполне спокойным, твердым голосом:

— У нас все нормально.

— Хорошо. — Спасатели вытащили тюк на сухое место. — Промоину на дамбе уже почти заделали. Вода скоро начнет спадать. Продержитесь еще пару дней.

Филатов помог им занести груз на крыльцо.

— Здесь продукты. Лекарства. Лодка надувная. И еще всякие необходимые мелочи. Если у вас есть больные, то утром прилетит вертолет. А мы сейчас в деревню. Там, видимо, дела совсем неважнецкие.

Спасатели снова забрались в катер. Вода за кормой вспенилась. Судно медленно сползло с мели. Развернулось и, включив сирену, пошло в сторону затопленной деревни.

— Идите к детям, — сказал женщине Филатов, когда катер почти совсем исчез за деревьями.

Она, вздохнув тяжело, ушла. Зато появился Пальченко:

— У нас проблема. Забуга исчез, — сообщил он.

— Это который? Длинный и худой?

— Точно. Говорят, что он сам сбежал. Взял жрачку и сдернул. Но я не очень в это верю. Не мог Удав мне такую подлянку кинуть.

— Это Эксгуматор...

— Кто-кто? — не понял Пальченко.

— Утопленник наш объявился, — объяснил Филатов. — Кличка у него такая. Эксгуматор. Теперь точно всем мало не покажется. Наверняка он твоего Удава оприходовал. Надо убираться отсюда поскорее.

— Как?

Филатов кивнул в сторону уходящего катера.

— На такой посудине — запросто, — согласился Пальченко. — Только как нам их теперь достать? Надо было сразу хватать за жабры.

— У нас лодка есть резиновая, — Фил пнул ногой тюк, привезенный спасателями.

— Я думаю, двоих посылать нужно. Одного моего, а другого из твоих. Тогда они точно между собой не сговорятся и не смоются.

ГЛАВА 28

Ходарев вытащил труп Забуги через окно и поволок его в притопленные кусты. Покойник упорно не желал тонуть. Чтобы тот не выплыл на видное место, Ходарев не придумал ничего лучше, как уложить его в гроб.

— Полежи пока тут...

Теперь у него был автомат с полным рожком, и он почувствовал себя гораздо увереннее. Оружие приятной тяжестью легло в руки.

— Ну что же, Фил, сукин ты сын, посмотрим, чья возьмет...

Что он там собирался показать Филатову, Ходарев и сам пока толком не знал. Но бывший приятель здорово его разозлил.

Ходарев, пробираясь вдоль стены, обошел здание и оказался в небольшом внутреннем дворике, где была пожарная лестница, ведущая на крышу.

Он закинул автомат за спину и стал осторожно подниматься наверх. Забрался на крышу, крытую шифером. Скаты от дождя были мокрыми и скользкими. Пришлось опуститься на четвереньки и ползти к чердачному окну.

Добравшись до конька, Ходарев оседлал его и, держась за печную трубу, перебрался на другую сторону.

Сначала он увидел мелькание прожектора, а потом до него донесся звук мотора. К затопленному зданию интерната шел катер спасателей. В этот момент Ходарев был уже над крыльцом центрального входа. Он прижался к скату крыши и замер.

Он слышал разговор заведующей со спасателями, а потом — Филатова с еще одним бандитом. Те явно собирались захватить катер МЧС.

Ходарев добрался до чердачного окна, которое на его удачу оказалось открытым. Ему удалось без лишнего шума попасть внутрь здания.

Прежде чем нырнуть в черноту чердака, он еще раз обернулся и вдруг заметил на воде какой-то светлый предмет, медленно плывший по течению в сторону от интерната.

Присмотрелся и обалдел.

Наверное, катер спасателей поднял слишком высокую волну, которая выгнала из кустов гроб с телом убитого бандита. И теперь тот уплывал. Но кажется, никто из его дружков ничего не заметил.

Ходарев, стараясь ступать бесшумно, прошел по чердаку к тому его краю, где была каморка тещи. Перепачкался в свисающих отовсюду клочьях паутины.

Осторожно открыл дверь.

Женька спал в шкафу. Ходарев прикоснулся к нему. Тот испуганно встрепенулся.

Ходарев приложил ладонь ему к губам:

— Тсс... Это я. Женя.

Мальчишка порывисто обнял его за шею. Прижался. Зашептал в ухо:

— Хорошо, что ты вернулся. А то было так страшно. Внизу стреляли.

— Ничего. Ничего, — успокоил пацана Ходарев. — Мы выберемся отсюда.

— А ты знаешь, кого я видел? Дядю Сережу.

— Знаю... Попадись он мне в темном тихом углу...

— Он приходил сюда, — сообщил Женька. — И с ним еще один человек был. Тоже с оружием.

Это известие огорошило Ходарева.

— Они видели тебя?

— Да. Дядя Сережа сказал, чтобы я сидел здесь тихо. И ничего не боялся. Но мне все равно страшно было. Я сидел, сидел, а потом уснул.

— Ты ничего не путаешь? — спросил Ходарев.

— Нет. Еще я слышал, как они говорили, что будут уходить только вдвоем. Что остальные им не нужны. Говорили про какие-то деньги.

Ходарев почесал в затылке:

— Вот так номер...

— Один увидал, да помер! — неожиданно послышался сзади голос тихо вошедшего человека. — А ну-ка, не дергайся! Положи автомат на пол.

Это был Дугин. Он стоял в дверном проеме, в тусклом свете рождающегося утра, едва пробивающемся из небольшого окошка, был виден только его силуэт.

— А я-то думаю, чего это наш Фил с Пальцем все шушукается? Теперь ясно, — Дугин был вооружен автоматом. — А ты и есть тот самый Эксгуматор, что Мессеру все яйца поколол? Сам себе такую кликуху придумал?

Ходарев сидел на корточках спиной к Дугину и физически ощущал, как черный зрачок отверстия ствола упирается ему в затылок.

Он был в крайне неудобной позиции для внезапного нападения. Осторожно, стараясь не делать резких движений, которые могли испугать бандита и заставить его нажать на курок, обернулся.

Автомат в руках у бандита был немного странный. Короткий, с навинченным на ствол большим набалдашником глушителя. Такие Ходареву уже приходилось видеть в Чечне. Боевики изготавливали их в кустарных мастерских. Стреляли они пистолетным патроном. Особой точностью боя не отличались, но были чрезвычайно просты в устройстве и надежны. Компактность позволяла использовать их в ближнем бою.

В темноте Ходарев имел шанс попытаться ускользнуть в сторону, уйти с линии огня, но бандит, стреляя из автомата, мог попасть в сидящего в шкафу Женьку.

— А ты шустер, Эксгуматор, — сказал Дугин. — Я действительно был уверен, что попал в тебя. Сам видел, как ты на дно пошел. Но теперь-то я уж точно не промахнусь. Будь спокоен.

— Я совершенно спокоен. Видишь.

Ходарев медленно положил свой автомат на пол.

— А что это там за пацан у тебя? — спросил Дуга. — Чего он в шкафу сидит?

— Сын...

— Офигеть! Это ты из-за него вернулся? Уважаю. Но кончить мне тебя все равно придется. Не люблю отступать от своих принципов.

Ходарев продолжал тянуть время:

— А какие у тебя принципы?

— Кто не со мной, тот против меня, — серьезно сообщил Дугин. — Такова «селява», и ничего с этим не попишешь. Ты играешь не в нашей команде, значит...

— Может быть, обсудим: кто здесь за кого?

Дуга качает головой:

— Без вариантов. Фил мне давно поперек горла торчит. А вы с ним кореша.

Дуга большим пальцем правой руки снимает автомат с предохранителя.

Щелчок этот, едва слышный, гремит для Ходарева громом разбушевавшейся над ним грозы.

ГЛАВА 29

Раннее утро. Клочья рваного серого тумана полосами стелются над водой.

По небу бегут низкие иссиня-черные тучи. Нет-нет из них снова идет дождь.

Резиновая лодка, оставленная спасателями, с трудом удерживала вес двоих человек. Если Колтунов не отличался богатырским сложением, то Телепузик весил не меньше центнера, и под его тяжестью край лодки, на котором он сидел, едва не черпал воду.

Лодка попала в струю течения, и теперь ее все больше сносило в другую сторону, противоположную той, куда стремились гребцы.

— Греби давай, — Телепузик злился, маленькое пластиковое весло на алюминиевой ручке выскакивало из его громадных лапищ. — Дождь, блин, опять начинается.

— А я что делаю! — огрызался Колтунов. — Правее забирай. А то лодку о корягу пропорем.

Неожиданно лодчонку понесло завихрением воды и бросило на торчащее из воды поваленное дерево.

Острый обломанный сук проткнул резиновый баллон, и воздух со свистом стал убегать из лодки.

— Черт! — завопил Колтунов. — Я же говорил!

— Оружие держи. Блин!

Лодка быстро потеряла плавучесть и перевернулась. Оба бандита оказались в воде. Автомат, брошенный Колтуновым, камнем пошел ко дну.

— Уронил, сука! — заорал Телепузик. — Сейчас нырять будешь, придурок.

— Я плаваю плохо! Сам бы и держал, если такой умный. А я утонуть не тороплюсь.

Отфыркиваясь и отплевываясь, Колтунов подплыл к дереву и уцепился за его ствол.

Телепузик попробовал нырнуть за автоматом, однако не смог даже достать до дна. Набрал в легкие побольше воздуха и погрузился еще раз. Ткнулся под водой лбом в какое-то бревно. Рассек до крови лоб. Вынырнул. Матюкнулся от души и тоже прицепился к топляку.

— Ну и че будем делать? Нас уже течение снесло. Хрен мы теперь автомат выудим.

— Ты для начала своим весом дерево не утопи окончательно.

Колтунов схватился за толстую ветку и забрался на ствол верхом.

— Сука, как холодно. Вода ледяная. Ноги аж судорогой сводит.

— Вот я тебе сейчас дам по зубам, сразу ласты отпустит. Про...ал автомат!

Колтунов на всякий случай отодвинулся подальше от зло глядящего на него Телепузика.

— Да и хрен с ним! — сказал он, лязгая зубами. — У тебя еще пистолет есть.

— У меня-то есть. А вот ты с хером на абордаж пойдешь. У МЧСовцев-то, небось, тоже оружие есть.

Течение неожиданно сделало крутой разворот и понесло дерево в сторону затопленной деревни. Уже было хорошо видно, что многие дома погрузились в воду по самые крыши.

Катер спасателей тарахтел мотором где-то на другом конце терпящего бедствие селения. Снимал с крыш и перевозил на сухие острова жителей, не успевших бежать от наводнения.

Дерево проплывало мимо брошенного дома, и Телепузик сказал:

— Давай причаливать, а то нас так далеко унесет.

Колтунов нехотя опять слез в воду, и вдвоем они стали подгребать к торчащей из воды крыше. Дерево зацепилось погруженными ветками за утонувший забор и застряло. Бандиты перебрались на крышу дома.

От холода у них зуб на зуб не попадал.

— Воспаление легких обеспечено, — Телепузик достал из внутреннего кармана пистолет, стряхнул с него воду. — Костер бы развести. Просушиться.

Крыша была крыта железом.

Бандиты наломали веток с дерева, на котором приплыли. Телепузик достал бензиновую зажигалку в массивном водонепроницаемом корпусе. Не сразу, но костер занялся.

— Уже жить можно, — Телепузик протянул к огню руки. — Эти гаврики на катере заметят огонь и рано или поздно приплывут сюда. Здесь мы их и возьмем тепленькими.

— Фил ваш сказал: спасателей не убивать.

— Да пошел он в задницу! Командир хренов. Сам бы попробовал в воде поболтаться, а потом командовал бы. Гляди чего плывет!

По воде мимо дома проплывали деревянные кладбищенские кресты. На некоторых из них были прицеплены старые, выцветшие пластмассовые веночки. Другие были повязаны белыми деревенскими рушниками.

— Жуть какая...

— Наводнение кладбище размыло.

— Не к добру это, — пробормотал Колтунов. — Того гляди, и гробы поплывут.

— Чувствую, все мы тут сдохнем.

Колтунов сплюнул на воду:

— Накаркаешь... Гляди, катер вроде к нам намылился.

Телепузик подошел к краю крыши, заткнул свой пистолет за пояс под курткой и приготовился к встрече гостей.

Колтунов, поднявшись повыше, размахивал руками и привлекал к себе внимание спасателей.

Вдруг до них донесся, перекрывая рокот мото-

321

11 «Шакалы и волкодав»

ра, грозный нарастающий шум. Колтунов, забравшийся на конек крыши, посмотрел в сторону, откуда доносился рёв, и лицо его побледнело от страха.

— Вот гадство!

Теперь и Телепузик увидел, что наискосок в их сторону движется водяной вал, несущий обломки строений, деревянные столбы электропередачи, кучи мусора.

Гребень волны пенился и кипел. Высота ее была не меньше метра.

ГЛАВА 30

Участковый милиционер старший лейтенант Дубов сидел в кабине «уазика» с брезентовым верхом, свесив ноги наружу, и не спеша, растягивая удовольствие, курил последнюю оставшуюся у него сигарету.

— Жрать охота, — вздохнул сержант Копылов. — Сейчас бы молочка с булочкой...

— Да на печку с дурочкой.

Домашние бутерброды давно подъедены. Термос, в котором был кофе, — пуст. От семечек в карманах осталась только шелуха.

Но старшего лейтенанта отсутствие сигарет волновало больше, чем еда.

— Тебе везет, Копылов, — сказал он. — Ты не куришь. А я сколько раз пытался бросить. Но разве с такой работой... Хотя ты тоже в ментовке, а вот не куришь.

Машина стояла на небольшом островке, поросшем кустарником и молодыми березками, а вокруг все видимое пространство, от самого леса до виднеющегося километрах в пяти бугра, было залито водой.

— Охренеть! — Копылов имел в виду последствия наводнения. — Хорошо мы хоть на высотку успели выбраться. А то поплыли бы, как караси.

— Сунуть бы мордой тех, кто это водохранилище здесь запланировал, да прямо в мой сортир, который, наверное, уплыл в соседнюю деревню. — Дубов с великим сожалением выбросил докуренный бычок. — Ведь были разговоры, что в случае аварии затопит все вокруг. Низины ведь одни, сплошняком.

— А у нас так всегда: пока гром не грянет — мужик не перекрестится. Теперь все в округе, считай, заново отстраивать нужно. Видал, как дома мимо проплывали? Скотина у народа загинула, наверное, без числа. Интересно, долго нам еще здесь куковать?

— Я по рации связался с дежурным. Говорит, как только спасатели с деревнями разберутся, так за нами приплывут. Никто не ожидал таких масштабов. Техники не хватает. На весь район всего три катера оказалось.

— Гляди, а это что там плывет? — Копылов указал рукой на плывущий в сторону островка большой предмет.

Дубов пригляделся:

— Сундук, вроде.

Копылов вышел из машины. Приложил ладонь козырьком ко лбу:

— Е-мое, это же гроб!.. Смотри, и покойник в нем!

— Наверное, похороны где-то были, да виновник торжества уплыл, — мрачно пошутил Дубов.

Гроб поплясал еще на волнах, потом его прибило к островку, и милиционеры подошли к воде, чтобы получше рассмотреть жуткую находку.

— Давай на берег его вытащим, — сказал участковый. — Вода спадет, родственникам вернем.

— Вот черт! — водитель, первым подошедший к гробу, от увиденного даже отпрянул в сторону. — Да труп-то свежий! И, кажется, это наш клиент. Убили его.

Теперь и Дубов увидел, что из глазницы трупа торчит ржавый серп. Кровь на щеках и лбу покойника запеклась сгустками, и разглядеть черты, искаженные гримасой боли, застывшей на лице, было почти невозможно.

— Дурная смерть... — сказал Дубов. — Интересно, кто же его так?

— У кого-то извращенная фантазия. Это же надо было сунуть труп в гроб! Не думаю, что он его похоронить собрался.

Милиционеры приподняли гроб и вытащили его на сухое место.

Дубов выловил из воды клок сена и обтер им лицо покойника:

— Вроде, не из местных. Хотя в таком состоянии трудно узнать. А что это на нем одето?

Старший лейтенант склонился над покойником. Отвернул полу черной куртки из грубой ткани, похожей на рабочую спецовку. Увидел номер и буквы, вытравленные на подкладке хлоркой.

— Так и есть. Видишь, одежда клейменая. Это лагерная роба! Похоже, это кто-то из тех, кто бежал из «автозака» при перевозке. — Участковый посмотрел озабоченно на своего водителя. — Значит, вся компания где-то здесь неподалеку. Не могли они из-за наводнения далеко уйти.

Дубов стал обыскивать карманы покойника. Вытащил пачку размокших сигарет.

— Жалко... — Он отбросил раскисшее курево в сторону.

В других карманах оказались слипшиеся комки бумаги. Похоже, письма.

— Ничего...

Участковый заметил, что одна штанина у покойника задралась и нога у него перебинтована. Движимый каким-то внутренним чутьем, Дубов отвернул край льняной ткани и увидел на ней квадратную черную печать, сделанную несмываемой краской.

Прочитал надпись:

— Детский специализированный интернат номер... — Он встал с колен и вытер ладони о штаны. — Ясно. Копылов, срочно свяжись с дежурной частью! Передай, что вооруженные бандиты находятся в интернате. Там дети. Нужно срочно принимать меры по задержанию.

ГЛАВА 31

Спасатели работали всю ночь.

Их подняли по тревоге накануне. Всего в районе после аварии на дамбе водохранилища затопило полностью или частично более двадцати деревень. Весь отряд был разделен на группы по три-четыре человека, которые действовали независимо друг от друга и поддерживали связь по радио.

МЧСовцы сняли с затопленных домов и переплавили на безопасные острова почти всех жителей деревни. Осталась только одна старая бабка, которая ни за что не хотела бросать свою корову.

Старший группы уговаривал ее:

— Да пойми, старая. Не можем мы взять твою скотину в катер. Перевернет она нас.

— Я без нее никуда не поеду. Здесь пересижу, — упиралась старуха.

— Не задерживай нас. По радио передали, что дамбу снова прорвало. Сюда волна идет. Твою хату снесет к черту. И тебя вместе с нею.

Бабку едва не силой усадили в катер и переправили в безопасное место.

— Надо в интернат сходить, — сказал старший группы, когда все жители деревни были эвакуированы. — Здание крепкое и стоит высоко. Выдержит. Но на всякий случай пусть они детей на второй этаж переведут.

Другой спасатель выразил сомнение:

— Успеем ли?

— Должны. Если что, мы катер за домом от волны укроем. Не думаю, что вода высоко поднимется.

— А это что там? — Рулевой указал рукой на виднеющийся на крыше затопленного дома огонь. — Костер кто-то развел. Там люди.

— Мы же вывезли всех оттуда!

— Наверное, снова прибился кто-то, — предположил старший. — Давай рули туда. Снимем их.

Катер развернулся. Скоро стало видно, что на крыше сидят два человека.

— Волна справа! — Рулевой заметил приближающийся с большой скоростью водяной вал.

— Прибавь ходу! Полный вперед!

Спасатели в катере надеялись успеть снять людей с крыши до того, как волна накроет их.

Судно поравнялось с домом. Рулевой врубил мотор на реверс, чтобы застопорить ход. Один из МЧСовцев бросил на крышу конец веревки.

Крикнул:

— Давайте скорее! Дамбу снова прорвало. Сейчас крышу сорвет.

Телепузик, забыв от страха, что еще недавно хотел убить спасателей и захватить катер, попытался схватить веревку, но поскользнулся. Свалился в воду и уронил пистолет. Сумел снова уцепиться за веревку и стал подтягиваться к борту катера.

— Ну что ты там? — спасатели подгоняли Колтунова. — Давай быстрее!

Колтунов, вперившись взглядом в накатывающуюся с шумом волну, словно одеревенел и не мог сдвинуться с места. Он вцепился руками в конек крыши, прильнул к нему и тихо заскулил.

Через несколько секунд налетевшая волна с силой ударила в дом.

Затрещало дерево. Строение сдвинулось с места и стало заваливаться на одну сторону. Колтунов только и успел увидеть, как на него летит обломанный и острый, словно пика, кусок бревна.

Закричал в ужасе:

— А-а!..

Его проткнуло насквозь, нанизало, как кусок шашлыка на шампур. Сорвало с конька и унесло течением дальше, вместе с обломками и мусором.

Катер резко развернуло волной вокруг оси. Закрутило, словно щепку.

Двоих спасателей сразу выкинуло за борт. Их оранжевые жилеты замелькали в водовороте.

Третий, вцепившись в штурвал, рванул рычаг переключения скоростей, пытаясь вывести судно из стремительного течения, и Телепузик, болтавшийся на веревке, угодил под бешено вращающиеся винты.

Его предсмертный крик потонул в реве мотора и рокоте бурлящей воды. Лопасти винта, как острые лезвия, порубили человеческую плоть на куски.

Катер рванулся вперед, наскочил на скат крыши, подпрыгнул, как на трамплине. Вздыбился, словно ретивый скакун. Последний спасатель, не удержавшись, выпал из него. Судно, частично разрушив кровлю, всей тяжестью обрушилось в воду, подняв тучи брызг, и помчалось дальше уже неуправляемое. Только мертвый бандит волочился за ним на фале.

Одному спасателю удалось зацепиться за развороченную крышу дома. Он помог своему уцелевшему товарищу выбраться из воды.

Третий МЧСовец, ударившийся о конек и сломавший позвоночник, был мертв. Поддерживаемый жилетом, он плавал внутри дома, упав туда через пролом в кровле.

— С днем рождения тебя, Петрович... — пробормотал ошалевший от происшедшего спасатель и ладонями обтер мокрое от водяных брызг лицо.

— Ты чего это? — поинтересовался его товарищ.

— Да день рождения у меня сегодня.

— Серьезно?

— Угу...

— Ну поздравляю тебя, Петрович. Лучший подарок от судьбы ты уже получил: жив остался. А Ваське вон, — спасатель кивнул на мертвого товарища, — не повезло.

ГЛАВА 32

Разговоры окончились.

Шансов заболтать бандита и выбрать подходящий момент для нападения у Ходарева больше не было.

Он физически ощутил, как Дуга выжимает свободный ход курка.

Время для него сжалось в единый миг. Он,

словно в замедленном кадре, рассекая вязкий воздух, с криком рванулся в сторону бандита, понимая, что все равно не успеет. Но для очистки совести, чтобы потом, на том свете, не корить себя за неиспользованный шанс, решил попробовать.

Вернее, он даже не успел подумать об этом, просто тело получило импульс откуда-то изнутри мозга, и Ходарев повиновался ему.

Уже в броске услышал, как клацнул вхолостую боек.

Осечка!

Рука бандита потянулась к затвору и даже передернула его. Но дефектный патрон не долетел еще до пола, когда Ходарев всем весом врезался Дуге в грудь. Сбил его с ног.

Сцепившись, они вывалились из комнаты и покатились по чердаку.

Ходарев мертвой хваткой ухватил противника за запястье, выворачивая его руку, в которой было оружие.

— Ах ты, сука! — прорычал Дуга.

Автомат в руке у бандита начал стрелять. Почти бесшумно. Будто кто-то стучал кулаком в подушку, только гильзы со звоном покатились по полу. Сверху посыпались осколки битого шифера, деревянная труха.

Патроны у Дуги кончились. Он отбросил в сторону бесполезный автомат и освободившейся рукой врезал Ходареву в челюсть. Удар у него был крепкий. Но зубы у Ходарева тоже не самые слабые. Они с честью выдержали это испытание, оставив отметины на костяшках пальцев противника.

— Блин!

Ходарев саданул Дуге коленом в живот. Но тот тоже оказался не слабаком. Поднакачал пресс.

Хоть и подзаплыл жирком в последнее время, но форму держал.

Так и катались они по полу, пиная друг друга, извалявшись в грязи и птичьем помете, натыкаясь на кучи сваленного на чердаке хлама.

Ходареву под руку попалась сломанная табуретка. Он схватился за ножку, но ударить Дугу не успел. Тот, бросив противника, вовремя отвалился в сторону и запустил в Ходарева облезлой деревянной лошадкой.

Промахнулся, хотя едва не попал в голову.

Противники замерли, примериваясь друг к другу. Дуга громко шмыгнул носом:

— Падла, я тебя на куски порву.

— Обломаешься...

Ходарев пошел вперед, нанося удары ногами и руками. Бандит едва успевал ставить блоки.

Наконец сильный удар в голову достиг цели, и Дуга покатился по полу.

Ходарев перевел дух:

— Это тебе не у детей мелочь отнимать.

Дуга, подымаясь с пола, утер кровь с разбитых губ и гаденько ухмыльнулся в ответ.

Взгляд его был направлен мимо Ходарева, за его спину. Тот понял, что позади что-то происходит. Услышал сдавленный детский возглас. Но предпринять ничего не успел.

— Не шевелись, козел, а то я из тебя решето сделаю! — В проходе стоял Мессер, крепко прижимая к себе Женьку. В его здоровенных лапищах тщедушный подросток выглядел, как обвисшая тряпичная кукла. — Кажется, я успел к самому началу праздника?

— Точно, — Дуга поднял свой автомат, достал из кармана запасную обойму, перезарядил оружие. — Я тут узнал кое-что интересное. Фил, урод, стал варить свою кашу. Они решили с Пальцем обойтись без нас.

— Фил? Какого черта! — Лицо Мессера вытянулось в недоумении. — Ему какой интерес?

— Щенок слышал, как они разговаривали. — Дуга кивнул на Женьку. — Надо звонить Черномору. Фил, кусок дерьма, специально не стал сообщать, где мы находимся. Чтобы мы все здесь загнулись. Этот, по-твоему, откуда здесь взялся?

Дуга кивнул на Ходарева.

Он достал из внутреннего кармана свой сотовый телефон. Корпус его треснул, а жидкокристаллический дисплей сплошь почернел.

Выругался:

— Блин! Твою мать! Трубку раздолбал! Все из-за тебя, засранец! — Он бросил испорченный телефон в Эксгуматора.

— Ребенка не трогайте, — сказал наконец пришедший в себя Ходарев. — Вам же я нужен. Так вот он весь я.

— До хрена разговоров! — Дуга поднял свой автомат. — Второй осечки не будет.

— Погоди, — остановил его Мессер. — Мне с ним посчитаться надо. Эксгуматор этот мне два раза по яйцам отвесил, а я ему так и не ответил. Нехорошо человека на тот свет отправлять, не вернув должок.

Он оттолкнул Женьку в сторону. Тот, как оловянный солдатик, упал на пол и, к большому удивлению Ходарева, подтягивая под себя парализованные ноги, пополз в сторону. Похоже, пережитый им стресс вернул чувствительность его конечностям.

Но порадоваться за пацана Ходарев не успел.

Мессер перехватил свой дробовик за ствол и замахнулся. Прикладом, наотмашь, ударил Ходарева по ногам.

Тот сумел уклониться, так чтобы удар пришелся вскользь. Но все равно хватило и этого. Бедро обожгло огнем.

Ходарев даже не сообразил, как оказался на полу. А Мессер уже ногой ударил его в живот. А потом еще по ребрам.

Бандит избивал свою жертву с удовольствием, расчетливо и неторопливо нанося каждый удар. Видимо, растягивал удовольствие.

Женька закричал:

— Не трогайте его!

— Дуга, заткни ему рот! — Мессер примерился и снова наотмашь врезал Ходареву прикладом ружья. Попал в плечо. — Убери этого щенка!

Дугин схватил Женьку за шиворот, потащил к выходу с чердака и столкнулся с прибежавшим на шум Филатовым. Тот увидел бандита, волокущего ребенка:

— Какого черта?!

Не задумываясь, Дуга вскинул свой автомат и нажал на спусковой крючок.

Пуля зацепила Филатову руку, вырвав из его куртки клок кожи. Фил отскочил назад на лестницу. Выстрелил пару раз из пистолета и крикнул:

— Дуга, ты что, совсем охренел? Объясни, что происходит.

Бандит, прячась за углом и прикрываясь, как щитом, Женькой, ответил:

— Фил, у нас твой кореш и его пацан.

— В заднице я видал такого кореша! — процедил сквозь зубы, отплевываясь кровью, Ходарев.

Мессер, отвлеченный перестрелкой, вспомнил о нем и снова ударил ногой.

— На добавку!

— Фил, тебе все равно мундец, — продолжал Дуга. — Мы тебя просчитали. Ты — сука! Хочешь жить — отдай нам Пальца. А Черномору сам объяснишь, что за комбинацию ты придумал. Может, он тебя и простит. Хотя лучше я тебя сразу пристрелю.

— Ты ошибаешься, Иван.

— Все может быть, но на всякий случай я тебя убью. Если потом выяснится, что я был не прав, то памятник обязуюсь поставить за свой счет.

— Слушай, Дуга. Ты правду хотел. Так вот: Черномор решил от вас с Мессером избавиться, потому и послал со мной. Вам все равно не жить. Как только Палец будет у него, вы покойники. Он приказал мне вас убрать. И Телепузика тоже. Понятно?

— Будет брехать-то, Фил! — Мессер оставил Ходарева и подошел к Дуге. — Мы Черномору жизнь спасли. Не мог он нас так подставить.

Филатов засмеялся:

— Всему есть своя цена. Слишком большие деньги на кон поставлены, чтобы размениваться на таких «шестерок», как вы с Дугой. Такие дела...

Договорить Филатов не успел. В это время послышался сначала быстро нарастающий гул, а затем страшный грохот.

Здание интерната содрогнулось от сильного удара, словно началось землетрясение. Внизу раздались крики, треск ломающегося дерева, звон битого стекла. Что-то рушилось и падало.

От удара старые деревянные перекрытия заходили ходуном. Одна балка, не выдержав, треснула, и конструкции, поддерживающие кровлю, обрушились вниз прямо на Дугу.

Сбитый с ног, он потерял равновесие, отпустил Женьку и свалился в открытый люк прямо на Филатова. Вместе они покатились вниз по лестнице.

Падая, Дуга зацепил крышку люка. Та упала, перекрывая ход, а сверху на нее тотчас рухнула обломившаяся балка.

Растерявшийся Мессер прикрыл голову руками и вжался в пол. Сверху на него сыпалась деревянная труха, шиферная крошка.

Потом все затихло.

Когда он понял наконец, что ему больше ничего не угрожает, Мессер поднялся на ноги, пробрался к чердачному окну, встал на балку и высунулся наружу.

Увиденная картина поразила его:

— Ну ни хрена себе...

Волна, накатившая на здание интерната, принесла с собой бревна, поваленные столбы электропередачи и даже целые фрагменты разрушенных деревянных домов. Все это сгрудилось в хаосе перед стенами интерната. Именно от этого удара сотряслось все здание.

Ходарев, лежавший пластом на полу, собрав остатки сил, поднялся и, приволакивая ногу, рванулся к Мессеру. Преодолевая накатившую боль и дурноту, схватил бандита поперек туловища и вытолкнул его из чердачного окна на скользкий скат крыши. Он понимал, что если Мессер залезет обратно, то противостоять ему у него уже не будет сил ни физических, ни моральных.

— А-а! — Мессер в отчаянии попытался уцепиться за что-нибудь руками, но кубарем покатился вниз. — Сука-а!..

Он рухнул с высоты в воду, которая поднялась

выше уровня окон первого этажа и бурлила, словно кипящий суп.

Водоворот подхватил его и потянул на дно. Мессер увернулся от какого-то обломка, попытался вынырнуть, но стремнина увлекла его в подвальное окно, куда, как в воронку, втягивало воду. Ноги его проскочили вперед, но туловище застряло, и он засел в отверстии, словно пробка в узком горлышке.

Мессер изо всех сил старался освободиться. Уперся руками в края окошка, но его заклинило основательно. Еще какое-то время он сдерживал воздух в легких, пока не начало мутиться в глазах. А потом его прорвало.

С диким гортанным криком, понимая, что погибает, Мессер вытолкнул из себя воздух:

— Сука-а-а...

Вода хлынула ему в горло. И свет померк перед глазами. А потом вдруг стало легко. В угасающем сознании Шмидта промелькнуло: «Не успел отправить деньги родителям в деревню...»

ГЛАВА 33

Филатов под весом рухнувшего на него Дуги упал на пол. Отпихнул от себя неподвижное тяжелое тело бандита. Вся голова его была окровавлена. Обломившаяся балка разбила ему макушку и затылок.

Дуга застонал, но в себя не приходил.

Филатов поднялся на ноги. Рванулся вверх по лестнице, налег плечом на чердачный люк, но тот стоял мертво.

— Черт!

Он поднял оброненный Дугой автомат.

Снизу доносились шум и крики детей.

Появился растерянный и бледный Ребров. Он беспорядочно размахивал руками и кричал:

— Там вода! Первый этаж заливает!

Филатов резко развернул его за плечи и пинком ноги под зад придал ускорение:

— Давай бегом! Детей всех — наверх.

Тот, пройдя несколько шагов по инерции, обернулся, и на физиономии его наконец появилось осмысленное выражение.

Он пробормотал:

— Да... Да, я сейчас.

И убежал.

Несколько секунд Филатов колебался, глядя на заваленный изнутри люк чердака, а потом побежал следом за Ребровым.

На лестнице он столкнулся с Пальченко, который нес на руках двоих ребятишек. Чем-то он в этот момент был похож на воина-освободителя из Трептов-парка в Берлине.

— Что там у тебя за стрельба?

Фил махнул рукой:

— Да мои белены объелись! Пришлось кое-кого утихомирить.

Спустившись на первый этаж, Филатов сразу оказался по колено в воде. Женщины выносили из актового зала тех детей, кто сам не мог передвигаться. Ребров помогал им.

Вода переливалась через подоконники, фонтанировала через щели в полу и быстро прибывала.

С треском и звоном вылетела одна из оконных рам. Большое бревно с ходу, как тараном, выбило ее и наполовину просунулось в комнату.

Заведующая интернатом подала Филатову в руки совсем маленькую девочку, у которой вместо одной руки была культя. Сам он схватил под мышку какого-то плачущего пацана и стал выбираться по затопленному коридору к лестнице на второй этаж. Там передал детей спускавшемуся навстречу Пальченко и снова вернулся.

— Ой! — всплеснула руками заведующая. — У нас же повара на кухне остались! Это в том крыле, где первый этаж ниже, чем здесь. Они там утонут!

Она словно забыла, что разговаривает с человеком, который несколько часов назад взял их всех в заложники. В глазах ее были мольба и надежда, что мужчины, хоть они и бандиты, не бросят детишек и женщин в беде.

Фил побежал по коридору в сторону кухни. Спустился в полуподвал, где вода поднялась уже почти до потолка, оставив только воздушную прослойку сантиметров в пятьдесят.

Пришлось плыть. Не задумываясь, Филатов отбросил автомат, скинул куртку и прыгнул в воду.

Ледяная вода обожгла тело холодом. Сразу засаднила глубокая царапина, оставленная на плече пулей из автомата Дуги.

В конце коридора он нырнул. С трудом открыл под водой перекошенную дверь и вынырнул в кухонном помещении.

Там все свободное пространство было заполнено паром. На поверхности воды плавали кастрюли, миски.

Молодая девушка-повариха держалась под потолком за металлический стеллаж, и в глазах ее был ужас. Она увидела Фила и сразу вцепилась в него обеими руками, едва не утянув за собой под воду.

Филатов с трудом освободил от захвата шею.

Вадим **Цыганок**

— Тихо ты! — Фил влепил девушке звонкую оплеуху.

Та начала приходить в себя.

Запричитала тонким голоском:

— Ой, дяденька, помогите! Помогите, я жить хочу!

— Другая где? — спросил Фил.

Повариха молча кивнула в дальний угол затопленной кухни, где лицом вниз плавала ее пожилая напарница. Не было нужды подплывать к ней, чтобы понять — женщина мертва.

— Когда вода хлынула, котел взорвался. А она рядом стояла, — объяснила, всхлипывая, девушка. — Заслонку чугунную сорвало и ей прямо...

— Давай за мной, — Фил дернул повариху за руку. — Ей ты уже не поможешь.

— Куда? Я не выплыву!

— Ныряй за мной. Я тебе помогу.

Филатов едва не силой утащил под воду повариху. Вытолкнул ее на поверхность уже в коридоре.

— Плыви давай...

Они выбрались из полуподвала.

Фил хлопнул ее на прощание по туго обтянутой мокрым халатом попке. А сам вылез наружу через окно, потому что увидел вдруг катер спасателей.

Судно застряло между наклонной опорой и высоким столбом электропередачи, на котором была закреплена площадка с трансформатором-распределителем. До него было около сотни метров, но удалось рассмотреть, что никого из спасателей на катере нет.

Судьба МЧСовцев не очень волновала Филатова. Как ни крути, а собственная шкура дороже.

— Только бы он оказался исправен...

Рискуя быть затертым и раздавленным среди

плавающих обломков, Фил, перескакивая с бревна на бревно, добрался до чистой воды, нырнул ласточкой и быстро поплыл к катеру.

Через некоторое время он начал выдыхаться и понял, что переоценил свои силы. Холод сковывал руки и ноги, а течение все больше сносило его в сторону.

Филатов подтянул к себе ноги, снял обувь, затем стал скидывать одежду. На некоторое время плыть стало легче. Но холод почти доконал его.

Последним усилием, понимая, что еще немного и он пойдет ко дну, Фил рванулся к гордо проплывавшему мимо, как старинный корабль, дивану. И вдруг ноги его коснулись земли.

Ощутив под собой опору, Филатов приободрился. Скоро он добрался до катера.

Но залезть в него оказалось еще сложнее. Руки не слушались Фила. Пальцы беспомощно скользили по дюралевой обшивке.

— Спокойно... Только спокойно, — уговаривал он себя. — Главное, без паники.

Под руки попалась свисающая с борта веревка. Филатов потянул за нее и вытащил из воды изуродованный, разорванный винтом катера труп Телепузика. Конец фала был обмотан вокруг запястья покойника.

Фил не смог удержать в себе испуганный возглас:

— О боже!

Как ошпаренный из бани, он выскочил из воды и оказался на борту катера. Сердце его бешено колотилось.

Отдышавшись и переведя дух, он осмотрел управление спасательным судном. Оказалось, ничего сложного. На катере стоял обычный, слегка переделанный, «жигулевский» двигатель с водяным проточным охлаждением и четырехступенчатой коробкой передач.

Поставив рычаг переключения скоростей в нейтральное положение, Фил попробовал нажать кнопку стартера. Двигатель буркнул несколько раз и завелся, но, едва он включил заднюю скорость, сразу заглох.

Так повторилось несколько раз, пока Филатов не догадался взглянуть за корму.

Гребные винты оказались опутаны проводами, которые паутиной свисали со столба.

Пришлось Филу опять лезть в воду и распутывать проволоку.

Труп Телепузика с вывороченными наружу сизыми кишками, словно издеваясь, снова всплыл рядом.

— Уйди! Я и при жизни-то тебя не очень уважал, — Фил отпихнул от себя изуродованное тело бандита.

Снял путанку из проволоки с гребных винтов.

Забрался в катер и снова попробовал его завести. На этот раз мотор не заглох. Судно со скрипом вылезло из западни, в которую попало, и оказалось на чистой воде.

Телепузик, привязанный к веревке, поплыл следом.

— Вот черт!

Филатов огляделся. Нашел металлический ящик. Открыл его. Там лежали инструменты и старый комбинезон с эмблемой МЧС на спине.

Фил взял топор и обрубил конец веревки, избавившись от назойливого Телепузика.

Затем надел комбинезон. Одежда была сухой, и уже одно это радовало и согревало.

Он развернул катер к интернату и вдруг заметил вертолет, низко идущий над водой со стороны леса.

Сначала Филатову показалось, что машина летит совершенно беззвучно, но потом он понял, что шум двигателя катера не дает ему расслышать рокот вертолетного ротора.

ГЛАВА 34

Боль обволакивала тело густой липкой массой. Не давала дышать полной грудью. Пошевельнуться. Даже застонать, чтобы излить ее наружу и облегчить страдания, не было мочи.

У Ходарева были сломаны ребра. Правая рука в предплечье онемела. Да и нога, по которой Мессер ударил прикладом ружья, наверное, тоже пострадала не меньше.

Он сидел на полу, прислонившись спиной к опорной балке. У него не было сил даже открыть глаза.

Внизу что-то происходило. Это было ясно по доносившемуся шуму и крикам, но это уже его почти и не касалось. Все осталось в прошлой жизни.

— Женя, Жень... — донесся до него тоненький голосок. — Тебе плохо?

Он с трудом раскрыл пересохший рот и услышал свой хриплый шепот:

— Мне плохо? Мне плохо? Мне просто...

Ходарев хотел сказать, что ему просто конец, но вовремя сообразил, что с ним разговаривал Женька.

Разлепил глаза и увидел, что парень ползет к нему на четвереньках. Его непослушные парализованные ноги почти не подчинялись, но все же Женька передвигал их.

— Ну ты даешь, мужик... — прохрипел Ходарев. — Что же ты все это время сачковал, калеку из себя изображал? Нехорошо, брат ты мой...

Женька прижался к Ходареву. Тот едва сдержал стон от пронзившей грудь боли.

— Жень, — тихо сказал парень. — Не оставляй меня здесь...

— Где? В этих развалинах? Да ты что?!

— Я серьезно. Не смогу я без вас. Без мамки и тебя.

— И я серьезно, — сказал Ходарев. — Мы теперь вроде как боевые товарищи. А солдаты раненых на поле боя не бросают. Я думаю, что Лера тоже будет рада. Ничего, проживем. Ты что чувствуешь, ну в ногах, я имею в виду?

Женька прислушался к своим ощущениям:

— Колет. И пальцы болят.

— А раньше?

— Раньше вообще ничего не было. Будто и нет у меня ног вовсе.

Ходарев, собрав силы, слегка повернулся:

— Это хорошо.

— Серьезно?

— Точно. У меня друг был. Мы вместе в армии служили. Он спас меня, а сам инвалидом стал. Ранили его. В коляске ездил. А потом у него тоже сначала покалывать стало, пальцы, как у тебя, болели. Сперва он на коленках ползал, а потом встал и пошел.

Женька недоверчиво улыбнулся:

— Врешь, наверное.

— Нет, я серьезно. Он даже в футбол играть стал. Не в нападении, конечно. Но защитник из него вышел классный.

— А теперь он где? Твой друг? — спросил Женька. — Почему я его не знаю?

Ходарев задумался на минуту. Перед глазами у него встал Витька Снегин, прикрывший его в бою от чеченской пули. Потом, проглотив подступивший к горлу комок, сказал:

— Он теперь далеко. Уехал... Мир решил посмотреть. Сказал, что устал на одном месте сидеть.

— Вот бы мне тоже мир посмотреть.

— Ты не спеши. Ластами своими шевелить сначала научись. А потом посмотришь. Жизнь, она, брат, долгая штука. Много можно успеть, если с умом время расходовать.

— Я обязательно научусь! Вот посмотришь...

В люк кто-то начал громко колотить. Петли, прикрученные ржавыми шурупами, отошли, но деревянная балка, сломанным концом упершаяся в него, надежно перекрывала ход на чердак.

— Эй, урод! Эксгуматор хренов! — послышался снизу голос Дуги. — Я тебя все равно достану! Лучше сам открой. Мессер! Мессер, ты там?!

— Очухался-таки, — проворчал себе под нос Ходарев.

— Я тебе ноги выдерну и спички вставлю! — бушевал в бессильной злобе Дуга. — Открывай!

— А хрен тебе по всей морде! — ответил Ходарев. — Дружок твой тоже до фига выпендривался. Где он теперь?

— Где?

— В Караганде!

— Ну погоди! — Дуга вновь стал долбить в люк. — Изуродую, как бог черепаху!

Ходарев огляделся по сторонам. Увидел валявшееся в нескольких шагах от него ружье Мессера. Там должны еще быть патроны. Попробовал дотянуться до дробовика. От напряжения и боли лоб его покрылся испариной, но покалеченная нога не давала ему передвигаться.

— Женька, — он хлопнул пацана ладонью по плечу. — Давай, боец! Подай мне вон ту «лупару». Сейчас от тебя наша жизнь зависит.

Парень понимающе кивнул и пополз к дробовику. Ноги почти не слушались его, но Женька добрался до ружья и, гордый своим поступком, подтолкнул оружие к Ходареву.

Тот взял «ремингтон», проверил магазин. В нем было всего два патрона.

Заряд картечи в чердачный люк остудил пыл Дуги.

— Сунешься сюда — снесу тебе башку! — заверил его Ходарев. — Впрочем, она тебе все равно только мешает.

Дуга пригрозил:

— Я тебя еще найду! Встретимся на узкой дорожке, Эксгуматор.

— Буду рад встрече.

Неожиданно послышался нарастающий рокот. Похоже, над крышей интерната завис вертолет.

Женька подобрался к чердачному окну и, подтягиваясь на руках, встал на вихляющиеся ноги.

Ходарев от удивления разинул рот:

— Ну ты даешь! Что там?

Ответить Женька не успел. Его схватила сильная грубая рука. В проеме появился человек в шлеме с защитным триплексом и бронежилете, с коротким штурмовым автоматом Калашникова.

— Ты кто? — спросил он.

— Женька...

— Ясно. А бандиты где?

— Они там. Внизу.

Омоновец отпустил Женьку, и тот брякнулся на пол.

— Ну что, Капустин, кто там? — послышался голос с крыши.

— Пацан какой-то.

— Что он там делает?

— Ничего. На полу валяется.

Через окно на чердак залезли пятеро бойцов в пятнистой форме. Командир группы подошел к Женьке и спросил:

— Ты чего лежишь?

— У него ноги больные, — подал голос Ходарев, благоразумно отложивший ружье в сторону.

Милиционеры резко обернулись. Стволы их автоматов хищно вперились в Ходарева.

— Что ж ты, сукин сын, Капустин, не осмотрел все? — процедил сквозь зубы старший группы. — А это кто?

— Это мой папка, — сказал Женька. — Его бандиты избили. Но он тоже им здорово дал!

Командир подошел к Ходареву:

— Эй, Рембо, сколько их?

— Было человек семь. Теперь на двоих меньше.

— Сам-то как?

— Терпимо. Хотя бывало лучше.

ГЛАВА 35

Дуга, услышав шум, почти по пояс высунулся из окна второго этажа и увидел, как на крышу с вертолета по тросу один за другим спустились пятеро людей в камуфляже.

— Гады, обложили! — он стер ладонью кровь с лица. Дотронулся до кровоточащего рубца на голове. — Голова же, блин, не казенная. Как звезда-нуло...

Оставшись без оружия, он чувствовал себя, как загнанный зверь. Вокруг периметр, обставленный красными флажками, а за него не вырваться.

Слышно было, как в другом крыле здания шумят взволнованные и перепуганные дети. Доносились голоса взрослых. Он понял, что омоновцы пойдут сначала туда.

Повинуясь первому порыву — спрятаться куда-нибудь, забиться в щель и затаиться, — стал открывать все двери одну за другой. Нашел какую-то темную кладовку, заставленную техническим инвентарем. Нырнул в нее и затих.

Прильнув к щели, он наблюдал, как по коридору мимо него молча, осматриваясь по сторонам и обмениваясь условными знаками, прошли трое вооруженных автоматами милиционеров. Они действительно направлялись в ту сторону, где были дети.

Через минуту показались еще двое. Одежда на них была мокрая. Наверное, они попробовали пройти через другое крыло здания по черной лестнице, но теперь вернулись.

Один ушел несколько вперед, скрывшись за углом, а другой задержался. Его внимание почему-то привлекла дверь, за которой прятался Дуга.

Выставив перед собой автомат, милиционер приблизился к кладовке. Сердце у бандита бешено колотилось. В щель он видел, что омоновец потянулся к дверной ручке.

С диким криком Дуга всем весом своего тела навалился на дверь. Оглушенный милиционер отлетел к противоположной стене. Бандит ударил его ногой в живот. Подхватил выпавший из рук автомат. Он, не раздумывая, выстрелил бы в омоновца, но тут вернулся, услышав шум, его товарищ.

Послышался окрик:

— Стоять!

Дуга резко развернулся и нажал на курок. «Калашников» огрызнулся короткой очередью. Милиционер в прыжке с перекатом ушел с линии огня. Растянулся на полу и открыл ответный огонь. Пули впились в стену рядом с бандитом.

Выматерившись, Дуга побежал по коридору. Милиционер выпустил еще очередь ему вслед.

Одна из пуль обожгла бандиту щеку:

— Сука!

Дуга прыгнул в боковой коридор и исчез из поля зрения стрелка.

Омоновец склонился над своим напарником:

— Живой?

— Вроде... — тряся головой, пробормотал тот. — Откуда он только взялся?

— Мудак, автомат упустил!

Дуга, свернув за угол коридора, добежал до черной лестницы. Спустился по ней на затопленный первый этаж. Подняв автомат над головой, вошел по грудь в воду.

В опустевшем актовом зале плавали стулья. Окна были выбиты.

Еще не зная, что будет делать дальше, Дуга вскочил на подоконник и выглянул на улицу. Вертолет описывал над интернатом широкие круги. Уплыть незамеченным, прицепившись к плававшему вокруг деревянному хламу, не представлялось возможным.

В это время на втором этаже, чуть в стороне послышались возбужденные детские голоса. Дуга в мгновение ока сообразил: это то, что нужно!

Закинув автомат за спину, он перепрыгнул с подоконника на угол полузатопленной рубленой избы, которую принесла волна. Едва не свалился в воду. Изловчился и сумел удержаться на мокрых скользких бревнах.

Изба покачивалась на воде и была шаткой опорой, но с этой площадки уже можно было достать до окон второго этажа.

Оттолкнувшись изо всех сил, Дуга допрыгнул до карниза окна, надавил на стекло плечом. Не замечая того, что острые осколки режут ему одежду, лицо и руки, бандит под испуганные крики детей ввалился в комнату, служившую учебным классом. Там стояли рядами парты, а на стене висела черная грифельная доска.

— Тихо! — закричал он, потрясая автоматом. — Захлопните свои пасти, а то я сейчас всех постреляю.

Женщины стали успокаивать детей.

Возле двери, прижавшись к стене, с автоматом стоял Ребров. Он безумными глазами смотрел на Дугу и твердил как заведенный:

— Там милиция... Что нам делать? Там милиция...

— Ничего! Пусть попробуют сюда сунуться!

Из коридора послышался голос одного из омоновцев:

— Эй, отморозки, бросайте оружие и выходите по одному! — Он, видимо, не знал, сколько всего бандитов находится в комнате. — Не трогайте никого, и я обещаю, что мы тоже обойдемся с вами по-хорошему. Сдавайтесь! Не усугубляйте свое положение! Оно и так безнадежно.

— Поцелуй меня в задницу! — прорычал в ответ Дуга. — Хороший мент — дохлый мент.

Он направил ствол автомата на дверь и нажал на спусковой крючок:

— Получите, суки!

«Калашников» загрохотал, прошив тонкую дверь насквозь. Пули зацокали рикошетом где-то в коридоре. Стреляные гильзы со звоном посыпались на пол. Полетела в стороны мелкая деревянная щепа.

— Только суньтесь, и я перестреляю всех, кто здесь есть!

Дуга повел стволом автомата из стороны в сторону:

— Та, та, та...

Женщины в ужасе прижали к себе сгрудившихся в кучу детей.

— А ты чего замер, как баран? — Дуга толкнул оцепеневшего Реброва. — Живо иди к окнам! Смотри, чтобы никто нас с той стороны не прищучил.

— Не делайте глупостей! — из коридора снова послышался голос милиционера. — Вам все равно некуда деваться.

— А это мы еще посмотрим! — ответил ему Дуга. — Сейчас я начну расстреливать заложников, и тогда посмотрим, что вы запоете.

Некоторое время переговорщик молчал, обдумывал ситуацию, потом спросил:

— Что вы хотите?

— Вертолет! — не задумываясь, выпалил Дуга.

— Нам нужно подумать.

— Не морочьте мне голову! Вертушка кружится прямо над нами. Свяжитесь с ней по рации — и все дела. Мы уйдем и никого не тронем.

— Что еще?

— Ничего! Мать вашу! — взорвался Дуга. — Ничего, только убраться отсюда! Прекратите заговаривать мне зубы. Сейчас я убью кого-нибудь из этих недоделанных, может, тогда вы допрете, что я не шучу.

Дуга подошел к заложникам, схватил пацаненка лет десяти. Тот заскулил от страха, уронил свои костыли. Заведующая попыталась вступиться за него:

— Не трогайте, я прошу вас! Будьте вы человеком! Это же больные дети...

Бандит молча ударил женщину ногой. Она со стоном рухнула на пол.

— Человеком?.. Все вы здесь быдло!

Дуга поволок ребенка к двери, бросил его возле порога. Отошел на несколько шагов назад. Поднял автомат.

— Я считаю до трех и стреляю!

— Дуга! — подал голос Ребров. — Не делай этого. Они же дети...

— Заткнись, урод! Слушай меня, если жить еще хочешь. Я считаю: раз...

Милиционер из коридора поспешно сказал:

— Хорошо. Мы сейчас свяжемся со своим начальством и тогда...

— Два! — сказал Дуга. — Я не буду ждать!

Выстрел прозвучал, как раскат грома.

Пуля попала Дуге в затылок. От лица его осталось лишь кровавое месиво. Красные брызги, похожие на разведенную томатную пасту, окропили дверь и стену. Бандит выронил из мертвых рук «калашников» и плашмя, как бревно, упал на пол.

Ребров, стоявший позади него, тупо смотрел на эту картину. Из ствола его автомата вился легкий сизый дымок.

И сразу с грохотом вылетела дверь.

Омоновцы ворвались в комнату. И, не разбираясь в ситуации, открыли огонь по человеку с оружием в руках. Сразу несколько пуль попали Реброву в грудь и голову. Он даже не успел почувствовать боли и умер мгновенно.

ГЛАВА 36

Пальченко смотрел из окна, как Филатов добрался до катера и смог его завести.

— Молоток...

Но потом Фил вдруг развернул судно в обратную сторону и погнал к лесу.

— Куда? Куда! — Палец со злостью ударил кулаком в стену. — Бросил, сука...

Прицелился в удаляющийся катер. Но передумал и стрелять не стал. Все равно слишком далеко. Не попасть.

Он заметался по комнате, пиная ногами все, что попадалось на пути, вымещая рвущуюся наружу злость.

Выскочил в коридор и тут же столкнулся с омоновцами в масках.

Его сбили с ног. Ткнули лицом в пол и заломили руки за спину.

— Лежать! Не шевелиться, а то на месте пристрелим. Нам разрешено живыми вас не брать.

Один из милиционеров, почему-то без оружия, подобрал с пола автомат Пальченко. Передернул затвор:

— Попадись мне этот урод — прямую кишку наружу выверну.

Пальченко неосторожно шевельнулся, и его сразу начали пинать ногами.

— Все! — прохрипел вор. — Лежу. Откуда вы, архангелы, по мою душу?

— Сверху.

— Вот как, значит... Недолго музыка играла.

— Помолчи, если не хочешь услышать похоронный оркестр.

Руки ему сковали наручниками.

Неожиданно из другого крыла здания послышалась стрельба.

— Что там? — спросил командир группы.

Подбежавший к нему милиционер доложил:

— Захват заложников. У бандитов автоматы.

— Возьми этого, Капустин, — командир кивнул одному из своих людей на Пальченко. — Гляди в оба. Остальные за мной.

Омоновцы, бряцая оружием, убежали.

— Куда он денется?! — Капустин ткнул стволом автомата в спину Пальченко. — Поднимайся, гад. И без выкрутасов. Настроение у меня сегодня — хуже некуда.

Он отвел Пальченко в комнату, из которой тот недавно выскочил.

— Сядь на пол, мля.

Милиционер взгромоздился на подоконник и закурил.

— Ну что, урод, отпрыгался?

— Дай мне сигарету, — попросил Пальченко.

— Сейчас... Член, завернутый в газету, заменяет сигарету.

Вновь послышалась стрельба. Рация в нагрудном кармане Капустина захрюкала:

— Сева, твою мать, не суйся, куда не просят. Никуда они не денутся...

— Твоих кончают, — удовлетворенно сообщил вору Капустин. — А это кто там такой?

Он спрыгнул с подоконника и, взяв автомат на изготовку, выставил его из окна. Теперь и Пальченко услышал дробный рокот мотора.

— Катер... — сообщил в рацию Капустин. — На борту написано: МЧС. Один человек. В комбинезоне.

В ответ раздался неразборчивый хрип.

— Понял, — ответил Капустин и крикнул в окно: — Эй, командир! Ты из МЧС? Вас трое вроде должно было быть.

— Они в деревне остались, — услышал Пальченко голос Филатова. — Там пострадавших много. А вы кто такие?

— ОМОН! В районе объявлен розыск. Проводим операцию по задержанию особо опасных преступников.

— А я решил проверить, что здесь творится. Вижу, переполох какой-то. Вертолет прилетел, но вроде не наш. Не спасательский. Помощь нужна?

Капустин махнул рукой, мол, отчаливай:

— Сами справимся...

Пальченко резко вскочил на ноги. Капустин не успел сообразить, что происходит, как пленник налетел на него, ударив своим весом. Крякнув, омоновец полетел вперед, ударился лицом о стену. Каска слетела с его головы. Автомат грохнулся об пол. Сам он упал на колени.

Милиционер очухался довольно быстро. Перекатившись боком, он потянулся за пистолетом в кобуре на поясе. Но Пальченко нанес ему сильный удар ногой в живот и вскочил на подоконник.

Филатов увидел вора в оконном проеме и крикнул:

— Давай прыгай!

Пальченко примерился и сиганул прямо в катер, который стоял почти вплотную к стене. Грузно рухнул в него. Посудина закачалась, едва не черпанула бортом воду.

— Фил, а я думал, что ты меня ментам на растерзание оставил.

— Индюк тоже думал...

Филатов врубил скорость, и катер, рассекая носом воду, помчался прочь от интерната.

— Давай, давай... Выноси, родимый!

Вслед им послышались выстрелы. Капустин, придя в себя, схватился за автомат и открыл беглый огонь. Пули веером ложились то с правого, то с левого борта, выбивая на поверхности воды фонтанчики.

— Во тебе! — Пальченко, сложив кукиши на обеих руках, протянул их в сторону стрелявшего. — Сам ты — урод!

Но радовался он рано.

Вертолет, описывавший круги в стороне от интерната, заложив вираж, направился следом за катером. Видимо, милиционеры связались с пилотами по радио.

Летающая машина быстро нагнала судно, прошла низко над ним, буквально в нескольких метрах, так что находившихся в катере обдало тугой струей воздуха, нагнетаемого ротором.

Вертолет ушел вперед. Развернулся и снова пролетел над катером.

— Фил, стреляй в него! — крикнул Пальченко. — Сбей эту летающую хреновину.

— Чем? Хером, что ли? Нет у меня оружия.

— Ну тогда нам кранты!

Филатов, сжав зубы, крутил штурвал, огибая препятствия:

— Посмотрим...

— Чего смотреть! Куда мы денемся?

Проскочив мимо небольшого островка, поросшего березами и ольшаником, Фил развернул катер в сторону старого соснового леса.

— Куда? Куда гонишь? Мы там не пройдем! — запаниковал Пальченко.

— Попробуем.

На большой скорости, направив катер между стволами деревьев, Филатов резко врубил реверс.

Проскочив, словно лыжник-слаломист, между несколькими соснами, катер замедлил ход и ткнулся носом в толстый, в полтора обхвата, ствол. От удара Пальченко едва не вывалился за борт. На корпусе катера появилась заметная вмятина.

— Ты что, охренел?

Фил посмотрел вверх. Над ними были плотные, почти непроницаемые кроны сосен. Хвойный лес даже весной, когда остальные деревья не покрылись еще густой листвой, хорошо укрывал их от преследователей.

— Представьте, что вы лежите на газоне, и вас совершенно не видно.

Пальченко наконец понял, что сделал Филатов, и довольно заулыбался:

— Ну ты даешь! А я думал, ты нас угробить хочешь. Камикадзе чертов!

Вертолет, потеряв их из виду, покружился чуть в стороне еще несколько минут и полетел вдоль края леса.

Фил открыл железный ящик с инструментами, достал большие рычажные кусачки для толстой проволоки или арматуры и перекусил ими наручники на запястьях Пальченко.

Тот растер затекшие руки:

— Зашибись фасон! Фил, ты мне теперь друг на всю жизнь. Вор дружить умеет. Если ты для меня такое сделал, то я...

Вадим **Цыганок**

— Ни хрена мне от тебя, кроме денег, не надо.

— Вот это по-честному. Уважаю. Будут тебе деньги. Много денег. Только вытащи мою задницу отсюда.

— Чем я и занимаюсь, — проворчал Филатов. — Мне моя задница тоже дорога. Но если уж на то пошло и мы с тобой одной веревочкой повязаны, я требую большего доверия.

— О чем это ты?

— Всяко может быть. Никто от ментовской пули не застрахован. Скажи, как ты прячешь такую уйму денег? Даже в баксах — это будет целый грузовик.

— А кто тебе сказал, что держу их в долларах? Я просто ненавижу америкосов и их поганые деньги. Может, это и смешно, но я патриот.

Фил не смог удержать изумленного возгласа:

— У тебя что, все в рублях?!

— В марках. Большего я тебе пока не скажу. Давай сначала доберемся до них.

ГЛАВА 37

Отталкиваясь от земли и деревьев багром, Филатов вывел катер на чистое пространство и бесшумно стал править судно вдоль кромки леса. Вертолета пока не было видно. Наверное, пилоты решили, что у них может не хватить горючего, и улетели на дозаправку. Если так, то у беглецов был небольшой запас времени.

Пальченко открутил крышку бензобака. Заглянул внутрь. Сказал озабоченно:

— У нас тоже горючки кот наплакал.

Фил коротко ответил:

— Хватит.

Наконец лес расступился, и показалась прогалина, служившая до наводнения дорогой. Филатов направил катер туда.

Неожиданно багор за что-то зацепился.

— Может, коряга...

Фил с усилием вытащил из воды труп.

— Тьфу ты, черт! Мало мне на сегодня покойников, — он хотел отцепить крюк от одежды утопленника, а потом в голову ему пришла неожиданная идея: — А ну давай его сюда!

Он подвел багром труп к борту катера.

— Ты что, хочешь его в катер затащить? — не понял Пальченко.

— Давай помогай!

Вдвоем они за руки и за ноги подняли утопленника на борт и бросили его на решетчатый деревянный настил.

— Старый знакомый, — присвистнул Филатов. — Это же фермер наш! Что, Крохин, жаба задушила? Добро свое наворованное жалко было оставить?

— Радость какая... — скривился Пальченко. — Ты еще расцелуйся с ним.

— Радость не радость, а встреча в самую масть. Давай раздевать его.

Пальченко брезгливо оттопырил губу:

— Некрофил, что ли?

— Причем в самой извращенной форме. Ты что, в своей лагерной робе собираешься оставаться? Так мы далеко точно не уйдем. Переодевайся.

Пальченко, матерясь самыми последними словами, стащил одежду с трупа фермера. Напялил на себя.

— Теперь надевай свои шмотки на него, — сказал Фил. — Будем тебя хоронить.

Пока Палец переодевал покойника, показалась

просека. Ажурные вышки высоковольтки торчали из воды, словно портовые краны. Филатов направил катер туда.

— Почему не по дороге?

— Эта линия через несколько километров пересекает шоссе. Надеюсь, что вода там уже не стоит так высоко.

— Ладно. Тебе виднее.

— И им, кажется, тоже...

Снова послышался стрекот вертолета, а через несколько секунд показался и он сам. Машина проскочила над просекой и пролетела дальше.

Фил вдавил кнопку стартера. Двигатель взревел, и катер рванулся с места. Огибая торчащие из воды коряги, проскакивая под опорами высоковольтки, судно мчалось по просеке.

— Может, не заметили? — с надеждой сказал Пальченко.

И тут же вертолет, выскочив из-за верхушек сосен, с ревом пронесся над ними. К звуку его работающего двигателя примешался новый ритмичный стук. Будто кто-то работал отбойным молотком.

— Они стреляют! — воскликнул Палец.

— Как ты догадался?

— Черт! Нас продырявили.

Пули со звоном дырявили дюраль. В днище катера, прямо в самом его центре, появилось три пробоины. Вода стала хлюпать под решетчатым настилом. Пара пуль угодила и в труп фермера-утопленника, валявшегося возле моторного отсека.

— Кажется, мы тонем!

— Пока нет... — Фил резко дал право руля, обогнув завалившееся в воду дерево.

Днище катера ударилось о топляк. Судно тряхануло основательно. Пробоина от удара увеличилась, и катер стало заливать. К тому же впереди, метрах в ста пятидесяти, появился затор. Стволы поваленных сосен громоздились друг на друга, образуя непроходимую баррикаду.

— Вот теперь хуже... — Фил повернулся к Пальченко: — Давай прыгай!

Помедлив секунду, вор с отчаянным воплем сиганул за борт.

Краем глаза Филатов увидел, как он плюхнулся в воду, словно глубинная бомба, и поднял тучу брызг. Вынырнул и, отфыркиваясь, поплыл в лес, под прикрытие сосен.

Вертолет сделал новый заход.

Снова с него начали стрелять. В этот раз пули пробили бензобак и повредили что-то в двигателе. Он стал работать с перебоями и чихать.

До затора оставалось не более пятидесяти метров.

Вертолет, в очередной раз пролетев над катером, сделал разворот по широкой дуге и скрылся за кронами деревьев. В течение нескольких секунд судно для пилотов и стрелка находилось в мертвой зоне.

Летчики не могли видеть, как Фил, переключив скорость на максимальную, выпрыгнул за борт. Нырнул под воду и, цепляясь руками за дно, чтобы как можно дольше сдерживать дыхание, поплыл в сторону.

Катер врезался в залом. Подпрыгнул, как ретивая лошадка, наскочив на наклонно торчащий ствол, и, с треском сминая борта, воткнулся носом в вышку высоковольтки, которая и стала причиной образования этой баррикады.

Судно застряло в ажурных конструкциях опоры.

Винты бешено закрутились в воздухе. А потом обломки катера загорелись.

Маслянистое жирное пламя быстро охватило моторный отсек. Раздался взрыв. Горящие обломки разлетелись далеко в стороны и с шипением стали падать в воду.

Вертолет завис над местом катастрофы.

Обгоревший дымящийся труп фермера, одетый в лагерную робу, висел поперек толстого ствола, надетый на острые сучья, и был хорошо виден пилотам...

ГЛАВА 38

Сход постановил наказать Моню примерно. Чтобы неповадно было другим беспредельщикам соваться в дела тех, кто живет по воровским законам.

Информация об этом попала в Территориальное агентство по борьбе с организованной преступностью. Руководство агентства решило использовать сложившуюся ситуацию в своих интересах.

Двое неприметных парней лет девятнадцати, в трикотажных шапочках и длинных черных плащах из тонкой ткани, по внешнему виду студенты, приехали в город вечерним поездом.

У одного в руках был потертый тубус из кожзаменителя, другой нес в руке пластмассовый чемоданчик-кейс, прозванный в народе «мыльницей».

Они взяли на вокзале такси и попросили отвезти их в пригородный район. По дороге непринужденно болтали с водителем о погоде и растущих ценах. Рассказали парочку свежих анекдотов.

Расплатились, не торгуясь, сколько запросил

таксист. И вышли, растворившись в дождливых сумерках.

Дальше они пошли молча и сосредоточенно, словно их поведение в машине было специально разыграно. Хмурых и скупых пассажиров таксисты обычно запоминают лучше.

Прошли по раскисшей от влаги темной улице. Грязь липла к ботинкам, пачкала джинсы, но это, видимо, не очень волновало «студентов».

Пересекли пустырь, огибая сваленный в кучи строительный мусор. Турецкие рабочие, возводившие неподалеку в лесополосе престижный коттеджный поселок, не потрудились вывезти оставшийся после них мусор на свалку и бросили его рядом с деревенской улицей, где жили в основном одинокие старухи да спивающиеся полубомжеватые мужички.

«Студенты» поднялись на пригорок, откуда был хорошо виден отдельно стоящий большой дом, огороженный высоким каменным забором с железными пиками по периметру.

Огромная усадьба и примыкающая территория были освещены яркими прожекторами. Охрана, не скрывая оружия, отслеживала все вокруг. Пара молодцов, одетая в полувоенный камуфляж, с двумя злющими доберманами без намордников на длинных поводках беспрерывно курсировала по периметру вокруг дома.

— Человек пятнадцать снаружи, — сказал один из «студентов» и спрятал в карман маленький инфракрасный бинокль. — Солидно...

— А сколько еще в доме? — шмыгнул простуженным носом второй. — Боится.

— И правильно делает.

По дороге, ведущей к усадьбе, проехала боль-

Вадим **Цыганок**

шая машина. Бронированный «Мерседес», изготовленный по заказу. На секунду притормозил у распахнувшихся при его приближении массивных ворот.

Охрана мгновенно отследила обстановку и, пропустив машину, быстро закрыла ворота.

— Хорошо работают... Профессионалы.

— А это кто приехал? Машина-то не хозяина.

Парень с «дипломатом» в руке пожал плечами:

— Гости, наверное. Нам какая разница? Кто не спрятался — я не виноват.

Из темноты неожиданно и совершенно тихо вынырнули двое плотных парней в кожаных куртках. В руках у них были помповые дробовики. Они зашли с двух сторон, зажав «студентов» в клещи.

Те их заметили, но не предприняли никаких ответных действий.

— Эй, стручки, чего тут делаете? — грубо спросил один из кожаных парней.

— Гуляем... А чего, нельзя? — дрожащим голосом спросил «студент». — Ребята, если вы против, то мы сейчас уйдем.

— Стоять! Серега, посмотри, что это у него за мандула, — охранник кивнул напарнику на тубус. — Не рыпайтесь, шнурки...

Два выстрела из пистолетов с глушителями прозвучали практически синхронно. Крепыши с дырами во лбах упали в разные стороны, как сбитые кегли.

«Студенты» стреляли из «вальтеров», плоских и небольших — вместе с навинченными глушителями они уместились в карманах плащей.

— Набрали детей в армию, а молоко не выдают, — один из «студентов» достал игральную карту и бросил пикового туза на тело убитого им боевика.

— Работаем?

— Работаем.

В чемоданчике оказалась специальная аппаратура для прослушки на расстоянии.

Тончайший луч лазера в невидимом спектре, направляемый опытной рукой, заскользил по бронированным стеклам плотно зашторенных окон. На мониторе замелькали ломаные кривые, отображающие микроколебания стекол, вызванные разговорами людей, находящихся в доме.

В программу компьютера был заложен образец голоса Монастырского, и когда графики импульсов наконец совпали, на мониторе появился сигнал.

— Третье справа окно, на втором этаже, — сообщил «студент» приятелю с тубусом. — Он не один. Разговаривает с кем-то.

— Невелика разница.

Крышка тубуса упала на землю. Стрелок извлек из чехла портативную ракетную установку, заряженную радиоуправляемой гранатой двойного кумулятивно-осколочного действия.

* * *

Кардинал в спешке бросил все дела и приехал к своему боссу. Никогда еще не было такого, чтобы он позволил себе побеспокоить Моню без предварительной договоренности о встрече.

Монастырский отдыхал в бильярдной. Он был большим любителем погонять шары.

— В чем дело? — спросил он недовольно, когда ему доложили о прибытии Кардинала.

— Говорит, дело срочное, — осторожно сказал охранник.

Обычно серое лицо «серого» было сегодня зеленовато-землистого цвета. Куда только исчезло его обычное спокойствие?

— Ну что? — резко спросил его Моня. — Чем еще обрадуешь?

— Все провалилось.

— ...?

— Свой человек в органах сообщил, что все наши люди погибли. Палец тоже. Неблагоприятное стечение обстоятельств.

Моня бросил кий на стол:

— Ну и черт с ним! В конце концов обойдемся и без его денег.

— Это еще не все. Тот же человек передал, что воровской синдикат в курсе наших планов на «общак». Это война...

— Кто?

— Говорили о каком-то Коротышке.

Монастырский схватил бильярдный шар и с силой запустил им в стену. В дубовой панели осталась глубокая вмятина.

— Черномор! Сука! Как он мог? Что, я ему мало платил?!

— Значит, воры заплатили больше... Я уже дал указание. Сегодня же с Синицыным разберутся. Эти деньги станут ему поперек глотки.

Монастырский подскочил к Кардиналу, схватил его за грудки:

— Серый, что будем делать?!

— Для начала объявим военное положение. Нужно собрать всех бойцов. Усилим охрану. Сил у нас не меньше, чем у синдиката.

Нарастающий гул за окном заставил его резко обернуться.

Словно в замедленном кино, Кардинал увидел, как выгнулось бугром бронированное стекло на окне. Потом в центре его вспучился пузырь, лопнувший, подобно мыльному, и в комнату, прямо на него, влетела управляемая реактивная граната.

Он хотел закричать от ужаса, но не успел даже раскрыть рот.

Монастырский, стоявший спиной к окну, лишь по выражению лица Кардинала понял, что случилось страшное, когда граната врезалась ему между лопаток, прожгла насквозь и взорвалась на вылете, искрошив осколками все вокруг.

Когда охрана, вбежав в комнату, залила из огнетушителей вспыхнувший огонь, телохранители обнаружили возле покореженного бильярда два обезображенных до неузнаваемости трупа.

* * *

— Йес!...

«Студенты» ударили по рукам.

— Одним уродом меньше.

Ребята были еще молоды, и каждая удачно проведенная операция доставляла им радость.

Быстро спустившись с холма, они выкатили из кустов оставленный специально для них мотоцикл «Ямаха», сбросили свои длинные пальто, оставшись в коротких кожаных «косухах». Надели черные блестящие шлемы.

— И-и-ха!

Больше всего после своей работы «студенты» любили хорошие мотоциклы и скорость.

ГЛАВА 39

Поздно вечером к старой заброшенной стройке подъехала обшарпанная, старая «Волга». Работы по возведению нового цеха давно обанкротившегося завода прекратились еще несколько лет назад.

И теперь недостроенные корпуса, как скелеты вымерших мастодонтов, высились посреди дикого заросшего пустыря.

Из машины вышли трое, по виду типичные бандиты. Коротко стриженные. Одетые во все темное. На ногах массивные подкованные железом ботинки.

Огляделись по сторонам.

— Вроде все тихо, — сказал один и достал с заднего сиденья машины автомат Калашникова. — Никого нет.

Другой подошел к багажнику. Открыл его.

Крепко связанный человек с заклеенным скотчем ртом без труда помещался рядом с запасным колесом и ящиком с инструментами. Он был карлик.

— Ну вот, Черномор, — бандит похлопал карлика по щеке. — Мы приехали на место. Как самочувствие?

Тот задрыгался в своих путах. Замычал отчаянно, пытаясь что-то сказать.

— Освободить тебе рот?

Черномор закивал головой.

— Зачем? Ты уже все сказал, что мог.

На глазах карлика появились слезы. Он умоляюще взглянул на своего палача.

— Ладно... Каждый приговоренный имеет право на последнее слово.

Скотч содрали вместе с частью бороды. Черномор застонал от боли. Сморщился, как сухофрукт. Потом заплетающимся языком сказал:

— Не убивайте меня сейчас. Прошу. Дайте встретиться с Кардиналом. Я все ему объясню. Меня подставили. Менты нарочно вбросили информацию, что я продался ворам.

— Все может быть. — Бандит закурил. Достал из

пачки еще одну сигарету и вставил ее в рот Черномору. — Но даже если это и так, то ничего не изменится. Ты же не мальчик, Черномор, не первый год в нашем бизнесе. И сам прекрасно понимаешь, что гораздо проще и надежнее завалить тебя, чем проверять все и рисковать завалить дело. В любом случае тебе не будет больше доверия. А значит, ты отработанный материал. Твое место в утиле.

— Покурили, поговорили и хватит. — К ним подошли еще двое братков. — Пора...

Извивающегося червяком Черномора вытащили из багажника и поволокли на стройку. Один боевик остался возле машины.

В недостроенном цеху карлика бросили на земляной пол рядом с вырытой когда-то глубокой узкой траншеей. Бандит с автоматом передернул затвор.

— Все, Черномор...

В этот момент в кармане у одного из боевиков зазвонил сотовый телефон.

— Кого там, черт!

Он достал трубку. Поднес ее к уху. Слушал несколько секунд, бледнея. Глаза его постепенно расширялись.

— Что там? — спросил его приятель.

Бандит опустил телефон и, заикаясь, ответил:

— Просто песец... Моню и Серого нашего замочили. Вот такие дела...

— Во, блин!

— Я же говорил! Говорил, — подал голос Черномор. — Это ментовская подлянка. Я ни при чем! Развяжите меня.

Бандит задумался:

— А с этим что теперь делать?

Второй почесал репу и изрек:

— Какая, хрен, разница? Сегодня Моня начальник. А завтра еще какая-нибудь «шмоня». Приказ есть приказ.

Черномор понял, что пощады ему не будет. Заскулил, как побитый пес. Ухитрился даже встать на свои короткие ноги, но не удержал равновесие и кувыркнулся вниз головой в траншею.

— Ты глянь, — сказал бандит своему напарнику. — Бородатый наш с понятием, самообслуживанием занялся.

ГЛАВА 40

Человек с большими бельмами на обоих глазах двигался по дому очень уверенно. Со стороны даже трудно было поверить, что он незрячий.

Слепец встал из-за стола и пошел на стук открывать дверь.

Пальченко, взяв обрез охотничьего ружья, предусмотрительно встал за дверным косяком.

— Давай, Бельмо...

— Кто там? — спросил слепец.

— Почтальон Печкин... — послышалось в ответ.

Палец узнал голос Фила, но ружье не опустил. Вышел из-за косяка только тогда, когда убедился, что гость один.

— Что за артиллерия? — кивнул Филатов на обрез в руках Пальченко.

— Доверяй, но проверяй. Отчего так долго?

Почти неделя прошла с того дня, когда они вдвоем, уйдя от погони, выбрались на шоссе, большой участок которого оказался размыт наводнением. Но, на счастье, замерзшим и голодным беглецам повстречались дорожные рабочие, которые и помогли им добраться до окраины города.

Пальченко привел Фила в дом странного слепого субъекта, где они наконец смогли прийти в себя. Потом Филатов ушел, пообещав вернуться на следующий день, а пропадал целых двое суток.

— Я думал, что тебя сцапали. Еще немного — и сам бы сорвался с места, — Палец аккуратно снял курки с боевого положения.

— Все нормально, — Фил прошел в комнату. — Переполох в городе, вот и пришлось осторожничать.

Он достал из внутреннего кармана и бросил на стол паспорта. Сел на стул и придвинул к себе тарелку с нарезанной колбасой. Взял хлеб.

— Воры Моню замочили. Из реактивного гранатомета. Сделали в нем вот такую дырку! — Филатов развел руками, словно удачливый рыбак. — Черномора нашли на стройке, закопанного ногами вверх. Пошутил кто-то. Завaруха будет. Это точно. Нужно поскорее когти из города рвать...

— А кто против?

Палец взял в руки паспорта. Российский и заграничный. Полистал с интересом.

— Фото мое где взял?

Фил кисло улыбнулся:

— Обижаешь. Я когда за тобой наружку вел, немало тебя нащелкал. Во всех ракурсах. Часть негативов у меня дома оставалась. Пришел днем, пока жена на работе была, забрал. Слава богу, вещи она мои пока не выбросила.

— Как уходить будем?

Филатов налил себе водки в стакан. Выпил и сунул в рот кусок колбасы. Прожевал неторопливо. Стал излагать Пальченко свой план:

— В общем так. Есть надежная фирма. Через неделю в Польшу два трейлера идут с грузом. Нас оформили как сопровождающих от фирмы отправителя. Ты с одной машиной, я с другой. Два дня — и мы в Варшаве.

— Складно. А как же деньги?

— Деньги? Что деньги? Я только и слышу про эти деньги. А где они? Есть ли на самом деле? Может, это только разговоры, а я за пустое место задницу рву.

Пальченко жестом прервал поток его словоизлияний.

— Не волнуйся. Деньги есть. И ты свое получишь.

— Ну что ж, пятьдесят лимонов сумма не маленькая, и по карманам ее не распихаешь. Хозяин этой же фирмы берется за комиссионный процент, разумеется, перевести эти деньги на счет банка в Женеве.

— То есть мы ему «наликом», а он нам нолики на бумаге? Нет, так не пойдет.

— А как же по-другому? Контейнером их, что ли, повезем? Только до таможни и доедем.

Пальченко задумался на минуту и наконец сказал:

— Фил, ты как хочешь, можешь в Польшу или хоть в Африку драпать. А я на свою Украину поеду. Теперь это вроде как другая страна, а все же на родине.

Филатов поперхнулся куском колбасы. Прокашлялся. Почесал в затылке и ответил:

— Мне, собственно, все равно, куда отправишься ты. Но я хотел бы в таком случае получить свою долю. А потом разойдемся, как в море корабли. Я не знаю тебя, ты никогда не видел меня. Я хочу свою долю.

— Долю? Ты ее получишь...

Пальченко сделал вид, что закашлялся. На самом деле это был условный знак. Слепец, стоявший у Фила за спиной, мгновенно накинул ему на шею удавку.

Филатов каким-то чудом все же сумел просунуть под капроновый шнур пальцы:

— Что ж ты, сволочь, делаешь? — прохрипел он, задыхаясь. — Это твоя благодарность?

Пальченко наклонился к самому его лицу. Заглянул в глаза и совершенно спокойно сказал:

— Это — твоя доля.

— Почему? Мы же договорились...

— Я вор в законе, а ты мент. И между нами не может быть никаких договоров. Думаешь, я тебе поверил хоть на столько? — Пальченко показал кончик мизинца. — Ты облажался, мент.

Он толкнул Фила в грудь, и тот вместе со стулом завалился на слепого. Бельмо уперся ему ногой в спину и стал затягивать удавку.

Последним усилием Филатов попытался ударить слепца, но тот был необычайно силен. Борьба с ним не имела перспективы, тем более что сознание Фила уже начало мутиться.

Происходящее дальше он воспринимал сквозь пелену полузабытья.

Стекло в окне со звоном вылетело. Человек, появившийся в проеме, выстрелил из пистолета. Пуля обожгла Филатову висок и попала Бельму в шею. Тот выпустил из рук концы удавки, схватился за шею, сделал несколько шагов назад и повалился навзничь, уставившись в потолок своими бельмами. Руки его безвольно раскинулись в стороны, и кровь тугой струей забила из порванной артерии в такт затухающим ударам сердца.

Пальченко, схватив со стола кухонный нож,

бросился к двери, но навстречу ему в дом вломились двое вооруженных пистолетами людей.

— А-а, суки! — Палец замахнулся ножом.

Рука его попала в захват. Он перевернулся через себя, следуя заданному ему ускорению, и грохнулся на пол.

Удар ногой в живот.

Вора перевернули лицом вниз и сковали наручниками. По отработанным действиям захвативших его людей Пальченко понял, что снова имеет дело с милицией.

Батыр Асаев наклонился над еще не вполне пришедшим в себя Филатовым. Тот тяжело дышал, разевая рот, как выброшенная на берег рыба.

— Фил, как ты?

Филатов дотронулся пальцами до ожога, оставленного пулей на виске:

— Бывало лучше... А ты?

Асаев усмехнулся и машинально растер ладонью грудь под курткой.

— Бронежилет выдержал, но по мне словно трамвай проехался. Синяки уже сошли, хотя до сих пор побаливает. Спасибо, что не стал стрелять мне в голову. Этого я бы точно не пережил.

— Зачем вы поперлись за мной? — Фил болезненно сморщился, ворочая шеей из стороны в сторону. — Где мы теперь будем искать чертова «кассира»?

— Ты неблагодарный мент. Слепой чуть не свернул тебе шею, а ты все думаешь про эти деньги.

— Я из-за них по уши окунулся в дерьмо. Едва не утоп. А ты хочешь, чтобы я про них не думал?

Асаев помог Филатову подняться с пола. Тот подошел к Пальченко:

— Палец, я, конечно, понимаю, что просить тебя бесполезно...

— Поцелуй меня в задницу, мент. Запомни, Фил, ты уже покойник. Тебе не жить!

— Долгожителем мне точно не быть, но постараюсь огорчать тебя как можно дольше...

Обыск длился почти до самого утра.

Пальченко сидел на полу со скованными руками, рядом с укрытым скатертью со стола трупом Бельма, и, не скрывая ехидства, посматривал на тщетные усилия сыскарей.

— Ищите, ищите... Уроды!

— Заткнулся бы ты, если нечего по делу сказать! — Фил едва сдерживался, чтобы не ударить вора.

Перепачканный паутиной и вековой пылью, с чердака спустился Асаев. Обреченно махнул рукой:

— Глухо. Ничего там нет.

— Хорошо смотрел?

— Лучше некуда. Разве что тараканам в задницы не заглядывал.

Асаев подошел к Пальцу. Наклонился к нему:

— Давай договоримся. Сам понимаешь, стоит нам вбросить ворам информацию, что ты хотел прикарманить «общак», и тебя даже в камере-одиночке достанут. Вот поверь мне: на Фила не смотри даже, его и спрашивать никто не станет. Отдай деньги и можешь катиться на все четыре стороны. Мы тебя не видели...

— Пошел ты на... мент!

Фил посмотрел на Асаева, гадая, всерьез ли тот предлагал вору такой размен. Лично он бы в такое не поверил. Не удивительно, что не поверил и Пальченко.

Вскрыли полы.

Раскидали большую поленницу дров в сарае.

Перевернули в доме все вверх дном.

Кассы нигде не было. Да и трудно было представить, что где-то здесь можно спрятать такую уйму денег.

— Ну что, звоним шефу? — спросил Филатова Асаев, когда окончательно стало ясно, что удачи им не видать.

— Он знает, что я уже в городе?

— Мы пока не докладывали.

— Вот и не спеши. Дай я хоть денек отдохну. Заодно обильно смажусь вазелином.

ГЛАВА 41

Живописного вида парочка стояла под окнами родильного отделения центральной городской больницы.

Женька уже мог передвигаться с помощью костылей, приволакивая свои еще непослушные ноги. Перекособоченный Ходарев, с подвязанной черной лентой рукой, опирался на трость. Но лица их, несмотря на все пережитое, выражали радостное ожидание.

Во двор больницы, тихо урча мотором, въехал спортивный «БМВ». За рулем сидел Филатов. Он приоткрыл стекло и спросил:

— Ну, как дела?

— Еще не родила... — машинально ответил Ходарев.

Потом он, посмотрев на водителя, узнал Фила, и лицо его помрачнело:

— Здрасьте, не ждали. Чего приперся?

— Дело есть.

— Твои дела у прокурора.

Филатов открыл дверь машины.

— Да ладно тебе. Садись. Поговорить надо.

Ходарев задумался на секунду, а потом сказал Женьке:

— Посиди пока на скамейке, а я с этим типом разберусь.

Он подсел в машину к Филу.

— Как пацан? — тот кивнул в сторону ковыляющего к лавочке Женьки.

— Нормально. Врачи сказали, что у него был психотравматический шок. В общем клин клином. Теперь чувствительность ног понемногу возвращается. Надо его в бассейн на плавание записать. Пусть тренируется.

Ходарев достал сигарету, но зажигалка оказалась в кармане со стороны покалеченной руки.

Филатов дал ему прикурить.

Ходарев затянулся. Выпустил дым в лобовое стекло:

— А ты только за этим приехал?

— Не совсем. Нам надо до конца выяснить наши отношения. Не хочу, чтобы ты думал, будто я...

— Да ладно, — перебил Ходарев. — Тут ко мне приходили двое «в штатском». Провели разъяснительную беседу. Иначе бы я сразу, как увидел тебя, костылем огрел. Мало бы не показалось.

— Ну вот и ладненько. Ты еще злишься на меня за свое золото?

— А ты как думаешь?

— Я так и знал, что ты меня уже простил.

— Дурак ты!

Филатов скорчил притворно обиженную рожу. Потом рассмеялся:

— Все! Не буду больше тебя дразнить. Держи.

Он достал из бардачка и протянул Ходареву сберегательную книжку.

— Что это?

— Твоя законная доля.

— Бандиты расписали?

— Иди к черту! Это полагающиеся тебе по закону двадцать пять процентов.

Ходарев недоверчиво открыл книжицу, взглянул на сумму и даже присвистнул от удивления.

— Неужели там было столько?!

— Как видишь...

— Но как?

— Ты же, придурок, совсем одичал, бегая по своим лесам. Одно слово — Эксгуматор. Ну подумай сам. Разве после всех дел, что творились вокруг твоей карты, тебе бы дали спокойно искать это золото? Еще во время следствия твою персону сразу на заметку взяли ФСБэшники. А мне как раз предложили перейти на работу в Территориальное агентство по борьбе с организованной преступностью. Ну и решили из клада этого сделать повод, чтобы меня выкинули из органов. Специально проверку устроили. И меня показательно выпороли.

Потом я все в клювике принес бандитам. Они лес раскорчевали. Мелиоративные работы провели. Нам только и оставалось прийти к завершению всех работ и изъять объект незаконного промысла.

Так что ты по праву получаешь свои полагающиеся проценты. При любом раскладе — это максимум, на который ты мог рассчитывать, даже откопай золото сам. Только это вряд ли. Я видел котлован. Ты бы его до пенсии копал.

— Слушай, Фил, — осмыслив все услышанное, сказал Ходарев. — А ведь я тебя убить мог. Попадись ты мне тогда, в интернате, я бы, наверное, не задумываясь в тебя выстрелил.

Филатов вздохнул и взгляд его погрустнел:

— Да, там я здорово лажанулся. Все впустую. Я ведь «общак» воровской искал. Пальченко воровской сход постановил авторитета лишить за то, что не по их понятиям жил. А он деньги умыкнул.

— И много?

— Скажу, не поверишь.

— А все же?

— Пятьдесят миллионов, если на доллары.

— Охренеть!

— Вот и я о том. Мне внеочередное звание должны были дать, если я их разыщу. Майора. А теперь...

Филатов обреченно махнул рукой.

Ходарев поскреб небритый подбородок:

— Это же несколько больших чемоданов денег.

— Наверняка даже больше. Пальченко говорил, что они у него в марках. Тоже мне патриот. Доллары не любит. Ну и держал бы тогда все в рублях. Уж вагон денег мы как-нибудь отыскали бы. Хозяина дома, слепого, убили при задержании. А сам Палец молчит, как комсомолец на допросе.

— А что за слепой?

— Давний его приятель. Они еще в молодости сидели вместе. А потом ему в зоне лицо кипятком ошпарили. Вот и получил прозвище Бельмо. Высококлассный вор-карманник был. В транспорте работал. На слепого кто подумает? А потом вроде отошел от дел. Несколько лет о нем ничего не было слышно.

— А может, он и был кассиром? Как ты говоришь, на слепого кто подумает?

— Все обыскали. Бесполезно... Да, кстати, ты на

радостях должок мне не забудь вернуть. Ты у нас теперь богатый, так что для тебя пятнадцать штук — тьфу!

— Какие пятнадцать штук? — искренне удивился Ходарев. — Разве я у тебя брал деньги?

— А тебе что, Лера ничего не сказала?

— Про что?

Филатов усмехнулся и похлопал Ходарева по плечу:

— Практичная она у тебя женщина. Завидую...

На первом этаже больницы распахнулось окно, и высунувшаяся нянечка в белом замызганном халате заорала на весь двор:

— Ходарев кто?

Тот рванулся из машины. Зацепился своим костылем. Едва не растянулся на земле. И, прихрамывая, поскакал к окну:

— Я!

— Папаша, сын у вас родился. Три двести!

— Ура! — заорал Женька, сидя на скамейке и размахивая своими костылями, как крыльями. — У меня брат родился!

— Разрешите присоединиться к вашему семейному торжеству, — сказал Филатов, подойдя к Ходареву. — В крестные-то возьмешь?

— Ну ты, Аль Капоне, — засмеялся Ходарев. — Тебе только крестным отцом и быть!

ГЛАВА 42

Пальченко уже несколько раз приводили на допрос. Но он всем своим невозмутимо-вызывающим видом издевался над следователем. Рассуждал на разные отвлеченные темы и, только когда вопрос ставился прямо, улыбаясь, говорил:

— Гражданин начальник, я в законе. Мне при всем желании нельзя сотрудничать со следствием. Показания я давать не буду.

Следователь хмурился:

— Пальченко, ты уже не «законник». Воры лишили тебя этого звания.

— Я сам кого хочешь лишу: хочешь жизни, хочешь еще чего. Пока это со мной, — Палец показал свой перстень... — я король. И каждая милицейская сявка мне не указ.

Перстень этот, как положено в следственном изоляторе, подобно другим украшениям и побрякушкам, у Пальченко пытались забрать. Но тот давно уже врос в кожу, и снять его можно было только вместе с пальцем, на котором он сидел.

Вор теперь прекрасно понимал, что его побег, якобы устроенный бандитами, на самом деле был спровоцирован органами. Хоть доказать это и невозможно, опытный адвокат на суде по крайней мере обставит все так, что судьи поставят под сомнение правомерность действий спецслужб. А значит, и все, что произошло потом, не может быть полновесным доказательством его, Пальченко, вины.

Поэтому он и вел себя так самоуверенно.

В камере главенство Пальца все признали сразу и безоговорочно. Несмотря на переполненность следственного изолятора, заключение его было относительно комфортным.

Вернувшись с допроса, он прошел в свой угол возле окна и лег на койку в нижнем ярусе. Больше никто в камере не имел своего отдельного или постоянного места. Спали по очереди.

Тут же подлетевший «чмырь» стал снимать с него ботинки.

Вадим **Цыганок**

— Сигарету принеси, — приказал ему Пальченко.

Он с ленивым интересом стал наблюдать, как робкий, забитый паренек ходит по камере и просит для него сигарету. Вот в одном месте он огреб увесистую оплеуху. В другом его послали трехэтажным матом. Наконец кто-то сжалился, зная, что бедолагу изобьют, если он не исполнит волю пахана, и дал сигарету.

Тот с выражением крайней радости прибежал к Пальченко и протянул дрожащей рукой «Приму». Вор закурил. Глянул на стоящего рядом «опущенного»:

— Повернись...

Парень, зная, что его ожидает, все же повернулся к Пальченко спиной и замер. Вор с силой ударил его ногой в тощий зад.

«Чмырь» отлетел в противоположный угол камеры, где за загородкой стояла параша, и растянулся на бетонном полу. Из разбитого носа у него текла кровь. Вся камера веселилась и хохотала до упаду.

Недоделанный этот Толик появился в камере всего пару дней назад. Попался на рынке со спичечным коробком анаши.

Арестанты сразу распознали в нем потенциально слабохарактерного, безвольного человека и определили ему место возле «параши».

Пальченко издевался над ним не из злости, просто в камере было жутко скучно.

Вечером, после отбоя, в камере выключили свет. Горела одна-единственная тусклая лампочка в решетчатом колпаке за перегородкой, отделявшей санузел от камеры. Тонкий лучик света пробивался из щели под потолком.

Где-то среди ночи Пальченко проснулся от

того, что мочевой его пузырь взывал к хозяину с просьбой облегчиться. В последнее время Палец заметил, что слишком часто стал ходить в туалет. Наверное, застудил-таки почки в холодной воде, когда они с Филом выбирались из затопленного леса.

Он полежал еще с минуту, глядя в панцирную сетку верхней койки. Позывы не проходили. Тогда он вздохнул, встал и пошел к параше, перешагивая через ноги тех, кто коротал ночь, сидя на полу.

Зашел за перегородку, расстегнул штаны и с наслаждением пустил струю во вмурованный в пол коричневый от старости и грязи унитаз.

Сзади послышался едва различимый шорох.

Не прекращая начатого дела, Пальченко повернул голову и увидел стоящего позади «чмыря».

— Ты что, придурок, не видишь, что занято?

В глазах парня появился какой-то опасный блеск. Да и сам он весь не был сейчас похож на того забитого человека, каким выглядел днем. В его движениях и глазах была уверенность.

Не успел вор сказать еще хоть слово, как парень, высоко подпрыгнув, вдруг ударил его ступней прямо в шею.

Пальченко бросило вперед, он ударился головой о шершавую стену и отключился.

Когда он вновь пришел в себя, то обнаружил, что сидит на полу с расстегнутыми штанами, привязанный к канализационному стояку. Во рту у него торчал собственный давно не стиранный носок.

Парень, злорадно улыбаясь, стоял напротив и в руке держал конец толстой капроновой лески, намотанной на ладонь. Пальченко опустил глаза и обнаружил, что другой конец лесы накинут петлей на его мошонку.

Поняв, что собирается сделать парень, Пальченко замычал и задергался, пытаясь освободиться. И тут леса натянулась.

Чудесным образом преобразившийся «чмырь», постепенно увеличивая усилие, следил за реакцией Пальченко, и, кажется, это его радовало.

Боль была пока не очень сильной, но ужас поразил вора до последней клеточки его тела. Он взмок, будто пробежал марафонскую дистанцию. Глаза вылезали из орбит.

А парень все тянул. Леса впилась в кожу, передавила кровеносные сосуды. И когда Пальченко мутнеющим сознанием понял, что еще немного и он лишится мужского достоинства, парень вдруг ослабил усилие и отпустил леску.

Вот тогда вор и почувствовал настоящую боль. Кровь из пережатых вен хлынула в мошонку, и у него возникло ощущение, будто он сел на раскаленную сковородку.

Экзекутор наклонился к лицу Пальченко, приставил к его горлу бритву и тихо, почти шепотом сказал:

— Сейчас я освобожу тебе твой поганый рот. Только не вздумай кричать. Я откромсаю тебе твою сраную башку. Понял?

Пальченко из-за навернувшихся на глаза слез плохо видел, но почувствовал, как из пореза возле кадыка побежала горячей струйкой кровь. Он замычал, боясь кивнуть головой.

— Вот и зашибись... А потом ты мне скажешь, где находится касса. Иначе я все-таки оторву тебе яйца.

ГЛАВА 43

Недаром говорят: дурака магнитом тянет.

Кое-как подлечившись, Ходарев нашел предлог и смылся из дома. Эйфория первых недель после рождения сына прошла.

Вонючие пеленки, истошные крики младенца. Всклокоченная, невыспавшаяся, раздражительная Лера.

Требовалась кратковременная, но срочная смена обстановки.

Эксгуматор навострил лыжи к Филу. В этот раз он был уже без трости и повязки на руке, но все еще немного прихрамывал. Скорее всего, это была привычка, ведь нога начинала болеть только при большой нагрузке, а играть в футбол Ходарев не собирался.

Он подошел к входной двери квартиры Филатова и увидел, что та приоткрыта. Так же было, когда его собственный дом посетили грабители..

Хотел было повернуть назад и вызвать милицию, но вдруг ему показалось, что он слышит доносящийся из квартиры стон и невнятное бормотание.

Осторожно толкнул дверь, которая с легким скрипом открылась.

Подобрав в прихожей длинную железную лопатку для обуви, Ходарев с этим ненадежным оружием прошел по коридору и заглянул в зал, откуда снова послышался стон человека.

Филатов лежал на полу лицом вниз посреди разгромленной комнаты.

Дверцы шкафа и секретера были распахнуты. Ящики вывернуты наружу. Вещи в беспорядке валялись на полу вокруг хозяина.

— Фил... Фил, ты жив? — Ходарев склонился над товарищем и осторожно его перевернул.

От Филатова воняло водкой, будто он в ней купался, не снимая одежды.

Он был пьян в дупель.

— А, Эксгуматор... — Глаза Фила никак не могли сфокусироваться в точку и блуждали независимо друг от друга. — Хорошо, что ты п-пришел. Давай выпьем?!

— Сукин сын, как ты меня напугал! Я уже думал, что тебя кокнули.

— Не дождетесь!..

Ходарев взвалил Филатова на плечо и потащил в ванну. Бросил прямо в одежде на замоченное, судя по запаху, неделю назад белье и открыл холодную воду.

— Еханый бабай! — Фил попытался выскочить из ванны. — Замерзаю!

Пришлось Ходареву силой окунуть его в воду с головой.

Тот вынырнул. Зафыркал, как морж. Потом, изловчившись, вырвался из рук Ходарева и вывалился из ванны.

— Ну что, пришел в себя?

— Не совсем. — Фил сидел на полу и лязгал зубами.

— Одежду сними и вытрись.

Ходарев пошел на кухню и сумел отыскать среди погрома бутылку водки, в которой было еще граммов сто огненной воды, яйца, подсолнечное масло и черный молотый перец. Смешал все это в известных пропорциях.

Отнес стакан Филатову:

— Пей!

Тот опасливо понюхал содержимое. Почувствовал водочный дух:

— Все... Я больше не могу.

— Пей давай!

Ходарев влил коктейль в рот сопротивляющемуся Филу. Он выпил, выплюнул кусочек скорлупы, попавшей в стакан. Потом ойкнул и, схватившись за живот, побежал в туалет.

Через секунду донесся рык, подобный тигриному, усиливаемый воронкой унитаза, словно мегафоном. Филатова чистило.

Скоро появился и он сам. Взъерошенный. Потный. Но в глазах его появилось осмысленное выражение, а лицо приобрело нормальный, не зеленоватый оттенок.

— Все. Чтоб я еще в рот взял. Никогда...

— Зарекалась попадья. С какой радости так нажрался? И что у тебя в квартире творится?

Фил обвел взглядом погром:

— Жена, сука, ушла!

— В первый раз, что ли?

— Теперь уже совсем ушла. Видишь, все свои вещи забрала. А я остался с замоченным бельем и одной парой чистых носок. Зараза. Утюг даже унесла. А мне его на День милиции подарили. За хорошую работу, между прочим...

— Поругались, что ли?

Филатов пнул ногой валявшееся рядом тряпье из шкафа:

— Не нравится ей, что я снова мент. Говорит, уже привыкла к мужу-бандиту. Хоть деньги в доме были. А теперь я, вроде, как опять не бандит, а вовсе наоборот. Чего, мол, от тебя в следующий раз ждать?

— Смены пола.

Фил глянул на Ходарева и расхохотался.

— А ты чего, собственно, приперся? Смотрю, уже на поправку пошел.

— Твоими молитвами. Идея есть одна. Насчет денег, которые ты не можешь найти.

— Ой, Ходарев, только не надо мне твоих идей! От них одна головная боль. А у меня и так качан раскалывается. Пальченко в СИЗО прирезали. В камере, где на квадратный метр по три человека народу, никто ничего не видел и не слышал. Будто архангел с небес спустился и чикнул ему лезвием по горлу.

— Эта идея тебе понравится. Надеюсь...

Филатов, с полотенцем, обмотанным вокруг бедер, стал подбирать с пола вещи и одеваться:

— Давай только по-быстрому.

— Ты все еще хочешь стать майором?

Фил замер, стоя на одной ноге, вторую он уже вдел в штанину:

— Издеваешься?

— Ты одевайся, одевайся. Знаешь, в жизни так часто бывает: разговаривают два человека, а друг друга не понимают. Просто они называют одними словами разные вещи.

— Короче, Склифосовский.

— Ты говорил, что Пальченко держал деньги в марках?

— Ну?

— В каких?

— Это не я говорил. Это он говорил. Какая разница, в каких? Немецких, финских...

Ходарев, торжествуя, вытащил из кармана свернутый трубкой журнал. Раскрыл его там, где была закладка. Ткнул пальцем:

— Читай!

В заметке сообщалось, что на последнем аукционе в Лондоне одна редкая почтовая марка была продана почти за семьсот тысяч фунтов!

— Это больше миллиона долларов.

Филатов скептически оттопырил губу:

— Палец — филателист? Что он может понимать в марках? У него пять классов образования.

Но Ходарев не унимался:

— А зачем ему понимать? Главное, знать об истинной ценности. Смотри, все совпадает. Кассир слепой. Он даже не знал о том, что в его руках такие деньги. Палец мог не беспокоиться о том, что Бельмо решит ими воспользоваться. На ощупь деньги даже дурак определит. А марки? И за кордон их вывезти гораздо легче, чем чемоданы с деньгами. И реализовать их, при условии настоящей ценности, не так сложно. Повернутых миллионеров там, за бугром, хватает.

Фил отыскал в свалке одежды носки. Но они оказались разного цвета. Подумав, он надел их.

— Ладно, как вас там, господин Пуаро, что ли? Поехали. Проверим твою версию. Не убудет.

ГЛАВА 44

— Скоро приедем? — спросил Ходарев.

— Уже проехали мимо. Только что, — спокойно ответил Филатов.

— Не понял.

— Возле дома машина стояла. Горчичная «шестерка». Видел?

Ходарев обернулся, чтобы посмотреть. Фил грубо одернул его:

— Не вертись. Там человек в кабине.

— Может, из ваших кто?

— Номера иногородние.

— И когда ты успел заметить?

Филатов не удостоил Ходарева ответом. Он свернул в первый проулок и остановил свой «БМВ» на обочине.

Ходарев беспокойно заерзал:

— Что делать будем, Фил?

— Огородами пройдем. Посмотрим, что за «варяги» нагрянули. У тебя оружие есть?

— Откуда? У меня же условный срок.

— Вот и хорошо. Иди тихонько следом и не суйся куда не надо. Без калечных справимся.

Ходарев хмыкнул, но промолчал.

Они вышли из машины.

Филатов постучал в ближайший дом. Показал вышедшей бабке милицейское удостоверение и объяснил ей, что им необходимо пройти через двор.

Пробрались огородами до усадьбы, принадлежавшей раньше карманнику Бельмо.

— Пригнись... — Фил побежал первым и прижался к стене возле заднего крыльца дома.

Ходарев зигзагами, вспомнив армейский тренаж, последовал за ним.

На двери была приклеена бумажка с печатью. Филатов ногтем сорвал ее. Легонько потрогал дверь. Стало слышно, как с той стороны позвякивает накинутый крючок.

Достав из кармана складной нож, Фил просунул его лезвие в щель и откинул запор.

В комнате кто-то разговаривал. Гостей было двое.

— И один в машине. Всего трое.

Фил вынул из наплечной «макарова». Дослал патрон в ствол:

— Я пошел. Если кто выскочит, бей, не стесняйся. — Он на несколько секунд закрыл глаза и забормотал себе под нос: — Я терминатор, терминатор... У меня железная жопа. Мне все по хрену. А-а!

Ногой распахнул дверь и исчез в доме.

Послышался его крик:

— Всем стоять! Оружие на пол! Дом окружен! Стрелять буду, на хрен!

В ответ глухо хлопнул пистолетный выстрел. Судя по звуку, скорее всего малокалиберный «марголин». Басовито грохнул филатовский «макарыч».

Кто-то заблажил дурным голосом.

Не выдержав, Ходарев схватил валявшееся в сенях полено и бросился на помощь Филу. Пробежал кухню. Ворвался в горницу.

Один бандит валялся на полу и сучил ногами. Видимо, кончался. Одежда у него на груди была окровавлена.

Потом Ходарев заметил и второго. Из-за стола была видна только его курчавая голова и широкие плечи. А затем послышался сдавленный голос Филатова:

— Ходар...

Бандит сидел верхом на Филе и пытался его задушить, но при появлении Ходарева бросил свою жертву, схватил со стола какой-то сверток и метнулся к окну, в котором уже не было стекла. Ходарев метнул ему вслед полено.

Промахнулся.

Курчавый сиганул головой в окно. В палисаднике послышался треск. Затем он перемахнул через штакетник.

Взревел мотор, и «шестерка», подобрав беглеца, рванулась с места.

Филатов, поднявшись с пола и держась одной рукой за горло, толкнул Ходарева в плечо:

— Давай!

Тот схватил бандитский «марголин» и побежал за Филом.

«БМВ» — машина мощная. Но вся ее дурь под капотом была просто бесполезной на узких колдобистых улицах пригородного района. Старые «Жигули» — «шестерка» справлялись с ухабами гораздо лучше.

— Может, стрельнуть? — предложил Ходарев.

— Да ты что! Люди кругом. Блин, второй раз меня в этом доме чуть не придушили. Вот выберемся на открытое место...

Но бандитов, похоже, эта проблема не волновала. Они начали стрелять из автомата.

Пули снесли зеркало заднего обзора со стороны водителя, разбили фару и оставили длинную глубокую царапину на капоте.

Филатов заскрипел зубами от злости.

— Уроды! Фара — триста баксов! Ничего, выедем на нормальную дорогу, вы у меня попляшете.

Наконец «шестерка» свернула на трассу, ведущую за город, и на максимальной скорости пронеслась мимо поста ДПС. Фил, почувствовав под колесами своей машины хорошую дорогу, до предела вдавил педаль акселератора.

Инспектор ГИБДД, выскочивший на дорогу, не успел даже поднять свой жезл.

— Нас преследуют, — Ходарев увидел в зеркало заднего обзора милицейскую мигалку.

— Ну и хорошо. Милицию вызывать не придется.

Вновь из преследуемой машины застучал автомат. На этот раз пули легли чуть в стороне, вспоров асфальтовое покрытие дороги.

— Пристегнись, — бросил Филатов.

«БМВ» быстро нагнал «жигуленка» и стал прижимать бандитов к обочине. Послышался скрежет металла.

Бандит на заднем сиденье поднял автомат. Но Фил резко крутанул руль. Ударил «шестерку» в переднее крыло. Машина вылетела на обочину. Стрелок кувыркнулся и упал на пол. Автоматная очередь прошила крышу.

— Ты что?! — заорал Ходарев.

— Банзай!

Филатов, пользуясь тем, что его машина тяжелее, вновь ударил «жигуленка», и тот улетел в кювет. Перевернулся пару раз и лег на крышу. Колеса продолжали крутиться.

— Блин, ну ты даешь, — сказал приходя в себя Ходарев. — Своей машины не жалко?

— А-а... — владелец махнул рукой. — Все равно она куплена на бандитские деньги и подлежит конфискации. А то жаба душила отдавать.

Затормозив, Фил выскочил из машины и подбежал к раздолбанной «шестерке».

Водитель ее был мертв. Он лежал, наполовину выпав из распахнувшейся двери, и голова его была неестественно свернута набок.

Стрелок, тихо постанывая, выползал из салона машины через заднее разбившееся стекло. Лицо его было в крови.

Филатов достал из кабины автомат. Нагнулся над раненым, который прижимал к груди сверток из газеты.

— Ну-ка дай сюда.

Фил протянул руку.

— На!

Мнимый раненый, который всего лишь порезал

Вадим **Цыганок**

стеклом лоб, внезапно ударил растопыренными пальцами Филатова в лицо. Тот едва успел прикрыть глаза и отвернуться чуть в сторону, чтобы удар пришелся вскользь.

Но все равно хватило. Грязные, заскорузлые ногти глубокими бороздами пропахали ему щеку и висок.

— Й-о! — вскрикнул от боли Фил.

Дальше последовала тирада из довольно несвязных, но выразительных слов.

Бандит вскочил, добавил ему коленом в бок и, подхватив выроненный автомат, побежал прочь от трассы через неширокое поле к лесу.

Пока Ходарев, не ожидавший от беглеца такой прыти, отстегнул застрявший в замке ремень безопасности, выбрался наружу, достал трофейный «марголин», бандит преодолел уже половину расстояния.

Выстрелить Ходарев так и не успел.

С воем подкатила машина ДПСников. Выскочившие из нее милиционеры направили на Ходарева и Филатова свои тупорылые автоматы:

— Бросайте оружие! Стрелять будем.

Ходарев аккуратно положил пистолет на крышу кабины и поднял руки.

— Эй, командир, — подал голос Фил. — Я из милиции. Старший оперуполномоченный Филатов. Преследовал особо опасных преступников. Удостоверение в кармане.

Его документы произвели должное впечатление. Но бандит со свертком под мышкой успел скрыться в лесу.

— Блин! — Фил от досады плюнул себе под ноги.

Глубокие царапины на его лице обильно кровоточили.

— А это кто? — сержант кивнул на Ходарева.

— Добровольный помощник.

— Дружинник, что ли?

— Вроде того. Вызовите «Скорую помощь», — на правах старшего по званию распорядился Филатов. — Дождитесь оперативную группу и оформите все, как положено.

Вернувшись к машине, он сказал Ходареву:

— Я думаю, он пойдет к старой дороге на Москву. Здесь напрямую, — Фил указал рукой в ту сторону, где скрылся бандит. — Может, километр или немного больше. Мне в объезд возвращаться назад. Крюк в двадцатку. Так что давай, тебе привычнее по лесам бегать, а я уж на машине.

Он посмотрел на пистолет, который все еще лежал на крыше:

— Черт с тобой, возьми оружие. Под мою ответственность.

ГЛАВА 45

След убегавшего от преследования бандита был хорошо виден на нехоженой траве. Ходареву, с его опытом поисковика, не составляло большого труда держать верное направление.

А беглец, видимо, хорошо знал местность и стремился именно к старой московской дороге. Движение там было ограничено из-за ремонтных работ, но грузовой транзитный транспорт двигался в основном по ней.

Лес здесь был светлый, не замусоренный. Сухая почва, покрытая слоем мха и перепревших листьев, приятно пружинила под ногами. На минуту Ходарев даже забыл, что преследует вооруженного автоматом преступника.

Тот немедленно напомнил ему об этом.

Выпущенная в спешке неприцельная очередь посшибала сучки высоко над головой Эксгуматора.

Тах, тах...

Гулко отозвалось эхо.

Ходарев пальнул наугад в ответ, хотя не видел перед собой никого и понимал, что малокалиберная мягкая пуля расплющится о первую же ветку, попавшуюся у нее на пути.

Но пусть знает, что в него тоже могут вогнать дозу свинца.

И бандит больше не стрелял. Наверное, прибавил ходу, стремясь уйти подальше. Или что уж там было у него в голове? Кто знает.

Впереди показался просвет. Конец перелеска.

Прижимаясь к земле и пробираясь кустами, Ходарев вышел к дороге. Осмотрелся. Выскочил на открытое место.

Посреди трассы с обветшавшим асфальтовым покрытием стоял мужик в промасленной спецовке и растерянно смотрел вслед удаляющемуся «КамАЗу» — самосвалу с оранжевой кабиной. Края брезента, прикрывающего кузов, развевались по ветру.

— Груженый?

Мужик обернулся. Увидел Ходарева с пистолетом в руке.

— Песок... Я только поссать остановился...

Ходарев прикинул, что с таким тяжелым грузом «КамАЗ» большую скорость не разовьет. Лишь бы Филатов не замешкал.

А вот и его «БМВ»!

Не жалея резину, он со скрипом тормозит рядом.

Ходарев со всей оставшейся у него прытью садится в машину.

— Самосвал... Минуты не прошло.

Водитель самосвала, так и не врубившийся в суть разборок, в эпицентр которых он попал, остался стоять посреди дороги, не поняв до конца, что чудом остался жив.

«КамАЗ» нагнали быстро. Но бандит заметил их в зеркало заднего обзора. Узнал машину Филатова и стал вилять по дороге, не давая обогнать себя.

Редкие встречные машины, мигая фарами и отчаянно сигналя, шарахались в стороны и съезжали на обочины.

— Нет, так мы его не возьмем...

Ходарев нашел на панели кнопку, открывающую люк в крыше.

— Ты что задумал? — Фил в очередной раз даванул на тормоза и вывел машину из-под удара задних колес «КамАЗа». — Кузов с песком все равно не прострелишь...

— Ведерко на крюке под кузовом видишь? Давай к нему потихоньку, а я на крышу.

— Чего? С ума не сходи! Тебя размажет по асфальту на протяжении ста метров.

Ходарев сдвинул сиденье до упора назад. Высунулся в люк:

— Не боись!

— У тебя же нога не зажила еще!

— А я на руках...

— Ну и хрен с тобой! — Филатов зашел к «КамАЗу» сзади, так чтобы его не было видно. — Я пошел!

— Я тоже.

Передний бампер «БМВ» коснулся жестяного оцинкованного ведра, подвешенного на крюке. Ходарев, выбравшись на крышу кабины, перескочил с нее на капот, а оттуда, вцепившись в свисающий брезент, перебрался в кузов самосвала.

Бандит, не видевший погони в течение тридцати секунд, начал тормозить.

Филатов едва успел среагировать. Вдавил в пол одновременно две педали. Акселератор и тормоз. Его машину занесло. Развернуло поперек дороги. Двигатель заглох.

Ходарев, вцепившись в брезент, полз вперед. Он уже почти добрался до козырька, нависающего над кабиной, когда бандит, поняв, что подцепил блоху, дернул рычаг управления гидравликой. Кузов начал медленно подниматься вверх.

Желтый крупный песок с шорохом, едва слышным в гуле мотора и колес, посыпался на дорогу. Сначала тонким ручьем, но по мере наклона кузова поток увеличивался и скоро превратился в песчаный водопад.

— О-е... — Ходарев сразу пожалел о своем опрометчивом решении. — Мать-перемать!

Если бы брезент не был закреплен на кузове толстой стальной проволокой, Ходарев вместе с содержимым самосвала оказался бы на дороге. Он повис, вцепившись руками в грубую, обжигающую ладони ткань.

Пистолет, выскользнув из кармана, звякнул о железо и брякнулся на дорогу.

— Совсем зашибись...

Ходареву удалось все-таки забраться на козырек кузова. Он перекинул тело на другую сторону. Изловчился и спрыгнул на раму. Но не вполне удачно. Подвернул больную ногу.

— Вот гадство... Не в тот день я в казино заглянул.

Он остался без оружия верхом на бешено мчащемся самосвале. К тому же кузов стал медленно опускаться прямо на него.

— Милиция, помогите... Фил, сукин сын, где же ты?

«И где искать твои следы», — всплыл в мозгу мотивчик старого шлягера.

«А мои следы останутся на раме этого гадского самосвала. Вот только кузов опустится до конца».

Он прижался к задней стенке кабины и зажмурился. Открыл глаза лишь несколько секунд спустя. Кузов встал на место, а между его ребристой конструкцией и кабиной было еще небольшое пространство, где Ходарев и находился.

— Будем жить...

Нагнувшись вниз, он протянул руку к баку, нащупал под толстым слоем грязи медную трубку топливной магистрали, просунул под нее пальцы, потянул на себя. Мягкий металл поддался и выгнулся. Ходарев начал раскачивать топливопровод, изгибая его, и через некоторое время тот сломался. Пальцы оросила пахучая соляра.

Еще через минуту, выработав топливо, остававшееся в системе, двигатель начал чихать. А потом и вовсе заглох.

«КамАЗ» прокатился по инерции и остановился.

Сейчас бы самое время рвать когти. Но Ходарев основательно разбередил ногу. Едва он ступил на землю, как сразу, чудом не вскрикнув от боли, присел возле переднего колеса.

С водительской стороны хлопнула дверь. Бандит с автоматом выпрыгнул из кабины. Передернул на ходу затвор. Заглянул за кабину. Нагнулся, водя стволом между колес.

— Вот ты где, урод!

Ходарев понял, что его заметили.

И вот бандит стоит перед ним в трех шагах. Хищно улыбаясь, наводит ствол автомата в лицо Ходареву.

У того просто нет сил оторвать взгляд от подрагивающего дульного среза.

«Это конец! Смена обстановки не пошла ему на пользу».

Резко нарастающий рев мощного мотора.

Бандит только успевает повернуть голову в сторону. Торжество на лице сменяется выражением испуга. Ствол автомата ползет вправо. Палец жмет спусковой крючок.

Пули, прочерчивая изогнутую трассу, впиваются в асфальт уже в стороне от Ходарева.

Но завершить кривую, поставив точку на лобовом стекле автомобиля Фила, автомат не успел. На огромной скорости «БМВ» своим низким бампером врезается стрелку в коленки.

Страшный удар. Грохот. Хруст ломающихся костей.

Тело, скользя по капоту, бьется в лобовое стекло. Как лыжник с трамплина, взвивается вверх, подлетев метра на три-четыре, и падает на асфальт позади машины уже безжизненным мешком.

Филатов, резко тормозя, разворачивает машину, словно заправский гонщик, и останавливается напротив сидящего на земле Ходарева.

Пластмассовый бампер «БМВ» разбит вдребезги. На капоте большая вмятина. Растрескавшееся паутиной стекло испачкано кровью.

— А вот и я! Извини, что задержался. Движок, зараза, закапризничал.

— Ничего, ничего... Мы тут как раз мило беседовали, — Ходарев кивает на труп.

Что это уже труп, сомнений нет.

Ходарев, морщась от боли, встает на здоровую ногу, подогнув покалеченную в колене. Дотягивается до ручки двери в кабину «КамАЗа». На сиденье, рядом с водительским, лежит тот самый газетный сверток, из-за которого и заварилась вся буча с гонками на выживание.

Надорвав уголок упаковки, Ходарев заглядывает внутрь и довольно морщит нос.

— Что там? — спросил Филатов.

— Альбом с марками, если не ошибаюсь. Тот самый. С миллионами.

ГЛАВА 47

Давид Эдуардович Перельман особой радости по поводу появления в его доме Филатова не выказал. Частные коллекционеры вообще не очень любят представителей закона. Может быть, даже больше, чем бандитов, постоянно норовящих их ограбить.

Не секрет: если хорошо покопаться, то практически в любой мало-мальски стоящей коллекции можно отыскать раритет, спертый из какого-нибудь музея или другой частной коллекции.

Перельман был необычным коллекционером, а универсалом. Он не замыкался на определенной тематике и собирал практически все. От банальных монет, орденов и произведений искусства до таких экстравагантных вещиц, как пуговицы от кальсон великих людей. И в силу специфики своей коллекции разбирался в тонкостях многих видов собирательства настолько хорошо, что попал в поле зрения правоохранительных органов как фальсификатор раритетов.

Даже прожженные антиквары покупались на его подделки.

Перельман увидел белые полосы пластыря на поцарапанном лице Филатова, подозрительным взглядом окинул Ходарева, одежда которого после прогулки верхом на «КамАЗе» напоминала амуницию бомжа со стажем.

— Это со мной, — успокоил его Фил.

Перельман задумчиво пожевал губу. Закрыл на секунду свои кругленькие, как линзы, близко поставленные глазки. Надеялся, наверное, что мент исчезнет сам собой, как тень отца Гамлета.

Не исчез.

— Ну что ж, проходите, — Перельман посторонился, пропуская незваных гостей в квартиру.

Вообще он никому не открывал без предварительной договоренности о встрече. Но Филатов сунул в объектив домофона свое удостоверение, и хозяину пришлось откупориться.

Фил, видно, уже бывал в этой квартире. Он бесцеремонно прошел в кабинет коллекционера, уселся в кресло. И Перельману не оставалось ничего, как сесть за свой рабочий стол.

— Я вас внимательно...

— Мой друг — тоже коллекционер, — Филатов кивнул на Ходарева, прислонившегося к дверному косяку. Со своим выломанным из толстого сука костыликом он смотрелся очень живописно. — В некотором роде...

— Да? — старый еврей не выказал особого удивления. — И что же он собирает?

— Марки, — ответил Фил и выложил на зеленое сукно стола толстый кляссер. — Филателист. С детства увлекается этим делом.

— Большая коллекция, — согласился Перельман, но внутрь не заглянул. — А от меня что вы хотите?

— Давид Эдуардович, не будьте букой, помогите начинающему коллеге. Оцените коллекцию.

Коллекционер достал из ящика стола очки в мягком замшевом футлярчике. Покрутил его в тонких чувствительных пальцах. Раздраженно сунул очки обратно.

— Бросьте финтить, господин Филатов! Что вы ищете?

Фил мягким, вкрадчивым движением руки придвинул к нему альбом.

— Марки, Давид Эдуардович. Марки. Очень ценные марки.

— И они должны быть здесь? — Перельман прикоснулся указательным пальцем к кляссеру.

— Вот именно.

— И ко мне никаких претензий?

— Вот именно.

— И вы сразу же уйдете, прихватив с собой своего приятеля-филателиста?

— Вот именно.

— И...

— Вот именно.

— Хорошо, я посмотрю ваши марки.

Перельман опять достал очки. Водрузил их на нос. Вооружился пинцетом. Открыл альбом и, хмыкнув, сразу же отложил пинцет в сторону. Знаки почтовой оплаты оказались приклеены к толстым листам кляссера.

Быстро пролистав его, он отодвинул альбом от себя. Снял очки. Внимательно посмотрел в глаза выжидательно молчащему Филатову и сказал:

— Ну что ж, господа коллекционеры, только из

доброго расположения к органам правопорядка могу дать вам десять долларов.

— За все?! — ахнул Фил.

— За все. Причем марки можете забрать обратно. В приклеенном виде они потеряли даже ту небольшую ценность, которую имели первоначально.

ГЛАВА 48

Когда они вышли от Перельмана, то Филатов сразу заметил белый «жигуленок» с синей горизонтальной полосой по борту, стоящий рядом с его раздолбанной вдрызг машиной. Вокруг многострадальной «бехи» ходил инспектор ДПС и с нескрываемым интересом рассматривал многочисленные повреждения, нанесенные еще недавно шикарной иномарке.

Вот он сунул палец с пулевое отверстие на крыле. Провел рукой по растрескавшемуся лобовому стеклу. И хотя на нем уже не было следов крови, ушлый ДПСник сразу понял происхождение вмятины на капоте. Он вернулся к себе в машину и начал что-то говорить в микрофон рации.

Быстро сориентировавшись в ситуации, Фил взял Ходарева под руку и повел прочь. Подальше.

— Давай выпьем, — предложил Филатов, когда они, свернув за угол, оказались на бульваре, обсаженном каштанами. — Не каждый день за десять баксов на «КамАЗ» бросаешься. Или у тебя это в привычке? Выпьем с горя, где же кружка...

Ходарев, в принципе, был не против. Костылик в его руке вообще наводил на мысли о бренности этой жизни.

Они заглянули в небольшой магазинчик-павильон. Купили бутылку «Столичной», пару пластиковых стаканов, маленькую круглую булочку и плавленый сырок.

Присели на деревянную, с литыми чугунными ножками, скамейку.

Разлили в стаканы живительную влагу. Выпили. Закусили, отщипнув по кусочку от булочки.

— Ну, блин... Какого хрена тогда все? Я в непонятке, — Филатов достал из кармана нож с выкидным лезвием и, пока Ходарев чистил сырок от прилипшей к нему фольги, стал потрошить кляссер с марками. — Я же не полный идиот! Хотя, как знать...

Он подковырнул обложку. Отделил ее от корешка. Расслоил пару-другую толстых, склеенных из нескольких слоев картона, листов.

— Сплошной «Монгол Шуудан»! Сука!

— Не напрягайся. Видать, те трое в детстве марок не насобирались.

— Вот и я про что! У меня мозги морским узлом завязываются от напряга.

— Давай лучше еще на душу примем. Вот и сырок заждался.

Быстро прикончили бутылку водки. И, как часто бывает в таких случаях, завелись. Пошли еще за одной.

— Тебя Лера ругать не будет? — обеспокоился Фил.

Ходарев хлопнул себя ладонью по лбу:

— Черт! Я же ушел на пару часов. А пропал на целый день. Да еще вернусь драным, как котяра помойный. Дай мне твой телефон.

Но позвонить Ходарев не успел. Трубка Филатова сама откликнулась на чей-то вызов.

Звонил Перельман, которому Фил оставил номер своего сотового.

— Вот что я думаю по вашему поводу, — сказал коллекционер. — Если отбросить всю ту ерунду, что вы затирали мне про своего друга, то в альбоме обнаруживается одна странность. Я не сразу это понял, но вы же знаете, у меня фотографическая память. И теперь это обстоятельство меня беспокоит, вам оно может помочь. Хотя не знаю, как...

— В чем дело, Давид Эдуардович? — нетерпеливо перебил его Филатов.

— Видите ли, составитель этого альбома, видимо, человек аккуратный, он разложил все марки по тематике. Но на некоторых страницах есть отклонения от общего порядка. Буквально по одной марке. Вот что странно. Попробуйте искать в этом направлении. Может быть, это что-то и значит.

— Спасибо...— Фил дал отбой. Повернулся к Ходареву. — А где альбом?

— Мы его, кажется, на скамейке оставили.

Подступивший хмель разом испарился. Бегом вернулись назад. Как раз вовремя.

Какая-то бабка-чернавка, держа под мышкой пустую бутылку из-под водки, запихивала в свою сумку разлохмаченный кляссер.

— Эй, тетка, положь на место! — крикнул ей Филатов.

Но бабка попалась тертая. Она не испугалась при появлении двух мужчин, а став в позу оскорбленной невинности, заорала на всю улицу, словно недорезанная:

— А ну, алкашня, иди отсюда! Зенки-то позалили! А то щас милицию позову!

— Уже здесь, — Фил сунул ей в нос свое удостоверение. — Предъявите, гражданочка, лицензию для проверки!

— Какую-такую лихцензию? — опешила бабка.

— Ты что, тетка? С первого числа текущего месяца сбор пустой посуды на территории города отнесен к лицензируемому виду деятельности. Нужно пройти аккредитацию, регистрацию и...

— Эксгумацию, — подсказал ему Ходарев.

— Вот-вот.

Ошарашенная бабка бросила пустую бутылку, альбом с марками и неожиданно шустро дала деру.

ГЛАВА 49

— Итак: пять марок заблудились. Что это может означать? Может быть, своего рода шифр. Не просто же так понадобился этот альбом ворам? Прикатить за ним из другого города. Проникнуть в опечатанный дом. Не задумываясь применить оружие... — рассуждал Филатов.

— Пять марок. Пять цифр. Где может быть такой код?

— Например, на чемоданчике с кодовым замком.

— Ерунда, — Ходарев рассматривал марки. — Чемоданчик можно и без кода вскрыть. Сломать, в конечном счете. Вот сейф...

— Камера хранения!

— Точно.

Марки, вклеенные не на свое место, были следующими: одна из серии «Отечественные локомотивы», другая — посвященная Олимпиаде-80 в Москве, третья — полету американцев на Луну, четвертая из блока «Семь чудес света» и, наконец, последняя выпущена к 110-й годовщине со дня рождения вождя мирового пролетариата.

— Как можно зашифровать цифры?

— Ну... Буквами или опять же другими цифрами, — Фил пытался сосредоточиться, но это у него выходило с трудом. — Предположим, что цена каждой марки обозначает одну цифру кода.

— Паровоз стоит восемьдесят пять копеек, — продолжил мысль Ходарев. — Простая нумерология. Восемь плюс пять. Тринадцать. Три плюс один. Четыре. Значит, выходит...

Филатов, покопавшись в карманах, отыскал шариковую ручку и принялся писать прямо на альбомных листах.

Вышел пятизначный код: 47635.

— Да, но первой в коде должна стоять буква, а не цифра.

— Элементарно. Четвертая буква алфавита «Г». Обычно все так делают. Ставят первую букву своего имени или фамилии. Как звали Пальца?

— Гриша... Григорий то есть. — Лицо Филатова расплылось в радостной улыбке. — Верной дорогой идете, товарищи!

— Теперь вопрос из вопросов: где может находиться эта камера хранения?

— Элементарно. На железнодорожном вокзале, конечно. И первая марка с паровозом об этом говорит.

— На каком? У нас их три.

— Вторая марка про Олимпиаду в Москве.

— Значит, не у нас, а где-то в Москве. Или на вокзале, с которого можно уехать в Москву. Точно! Это можно сделать только с одного!

— Предположим, так. Тогда что означает третья марка, с американцами?

Филатов внимательно рассмотрел картинку:

— «Аполлон-12»... Возможно, что это номер камеры. Нет. Сперва обычно сектор указывают.

— Тогда семь — это ряд.

— А сто десять — ячейка!

Фила и Ходарева просто раздувало от гордости. Еще бы — решить такую интеллектуальную задачу! Да еще так быстро.

Они разом вскочили со скамейки, на которой сидели. Тормознули такси.

— На центральный железнодорожный, — сказал водителю Фил. — Побыстрее, пожалуйста!

К камерам хранения на вокзале вел длинный подземный переход. Проталкиваясь сквозь толпу отъезжающих-приезжающих, приятели прошли в большой зал, где находились ряды ячеек.

Двенадцатый сектор был последним.

Имелся и седьмой ряд. И сто десятая ячейка.

Но дверца ее была раскрыта.

Вконец расстроившийся Фил пошарил рукой по дну пустой ячейки, словно не веря своим глазам.

— Вот гадство! Опоздали...

— А как все ладно складывалось.

Появился служащий камеры хранения.

— Вам чем-нибудь помочь, товарищи?

— Нет, спасибо. Сами уж...

— Хорошо. Только внимательно читайте инструкцию по пользованию камерой хранения. А эта ячейка не работает, — служащий указал на номер сто десять. — Поищите, пожалуйста, другую свободную.

— И давно не работает? — спросил Ходарев.

Тот в ответ пожал плечами:

— Да сколько помню. Чинили несколько раз, но все без толку. Потом совсем отключили. Другую поищите.

Служащий ушел.

Фил и Ходарев переглянулись. Поняли, что лажанулись конкретно.

Вадим **Цыганок**

— Нет, а что ты хотел? — Филатов пошел в наступление, словно Ходарев его в чем-то обвинял. — Пальченко вор, а не резидент иностранной разведки. Составление ребусов не его специфика. Это мы уж сами... Как говорят, горе от ума. Блин! Дебилу же ясно, что шифр ячейки проще держать в уме, чем устраивать такой цирк. И я дурак — только представить себе Пальца, который выклеивает марки, руководствуясь тайным смыслом. Оборжаться!

— А теория все-таки красивая была.

— Вот это точно. Пойдем лучше выпьем, а то мы как-то остановились на полпути. Непорядок. Я одно местечко знаю, там нас хорошо примут.

ГЛАВА 50

Хозяин пивной разговаривал о чем-то с усатым кавказцем-шашлычником, когда увидел вдруг у одного из столиков под навесом знакомое до боли лицо. Такое знакомое, что забыть просто невозможно.

Он машинально потрогал свою челюсть и пулей метнулся в палатку. Пиво у него, как всегда, было разбавленное. Вытащил из-под прилавка несколько бутылок хорошего импортного пива. Вскрыл их. Слил в высокие толстостенные бокалы и собственноручно понес посетителю.

Ходарев, несколько удивленный таким обслуживанием, несвойственным заурядной пивнухе, полез было в карман за деньгами, но Филатов остановил его:

— Не надо. Это подарок. — Он повернулся к хозяину и, сладко улыбнувшись, похлопал его по плечу. — Свободен, дорогой.

— Ну ты, мент, — хохотнул Ходарев.

— И еще какой... Давай вздрогнем.

Он достал из кармана бутылку «Столичной», скрутил ей пробку и налил по пятьдесят граммов в пиво.

Ходарев снова разложил уже изрядно раскуроченный кляссер на столе. Он не давал ему покоя.

Он с особым вниманием изучал каждую страницу. Потом, быстро пролистав до конца, отодвинул альбом на край стола и принялся за пиво.

Несколько минут оба молчали. Наконец Фил психанул:

— Что ты все умного из себя строишь?! Не по твоим мелким зубам это дело!

Ходарев не обиделся.

— Я, конечно, в марках не спец... — задумчиво протянул он. — Но у меня в детстве точно такой альбом был. Я еще серии «Космос» и «Третьяковка» собирал. Но даже я, будущий Эксгуматор, никогда не приклеивал марки к листам.

— Да ты у нас просто вундеркиндом был! Куда Пальцу до тебя?

— А если они специально приклеены, — предположил Ходарев, отхлебнув добрую половину кружки пива. — Может, с обратной стороны на них что-то написано.

— Тьфу, шпионские мультики.

Ходарев снова раскрыл альбом. Отыскал первую не соответствующую тематике страницы марку. Опустил палец в бокал с пивом и смочил ее хорошенько.

— Думаешь, секретные письмена проявятся? — усмехнулся Фил. — Зря стараешься.

— Все может быть...

Когда марка намокла основательно, Ходарев ногтем подцепил ее край и отделил картинку от листа. Внимательно осмотрел место, где она была приклеена. Заглянул на обратную сторону марки.

Ничего.

— Попытка не пытка.

Отхлебнул пива и принялся смачивать соседнюю марку.

Отделил ее.

— Гляди-ка!

Надпись, сделанная шариковой ручкой, слегка поплыла, но осталась вполне читаемой.

Фил вырвал кляссер из рук Ходарева:

— Буквы... Цифры... Что это может быть?

— КСБ, — прочитал Ходарев. — Это аббревиатура. Коммерческий Строительный Банк. Реклама по всему городу развешана: «Выше наших процентов — только небо!» Лопнул недавно. Всех вкладчиков кинули. А цифры — это, наверное, номер счета.

— Теперь ясно, почему воры хотели Пальца от «общака» отстранить. Этот патриот наверняка деньги на рублевых счетах держал.

Под следующей маркой оказался номер счета в Сбербанке.

И еще.

И еще...

— Слушай, Фил, а зная банк, номер счета и вкладчика, технически возможно достать деньги?

— Для конторы — нет проблем.

— А нам самим как-нибудь...

Филатов одарил его таким презрительным взглядом, что Ходарев сразу заткнулся.

Достал из кармана сотовый телефон. Набрал номер. Поднес трубку к уху:

— Код четыре-пятнадцать. Беркута.

Подождал с полминуты:

— Товарищ полковник, это Филатов. Да, я... Нет, ну... И разбитая машина, и труп в доме слепого. И самосвал. Дайте сказать! Я деньги нашел. Все! Сколько там, пока не знаю. Приеду сразу, как только закончу допрос свидетеля, — Филатов подмигнул Ходареву. — Есть! Так точно!

Лицо его расплылось в довольной улыбке и приняло такое выражение, будто он готов расцеловать невидимого начальника:

— Спасибо, товарищ полковник...

Фил аккуратно, словно готовую сработать гранату, положил трубку на стол и мечтательным взглядом уставился куда-то вдаль.

— Ну и? — Ходарев толкнул его в бок.

— Майор... — Филатов произнес это слово, будто пробовал на вкус спелую клубнику. — Я — майор...

— Сбылась мечта идиота. Значит, обмыть нужно, — Ходарев разлил водку в опустевшие бокалы. — Эй, хозяин, принеси-ка еще пива!

СОДЕРЖАНИЕ

Литературно-художественное издание

Цыганок Вадим Анатольевич

ШАКАЛЫ И ВОЛКОДАВ

Ответственный редактор *Г. Стернин*
Редактор *А. Мысловский*
Художественный редактор *Д. Сазонов*
Технический редактор *Н. Носова*
Компьютерная верстка *Л. Косарева*
Корректор *Л. Баскакова*

Коллаж на обложке — работа *Д. Сазонова*
В оформлении использованы фотоматериалы *П. Морева*

Подписано в печать с готовых диапозитивов 20.02.2002.
Формат 84х108$^{1}/_{32}$. Гарнитура «Таймс». Печать офсетная.
Бум. газ. Усл. печ. л. 21,84. Уч.-изд. л. 15,9.
Тираж 7000 экз. Заказ 4202081.

Отпечатано с готовых диапозитивов на ФГУИПП «Нижполиграф».
603006, Нижний Новгород, ул. Варварская, 32.

ЗАО «Издательство «ЭКСМО-Пресс». Изд. лиц. № 065377 от 22.08.97.
125190, Москва, Ленинградский проспект, д. 80, корп. 16, подъезд 3.
Интернет/Home page — www.eksmo.ru
Электронная почта (E-mail) — info@ eksmo.ru

По вопросам размещения рекламы в книгах издательства «ЭКСМО»
обращаться в рекламное агентство «ЭКСМО». Тел. 234-38-00

Книга — почтой: Книжный клуб «ЭКСМО»
101000, Москва, а/я 333. E-mail: bookclub@ eksmo.ru

Оптовая торговля:
109472, Москва, ул. Академика Скрябина, д. 21, этаж 2
Тел./факс: (095) 378-84-74, 378-82-61, 745-89-16
E-mail: reception@eksmo-sale.ru

Мелкооптовая торговля:
117192, Москва, Мичуринский пр-т, д. 12/1
Тел./факс: (095) 932-74-71

ООО «Медиа группа «ЛОГОС». 103051, Москва, Цветной бульвар, 30, стр. 2
Единая справочная служба: (095) 974-21-31. E-mail: mgl@logosgroup.ru
contact@logosgroup.ru

ООО «КИФ «ДАКС». Губернская книжная ярмарка.
М. о. г. Люберцы, ул. Волковская, 67.
т. 554-51-51 доб. 126, 554-30-02 доб. 126.

Книжный магазин издательства «ЭКСМО»
Москва, ул. Маршала Бирюзова, 17 (рядом с м. «Октябрьское Поле»)

Сеть магазинов «Книжный Клуб СНАРК» представляет
самый широкий ассортимент книг издательства «ЭКСМО».
Информация в Санкт-Петербурге по тел. 050.

Всегда в ассортименте новинки издательства «ЭКСМО-Пресс»:
ТД «Библио-Глобус», ТД «Москва», ТД «Молодая гвардия»,
«Московский дом книги», «Дом книги на ВДНХ»

ТОО «Дом книги в Медведково». Тел.: 476-16-90
Москва, Заревый пр-д, д. 12 (рядом с м. «Медведково»)

ООО «Фирма «Книинком». Тел.: 177-19-86
Москва, Волгоградский пр-т, д. 78/1 (рядом с м. «Кузьминки»)

ООО «ПРЕСБУРГ», «Магазин на Ладожской». Тел.: 267-03-01(02)
Москва, ул. Ладожская, д. 8 (рядом с м. «Бауманская»)